OS
TRÊS

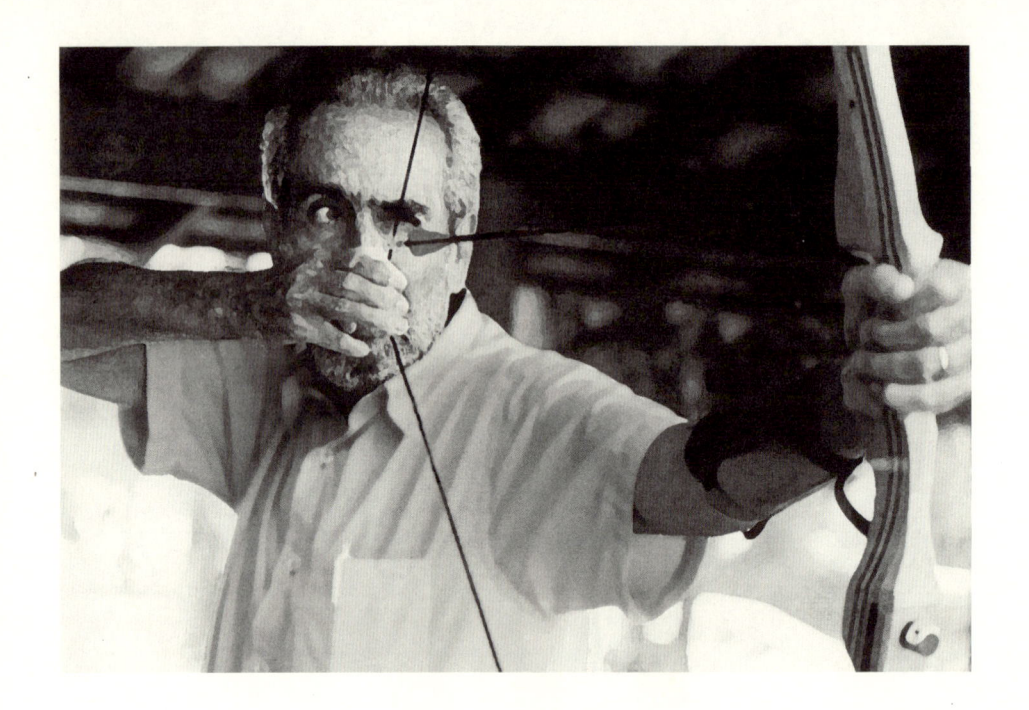

O ARQUEIRO

GERALDO JORDÃO PEREIRA (1938-2008) começou sua carreira aos 17 anos, quando foi trabalhar com seu pai, o célebre editor José Olympio, publicando obras marcantes como *O menino do dedo verde*, de Maurice Druon, e *Minha vida*, de Charles Chaplin.

Em 1976, fundou a Editora Salamandra com o propósito de formar uma nova geração de leitores e acabou criando um dos catálogos infantis mais premiados do Brasil. Em 1992, fugindo de sua linha editorial, lançou *Muitas vidas, muitos mestres*, de Brian Weiss, livro que deu origem à Editora Sextante.

Fã de histórias de suspense, Geraldo descobriu *O Código Da Vinci* antes mesmo de ele ser lançado nos Estados Unidos. A aposta em ficção, que não era o foco da Sextante, foi certeira: o título se transformou em um dos maiores fenômenos editoriais de todos os tempos.

Mas não foi só aos livros que se dedicou. Com seu desejo de ajudar o próximo, Geraldo desenvolveu diversos projetos sociais que se tornaram sua grande paixão.

Com a missão de publicar histórias empolgantes, tornar os livros cada vez mais acessíveis e despertar o amor pela leitura, a Editora Arqueiro é uma homenagem a esta figura extraordinária, capaz de enxergar mais além, mirar nas coisas verdadeiramente importantes e não perder o idealismo e a esperança diante dos desafios e contratempos da vida.

SARAH LOTZ

OS
TRÊS

ARQUEIRO

Título original: *The Three*
Copyright © 2014 por Sarah Lotz
Copyright da tradução © 2014 por Editora Arqueiro Ltda.

Todos os direitos reservados. Nenhuma parte deste livro pode ser utilizada ou reproduzida sob quaisquer meios existentes sem autorização por escrito dos editores.

tradução: Alves Calado
preparo de originais: Gabriel Machado
revisão: Ana Grillo e Milena Vargas
projeto gráfico e diagramação: Valéria Teixeira
capa: Ben Summers
adaptação de capa: Ana Paula Daudt Brandão
imagem de capa: plainpicture / Bildhuset
impressão e acabamento: Geográfica e Editora Ltda.

Para tio Chippy (1929-2013)

CIP-BRASIL. CATALOGAÇÃO NA PUBLICAÇÃO
SINDICATO NACIONAL DOS EDITORES DE LIVROS, RJ

L917t   Lotz, Sarah
        Os três / Sarah Lotz [tradução de Alves Calado];
    São Paulo: Arqueiro, 2014.
    400 p.; 16 x 23 cm

    Tradução de: The Three
    ISBN 978-85-8041-269-7

    1. Ficção sul-africana. I. Calado, Alves, 1953-.
II. Título.

14-09637   CDD: 828.99363
                         CDU: 821.111(680)-3

Todos os direitos reservados, no Brasil, por
Editora Arqueiro Ltda.
Rua Funchal, 538 – conjuntos 52 e 54 – Vila Olímpia
04551-060 – São Paulo – SP
Tel.: (11) 3868-4492 – Fax: (11) 3862-5818
E-mail: atendimento@editoraarqueiro.com.br
www.editoraarqueiro.com.br

COMO COMEÇA

Anda, anda, anda...

Pam olha a luz indicadora do cinto de segurança, desejando que ela se apague. Não vai aguentar muito tempo e quase consegue escutar a voz de Jim dando uma bronca por não ter ido ao banheiro antes de embarcar no avião: *Você sabe que tem bexiga solta, Pam, o que estava pensando?*

A verdade é que ela não tinha ousado ir a um dos banheiros do aeroporto. E se ficasse cara a cara com um daqueles vasos sanitários futuristas que tinha visto no guia e não entendesse como dar a descarga? E se acidentalmente se trancasse dentro de um cubículo e perdesse o voo? E pensar que Joanie sugerira que ela passasse alguns dias explorando a cidade antes de pegar a conexão para Osaka! A simples ideia de se orientar sozinha nas ruas alienígenas de Tóquio já deixa Pam com as mãos úmidas de suor – o aeroporto já fora atordoante demais. Abalada e pegajosa depois do voo desde Fort Worth, sentiu-se como uma lesma gigante enquanto se arrastava em direção ao Terminal 2, de onde partia o voo de conexão. Todo mundo ao redor parecia eficiente e confiante; as pessoas passavam em bandos, pastas balançando, olhos escondidos atrás de óculos escuros. Ela estava consciente de cada quilo extra que carregava ao se espremer no ônibus, corando a cada vez que alguém lançava um olhar em sua direção.

Felizmente houvera muitos outros americanos no voo para Tóquio – o rapaz gentil ao lado dela havia mostrado pacientemente como mexer no sistema de vídeo –, mas neste avião ela tinha uma consciência dolorosa de que era a única... qual é mesmo a palavra que sempre usam nos seriados de detetive de que Jim gosta? Caucasiana, isso. E as poltronas são muito menores; precisava se espremer feito um presunto enlatado. Mesmo assim, pelo menos há um lugar vazio entre Pam e o sujeito com ar de empresário sentado na poltrona do corredor e ela não terá que tomar cuidado para não esbarrar nele acidentalmente. Mas precisará incomodá-lo quando for ao banheiro, não é? E, meu Deus, parece que ele está caindo no sono, o que significa que Pam terá que acordá-lo.

O avião continua a subir e o sinal ainda está aceso. Ela olha para a escuridão do lado de fora da janela, vê a luz vermelha piscando na asa que emerge através da nuvem, segura com força os braços da poltrona e sente as entranhas da aeronave latejando através do corpo.

Jim estava certo. Ela nem chegou ao destino e todo esse empreendimento já é demais. Ele tinha avisado: Pam não era feita para voos de longa distância, tinha tentado convencê-la de que a coisa toda era má ideia. *Joanie pode vir para casa quando quiser, Pam, por que se incomodar em viajar metade do mundo para vê-la? E por que ela quis dar aulas para asiáticos, afinal? As crianças americanas não são boas o bastante? E, além disso, Pam, você nem gosta de comida japonesa, como é que vai conseguir comer golfinho cru ou sei lá o que eles comem por lá?* Mas ela havia batido o pé, surpreendendo-o. Joanie estava longe havia dois anos e Pam precisava vê-la, sentia uma saudade terrível e, pelas fotos que vira na internet, os reluzentes arranha-céus de Osaka não pareciam tão diferentes dos que havia nas cidades americanas normais. Joanie avisara que no início ela poderia achar a cultura desconcertante, que o Japão não era todo feito de flores de cerejeira e gueixas sorrindo tímidas por trás de leques, mas Pam presumira que conseguiria enfrentar. Pensara, estupidamente, que seria algum tipo de aventura divertida de que poderia se gabar com Reba durante anos.

O avião se nivela e enfim a luz para manter presos os cintos se apaga. Há uma agitação quando vários passageiros pulam das poltronas e começam a remexer nos compartimentos de bagagem. Rezando para que não haja fila para o banheiro, ela solta o cinto e se prepara para esgueirar-se à frente do sujeito no assento do corredor quando um estrondo portentoso abala a aeronave. Pam logo pensa num cano de descarga de automóvel estourando, mas os aviões não têm isso, certo? Solta um gritinho – uma reação atrasada que a faz sentir-se ligeiramente idiota. Não é nada. Trovão, talvez. É, é isso. O guia impresso dizia que tempestades não eram incomuns...

Outro estouro, mais parecido com um tiro. Um coro de gritos agudos vem da frente do avião. As luzes dos cintos de segurança se acendem outra vez e Pam procura o seu; seus dedos estão entorpecidos, não consegue se lembrar de como afivelá-lo. A aeronave cai, mãos gigantescas apertam seus ombros para baixo e seu estômago parece ser forçado contra a garganta. Isso não pode estar acontecendo. Não com ela. Coisas assim não acontecem com pessoas como ela, pessoas comuns. Pessoas *boas*. Há uma sacudida, os compartimentos acima chacoalham e depois, misericordiosamente, o avião parece planar.

Um *ping*, uma arenga em japonês, e então uma voz:

– Por favor, continuem nas poltronas com os cintos afivelados.

Pam respira de novo; a voz é serena, despreocupada. Não pode ser nada muito sério, não há motivo para pânico. Tenta olhar por cima dos encostos das poltronas para ver como as outras pessoas estão reagindo, mas só consegue vislumbrar uma série de cabeças baixas.

Agarra de novo os braços da poltrona: a vibração do avião aumentou, suas mãos estão se sacudindo, um latejamento doentio reverbera de seus pés. Um olho meio escondido atrás de uma franja de cabelos pretos aparece na fenda entre as poltronas à sua frente; deve ser a criança que ela recorda ter visto sendo puxada por uma jovem séria de batom, logo antes de decolarem. O menininho olhara para ela, obviamente fascinado (podem dizer o que quiserem sobre os asiáticos, tinha pensado ela, mas as crianças deles são as coisas mais fofas). Ela acenara e rira, mas ele não havia reagido, então a mãe rosnara algo e ele deslizara obedientemente para a poltrona, sumindo de vista. Ela tenta sorrir, mas sua boca está seca, os lábios se grudam nos dentes e, ah, meu Deus, a vibração está piorando.

Uma névoa branca vem pelo corredor e paira em volta dela; Pam se pega batendo inutilmente na tela à sua frente, tentando pegar os fones de ouvido. Isso não está acontecendo agora, de jeito nenhum. Não, não, não. Se ao menos puder fazer a tela funcionar, assistir a um filme, algo tranquilizador, como aquele seriado de humor que viu na viagem até ali, aquele com o... Ryan não sei das quantas. O avião se sacode violentamente outra vez: parece ir de um lado para o outro *e* de cima para baixo; seu estômago revira de novo. Ela engole em seco convulsivamente. Não vai vomitar, não vai.

O empresário se levanta, os braços balançam conforme o avião sacode, parece estar tentando abrir o compartimento de bagagem acima, mas não consegue se equilibrar. Pam quer gritar "O que você está fazendo?"; tem a sensação de que, se ele não se sentar, a situação vai ficar pior. A vibração está tão intensa que a faz pensar em quando o estabilizador de sua lavadora quebrou e a droga da máquina corcoveava pelo chão. Uma comissária de bordo surge na neblina, segurando os encostos das poltronas dos dois lados. Faz um gesto para o empresário, que humildemente tomba de volta no assento. Ele remexe no bolso de dentro do paletó, tira um celular, encosta a cabeça na poltrona à frente e começa a falar no aparelho.

Ela deveria fazer o mesmo. Deveria telefonar para Jim, falar sobre Snookie, lembrar-lhe que não pode dar aquela comida barata para ela. Deveria ligar para Joanie... Mas para dizer o quê, que talvez vá se atrasar? Ela quase ri. Não, para dizer que sente orgulho dela, mas será que vai haver sinal ali? Será que usar seu celular não vai interferir no sistema de navegação da aeronave? Será que ela precisa de cartão de crédito para usar o telefone do encosto da poltrona?

Onde está seu telefone? Na pochete com o dinheiro, o passaporte e os comprimidos, ou será que pôs na bolsa? Por que não consegue lembrar? Abaixa a mão procurando a bolsa, o estômago parecendo espremido contra a coluna. Vai vomitar, sabe que vai, mas então seus dedos encostam na alça; Joanie dera-lhe a bolsa no Natal antes de ir embora, dois anos antes. Fora um bom Natal, até Jim estava de bom humor naquele dia. Outra sacudida e a alça pula fora do seu alcance. Ela não quer morrer assim, não. Não entre estranhos, não com aquela aparência, os cabelos oleosos – aquela nova escova fora um erro – os tornozelos inchados, de jeito nenhum. Nem pensar. Depressa, pense numa coisa interessante, numa coisa boa. É. Isso tudo é um sonho, na verdade ela está sentada no sofá segurando um sanduíche de frango com maionese, com Snookie no colo, Jim cochilando na poltrona acolchoada. Ela sabe que deveria rezar, sabe que é isso que o pastor Len diria. Se rezar, será que tudo isso acaba? Mas pela primeira vez na vida não consegue pensar nas palavras. Sai um "Deus, me ajude", mas outros pensamentos ficam se intrometendo. Quem vai cuidar da Snookie se algo acontecer com ela? Snookie está velha, quase 10 anos, por que Pam a deixou? Os cachorros não entendem. Ah, meu Deus, tem aquela pilha de meias-calças rasgadas escondida no fundo da gaveta de calcinhas, que ela vive pensando em jogar fora. O que as pessoas vão pensar se a acharem?

A névoa está ficando mais densa, a bile ardente sobe pela garganta de Pam, sua visão fica turva. Um estalo agudo e um copo plástico amarelo surge em sua linha de visão. Mais palavras em japonês. Seus ouvidos estão estalando, ela engole em seco, percebe que sente o gosto do horrível macarrão temperado que comeu no voo anterior e tem tempo de sentir alívio porque não precisa mais urinar. Agora são palavras em inglês, ruídos ininteligíveis: ... *socorro amigos passageiros...*

O empresário continua a falar ao telefone, o aparelho é arrancado da mão dele quando o avião se sacode outra vez, mas a boca do sujeito continua se mexendo; ele parece não perceber que não o segura mais. Ela não consegue inspirar o suficiente, o ar tem gosto metálico, artificial, áspero, faz com que engasgue de novo. Clarões fortes a ofuscam momentaneamente, Pam estende a mão para a máscara, mas a coisa fica balançando para longe e então ela sente cheiro de algo queimando, como plástico largado em cima de um fogão. Fez isso uma vez, deixou uma espátula e Jim ficou falando sobre aquilo durante semanas. *Você poderia ter queimado a casa toda, mulher.*

Outra mensagem... *Preparem-se, preparem-se, preparem-se para o impacto.*

A imagem de uma cadeira vazia preenche sua cabeça e ela é inundada por uma pena de si própria tão aguda que dói: é a sua cadeira, em que ela se senta toda quarta-feira no grupo de estudo da Bíblia. Uma cadeira forte, confiável, *amigável*, que nunca reclama de seu peso, o assento esburacado pelo uso. Ela sempre chega cedo à reunião para ajudar Kendra a pegar as cadeiras e todo mundo sabe que ela se senta sempre à direita do pastor Len, perto da cafeteira. Tinham orado por ela na véspera da partida – até Reba desejara sorte. Seu peito havia se enchido de orgulho e gratidão, as bochechas queimando por ser o centro de tanta atenção. *Querido Jesus, por favor, cuide de nossa irmã e amiga querida, Pamela, enquanto ela...* O avião chacoalha e ouve-se o ruído das malas, laptops e outros pertences despencando dos compartimentos de bagagem, mas se ela continuar concentrada naquela cadeira vazia tudo vai ficar bem. Como aquele jogo que ela às vezes faz voltando de carro da loja: se passarem três carros brancos, o pastor Len vai pedir a ela, e não a Reba, para arrumar as flores.

Um som agudo como unhas gigantes raspando num quadro-negro, o piso entra em convulsão, um peso empurra sua cabeça na direção do colo, ela sente os dentes batendo uns nos outros, quer gritar para fazer parar quem está puxando suas mãos para cima da cabeça. Anos atrás uma picape havia entrado na frente do seu carro enquanto ela ia pegar Joanie na escola. Naquele momento tudo ficara lento de repente: ela teve consciência de detalhes minúsculos, a rachadura no para-brisa, os pontos de ferrugem no capô do outro carro, a forma sombreada do motorista com boné. Mas agora tudo acontecia depressa demais! Pam é chicoteada, socada e espancada. Não consegue manter a cabeça erguida, a poltrona à frente salta para o seu rosto, uma luz branca relampeja, cegando-a, e ela não consegue...

Uma fogueira estala e cospe fagulhas, mas suas bochechas estão frias, aliás, congeladas. Ela está do lado de fora? Claro que sim! Idiota, não dá para ter fogueiras dentro de casa, dá? Mas onde ela está? Sempre fazem uma reunião no rancho do pastor Len na noite de Natal; Pam deve estar no pátio, olhando os fogos de artifício. Ela sempre traz seu famoso molho de *blue cheese*. Não é de espantar que esteja se sentindo tão perdida! Esqueceu-se de trazer o molho, deve ter deixado na bancada. O pastor Len vai ficar muito desapontado e...

Alguém está gritando – *não se deve gritar no Natal, por que você está gritando no Natal? É uma ocasião feliz.*

Levanta a mão para enxugar o rosto, mas não consegue... Isso não está certo, ela está deitada sobre o próprio braço, que está torcido às costas. Por que está deitada? Será que caiu no sono? Não no Natal, quando sempre há tanta coisa para fazer... Tem que se levantar, pedir desculpas por ser tão grosseira, Jim vive dizendo que ela precisa organizar as ideias, tentar ser um pouquinho mais...

Passa a língua nos dentes. Um dos incisivos está lascado, a borda machuca a língua. Ela mastiga areia, engole... Meu Deus, a sensação na garganta é como se tivesse engolido giletes, será que ela...

E então a lembrança do que aconteceu a atinge de uma vez, com uma força que a faz ofegar, e com isso vem um jorro de dor incandescente, brotando na perna direita e disparando pela barriga. *Levante, levante, levante.* Ao tentar levantar a cabeça, agulhas quentes penetram na nuca.

Outro grito, parece bem próximo. Nunca tinha ouvido nada assim: é uma coisa crua, quase inumana. Precisa fazer com que pare, está piorando a dor na barriga, como se o grito se conectasse diretamente com suas entranhas, puxando-as a cada uivo.

Ah, obrigada, Jesus, ela consegue mexer o braço direito e o levanta lentamente, sonda a barriga, toca algo mole, molhado; aquilo não deveria estar assim. Não vai pensar nisso agora. Ah, Deus, ela precisa de ajuda, que alguém venha ajudá-la, se ao menos tivesse ouvido Jim e ficado em casa com Snookie e não tivesse todos aqueles pensamentos ruins sobre Reba...

Pare com isso. Não pode entrar em pânico. É o que sempre dizem: não entre em pânico. Está viva. Deveria agradecer. Precisa se levantar, ver onde está. Não está mais em sua poltrona, disso tem certeza, está deitada em algum tipo de superfície musgosa, macia. Conta até três, tenta usar o braço bom para se virar de lado, mas é obrigada a parar quando um relâmpago de agonia – agudo e espantoso como um choque elétrico – atravessa o corpo inteiro. É tão intenso que não consegue acreditar que a dor pertença mesmo a ela. Fica imóvel e a dor misericordiosamente começa a diminuir, deixando um entorpecimento preocupante, mas também não vai pensar nisso agora, de jeito nenhum.

Fecha os olhos com força e volta a abri-los. Pisca para clarear a visão. Hesitante, tenta virar a cabeça para a direita e dessa vez consegue sem aquela dor horrível, intrusiva. *Bom.* Uma mancha de luz alaranjada ao fundo deixa tudo em silhueta, mas ela pode avistar um bosque denso – árvores estranhas e retorcidas, que não consegue identificar – e ali, bem na frente, um pedaço curvo de metal retorcido. Ah, meu Deus, é o avião? É... ela consegue ver a forma oblonga de uma janela. Um estalo, um sibilo, um estrondo fraco e toda a cena é iluminada, clara como o dia. Seus olhos se enchem de água, mas ela não vai desviar o olhar. Não vai. Pode ver a borda serrilhada da fuselagem, rasgada cruelmente do resto do corpo da aeronave... Onde está o resto? Ela estava sentada naquela parte? Impossível. Não poderia sobreviver àquilo. É como um enorme brinquedo quebrado, que a faz pensar nos terrenos em volta dos trailers onde a mãe de Jim morava. Eram cheios de entulho, pedaços de carros velhos, velocípedes quebrados e Pam não gostava de ir lá, ainda que a mãe de Jim sempre fosse gentil com ela... Sua visão está limitada devido à sua posição e ela ignora os estalos que ouve quando estica a cabeça até a bochecha encostar no ombro.

Os gritos param abruptamente, no meio de um uivo. *Bom.* Ela não quer que esse momento seja atrapalhado pela dor e os barulhos de outra pessoa.

Espere um instante... Tem alguma coisa se mexendo, perto de onde começavam as árvores. Uma forma escura, uma pessoa pequena, uma criança? A criança que estava sentada na frente dela? Pam é tomada pela vergonha: não pensara no menino ou na mãe dele nem por um segundo enquanto o avião caía. Só em si mesma. Não é de espantar que não conseguisse orar, que tipo de cristã ela é? Para sua frustração, a figura sai de sua linha de visão, mas ela não consegue virar o pescoço nem mais um centímetro.

Tenta abrir a boca para gritar; desta vez parece que não consegue mexer a mandíbula. *Por favor. Estou aqui. Hospital. Consiga ajuda.*

Uma pancada fraca atrás de sua cabeça.

– Ai – consegue articular ela. – Ai.

Algo toca seu cabelo e ela sente lágrimas escorrendo pelas bochechas: está em segurança, vieram salvá-la.

O som de pés correndo. *Não vá. Não me deixe.*

Pés descalços aparecem de repente diante de seus olhos. Pés pequenos, sujos, está escuro, escuro demais, mas eles parecem manchados com uma gosma preta – lama? sangue?

– Me ajude, me ajude, me ajude.

Isso, ela está falando agora. Se consegue falar, vai ficar bem. Só está em choque. É. É só isso.

– Me ajude.

O rosto vem em sua direção; está tão perto que ela sente a respiração do menino nas bochechas. Tenta se concentrar nos olhos dele. Será que eles estão...? De jeito nenhum. É só a má iluminação. Eles estão brancos, totalmente brancos, sem pupilas, *ah, Jesus, me ajude.* Um grito cresce em seu peito, aloja-se na garganta, ela não consegue colocá-lo para fora, vai sufocá-la. O rosto se vira bruscamente para o outro lado. Seus pulmões estão pesados, líquidos. Agora dói respirar.

Algo tremula na extrema esquerda de seu campo de visão. É a mesma criança?

Como ela pode ter ido até lá tão depressa? Está apontando para alguma coisa... Formas, mais escuras do que as árvores ao redor. Pessoas. Definitivamente são pessoas. A claridade alaranjada está diminuindo, mas ela consegue ver claramente as silhuetas. São centenas, parece, e estão vindo para ela. Saindo das árvores, daquelas árvores estranhas, nodosas, encalombadas e torcidas feito dedos.

Onde estão os pés deles? Não têm pés. Isso não está certo.

De jeito nenhum. Não são reais. Não podem ser reais. Ela não consegue ver os olhos deles, os rostos são glóbulos totalmente pretos que permanecem chapados e imóveis enquanto a luz atrás floresce e morre.

Estão vindo pegá-la, ela sabe.

O medo se esvai, substituído pela certeza de que ela não tem muito tempo. É como se uma Pam fria e confiante – uma Pam nova, que ela sempre quis ser – entrasse e assumisse seu corpo espancado, agonizante. Ignorando a sujeira onde sua barriga estivera um dia, ela tateia procurando a pochete. Ainda está ali, embora tenha sido girada para a lateral do corpo. Fecha os olhos e se concentra em abrir o zíper. Seus dedos estão molhados, escorregadios, mas agora não vai desistir.

O *vup-vup* preenche seus ouvidos, desta vez mais intenso, uma luz vem do alto e dança acima e ao redor dela; Pam consegue divisar uma fileira de poltronas espalhadas, estruturas de metal captando a luz, e um sapato de salto alto que parece novo em folha. Espera para ver se a luz vai impedir a aproximação do grupo. Eles continuam a se esgueirar e ela ainda não consegue identificar nenhuma característica facial. E onde está o garoto? Se ao menos pudesse dizer para ele não chegar perto deles, porque ela sabe o que eles querem, ah, sim, ela sabe exatamente o que querem. Mas agora não pode pensar nisso, não quando está tão perto. Enfia a mão na bolsa, dá um gritinho de alívio quando os dedos roçam na parte traseira lisa do telefone. Com cuidado para não deixá-lo cair, retira-o – tem tempo para se maravilhar com o pânico que sentiu antes, quando não conseguia lembrar onde o havia colocado – e instrui o braço a trazê-lo até o rosto. E se ele não funcionar? E se estiver quebrado?

Não vai estar quebrado, ela não vai deixar que esteja quebrado, e grasna em triunfo quando escuta a animada musiquinha ao ligá-lo. Quase lá... Um *tsc* de exasperação – ela é uma criatura tão desastrada! Há sangue na tela toda. Usando o resto das forças para se concentrar, encontra o caminho para a pasta de aplicativos, vai até o ícone do gravador. Agora o *vup-vup* é de ensurdecer, mas Pam grita ao mesmo tempo que ignora o fato de que não consegue mais enxergar.

Segura o telefone junto à boca e começa a falar.

QUINTA-FEIRA NEGRA

DA QUEDA À CONSPIRAÇÃO

Por dentro do fenômeno dos Três

ELSPETH MARTINS

Jameson & White Editores
Nova York ✶ Londres ✶ Los Angeles

NOTA DA AUTORA

Talvez alguns leitores não sintam pavor quando as palavras Quinta-Feira Negra são mencionadas. Aquele dia – 12 de janeiro de 2012 – em que quatro aviões de passageiros caíram com horas de diferença, resultando na morte de mais de mil pessoas, entrou para os anais dos desastres devastadores que mudaram a forma como vemos o mundo.

De modo previsível, semanas depois dos acidentes, o mercado recebeu uma avalanche de relatos de não ficção, blogs, biografias e artigos de opinião aproveitando o fascínio mórbido do público pelos eventos e pelas crianças que sobreviveram, conhecidas como Os Três. Mas ninguém poderia ter previsto a cadeia macabra de acontecimentos que viria em seguida ou a rapidez com que iriam se desdobrar.

Como fiz em *Detonadores*, minha investigação sobre os crimes com armas de fogo perpetrados por crianças com menos de 16 anos nos Estados Unidos, decidi que, se ia acrescentar minha voz a essa balbúrdia, o único modo de fazer isso era montar um relato objetivo, deixando os envolvidos falarem com as próprias palavras. Com essa intenção, usei uma ampla variedade de fontes, inclusive a biografia inacabada de Paul Craddock, as mensagens coletadas de Chiyoko Kamamoto e entrevistas que realizei pessoalmente no decorrer e logo depois dos acontecimentos em questão.

Não peço desculpas pela inclusão de assuntos que alguns possam considerar incômodos, como os relatos dos primeiros a chegar aos locais das tragédias; as declarações de antigos e atuais pamelistas; os *isho* encontrados no local da queda do voo 678 da Sun Air; e a entrevista, nunca antes publicada, do exorcista contratado por Paul Craddock.

Mesmo admitindo ter incluído trechos de matérias de jornais e revistas como forma de estabelecer um contexto – e, até certo ponto, como instrumento de narrativa –, minha motivação principal, assim como em *Detonadores*, é fornecer uma plataforma isenta para as perspectivas das pessoas mais próximas aos principais atores dos fatos ocorridos entre janeiro e julho de 2012. Tendo isso em mente, peço que os leitores lembrem que estes relatos são subjetivos e que tirem suas próprias conclusões.

Elspeth Martins
Nova York
30 de agosto de 2012

Eles estão aqui. Eu... Não deixe a Snookie comer chocolate, é veneno para os cachorros, ela vai implorar a você... O menino. O menino, vigiem o menino, vigiem as pessoas mortas, ah, meu Deus, elas são tantas... Estão vindo me pegar agora. Vamos todos embora logo. Todos nós. Tchau, Joanie, adorei a bolsa, tchau, Joanie, pastor Len, avise a eles que o menino, não é para ele...

Últimas palavras de Pamela May Donald (1961-2012)

PARTE UM

QUEDA

Do primeiro capítulo de *Cuidando de Jess: minha vida com um dos Três*, de Paul Craddock (escrito em colaboração com Mandi Solomon).

Sempre gostei de aeroportos. Podem me chamar de romântico, mas eu ficava inebriado ao ver famílias e amantes se reunindo – aquela fração de segundo em que os cansados e queimados de sol emergem pelas portas de vidro e o reconhecimento ilumina seus olhos. Assim, quando Stephen pediu que eu fosse pegá-lo com as meninas no aeroporto de Gatwick, fiquei mais do que feliz.

Saí com uma boa hora de folga. Queria chegar cedo, tomar um café e observar as pessoas durante um tempo. Agora é estranho pensar nisso, mas naquela tarde eu estava com um humor maravilhoso. Tinha recebido um convite para o papel do mordomo gay na terceira temporada de *Cavendish Hall* (por causa do tipo físico, claro, mas Gerry, meu agente, achou que essa enfim poderia ser minha grande chance) e eu tinha conseguido achar uma vaga de estacionamento que não me exigiria caminhar muito até a entrada. Como estava de bom humor, pedi um *espresso* com leite e creme extra e fui me juntar à multidão que esperava a saída dos passageiros da área de bagagem. Perto de uma loja do Cup'n Chow, um grupo de jovens estagiários discutindo sem parar fazia um serviço execrável desmontando uma decoração cafona de Natal que já deveria ter sido retirada muito antes. Assisti àquele minidrama por um tempo, sem saber que o meu estava para começar.

Eu não tinha pensado em verificar o horário do avião no painel de voos, por isso fui apanhado desprevenido quando uma voz nasalada estrondeou no alto-falante:

– Por favor, todos os que esperam a chegada do voo 277 da Go!Go! Airlines vindo de Tenerife dirijam-se ao balcão de informações, obrigado.

Esse não é o voo do Stephen?, pensei, verificando os detalhes no meu Blackberry. Não fiquei muito preocupado: presumi que fosse um atraso. Não me ocorreu pensar por que o Stephen não havia ligado dizendo que iria se atrasar.

A gente nunca pensa que isso vai acontecer com a gente, não é?

A princípio éramos apenas um grupo pequeno – outros, como eu, que tinham chegado cedo. Uma garota bonita com cabelo tingido de ruivo segurando um balão em forma de coração preso numa vareta, um cara com *dreadlocks* e corpo de lutador e um casal de meia-idade com pele de fumante, vestindo roupas de moletom idênticas, cor de cereja. Não era o tipo de pessoas de quem eu geralmente optaria por me aproximar. É estranho como as primeiras impressões podem ser tão erradas... Agora eles estão entre os meus amigos mais íntimos. Bom, esse tipo de coisa une a gente, não é?

Eu deveria saber, pela expressão chocada do adolescente cheio de espinhas que estava no balcão e pela mulher da segurança pálida ao lado dele, que algo horrível se passava, mas nesse estágio só sentia irritação.

– O que está acontecendo? – falei rispidamente no meu melhor sotaque de *Cavendish Hall*.

O adolescente conseguiu gaguejar que deveríamos acompanhá-lo até "onde mais informações seriam dadas".

Todos obedecemos, mas confesso que fiquei surpreso ao ver que o casal de moletom não reagiu com agressividade, pois eles não pareciam do tipo que gosta de receber ordens. Mas, como me disseram semanas depois, numa das nossas reuniões do "277 Unido", àquela hora estavam em plena fase de negação. Se algo desagradável tivesse acontecido com o avião, não *queriam* saber nada, em especial da boca de um garoto que mal havia saído da puberdade. O adolescente praticamente correu em frente, talvez para que nenhum de nós tivesse chance de interrogá-lo, e nos fez passar por uma porta inócua ao lado do escritório da alfândega. Fomos levados por um longo corredor que, a julgar pela tinta descascando e o piso gasto, não ficava numa parte do aeroporto normalmente vista pelo público. Lembro-me de sentir um cheiro de fumaça de cigarro vindo de algum lugar, num flagrante desrespeito à proibição ao fumo.

Fomos parar numa sala austera sem janelas, mobiliada com gastas poltronas cor de vinho, típicas de sala de espera. Meu olhar foi atraído por um daqueles cinzeiros tubulares dos anos 1970, meio escondido atrás de uma planta de plástico. É engraçado o que a gente recorda, não é?

Um cara com terno de poliéster segurando uma prancheta veio na nossa direção, o pomo de adão subindo e descendo como alguém que sofre de síndrome de Tourette. Apesar de pálido feito um cadáver, suas bochechas estavam vívidas com um corte sério feito ao se barbear. Seu olhar ia de um lado para outro, encontrou o meu brevemente, depois fitou algum ponto ao longe.

Naquele momento, acho, é que fui atingido pela compreensão nauseante de que ia ouvir algo que mudaria minha vida para sempre.

– Vá em frente, camarada – disse Kelvin, o cara dos *dreads*.

O sujeito de terno engoliu em seco, num espasmo convulsivo.

– Lamento muito dizer isso a vocês, mas o voo 277 desapareceu do radar há cerca de uma hora.

O mundo oscilou e eu tive os primeiros sintomas de um ataque de pânico. Meus dedos estavam pinicando e o peito começava a se apertar. Então Kelvin fez a pergunta que o resto de nós receava fazer:

– Ele caiu?

– Por enquanto não temos certeza, mas, por favor, saibam que daremos a informação a vocês assim que ela chegar. Psicólogos estarão disponíveis para quaisquer de vocês que...

– E há sobreviventes?

As mãos do homem de terno estavam tremendo e o avião de desenho animado brilhando em seu crachá plástico da Go!Go! parecia zombar de nós com uma despreocupação presunçosa. "O nome deveria ser Gay!Gay!", costumava dizer Stephen sempre que um dos terríveis comerciais da Go!Go! aparecia na televisão. Ele vivia dizendo que o aviãozinho era mais afeminado do que um ônibus cheio de drag queens. Eu não me ofendia: esse era o tipo de relacionamento que nós tínhamos.

– Como eu disse – o sujeito de terno ficou ruborizado –, temos psicólogos à disposição de vocês...

Mel, a mulher de moletom, se manifestou:

– Danem-se os seus psicólogos, só diga o que aconteceu!

A garota que segurava o balão começou a soluçar de maneira meio teatral e Kelvin passou o braço por seus ombros. Ela largou o balão e eu o vi quicar triste no piso, acabando por se alojar perto do cinzeiro retrô. Outras pessoas começavam a entrar na sala, trazidas por mais funcionários da Go!Go!, a maioria parecendo tão perplexa e despreparada quanto aquele adolescente cheio de espinhas.

O rosto de Mel estava tão vermelho quanto seu agasalho de moletom e ela sacudiu um dedo no ar diante do funcionário. Todo mundo parecia gritar ou chorar, mas eu sentia um curioso distanciamento com relação ao que acontecia, como se estivesse no palco esperando uma deixa. E é uma coisa medonha de admitir, mas pensei: *Lembre-se do que você está sentindo, Paul, você pode usar isso em alguma atuação*. Não sinto orgulho disso; só estou sendo honesto.

Fiquei olhando o balão, e de repente pude ouvir as vozes de Jessica e Polly, nítidas como um sino: "Mas, tio Paaaaauuuuul, o que mantém o avião no ar?" Stephen havia me convidado para almoçar no domingo anterior à viagem e as gêmeas não tinham parado de pegar no meu pé falando no voo, presumindo, por algum motivo, que eu era a fonte de todo o conhecimento sobre as aeronaves.

Era a primeira vez das meninas num avião e elas estavam mais empolgadas com isso do que com as férias. Eu me peguei tentando lembrar a última coisa que Stephen me dissera, algo do tipo "Vejo você quando estiver mais velho, camarada". Nós não somos gêmeos idênticos, mas como pude não ter sentido que algo medonho acontecera? Tirei o telefone do bolso, lembrando que Stephen tinha me mandado um torpedo na véspera: *As meninas dizem oi. Hotel cheio de otários. Chegamos aí 15h30. Não se atrase ;)* Repassei as mensagens, tentando encontrá-la. De repente era absolutamente vital que eu a salvasse. Não estava ali; devia ter apagado sem querer.

Mesmo semanas depois eu desejava ter mantido aquela mensagem de texto.

Sem me dar conta, estava de volta ao saguão de desembarque. Não lembro como fui parar lá nem se alguém tentou me impedir de sair daquela sala medonha. Eu vagava, sentindo que as pessoas me olhavam, mas nesse momento elas eram figurantes sem importância. Havia algo no ar, como se uma tempestade fosse desabar. Pensei: dane-se, preciso de uma bebida, o que não era do meu feitio, pois eu estava sóbrio fazia uns dez anos. Fui como um sonâmbulo em direção ao bar irlandês na extremidade do saguão. Um grupo de rapazes de terno rodeava o balcão, vendo TV. Um deles, um moleque de cara vermelha com sotaque de malandro, falava alto demais, asneiras sobre o 11 de Setembro, dizendo a todo mundo que tinha de chegar a Zurique às 17h50 ou "cabeças iriam rolar". Parou no meio da frase quando me aproximei e os outros abriram espaço para mim, recuando como se eu fosse contagioso. Claro, desde então aprendi que o sofrimento e o horror *são* contagiosos.

O som da televisão estava no máximo e uma apresentadora – um daqueles horrores americanos cheios de botox, dentes artificiais e maquiagem demais – falava sem parar. Atrás dela havia a imagem do que parecia uma espécie de pântano com um helicóptero pairando acima. Li a legenda: "Acidente com o avião da Maiden Airlines nos Everglades."

Eles erraram, pensei. *Stephen e as meninas estavam viajando pela Go!Go!, e não nesse avião.*

E então entendi: outro avião tinha caído.

Às 14h35 (horário da África Central), um avião Antonov de carga e passageiros alugado pela companhia aérea nigeriana Dalu caiu no coração de Khayelitsha, a favela mais populosa da Cidade do Cabo. Liam de Villiers foi um dos primeiros paramédicos a chegar ao local. Na época do acidente, era um profissional avançado de salvamento da Cape Medical Response e agora trabalha com aconselhamento psicológico. Este relato foi elaborado a partir de entrevistas realizadas pelo Skype e por e-mail.

Estávamos atendendo a um incidente na Baden Powel Drive quando tudo aconteceu. Um táxi havia batido num Mercedes e capotara, mas não era nada tão ruim, pois não levava passageiros. Apesar de o motorista ter sofrido apenas pequenos ferimentos, precisávamos mandá-lo para a emergência, para levar pontos. Era um daqueles raros dias calmos, o vento sudeste que viera incomodando durante semanas tinha parado e só havia uns fiapos de nuvens sobre a borda da montanha da Mesa. Acho que você poderia chamar de um dia perfeito, apesar de estarmos parados um pouco perto demais da estação de tratamento de esgoto de Macassar. Depois de sentir aquele cheiro durante vinte minutos, fiquei agradecido por não ter comido o frango frito para viagem que comprara para o almoço.

Naquele dia eu estava com Cornelius, um dos novatos, um cara maneiro, com senso de humor, que batia papo com dois guardas de trânsito. O taxista gritava ao celular, mentindo para o chefe enquanto eu fazia um curativo na parte superior do seu braço. Não dava para perceber que algo havia acontecido com ele: o sujeito não se encolheu uma vez sequer. Eu já ia perguntar ao Cornelius se ele tinha avisado à emergência do False Bay que estávamos seguindo com um paciente quando um rugido rasgou o céu, fazendo todos nós pularmos. O motorista do táxi deixou cair o telefone no chão.

E então nós vimos. Sei que todo mundo diz isso, mas foi exatamente como assistir a uma cena de filme; não dava para acreditar que estava acontecendo de verdade. Ele voava tão devagar que pude ver a tinta descascada no logotipo – sabe, aquele arabesco verde em volta de um "D". O trem de pouso estava abaixado e a aeronave balançava loucamente de um lado para o outro, como um homem na corda bamba tentando se equilibrar. Lembro-me de ter pensado: o aeroporto fica na direção oposta, que porra o piloto está fazendo?

Cornelius estava gritando alguma coisa, apontando. Não pude ouvir o que ele dizia, mas captei o sentido geral. Mitchell's Plain, onde sua família morava, não era muito longe do lugar para onde o avião parecia se dirigir. Era óbvio que o aparelho estava caindo; não pegava fogo nem nada, mas estava claro que passava por problemas sérios.

O avião sumiu de vista, houve um *bum* e juro que o chão tremeu. Mais tarde, Darren, o controlador da nossa base, disse que provavelmente estávamos longe demais para sentir qualquer tremor, mas é assim que eu lembro. Segundos depois, uma nuvem preta brotou no céu: era gigantesca e me fez pensar naquelas imagens de Hiroshima. Pensei que não havia jeito de alguém sobreviver a isso.

Não paramos para pensar. Cornelius pulou na cabine, começou a falar pelo rádio com a base, dizendo que tínhamos um acidente de grandes proporções e que o centro de administração de desastres devia ser notificado. Eu falei ao taxista que ele teria de esperar outra ambulância para levá-lo à emergência e gritei "Informe que é um Fase Três, um Fase Três!". Os policiais já estavam na estrada, indo direto para a saída da via expressa para Khayelitsha Harare. Pulei na parte de trás da ambulância, a adrenalina disparando no corpo, jogando fora todo o cansaço que sentia após doze horas de plantão.

Enquanto Cornelius dirigia, seguindo o carro da polícia, eu peguei uma mochila e comecei a remexer nos armários a fim de encontrar os equipamentos para queimadura, frascos de soro, tudo que poderíamos necessitar. Coloquei-a na maca. Éramos treinados para a queda de um avião, é claro. Há um local designado para pousos de emergência em Fish Hoek, em False Bay, e eu me perguntei se era para lá que o piloto estava indo quando percebeu que não conseguiria chegar ao aeroporto. Mas não vou mentir, treinamento é algo bem diferente; nunca pensei que teríamos de enfrentar uma situação assim.

Aquela corrida de ambulância está gravada na minha memória de um jeito que não dá para acreditar. Os estalos no rádio em meio a vozes conferenciando, os nós esbranquiçados dos dedos de Cornelius segurando o volante, o fedor da comida que nunca cheguei a comer. E olhe, isso vai soar mal, mas existem partes de Khayelitsha em que geralmente nem sonharíamos em entrar; tivemos incidentes em que o pessoal foi mantido do lado de fora – todos os serviços de ambulância vão lhe dizer –, mas isso era diferente. Nem me ocorreu ficar preocupado por entrar em Little Brazzaville. Darren estava de novo no rádio, orientando Cornelius quanto aos procedimentos, falando que tínhamos de esperar que o local fosse considerado seguro primeiro. Em situações assim não há lugar para heróis. Você não vai querer se ferir e acabar como mais uma baixa para ser tratada pelo pessoal.

À medida que chegávamos mais perto, eu podia ouvir gritos se misturando com as sirenes que vinham de todas as direções. A fumaça rolava até nós, cobrindo o para-brisa com um resíduo oleoso, e Cornelius precisou diminuir a velocidade e ligar os limpadores. O cheiro acre de combustível queimando encheu a ambulância; durante dias não consegui tirar aquele fedor da pele. Cornelius pisou no freio quando uma multidão veio na nossa direção feito uma enchente. A maioria carregava televisores, crianças chorando, móveis, cachorros. Não estavam saqueando, pois sabiam a velocidade com que um incêndio poderia se espalhar naquela área. Quase todas as casas são grudadas umas nas outras, barracos de madeira e zinco, muitas mal passam de lenha para fogueira, para não mencionar a quantidade de parafina que devia estar espalhada por ali.

Diminuímos a velocidade até quase parar e eu podia ouvir o som de mãos batendo nas laterais da ambulância. Cheguei a me abaixar ao ouvir o estrondo de outra explosão e pensei *merda*. Um bando de helicópteros lotava o ar e eu gritei para Cornelius parar – era óbvio que não poderíamos ir mais longe sem colocar nossa segurança em risco. Saí da traseira e tentei me preparar para o que veríamos.

Era o caos. Se eu não tivesse visto com meus próprios olhos, não saberia que era uma queda de avião: teria presumido que uma bomba havia explodido. E o calor que vinha de lá... Mais tarde vi as imagens em vídeo, feitas pelos helicópteros, o buraco preto no chão, os barracos achatados, aquela escola construída pelos americanos, esmagada como se fosse feita de palitos de fósforo, a igreja partida ao meio parecendo tão frágil quanto um casebre.

– Tem mais! Tem mais! Ajude a gente! – gritavam as pessoas. – Aqui! Aqui!

Parecia que centenas de pessoas vinham na nossa direção gritando por socorro, mas felizmente os policiais que estavam no local da colisão dos carros empurraram a maioria para trás e pudemos avaliar o que enfrentaríamos. Cornelius começou a organizá-los em grupos de triagem, separando quem tinha mais necessidade de ajuda urgente. Eu soube de imediato que a primeira criança que vi não resistiria. Sua mãe abalada disse que os dois estavam dormindo quando ouviu um rugido ensurdecedor e pedaços de entulho choveram dentro do quarto. Agora sabemos que o avião se partiu durante o impacto, espalhando partes em chamas, tal e qual o Agente Laranja herbicida usado na Guerra do Vietnã.

Um médico do hospital de Khayelitsha foi o primeiro a chegar, fazendo um serviço fantástico. O cara era rápido no gatilho. Mesmo antes que a equipe de enfrentamento de desastres tivesse aparecido, ele já tinha localizado áreas para as barracas de triagem, necrotério e posto de ambulância. Há um sistema para essas coisas, você não pode fazer pela metade. Eles estabeleceram o círculo externo em tempo recorde e o serviço de bombeiros e resgate do aeroporto estava ali minutos após termos chegado para isolar a área. Era vital garantir que não aconteceriam mais explosões. Todos sabíamos muito bem quanto oxigênio os aviões carregam, para não falar no combustível.

Cuidamos principalmente das baixas periféricas. A maioria era de queimaduras, membros decepados por metal voando, um bocado de amputações, muita gente com problemas oculares, em especial crianças. Cornelius e eu entramos em ritmo acelerado. Os policiais mantinham as pessoas afastadas, mas não era possível culpá-las por se apinharem ao nosso redor. Eram pais procurando filhos que estavam naquela escola e creche, outros exigindo saber a situação de entes queridos. Um bom número filmava com celulares. Eu não os condenava: isso estabelece uma distância, não é? E a mídia estava em toda parte, era um enxame. Precisei impedir Cornelius de socar um homem que tentava enfiar uma câmera na cara dele.

E, à medida que a fumaça diminuía, dava para ver pouco a pouco o tamanho da devastação. Metal amassado, retalhos de roupas, móveis e utensílios quebrados, sapatos largados, um celular pisoteado. E corpos, claro. A maioria queimada, mas havia outros... pedaços, você sabe... Os gritos ecoavam de todos os lados à medida que mais e mais mortos eram descobertos; a barraca usada como necrotério improvisado simplesmente não daria conta.

Trabalhamos o dia inteiro e noite adentro. Quando a escuridão começou a se adensar, o local foi iluminado com holofotes e, de algum modo, tudo ficou pior. Mesmo com o equipamento de respiração, alguns voluntários mais jovens da equipe não suportavam e dava para vê-los correndo para longe, para vomitar.

Os sacos com cadáveres continuavam se empilhando.

Não se passa um dia sem que eu não pense nisso. Ainda não consigo comer frango frito.

Você sabe o que aconteceu com o Cornelius, não sabe? A esposa disse que nunca poderá perdoá-lo, mas eu o perdoo. Sei como é se sentir ansioso o tempo todo, não conseguir dormir, chorar sem um motivo aparente. É por isso que passei a trabalhar em aconselhamento psicológico.

Olhe, a não ser que você tenha estado lá, não existe um modo adequado de descrever, mas deixe-me comparar. Sou paramédico há mais de vinte anos e já presenciei algumas coisas pesadas. Já vi o corpo carbonizado de uma pessoa ainda soltando fumaça depois de terem botado fogo nela, o rosto fixo numa expressão que você não quer ver nem em seus piores pesadelos. Eu estava de serviço quando houve tumultos na greve dos trabalhadores municipais e a polícia abriu fogo: trinta mortos e nem todos em decorrência dos ferimentos de bala. Você não quer ver que tipo de danos um facão de cana pode causar. Estive em engavetamentos onde os corpos de crianças e de bebês ainda nas cadeirinhas foram jogados por cima de três pistas. Vi o que acontece quando um caminhão blindado perde os freios e passa por cima de um carro de passeio. E, durante o serviço em Botsuana, encontrei os restos de um guarda florestal que fora partido ao meio por mordidas de um hipopótamo. Nada pode se comparar com o que vimos naquele dia. Todos entendemos pelo que Cornelius passou – todo o pessoal entendeu.

Ele fez a coisa dentro do carro, na costa oeste, onde costumava ir pescar. Asfixia, mangueira ligada no cano de descarga. Sem sujeira, sem confusão.

Sinto falta dele.

Depois recebemos um monte de censuras por termos tirado fotos e posto no Facebook. Mas não vou me desculpar por isso. É uma das maneiras de enfrentar a situação – precisamos falar – e se você não está no serviço, não vai entender. Agora andam falando em retirá-las, já que aqueles malucos ficam usando-as como propaganda. Como cresci neste país, não sou fã da censura, mas consigo ver por que eles estão pressionando. Isso só põe mais lenha na fogueira.

Mas vou dizer uma coisa: eu estive lá, na porra do marco zero, e de jeito nenhum alguém daquele avião sobreviveu. De jeito nenhum. Vou me manter firme, não importa o que dizem aqueles fãs escrotos de teorias de conspiração (desculpe o palavreado).

Vou me manter firme.

Yomijuri Miyajima, geólogo e rastreador voluntário de suicídios na famosa floresta de Aokigahara, no Japão, local popular entre pessoas deprimidas que querem acabar com a própria vida, estava de serviço na noite em que um Boeing 747-400D operado pela companhia japonesa Sun Air mergulhou ao pé do monte Fuji.
(Tradução de Eric Kushan)

Eu esperava encontrar um corpo naquela noite. Não centenas.

Geralmente os voluntários não patrulham à noite, mas, quando estava começando a escurecer, nosso posto recebeu o telefonema de um pai muito preocupado com o filho. Ele havia interceptado e-mails alarmantes e encontrado um exemplar do manual de suicídio de Wataru Tsurumi embaixo do colchão do adolescente. Junto com o famoso romance de Matsumoto, esse é um texto popular para quem deseja se suicidar na floresta; já perdi a conta de quantos exemplares abandonados encontrei nos meus anos de trabalho aqui.

Há algumas câmeras destinadas a monitorar atividades suspeitas na entrada mais popular, mas eu não tinha recebido qualquer confirmação de que ele fora visto e, apesar de ter uma descrição do automóvel do adolescente, não vira nenhum sinal do veículo no acostamento da estrada nem em qualquer dos pequenos estacionamentos perto da floresta. Isso não queria dizer nada. Frequentemente as pessoas seguem de carro até locais distantes ou escondidos nos limites da floresta para acabar com a própria vida. Alguns tentam se matar com gases de escapamento; outros, inalando a fumaça tóxica de churrasqueiras portáteis. Mas, de longe, o método mais comum é o enforcamento. Muitos suicidas trazem barracas e suprimentos, como se precisassem passar uma ou duas noites contemplando o que vão fazer antes de irem até o fim.

Todo ano a polícia local e muitos voluntários fazem uma varredura na floresta para encontrar os corpos dos que optaram por morrer aqui. Na última vez em que fizemos isso, no fim de novembro, descobrimos os restos mortais de trinta pessoas. A maior parte jamais foi identificada. Se eu encontro alguém que desconfio estar planejando se matar, peço que pense na dor da família deixada para trás e lembro que sempre há esperança. Aponto para a rocha vulcânica que forma a base do piso da floresta e digo que, se as árvores podem crescer numa superfície tão dura e implacável, uma vida nova pode ser construída sobre o alicerce de qualquer dificuldade.

Hoje em dia é comum os desesperados trazerem fita adesiva para marcar o caminho de volta, caso mudem de ideia, ou, na maioria dos casos, para indicar onde seus corpos podem ser encontrados. Mas também há turistas asquerosos que esperam encontrar algum morto, mas não querem se perder.

Eu me ofereci para entrar a pé na floresta e verifiquei primeiro se havia indicação de alguma nova fita grudada nas árvores. Estava escuro, logo era impossível ter certeza, mas pensei ter visto sinais de que alguém desrespeitara, fazia pouco tempo, as placas de "não ultrapasse este ponto".

Não me preocupava a hipótese de me perder, pois conheço muito bem a floresta. Peço desculpas se pareço pretensioso, mas depois de 25 anos fazendo isso, a atividade se tornou parte de mim. E eu tinha uma lanterna poderosa e meu GPS – não é verdade que a rocha vulcânica atrapalha os sinais. Contudo, a floresta é ímã de mitos e lendas e as pessoas acreditam no que querem.

Assim que você entra na floresta, ela se torna um casulo. As copas das árvores formam um teto suavemente ondulante que isola o mundo lá fora. Algumas pessoas podem achar intimidante a imobilidade e o silêncio, mas eu, não. Os *yūrei* não me amedrontam. Não tenho por que temer os espíritos dos mortos. Já ouviu falar nas histórias de que esse era um local comum para o *ubasute*, a prática de abandonar os idosos ou enfermos para morrer ao relento em tempos de fome? Isso não tem base real. É apenas mais uma das muitas lendas que o lugar atrai. Muitos acreditam que os espíritos são solitários e tentam puxar as pessoas. Acreditam que é por isso que tantos vão à floresta.

Não vi o avião cair – como disse, a copa da floresta esconde o céu –, mas ouvi. Foi uma série de estrondos abafados, como portas gigantescas sendo fechadas com força. O que pensei que era? Presumi que fosse um trovão, apesar de não ser época de tempestades ou tufões. Estava absorvido demais em examinar as sombras, reentrâncias e sulcos no chão da floresta em busca de evidências da presença de um adolescente para especular.

Já ia desistir quando meu rádio emitiu estalos e Sato-san, um dos meus colegas rastreadores, me alertou de que um avião com problemas se desviara da rota e caíra em algum lugar nos arredores da floresta, provavelmente na área de Narusawa. Claro que percebi então que era essa a fonte dos estrondos que ouvira antes.

Sato informou que as autoridades se dirigiam para lá e disse que estava organizando uma equipe de buscas. Parecia ofegante, profundamente chocado. Sabia, como eu, que o resgate teria dificuldade para chegar ao local. O terreno em algumas áreas da floresta é quase impossível de transpor: existem fendas profundas escondidas em muitos lugares, o que torna perigoso percorrê-los.

Decidi ir para o norte, na direção do som que tinha escutado.

Em menos de uma hora ouvi o rugido dos helicópteros de resgate varrendo a floresta. Sabia que seria impossível pousarem, por isso avancei com urgência ainda maior. Se houvesse sobreviventes, sabia que precisava alcançá-los logo. Em duas horas comecei a sentir cheiro de fumaça: as árvores tinham se incendiado em vários lugares, mas felizmente os incêndios não haviam se espalhado e os galhos reluziam enquanto as chamas se recusavam a pegar e começavam a morrer. Algo me fez apontar o facho da lanterna para as copas, captando uma pequena sombra pendurada nos galhos. A princípio pensei que fosse o corpo queimado de um macaco.

Não era.

Havia outros, claro. A noite estava tomada pelos sons dos helicópteros de resgate e da mídia, que sobrevoavam acima de mim, iluminando incontáveis formas presas aos galhos. Algumas eu conseguia ver com muitos detalhes; nem pareciam feridas, quase como se estivessem dormindo. Outras... Outras não tiveram tanta sorte. Todas estavam parcialmente vestidas ou nuas.

Lutei para chegar ao que agora é conhecido como o principal local da queda, onde a cauda e a asa partida foram encontradas. Equipes de resgate estavam sendo baixadas por cordas, mas os helicópteros não conseguiam pousar num terreno tão irregular e traiçoeiro.

Era uma sensação estranha chegar perto da cauda da aeronave. Ela se erguia alta acima de mim, o orgulhoso logotipo vermelho fantasmagoricamente intacto. Corri até onde dois paramédicos cuidavam de uma mulher que gemia no chão; não dava para ver até que ponto ela estava ferida, mas nunca ouvi um som daqueles sair de um ser humano. Foi então que captei um movimento com a visão periférica. Algumas árvores ainda pegavam fogo nessa área e eu vi uma forma pequena, encurvada, oculta em parte atrás de um afloramento de rocha vulcânica retorcida. Corri para lá e vislumbrei dois olhos no facho da lanterna. Larguei a mochila e corri, movendo-me mais depressa do que nunca na vida.

Ao me aproximar, percebi que era uma criança. Um menino.

Ele estava agachado, tremendo violentamente, e pude ver que um dos seus ombros se projetava num ângulo que não era natural. Gritei para os paramédicos virem depressa, mas eles não me escutaram por causa do som dos helicópteros.

O que eu disse a ele? É difícil lembrar, mas deve ter sido algo como "Você está bem? Não entre em pânico, estou aqui para ajudar".

Era tão grossa a mortalha de sangue e lama cobrindo seu corpo que a princípio não percebi que ele estava nu – mais tarde disseram que suas roupas foram arrancadas pela força do impacto. Estendi a mão para tocá-lo. Sua carne estava fria, porém o que mais se esperaria com aquela temperatura, abaixo do ponto de congelamento?

Não sinto vergonha de dizer que chorei.

Enrolei meu casaco nele e, com o máximo de cuidado, peguei-o no colo. Ele encostou a cabeça no meu ombro e sussurrou "Três". Ou pelo menos foi o que pensei. Pedi que repetisse, mas seus olhos se fecharam, a boca ficou frouxa como se ele estivesse dormindo a sono solto e me preocupei mais ainda em levá-lo para a segurança e mantê-lo quente antes que sofresse hipotermia.

Claro que agora todo mundo vive me perguntando: você viu algo estranho no menino? Claro que não! Ele havia acabado de passar por uma experiência horrível e o que eu notava eram sinais de choque.

Não concordo com o que algumas pessoas estão dizendo sobre ele. Que está possuído por espíritos raivosos, talvez dos passageiros mortos que invejam sua sobrevivência. Que ele mantém as almas furiosas dentro do coração.

Também não dou crédito às outras histórias que cercam a tragédia: o piloto seria um suicida e a floresta o estaria atraindo, pois não havia outro motivo para o avião cair em Jukei. Teorias como essa apenas causam dor e mais problemas quando já há em excesso. Para mim é óbvio que o comandante lutou para fazer a aeronave cair numa área despovoada. Ele teve minutos para reagir e tomou uma atitude nobre.

E como um menino japonês pode ser o que aqueles americanos estão dizendo? Aquele garoto é um milagre. Vou me lembrar dele pelo resto da vida.

Minha correspondência com Lillian Small continuou até o FBI insistir em que ela não tivesse mais contato com o mundo exterior, para sua própria segurança. Apesar de Lillian morar em Williamsburg, Brooklyn, e eu ser residente de Manhattan, nunca nos encontramos pessoalmente. Seus relatos são baseados em muitas conversas por telefone e e-mail.

Reuben estivera inquieto toda a manhã e eu o acomodara na frente da CNN; às vezes isso o acalma. Nos velhos tempos ele adorava assistir ao noticiário, especialmente qualquer coisa política, ficava empolgado mesmo, costumava pegar no pé dos comentaristas e analistas políticos como se pudessem ouvi-lo. Não creio que ele tenha perdido algum debate ou entrevista durante as campanhas, foi por isso que percebi que havia um problema. Ele estava tendo dificuldade para lembrar o nome daquele governador do Texas, você sabe, aquele idiota que não conseguia dizer a palavra "homossexual" sem retorcer a boca com nojo. Nunca vou me esquecer da expressão do Reuben tentando se lembrar do nome do panaca. Veja bem, ele andava escondendo de mim os sintomas. Vinha escondendo havia meses.

Naquele dia pavoroso, a apresentadora entrevistava um analista sobre suas previsões para as primárias quando o interrompeu no meio da frase:

– Sinto muito, preciso cortá-lo, pois acabamos de saber que um avião da Maiden Airlines caiu nos Everglades na Flórida...

Claro, o primeiro pensamento que passou pela minha cabeça foi sobre o 11 de Setembro. Terrorismo. Uma bomba a bordo. Duvido que haja uma única pessoa em Nova York que não tenha pensado nisso ao ouvir falar do acidente. A gente simplesmente pensa.

E então as imagens surgiram na tela, uma visão de cima, de um helicóptero. Não mostrava muita coisa, apenas um pântano com uma massa oleosa no centro, onde o avião tinha mergulhado com tanta força que fora engolido. Meus dedos estavam congelando, como se eu segurasse gelo, apesar de sempre manter o apartamento aquecido. Mudei de canal para um programa de entrevistas, tentando afastar aquela sensação incômoda. Como Reuben tinha cochilado, eu esperava ter tempo suficiente para trocar os lençóis e levá-los para a lavanderia.

Estava acabando de fazer isso quando o telefone tocou. Corri para atender, preocupada, achando que Reuben poderia acordar.

Era Mona, a melhor amiga de Lori. Pensei: por que Mona está ligando para mim? Nós não éramos íntimas, ela sabe que eu nunca a aprovei, sempre a considerei depravada, uma influência ruim. No fim das contas ficou tudo bem, mas, ao contrário da minha Lori, mesmo aos 40 anos Mona não havia mudado seu jeito frívolo. Divorciara-se duas vezes antes dos 30. Sem ao menos dizer "olá" ou perguntar pelo Reuben, Mona indagou:

– Em que voo Lori e Bobby vêm para casa?

O gelo que eu havia sentido antes se esgueirava de volta.

– Do que você está falando? Eles não estão em avião nenhum.

– Mas, Lillian, Lori não contou? Ela ia à Flórida ver um lugar para você e Reuben.

Perdi a força na mão e deixei cair o aparelho, ouvindo a voz lamentosa de Mona ecoar. Meus joelhos se dobraram e eu me lembro de ter rezado para que aquilo fosse uma das peças doentias que Mona gostava tanto de pregar quando era nova. Então, desliguei na cara dela, sem nem me despedir, e telefonei para Lori, quase gritando ao ser atendida pela caixa postal. Lori dissera que ia levar Bobby para ver um cliente em Boston, para não me preocupar se ela não fizesse contato por uns dois dias.

Ah, como desejei poder falar com o Reuben naquele momento! Ele saberia o que fazer. Acho que minha sensação era de puro pavor. Não do tipo que se tem ao assistir a um filme de terror ou ser encurralado por um sem-teto de olhar ensandecido, mas algo tão intenso que mal dá para controlar o corpo, como se não houvesse mais uma conexão com ele. Pude ouvir Reuben se mexer, mas ainda assim saí do apartamento e fui direto para a porta da vizinha, sem saber o que fazer. Graças a Deus Betsy estava em casa. Ela deu uma olhada em mim e me puxou para dentro. Minha situação era tal que nem notei a nuvem de fumaça de cigarro que sempre paira na casa dela; era ela quem sempre me visitava quando queríamos tomar um café com biscoitos.

Ela serviu um conhaque, me obrigou a engoli-lo e se ofereceu para retornar ao apartamento comigo e ficar sentada com o Reuben enquanto eu tentava fazer contato com a companhia aérea. Mesmo depois de tudo o que aconteceu mais tarde, nunca vou esquecer como ela foi gentil naquele dia.

Não consegui comunicação – a linha estava ocupada e eu era mantida à espera. Foi quando eu de fato soube como era o inferno: aguardar para ouvir o destino das pessoas mais queridas ouvindo uma versão piegas de "Garota de Ipanema".

Hoje, sempre que ouço essa música, sou levada de volta para aquele momento medonho, com o gosto de conhaque barato na língua, Reuben gemendo na sala, o cheiro da sopa de frango da véspera ainda na cozinha.

Não sei por quanto tempo tentei falar com aquela porcaria de número. E então, quando já estava desanimando, uma voz atendeu. Uma mulher. Dei a ela o nome de Bobby e Lori. Ela pareceu tensa, mesmo procurando permanecer profissional. Uma pausa que durou dias enquanto ela digitava no computador.

Ela informou que Lori e Bobby estavam na lista daquele voo.

E eu disse que devia haver um erro. De jeito nenhum Lori e Bobby podiam ter morrido. Eu saberia. Teria sentido. Não acreditava. Não aceitaria. Quando Charmaine – a psicóloga da Cruz Vermelha designada para nós – nos encontrou pela primeira vez, eu ainda me encontrava numa atitude de negação tão intensa que praguejei... e sinto vergonha disso... mandando que ela fosse para o inferno.

Apesar disso, meu primeiro impulso foi ir direto ao local da queda. Só para ficar mais perto deles. Só para garantir. Devo admitir que não estava pensando com clareza. Como poderia fazer isso? Não havia nenhum avião voando e isso significaria deixar Reuben com alguém estranho por Deus sabe quanto tempo, talvez colocá-lo num asilo. Para onde quer que eu olhasse via o rosto de Lori e Bobby. Tínhamos fotos dos dois em todo canto. Lori segurando Bobby recém-nascido no colo, sorrindo para a máquina fotográfica. Bobby em Coney Island, segurando um pirulito gigante. Lori na época da escola, Lori e Bobby na festa de 70 anos de Reuben no Jujubee's, um ano antes de ele começar a entrar em franca decadência – quando ainda se lembrava de quem eu era, de quem Lori era. Não conseguia parar de pensar no dia em que ela me contou que estava grávida. Eu não havia recebido bem a notícia, não gostava da ideia de ela ir àquele lugar comprar esperma como se fosse tão simples quanto comprar um vestido e depois ser... inseminada artificialmente. Parecia frio demais para mim. "Tenho 39 anos, mamãe" (ela continuava me chamando de mamãe). "Pode ser minha última chance e, vamos ser realistas, o Príncipe Encantado não vai aparecer tão cedo." Todas as minhas dúvidas sumiram ao vê-la com Bobby pela primeira vez, claro. Ela era uma mãe maravilhosa!

E eu não conseguia deixar de me culpar. Lori sabia que um dia eu esperava me mudar para a Flórida, ir para um daqueles lugares limpos, ensolarados, com assistência, onde Reuben poderia receber a ajuda necessária. Foi por isso que eles viajaram. Ela planejava me fazer uma surpresa de aniversário. Isso era a cara da Lori, altruísta e generosa ao extremo.

Betsy se esforçava para acalmar Reuben enquanto eu andava de um lado para outro. Não conseguia ficar parada. Remexia nas coisas, pegava o telefone, conferia se estava funcionando, só para o caso de Lori me ligar dizendo que no último momento tinha desistido de pegar aquele voo. Que ela e Bobby haviam decidido pegar outro mais tarde. Ou mais cedo. Era a isso que eu me agarrava.

As notícias dos outros acidentes começavam a chegar e eu ficava ligando e desligando a porcaria da televisão, não conseguia decidir se queria ou não ver o que se passava. Ah, as imagens! É estranho pensar nisso agora, mas, ao ver aquele menininho japonês sendo carregado para fora da floresta e içado para um helicóptero, senti inveja. Inveja! Porque naquele momento não sabíamos sobre o Bobby, apenas que nenhum sobrevivente fora encontrado na Flórida.

Para mim, tínhamos tido todo o azar que uma família poderia ter. Pensei: por que Deus faria isso comigo? O que eu havia feito para merecer aquilo? E, além da culpa, da agonia, do terror absoluto e esmagador, eu me sentia solitária. Porque, independentemente do que acontecesse, quer eles estivessem ou não no voo, eu jamais poderia contar ao Reuben. Ele não poderia me consolar, esfregar minhas costas, me ajudar de alguma forma se eu não conseguisse dormir. Não mais. Ele também tinha ido embora.

Betsy só saiu quando Charmaine apareceu, disse que ia voltar para o apartamento dela e fazer algo para a gente comer, se bem que eu não conseguiria engolir nada.

As horas seguintes são turvas. Devo ter acomodado o Reuben na cama, tentado fazer com que ele tomasse um pouco de sopa. Lembro-me de ter esfregado a bancada da cozinha até minhas mãos ficarem vermelhas e ardendo, apesar de Charmaine e Betsy tentarem me fazer parar.

E houve o telefonema. Charmaine atendeu enquanto Betsy e eu permanecíamos imóveis na cozinha. Estou tentando lembrar as palavras exatas, mas elas vivem mudando na minha mente. Ela é afro-americana, a Charmaine, com a pele mais linda que você já viu, eles envelhecem bem, não é? Mas quando entrou naquela cozinha, parecia dez anos mais velha.

– Lillian, acho que você deveria se sentar.

Não me permiti sentir nenhuma esperança. Tinha visto as imagens do acidente. Como alguém poderia ter sobrevivido àquilo? Olhei-a direto nos olhos e pedi:

– Diga logo.

– É o Bobby. Eles o encontraram. Ele está vivo.

E então Reuben começou a gritar no quarto e eu tive de pedir que ela repetisse.

Estabelecido em Washington, o agente Ace Kelso, da ANST (Agência Nacional de Segurança dos Transportes), também deve ser conhecido por muitos leitores como o astro de *Ace investiga*, que teve quatro temporadas no Discovery Channel.
Este relato é uma transcrição parcial de uma das nossas muitas conversas pelo Skype.

Você precisa entender, Elspeth, que, devido à magnitude dos casos, sabíamos que se passaria um tempo até termos certeza absoluta do que estávamos enfrentando. Pense bem. Quatro quedas diferentes envolvendo três modelos distintos de aeronaves em quatro continentes: era algo sem precedentes. Entendíamos que seria necessário trabalharmos juntos e coordenados com a AAIB, do Reino Unido; a AAC, da África do Sul; a JTSB, do Japão, para não mencionar as outras partes que tinham interesse nos acontecimentos – estou falando dos fabricantes, do FBI, da agência americana de aviação e de outros que não vou citar agora. Nosso pessoal fazia o máximo possível, mas a pressão era diferente de tudo o que eu já havia experimentado. Pressão das famílias, pressão dos executivos das companhias aéreas, pressão da mídia, pressão de todos os lados. Eu não diria que estava esperando exatamente uma suruba, mas a gente precisa esperar um pouco de desinformação e erros. Somos humanos. E, à medida que as semanas passavam, tínhamos sorte se conseguíamos algumas horas de sono por noite.

Antes de chegar ao que sei que você quer ouvir, vou lhe dar uma breve visão geral, contextualizar as coisas. Como investigador encarregado do acidente da Maiden Airlines, comecei a reunir minha equipe de ação no segundo em que recebi o telefonema. Um investigador regional já estava no lugar, fazendo as observações preliminares, mas nesse ponto só recebíamos as imagens dos noticiários. O comandante das investigações na área me informara pelo celular as condições do local, por isso eu sabia que estávamos diante de uma situação feia. Você deve lembrar que o lugar onde o avião caiu era remoto. A 8 quilômetros do píer mais próximo, uns 25 quilômetros da estrada mais próxima. Do ar, a não ser que você soubesse o que procurava, não veria nenhum sinal – nós sobrevoamos antes de pousar, por isso eu vi pessoalmente. Destroços espalhados, um buraco negro cheio d'água, mais ou menos do tamanho de uma casa de classe média, e aquele capim-navalha que corta a pele.

Eis o que eu soube pelo primeiro relatório: um MD-80, da McDonnell Douglas, caíra minutos depois de decolar. O controlador de tráfego aéreo informou que os pilotos haviam sugerido uma falha do motor, mas nesse estágio inicial eu não iria descartar algo mal-intencionado, principalmente com informes chegando sobre acidentes em outros locais. Dois pescadores viram o avião se comportando de modo irregular e voando baixo demais antes de mergulhar nos Everglades. Disseram ter avistado chamas saindo do motor, mas isso não era incomum: as testemunhas quase sempre informam ter enxergado sinais de uma explosão ou de fogo, mesmo que não haja chance de isso ter acontecido.

Imediatamente, mandei que o meu pessoal de sistemas, estruturas e manutenção fosse para o Hangar 6. A Administração Federal de Aviação havia designado o G-IV para irmos a Miami – eu precisava de uma equipe completa nesse caso e o Lear não daria conta. O histórico da Maiden com o serviço de manutenção já nos causara alguns problemas, mas a aeronave em si era considerada confiável.

Estávamos a uma hora de viagem quando recebi a informação de que haviam encontrado um sobrevivente. Lembre-se, Elspeth, nós tínhamos visto as imagens da mídia; nem daria para saber que um avião tinha caído se você não estivesse bem no lugar, já que ele estava completamente submerso. Devo admitir que a princípio não acreditei.

Levaram o menino às pressas para o Hospital Infantil de Miami e recebemos informes de que ele estava consciente. Ninguém podia acreditar que ele tinha conseguido sobreviver e que não fora apanhado pelos jacarés. Havia tantos daqueles bichos desgraçados por lá que precisamos chamar guardas armados para mantê-los longe enquanto puxávamos os destroços.

Depois de pousarmos, fomos direto para o local. A Equipe de Resposta Operacional a Desastres com Mortes já estava lá, mas não parecia que pudessem encontrar qualquer corpo intacto. Com tão pouco acontecendo, a prioridade era achar o gravador de voz da cabine e a caixa-preta; precisaríamos de mergulhadores especializados. A coisa estava feia lá dentro: quente feito o inferno, infestado de moscas e o fedor... Precisávamos de trajes completos de isolamento biológico, e não é divertido usá-los naquelas condições. De cara pude ver que iríamos demorar semanas para entender aquilo e não tínhamos semanas, ainda mais agora que sabíamos que outros aviões haviam caído no mesmo dia.

Eu precisava falar com o garoto. De acordo com a lista de passageiros, a única criança naquela faixa etária era Bobby Small, que viajava de volta a Nova York com uma mulher que presumimos ser a mãe. Optei por ir sozinho, deixando minha equipe no local do acidente para as ações preliminares, e entrei em contato com as autoridades locais e outras equipes a caminho da área.

A imprensa estava apinhada ao redor do hospital, pegando no meu pé.

– Ace! Ace! – gritavam. – Foi uma bomba?

– E os outros acidentes? Estão conectados?

– É verdade que há um sobrevivente?

Respondi o de sempre, que uma declaração seria feita quando soubéssemos mais, que as investigações ainda estavam em curso, etc., etc. A última coisa que eu faria como investigador encarregado era abrir a boca antes de termos algo concreto.

Eu tinha ligado antes para avisar que estava a caminho, mas sabia que era uma hipótese remota me deixarem falar com ele. Enquanto esperava autorização dos médicos, uma das enfermeiras saiu do quarto do menino e trombou direto comigo. Ela parecia à beira das lágrimas. Olhei-a nos olhos e indaguei: "Ele está bem, não é?"

Ela apenas assentiu e foi para o posto de enfermagem. Encontrei-a cerca de uma semana depois, perguntei por que parecera tão perturbada. Ela não conseguia colocar em palavras. Disse que tinha a sensação de que algo estava errado; simplesmente não gostava de ficar naquele quarto. Sentia-se culpada, dava para ver. Falou que devia ter sido afetada pelo pensamento de que todas aquelas pessoas haviam morrido ao mesmo tempo e que Bobby era uma lembrança viva de quantos perderam a vida naquele dia.

A psicóloga infantil designada para o caso chegou alguns minutos depois. Era uma moça legal, de 30 e poucos anos, que aparentava ser mais jovem. Esqueci o nome... Polanski? Ah, certo, Pankowski. Obrigado. Tinha acabado de ser designada e a última coisa que desejava era algum investigador intrometido incomodando o menino.

– Moça, nós temos um acidente internacional e aquele menino lá dentro pode ser uma das únicas testemunhas capazes de nos ajudar.

Não quero que você pense que sou insensível, Elspeth, mas, naquele estágio, as informações sobre os outros acidentes eram superficiais e, pelo que eu sabia, aquele garoto podia ser a chave do mistério. Lembre-se, no caso do Japão demorou um tempo até confirmarem que havia sobreviventes e só recebemos notícia sobre a menina do acidente no Reino Unido horas depois. De qualquer modo, a tal Dra. Pankowski falou que o garoto estava acordado, mas não dissera nenhuma palavra, não sabia que a mãe provavelmente tinha morrido. Pediu que eu agisse com cuidado, recusou-se a me deixar filmar a entrevista. Concordei, apesar de ser procedimento-padrão gravar todas as declarações de testemunhas. Devo falar que, depois, não consegui decidir se ficara feliz ou não por não ter podido filmar. Tranquilizei-a garantindo que era treinado para interrogar testemunhas, que um dos nossos especialistas estava a caminho para fazer uma entrevista posterior. Só precisava saber se havia algo específico que ele lembrasse e que poderia nos ajudar a seguir na direção certa.

Tinham lhe dado um quarto particular, paredes claras, cheio de coisas de criança. Um mural temático do *Bob Esponja*, uma girafa de pelúcia que me parecia meio assustadora. O menino estava deitado de costas, com soro sendo injetado no braço, e era possível ver na pele os arranhões do capim-navalha – todos nós ficamos cheios desse tipo de ferimento nos dias seguintes –, mas afora isso ele não sofrera nada significativo. Ainda não entendo. Como todo mundo disse a princípio, parecia um milagre. Estavam preparando-o para uma tomografia e eu soube que só tinha alguns minutos.

Os médicos que pairavam ao redor da cama não ficaram felizes em me ver e Pankowski se manteve ao meu lado enquanto eu me aproximava da cama. Ele parecia frágil de verdade, em especial com todos aqueles cortes nos braços e no rosto e, claro, eu me senti mal por interrogá-lo tão pouco tempo depois do que ele havia passado.

– Olá, Bobby. Meu nome é Ace. Sou investigador.

Ele não mexeu um músculo. O telefone de Pankowski soltou um bipe e ela deu um passo atrás.

– Estou muito feliz em ver que você está bem, Bobby – continuei. – Se não for problema, gostaria de fazer umas perguntas.

Seus olhos se abriram de repente e olharam direto nos meus. Estavam vazios. Eu nem soube se ele ao menos me escutava.

– Ei, que bom ver que você está acordado.

Ele parecia olhar direto através de mim. Depois... escute, Elspeth, isso vai parecer muito sinistro, mas eles começaram a marejar, como se ele fosse cair no choro, só que... meu Deus... isso é difícil... eles não estavam se enchendo de lágrimas e, sim, de sangue.

Eu devo ter gritado, porque logo Pankowski estava do meu lado, me segurando, e a equipe médica zumbindo em volta do menino feito marimbondos num piquenique.

– O que há de errado com os olhos dele? – questionei.

Pankowski me fitou como se tivesse acabado de brotar uma cabeça extra no meu pescoço.

Voltei a encarar Bobby, mas seus olhos estavam límpidos, de um azul vívido, sem nenhum traço de sangue. Nem uma gota.

Do segundo capítulo de *Cuidando de Jess: minha vida com um dos Três*, de Paul Craddock (escrito em colaboração com Mandi Solomon).

Com frequência me perguntam: "Paul, por que você assumiu a guarda plena da Jess? Afinal de contas, você é um ator bem-sucedido, um *artista*, um solteiro com horário irregular, você leva mesmo jeito para ser pai?" A resposta mais simples é: logo depois de as gêmeas nascerem, Shelly e Stephen pediram que eu fosse o guardião legal das meninas se algo acontecesse com eles. Haviam pensado muito sobre isso, em especial Shelly. Todos os amigos deles tinham filhos pequenos, então não poderiam dar toda a atenção que elas mereciam e a família de Shelly não era opção (por motivos que vou abordar mais tarde). Além disso, mesmo quando eram bebezinhas, Shelly dizia que tinha certeza que as garotas me adoravam. "É só disso que Polly e Jess precisam, Paul", afirmava ela. "Amor. E você tem um monte de amor para dar."

Stephen e Shelly sabiam tudo sobre meu passado, claro. Eu havia saído dos trilhos um bocado aos 20 e poucos anos, após uma séria frustração profissional. Estava na metade da filmagem do piloto de *Bedside Manner*, considerado o próximo grande drama hospitalar na Inglaterra, quando soube que iam cancelar o seriado. Eu tinha recebido o personagem principal, Dr. Malakai Bennett, um brilhante cirurgião com síndrome de Asperger, vício em morfina e tendência à paranoia, e o cancelamento me afetou demais. Fizera meses de pesquisa para o papel, mergulhara de verdade nele e acho que parte do problema era que eu havia internalizado demais o médico. Como tantos artistas antes de mim, entreguei-me ao álcool e outras substâncias para embotar a dor. Esses fatores, combinados com o estresse de um futuro incerto, provocaram uma depressão aguda e o que poderia ser chamado de uma série de leves ilusões paranoicas.

Mas eu tinha enfrentado esses demônios particulares anos antes de as meninas serem sequer um brilho no olho do Stephen, por isso posso dizer honestamente que eles me consideravam a melhor opção. Shelly insistiu que legalizássemos a situação, por isso fomos a um advogado. Claro, quando pedem para você fazer algo assim, você nunca acha que vai acontecer de verdade.

Mas estou pondo o carro na frente dos bois.

Depois de ter saído daquela sala horrível para onde tínhamos sido arrebanhados pelos ineptos funcionários da Go!Go!, passei a meia hora seguinte no bar do aeroporto só olhando para a TV enquanto a legenda rolava na base da tela repetindo e repetindo a notícia terrível. E então vieram as primeiras imagens da área onde achavam que o avião do Stephen havia caído: uma tomada do oceano, cinzento e agitado, alguns destroços balançando nas ondas. Os barcos de resgate percorrendo a água em busca de sobreviventes pareciam brinquedos naquela paisagem sinistra e sem fim. Lembro-me de ter pensado: *Graças a Deus Stephen e Shelly ensinaram as meninas a nadar no verão passado.* Ridículo, eu sei. Até o melhor nadador do mundo teria dificuldades ali. Mas, em momentos de emoções extremas, são incríveis as coisas às quais a gente se agarra.

Foi Mel que me encontrou. Ela pode fumar quarenta Rothmans por dia e comprar roupas baratas, mas, como seu parceiro Geoff, tem um coração do tamanho do Canadá. Como eu disse no capítulo anterior, não se pode julgar um livro pela capa.

– Você não pode perder a esperança, querido.

Os caras no bar mantinham distância, mas não tiraram os olhos de mim durante todo o tempo em que fiquei lá. Minha aparência era terrível, eu suava e tremia e devo ter chorado em algum momento, porque minhas bochechas estavam molhadas.

– O que vocês estão olhando? – rosnou Mel para eles, depois pegou minha mão e me levou de volta para a sala de informes.

Um exército de psicólogos tinha chegado. Estavam distribuindo chá com gosto de água suja adoçada e isolando áreas com divisórias, para aconselhamento. Mel me fez sentar entre ela e Geoff, como se quisesse me proteger: meus apoios de livro com trajes de moletom. O homem deu um tapinha no meu joelho, disse algo como "Estamos todos juntos, camarada" e me entregou um cigarro. Eu não fumava havia anos, mas aceitei, agradecido.

Ninguém nos proibiu de fumar.

Kelvin, o cara dos *dreadlocks*, e Kylie, a ruiva bonita que estivera segurando o balão (que agora não passava de um pedaço de borracha enrugado no chão), juntaram-se a nós. O fato de nós cinco termos sido os primeiros a receber a notícia nos dava uma intimidade compartilhada e ficamos juntos, fumando um cigarro atrás do outro e tentando não implodir. Uma mulher nervosa – algum tipo de conselheira, apesar de parecer tensa demais para o papel – perguntou o nome dos nossos parentes que estavam no voo acidentado. Como todos os outros, tinha na ponta da língua a frase "vamos colocá-los a par assim que tivermos notícias". Eu sabia, já então, que a última coisa que eles queriam era nos dar falsas esperanças, mas ainda assim a gente *tem* esperança. Não dá para evitar. A gente começa a rezar para que o ente querido tenha perdido o voo, para que a gente tenha pegado o número ou a data de chegada errada, para que tudo seja só um sonho, algum pesadelo maluco. Eu me fixei no momento antes de ter ouvido sobre o acidente, olhando aqueles garotos desmontando a árvore de Natal havia muito esquecida (um mau presságio dos grandes, apesar de eu não ser supersticioso), e me peguei desejando estar de volta ali, antes que a sensação enjoativa, vazia, passasse a morar de vez no meu coração.

Outro ataque de pânico começou a cutucar o meu peito com dedos gelados. Mel e Geoff tentaram me manter falando enquanto esperávamos ser designados para um psicólogo, mas eu não conseguia enunciar nenhuma palavra, o que não era do meu feitio. Geoff me mostrou o protetor de tela do seu smartphone, a foto de uma garota sorridente, de cerca de 20 anos, acima do peso mas bonita ao seu modo. Disse que era Danielle, a filha que tinham vindo pegar.

– Garota inteligente, passou por um perrengue, mas voltou aos trilhos – comentou Geoff, tristonho.

Danielle estivera em Tenerife numa pródiga viagem de comemoração com amigas; só tinha decidido ir no último minuto, quando outra participante desistiu. Isso é que é destino.

Àquela altura, eu estava com dificuldade para respirar, o suor frio pingando pelas laterais do corpo. Sabia que, se não saísse daquela sala imediatamente, minha cabeça iria explodir.

Mel percebeu.

– Me dê o seu número, querido – pediu ela, apertando meu joelho com a mão pesada de joias de ouro. – Assim que soubermos mais alguma coisa, avisamos a você.

Trocamos telefones (a princípio eu não conseguia lembrar o meu) e saí correndo. Um dos psicólogos tentou me impedir, mas Mel gritou:

– Deixe ele sair, se é o que ele quer!

É um mistério como consegui pagar o estacionamento e voltar a Hoxton sem entrar debaixo de um caminhão na M23. Outro branco completo. Mais tarde vi que tinha estacionado o Audi do Stephen com as rodas da frente no meio-fio, como se fosse um veículo abandonado depois de uma bandalha.

Só voltei a mim ao entrar tropeçando no corredor do prédio, fazendo voar a mesa que usamos para as correspondências. Um dos estudantes poloneses que moravam no apartamento térreo passou a cabeça pela porta e perguntou se eu estava bem. Ele deve ter visto que não, porque, quando perguntei se tinha alguma bebida para mim, desapareceu durante alguns segundos, depois me entregou em silêncio uma garrafa de vodca barata.

Entrei correndo no meu apartamento, sabendo muito bem que estava a ponto de desmoronar. E não me importava.

Não me dei o trabalho de pegar um copo: tomei a vodca direto no gargalo. Não conseguia sentir o gosto. Estava tremendo, a pele pinicava, as mãos coçavam. Peguei o Blackberry, olhei minha lista de contatos, mas não sabia para quem ligar.

Porque a primeira pessoa para quem eu ligava quando estava encrencado era o Stephen.

Fiquei andando.

Entornei mais álcool.

Engasguei.

Depois me sentei no sofá e liguei a TV de tela plana.

A programação normal fora suspensa, substituída por relatos constantes sobre os acidentes. Eu estava entorpecido, num porre razoável, mas deu para ver que o tráfego aéreo fora interrompido e mais sabichões do que seria possível contar eram levados ao estúdio da emissora para serem entrevistados por Kenneth Porter. Hoje em dia nem consigo escutá-lo sem ficar nauseado.

O canal de notícias se concentrou no acidente da Go!Go!, já que era o mais próximo do país. Um casal num navio de cruzeiro tinha captado uma imagem trêmula do avião voando perigosamente baixo sobre o oceano e a televisão a repetia sem parar. O momento do impacto não era visível, graças a Deus, mas ao fundo dava para escutar a voz de uma mulher berrando: "Ah, meu Deus, Larry! Larry! Olha isso!"

As pessoas podiam ligar para um determinado número se achassem que seus parentes se encontravam no voo e eu pensei vagamente em digitá-lo antes de pensar: de que adianta? Quando o apresentador não estava interrogando autoridades aeronáuticas ou exibindo mais uma repetição da filmagem feita pelo casal, o canal voltava a atenção para os outros acidentes. Assim que ouvi falar em Bobby, o menino encontrado nos Everglades da Flórida, e nos três sobreviventes do desastre no Japão, lembro-me de ter pensado: isso *é* possível. Eles podem estar vivos.

Enxuguei a garrafa num gole só.

Assisti ao vídeo de um menino japonês nu sendo içado para o helicóptero e a imagens de um africano traumatizado gritando por sua família à frente de uma fumaça preta e tóxica que subia para o céu. Vi aquele investigador de acidentes que se parece um pouco com o Capitão América insistindo para as pessoas não entrarem em pânico e um executivo de empresa aérea, claramente chocado, informar que os voos tinham sido cancelados até segunda ordem.

Devo ter apagado. No momento em que acordei, o âncora era uma morena magra usando uma blusa amarela horrenda (nunca vou me esquecer daquela blusa). Minha cabeça estava latejando e a náusea ameaçava me dominar, portanto, quando ela disse que um passageiro da Go!Go! fora encontrado vivo, a princípio achei que minha mente estava me enganando.

Então eu soube. Era uma criança. Eles haviam encontrado uma criança agarrada a um destroço, a mais de 3 quilômetros de onde achavam que o avião do Stephen caíra. A princípio não dava para ver grande coisa na imagem feita do helicóptero: um grupo de caras num barco de pesca balançando os braços, uma figura pequena num colete salva-vidas amarelo berrante.

Tentei não sentir muita esperança, mas houve um close quando ela foi içada para o helicóptero e eu tive certeza de que era uma das gêmeas. As pessoas conhecem os seus.

Liguei primeiro para Mel. Não pensei duas vezes.

— Deixe comigo, querido — assegurou ela.

Não parei para pensar em como ela devia estar se sentindo.

A equipe de contato com as famílias pareceu chegar em segundos, como se estivessem esperando do outro lado da porta. O psicólogo, Peter – nunca gravei o sobrenome dele –, um homenzinho grisalho com óculos e cavanhaque, fez eu me sentar e me contou tudo. Alertou-me sobre esperanças excessivas.

— Precisamos nos certificar de que é ela, Paul.

Ele perguntou se podia contatar meus amigos e minha família, "para um apoio a mais". Pensei em ligar para o Gerry, mas mudei de ideia. Stephen, Shelly e as meninas *eram* minha família. Eu tinha amigos, mas não eram realmente do tipo com que você pode contar numa crise, se bem que mais tarde todos tentaram se aproximar, ansiosos por ter seus quinze minutos de fama. Parece amargo, eu sei, mas a gente descobre quem são os amigos de verdade quando a vida desmorona.

Eu queria viajar logo para ficar com ela, mas Peter me garantiu que ela seria transportada para a Inglaterra assim que sua saúde se estabilizasse. Eu havia me esquecido por completo de que todos os aviões na Europa estavam em terra. Por enquanto ela estava sendo avaliada num hospital português.

Quando achou que eu estava suficientemente calmo para ouvir os detalhes, ele contou, de forma gentil, que parecia ter havido um incêndio a bordo e que o piloto fora obrigado a fazer um pouso de emergência. E Jess – ou Polly – tinha se ferido. Mas eles estavam mais preocupados com a hipotermia. Pegaram uma amostra da minha saliva para fazer teste de DNA e garantir que ela era de fato uma das gêmeas. Não há nada tão surreal quanto ter o lado de dentro da bochecha esfregado com um cotonete gigante enquanto se espera para saber o destino dos entes queridos.

Após semanas, numa das nossas primeiras reuniões do 277 Unido, Mel me contou que, ao ouvir que Jess fora encontrada, ela e Geoff mantiveram a esperança durante semanas, mesmo depois que começaram a encontrar os corpos. Disse que imaginava Danielle jogada numa ilha, esperando pelo resgate. Quando o tráfego aéreo voltou ao normal, a Go!Go! ofereceu um voo especial para levar os parentes ao litoral português, o mais próximo que poderiam chegar do local do acidente. Eu não fui – estava totalmente ocupado com Jess –, mas a maioria do pessoal do 277 Unido foi. Ainda odeio a ideia de Mel e Geoff olhando aquele oceano, sentindo uma fagulha de esperança de que sua filha pudesse estar viva.

Deve ter havido algum vazamento na Go!Go!, já que o telefone tocou no instante em que foi confirmado que uma das gêmeas havia sobrevivido. Não importava se os repórteres sensacionalistas fossem do *The Sun* ou do *The Independent*, todos faziam as mesmas perguntas: "Como você se sente?", "Acha que é um milagre?". Para ser honesto, enfrentar aqueles questionamentos incessantes afastava minha mente do sofrimento que vinha em ondas, provocado pelas coisas mais inócuas: desde um anúncio de automóvel mostrando uma mãe e uma criança incrivelmente bem-arrumadas, até aqueles comerciais de papel higiênico com cachorrinhos e bebês de várias etnias. Quando eu não estava enfrentando as ligações, ficava grudado no noticiário, como quase todo o resto do mundo. Eles descartaram o terrorismo logo de início, mas cada canal tinha um monte de analistas especulando sobre as causas. E, como Mel e Geoff, acho que eu não conseguia deixar morrer a esperança de que em algum lugar Stephen ainda estivesse vivo.

Dois dias depois, Jess foi transferida para um hospital particular em Londres, onde podia receber cuidados de especialistas. Suas queimaduras não eram sérias, mas a infecção era sempre uma ameaça e, apesar de a ressonância não mostrar sinal de dano neurológico, ela ainda não havia aberto os olhos.

Os funcionários do hospital foram fantásticos, apoiando de verdade, e me levaram a uma sala particular onde pude esperar até que os médicos me autorizassem a ver Jess. Ainda dominado por um sentimento de irrealidade, sentei-me num sofá e folheei uma revista de fofocas. Todo mundo diz que não consegue entender como o mundo continua girando depois que uma pessoa amada morreu e é exatamente assim que eu me sentia ao ver as imagens de celebridades fotografadas sem maquiagem. Cochilei.

Fui acordado por uma agitação no corredor, um homem gritando:

– Como assim, a gente não pode vê-la?

E uma mulher guinchando:

– Mas a gente é da família!

Meu coração se retraiu. Eu soube de imediato quem eram: a mãe de Shelly – Marilyn Adams – e seus dois filhos, Jason ("pode me chamar de Jase") e Keith. Stephen tinha posto neles o apelido de "Família Addams" muito tempo atrás, por motivos óbvios. Shelly havia se esforçado ao máximo para cortar os laços com eles ao sair de casa, mas sentira-se obrigada a convidá-los para o casamento com Stephen, a última vez que eu tivera o prazer de sua companhia. Stephen era bastante liberal, mas costumava dizer que era compulsório cada um dos Addams passar pelo menos três anos na prisão de Wormwood Scrubs. Sei que vou parecer o pior tipo de esnobe, mas eles eram mesmo o estereótipo de bandidinhos: a fraude casual com a previdência, os cigarros ilegais que eles vendiam na moita e o carro turbinado na entrada do prédio no conjunto residencial. Jase e Keith – vulgo Tio Chico e Gomez – tinham até mesmo dado aos filhos (um exército deles, gerados por uma infinidade de mães diferentes) nomes de celebridades e dos jogadores de futebol americano mais recentes. Acho até que havia um chamado Brooklyn.

Quando os ouvi berrando no corredor, voltei direto ao dia do casamento de Stephen e Shelly, que, graças à Família Addams, seria lembrado por todo mundo por todos os motivos errados. Stephen me pedira para ser seu padrinho e eu levei meu namorado na época, Prakesh, como acompanhante. A mãe de Shelly apareceu usando um vestido tenebroso, de poliéster rosa, que lhe dava uma semelhança espantosa com Miss Piggy; Tio Chico e Gomez haviam trocado suas jaquetas de couro e as calças de moletom de sempre por ternos mal cortados. Shelly trabalhara duro para organizar aquele casamento; na época ela e Stephen não tinham muito dinheiro, aconteceu antes de os dois se darem bem nas respectivas carreiras. Mas ela havia economizado e conseguira alugar uma pequena casa de campo para a recepção. A princípio, cada um ficou em seu território: a família de Shelly num lado; eu, Prakesh e os amigos de Stephen e Shelly do outro. Dois mundos diferentes.

Mais tarde, Stephen disse que gostaria de ter fechado o bar. Depois dos discursos – o de Marilyn foi um desastre completo –, Prakesh e eu nos levantamos para dançar. Até me lembro da música: "Careless Whisper".

– Ui, ui! – gritou um dos irmãos mais alto do que a música. – Olha as bichinhas!
– Veadões! – emendou o outro.

Prakesh não era de levar desaforo para casa. Nem houve discussão. Num minuto estávamos dançando, no outro ele dava um soco no Adams mais próximo. Chamaram a polícia, mas ninguém foi preso. Aquilo arruinou o casamento, claro, e o nosso relacionamento: Prakesh e eu terminamos pouco depois.

Era quase uma bênção que mamãe e papai não estivessem lá para testemunhar. Eles morreram num acidente de carro quando Stephen e eu tínhamos 20 e poucos anos. Deixaram o suficiente para sobrevivermos nos anos seguintes, para ver como papai era gente boa.

Mesmo assim, no momento em que os Addams foram trazidos para a sala de espera por uma enfermeira intimidada, um dos irmãos, acho que era o Jase, teve a gentileza de parecer envergonhado ao me olhar, isso devo admitir.

– Sem ressentimentos, malandro – falou ele. – A gente precisa ficar junto numa hora dessas, saca?

– Minha Shelly – queixou-se Marilyn, soluçando. Ela repetiu várias vezes que só havia descoberto quando um tabloide vazou a lista de passageiros. – Eu nem sabia que eles iam tirar férias! Quem tira férias em janeiro?

Jason e Keith passaram o tempo mexendo nos celulares enquanto Marilyn seguia em sua lenga-lenga; Shelly ficaria horrorizada se soubesse que eles faziam parte daquilo. Mas eu estava decidido, pela Jess, a não permitir um escândalo.

– Vou fumar um cigarro, mãe – avisou Jase, e o outro saiu atrás dele, me deixando sozinho com a matriarca.

– Bom, o que você acha disso, Paul? – indagou ela. – Coisa terrível. Minha Shelly se foi.

Murmurei algo sobre lamentar sua perda, mas eu tinha perdido meu irmão gêmeo, meu melhor amigo, e não estava em condições de sentir uma solidariedade verdadeira.

– Não importa qual seja a menina que tenham encontrado, ela vai ter que ir morar comigo e os rapazes – continuou Marilyn. – Ela pode dividir o quarto com Jordan e Paris. – Um profundo suspiro. – A não ser que a gente se mude para a casa deles, claro.

Agora não era a hora de informar a Marilyn sobre a decisão de guarda tomada por Shelly, mas eu me peguei falando bruscamente:

– O que faz você pensar que vai cuidar dela?
– Para onde ela iria?
– Que tal para a minha casa?

As papadas dela tremeram de indignação.

– Você? Mas você é... você é um *ator*.

– Ela está pronta – anunciou a enfermeira, aparecendo à porta e interrompendo nosso delicioso tête-à-tête. – Podem vê-la agora. Mas só por cinco minutos.

Até Marilyn foi sensata para perceber que não era hora de ter esse tipo de conversa.

Recebemos jalecos verdes e máscaras (jamais vou saber onde eles encontraram peças de tamanho suficiente para o corpanzil de Marilyn) e depois acompanhamos a enfermeira até um quarto decorado para se parecer com uma suíte de hotel, cheio de sofás floridos e uma TV de último tipo, e a ilusão só era parcialmente destruída pelo fato de que Jess estava cercada por monitores cardíacos, tubos de soro e vários outros equipamentos intimidantes. Seus olhos estavam fechados e ela mal parecia respirar; bandagens cobriam a maior parte do rosto.

– É Jess ou Polly? – perguntou Marilyn, a ninguém em particular.

Eu soube imediatamente:

– É Jess.

– Como, porr... Como você pode ter certeza? O rosto dela está coberto – gemeu Marilyn.

Era o cabelo, veja bem. A franja de Jess estava com um pedaço mal cortado. Logo antes de partirem de férias, Shelly havia apanhado Jess cortando-o, tentando copiar o estilo mais recente de Missy K. Além disso, Jess tinha uma cicatriz minúscula logo acima da sobrancelha direita, de quando caíra contra a lareira na época em que aprendia a andar.

Ela parecia tão pequenininha, tão vulnerável, ali deitada... E nesse momento jurei fazer tudo o que pudesse para protegê-la.

Angela Dumiso, que nasceu no Cabo Oriental, morava na favela de Khayelitsha com a irmã e a filha de 2 anos quando o voo 467 da Dalu Air caiu. Ela concordou em falar comigo em abril de 2012.

Eu estava na lavanderia passando roupa quando ouvi falar. Dando duro para terminar a tempo de pegar meu táxi às quatro, por isso já estava estressada – o patrão é muito meticuloso e queria que tudo, até as meias, fossem passadas a ferro. A madame entrou correndo na cozinha e, pela expressão dela, percebi que havia algum problema. Geralmente ela só fazia aquela cara se um dos gatos trazia um roedor e ela precisasse de mim para limpar.

– Angela – chamou ela. – Acabei de ouvir no *Cape Talk*, aconteceu alguma coisa em Khayelitsha. Não é lá que você mora?

Eu respondi que sim e perguntei o que era – presumi que fosse outro incêndio num barraco ou um problema de greve. Ela disse que, pelo que pôde entender, um avião tinha caído. Corremos para a sala e ligamos a televisão. Estava em todos os noticiários e para mim era difícil entender o que via. A maior parte das imagens só mostrava pessoas correndo e gritando, fumaça preta subindo em volta delas. Mas então ouvi as palavras que gelaram meu coração. A repórter, uma moça branca com olhos apavorados, informou que uma igreja perto do Setor Cinco fora completamente destruída com o impacto da aeronave no chão.

A creche da minha filha, Susan, era numa igreja naquela área.

Claro, meu primeiro pensamento foi contatar Busi, minha irmã, mas eu estava sem crédito. A madame me deixou usar o celular dela, mas ninguém atendeu; caiu direto na caixa postal. Eu começava a ficar enjoada, até meio tonta. Busi sempre atende ao telefone. Sempre.

– Madame, eu preciso ir. Preciso chegar em casa.

Estava torcendo para que Busi tivesse decidido pegar Susan na creche mais cedo. Era o dia de folga dela na fábrica e às vezes ela fazia isso, para as duas passarem a tarde juntas. Quando saí de casa às cinco daquela manhã para pegar o táxi em direção ao subúrbio no norte, Busi ainda dormia a sono solto ao lado de Susan. Tentei manter essa imagem na mente: Busi e Susan em segurança. Foi nisso que me concentrei. Só comecei a rezar mais tarde.

A madame (o nome dela é Sra. Clara van der Spuy, mas o patrão gosta que eu a chame de "madame", o que deixava Busi furiosa) disse que me levaria.

Enquanto eu pegava minha bolsa, pude escutar a briga dela com o patrão pelo celular.

– Johannes não quer que eu leve você – comentou ela. – Mas ele que se dane. Eu não ficaria com a consciência tranquila se deixasse você pegar um táxi.

Ela não parou de falar o tempo todo, só fazendo pausas quando eu a interrompia para indicar o caminho. Meu nível de estresse estava me deixando doente; podia sentir a torta do almoço virando uma pedra no estômago. Ao entrarmos na via expressa N2, pude ver a fumaça preta subindo a distância. Depois de alguns quilômetros, senti o cheiro. A madame dizia a todo momento "Tenho certeza que tudo vai estar bem, Angela. Khayelitsha é um lugar grande, não é?". Ela ligou o rádio; o locutor estava falando de acidentes de avião que tinham acontecido em outros lugares no mundo.

– Terroristas desgraçados – xingou.

Conforme nos aproximávamos da saída da Baden Powell, o tráfego se intensificou. Estávamos cercadas de táxis buzinando, cheios de rostos amedrontados, gente como eu, desesperada para chegar em casa. Ambulâncias e caminhões de bombeiros passavam estridentes por nós. A madame começava a parecer nervosa; estava muito longe de sua zona de conforto. A polícia havia montado barreiras para tentar impedir que mais veículos entrassem na área e eu sabia que teria de me juntar à multidão e ir a pé até o meu bairro.

– Vá para casa, madame – falei, e pude ver o alívio no rosto dela.

Não a culpei. Aquilo era um inferno. O ar estava cheio de cinzas e a fumaça já fazia meus olhos arderem.

Desci do carro e corri para a multidão que lutava para passar pela barreira. As pessoas em volta de mim gritavam e eu berrei junto com elas.

– *Intombiyan*! Minha filha está lá!

Os policiais foram obrigados a nos deixar passar quando uma ambulância veio a toda velocidade.

Corri. Nunca corri tão depressa em toda a vida, mas não sentia cansaço – o medo me pressionava. Pessoas saíam da fumaça, algumas cobertas de sangue, e sinto vergonha de dizer que não parei para ajudá-las. Fiquei concentrada em seguir adiante, se bem que de vez em quando era difícil enxergar para onde estava indo. Às vezes isso era quase uma bênção, já que via... via bandeirinhas fincadas no chão e sacos plásticos azuis cobrindo formas... Eu sabia que eram pedaços de corpos. Havia incêndios em toda parte e bombeiros com máscaras isolavam outras áreas. As pessoas eram impedidas de avançar. Mas eu ainda estava muito longe da rua onde morava; precisava chegar mais perto. A fumaça queimava os pulmões, fazia os olhos lacrimejarem e, com frequência, havia um estalo quando algo explodia. Não conseguia me localizar e imaginei se teria entrado numa área desconhecida. Procurava o topo da igreja, mas ela não estava ali. O cheiro – igual ao de churrasco misturado com combustível queimando – me dava vontade de vomitar. Caí de joelhos. Sabia que não conseguiria chegar mais perto se quisesse continuar respirando.

Foi um dos paramédicos que me encontrou. Ele parecia exausto, o macacão azul encharcado de sangue.

– Minha filha. Preciso achar minha filha – foi só o que consegui falar.

Não sei por que ele decidiu me ajudar. Havia muitas outras pessoas precisando de ajuda. Ele me levou para sua ambulância e eu me sentei no banco da frente enquanto ele falava pelo rádio. Em minutos, chegou uma kombi da Cruz Vermelha e o motorista sinalizou para eu entrar. Como eu, as pessoas dentro estavam todas imundas, cobertas de cinzas, a maioria com expressões profundamente traumatizadas. Uma mulher na traseira olhava em silêncio pela janela, com uma criança adormecida no colo. O velho ao meu lado tremia em silêncio; riscas de lágrimas manchavam suas bochechas sujas.

– *Molweni* – sussurrei para ele – *kusolunga*.

Estava dizendo que tudo iria ficar bem, mas eu mesma não acreditava. Só podia rezar, fazendo acordos com Deus, para que Susan e Busi fossem poupadas.

Passamos pela tenda cheia de mortos. Tentei não olhar lá dentro. Podia ver pessoas levantando os corpos – mais daquelas formas cobertas por plástico azul. E rezei mais ainda para que eles não contivessem o corpo de Busi ou Susan.

Fomos levados ao salão comunitário da Mew Way. Eu deveria assinar o nome ao entrar, mas passei empurrando os policiais e corri para a porta.

Mesmo de fora eu podia ouvir o som de choro. Lá dentro era o caos. O centro estava cheio de pessoas amontoadas em grupos, cobertas de fuligem e bandagens. Algumas choravam, outras pareciam profundamente chocadas, com o olhar vidrado, como as pessoas na kombi. Adentrei a multidão. Como iria encontrar Busi e Susan naquela confusão? Vi Noliswa, uma vizinha que às vezes cuidava de Susan. Seu rosto estava coberto de sangue e sujeira preta. Ela se balançava para trás e para a frente e, quando tentei perguntar sobre Busi e Susan, ela simplesmente me olhou como se nada fitasse; a luz havia sumido de seus olhos. Mais tarde soube que dois netos dela estavam na creche no momento da queda do avião.

E então escutei uma voz:

– Angie?

Girei devagar. E vi Busi com Susan no colo.

– *Niphilile*! Vocês estão vivas! – gritei diversas vezes.

Nós nos abraçamos por um longo tempo, Susan se retorcendo, pois eu a apertava com força demais. Eu não havia perdido a esperança, mas o alívio por elas estarem bem... nunca vou sentir nada tão forte de novo na vida. Quando nós duas paramos de chorar, Busi me contou o que acontecera. Disse que tinha pegado Susan na creche cedo e, em vez de ir direto para casa, decidira passar no armazém para comprar açúcar. Falou que o som do impacto fora incrível; a princípio acharam que fosse uma bomba. Ela agarrara Susan e correra o mais depressa que pôde para longe daquele barulho e das explosões. Se tivessem ido para casa, estariam mortas.

Porque nossa casa não existia mais. Tudo que possuíamos fora incinerado.

Esperamos no salão até sermos transferidas para um abrigo. Alguns de nós fizemos divisórias, pendurando lençóis e cobertores no teto, improvisando quartos. Um número muito grande de pessoas perdera as casas, mas era pelas crianças que eu mais sentia. As que perderam os pais ou avós. Eram tantas e muitas *amagweja* [refugiadas] que já haviam sofrido durante os ataques xenófobos quatro anos antes. Já tinham visto demais.

Um menino continua na minha mente. Naquela primeira noite não consegui dormir. A adrenalina ainda não saíra do corpo e acho que eu ainda estava sob o efeito do que vira. Levantei-me para esticar as pernas e senti alguém me olhando. Num cobertor perto de Busi, Susan e eu, havia um menino sentado. Eu mal o notara antes – estava concentrada demais em cuidar de Susan e entrando nas filas para comida e água. Mesmo no escuro dava para ver a dor e a solidão brilhando nos olhos dele. O garoto estava sozinho; não pude ver nenhum sinal de pai ou avô. Perguntei-me por que o serviço social não o levara para a área de crianças desacompanhadas.

Indaguei onde estava sua mãe. Ele não reagiu. Sentei-me perto e peguei-o no colo. Ele se encostou em mim, seu corpo parecendo um peso morto, sem ser abalado por choros ou soluços. Achei que ele havia adormecido, deitei-o e voltei de mansinho para o meu cobertor.

No dia seguinte ouvimos dizer que seríamos transferidos para um hotel que estava doando os quartos para quem perdera a casa. Olhei em volta procurando o menino, pensando que ele poderia ir com a gente, mas não o encontrei em lugar algum. Ficamos duas semanas no hotel e, quando minha irmã recebeu oferta de emprego numa padaria grande perto de Masiphumele, fui trabalhar com ela. De novo tive sorte: é muito melhor do que ser empregada doméstica. A padaria tem creche e posso levar Susan comigo todo dia de manhã.

Mais tarde, quando todos aqueles americanos vieram para a África do Sul procurar a tal "quarta criança", um investigador – um xosa, não um dos caçadores de recompensa estrangeiros – encontrou nós duas e perguntou se tínhamos visto uma criança específica naquele salão para onde fomos levadas. Fez a descrição do menino que eu tinha visto na primeira noite, mas eu não contei nada ao homem. Não sei bem por quê. Acho que, no fundo, sabia que seria melhor para ele não ser encontrado. Dava para ver que o investigador desconfiava que eu escondia alguma coisa, mas continuei escutando a voz dentro de mim, dizendo para eu ficar quieta.

E... talvez ele nem fosse o menino que estavam procurando. Havia muitas *intandane* [crianças órfãs] e o menino não me falou seu nome.

O soldado de primeira classe Samuel "Sammy" Hockemeier, da III Força Expedicionária dos Fuzileiros (FEF), baseada em Camp Courtney, na ilha de Okinawa, concordou em falar comigo pelo Skype após retornar aos Estados Unidos em junho de 2012.

Conheci Jake quando nós dois fomos transferidos para Okinawa em 2011. Sou de Fairfax, Virginia, e por acaso ele cresceu em Annandale, então ficamos amigos imediatamente. Descobrimos que, no ensino médio, eu havia jogado futebol americano contra o irmão dele algumas vezes. Antes de entrarmos naquela floresta, ele era só um cara comum, nada de especial, mais quieto do que a maioria, tinha um senso de humor que você poderia não perceber de cara se não estivesse prestando atenção. Era meio pequeno, tinha no máximo1,75 metro; as fotos que estão espalhadas por toda a internet o fazem parecer maior do que era. Maior *e* pior. Nós dois começamos a curtir jogos de computador quando estávamos lá, os jogos são populares na base, e ficamos viciados. É o pior que eu posso dizer sobre ele – quero dizer, até ele pirar de vez.

Nós dois nos inscrevemos no Corpo de Ajuda Humanitária da III FEF e, no início de janeiro, ouvimos dizer que nosso batalhão seria enviado para o Acampamento Fuji para treinamento: uma reconstituição de desastre completa. Jake e eu ficamos bem animados ao saber. Dois fuzileiros antiterroristas contra quem tínhamos jogado num campeonato haviam acabado de voltar de lá. Disseram que Katemba, uma das cidades próximas, era um lugar maneiro para curtir; tinha um bar onde era possível beber e comer tudo que você quisesse por 3 mil ienes. Além disso, esperávamos uma chance de ir a Tóquio conhecer a cultura. Não dá para ver muita coisa em Okinawa, já que fica a 700 quilômetros da ilha principal do Japão. A vista de Courtney é incrível, dá direto para o oceano, mas a gente fica enjoado de olhar aquilo dia sim, dia não, e um monte de moradores da ilha não tem uma boa opinião sobre os fuzileiros. Parte disso é por causa do acidente com aquele fuzileiro, Girard, que sem querer atirou numa moradora que catava pedaços de metal na área de tiro, e por causa daquele estupro grupal nos anos 1990. Eu não diria que os moradores da região são abertamente hostis, mas a gente percebia que muitos não queriam os militares ali.

O Acampamento Fuji em si é legal. Pequeno, mas a área de treinamento é bacana. Mas estava um frio dos diabos quando chegamos. Muita névoa, chuva direto;

tivemos sorte porque não nevou. Nosso comandante anunciou que passaríamos os primeiros dias preparando equipamentos para a distribuição das tropas na Área de Manobra Fuji Norte, mas mal havíamos nos acomodado nos alojamentos quando as notícias sobre a Quinta-feira Negra começaram a chegar. A primeira que ouvimos foi sobre o acidente na Flórida. Uns dois caras eram de lá e as famílias e namoradas mandaram e-mails com as últimas novidades. Depois que soubemos sobre os aviões na Inglaterra e na África, você deveria ouvir os boatos que corriam. Um monte de gente nossa achou que eram terroristas, outra represália maluca, talvez, e estávamos convencidos de que nos mandariam imediatamente de volta para Okinawa. É meio irônico, considerando onde estávamos, mas a última coisa de que ficamos sabendo foi sobre o desastre da Sun Air – nenhum de nós pôde acreditar que tinha acontecido tão perto da nossa base. Como todo mundo, Jake e eu ficamos grudados na internet naquela noite. Foi assim que soubemos dos tais sobreviventes, da comissária de bordo e do garoto. Durante um tempo a conexão ficou ruim, mas conseguimos baixar um vídeo do YouTube que mostrava o garoto sendo içado para um helicóptero. Ficamos arrasados quando descobrimos que um dos sobreviventes morrera a caminho do hospital. Agora é loucura pensar nisso, mas me lembro do Jake dizendo "Merda, espero que não tenha sido aquele garoto". Isso vai soar mal, mas saber que também havia uma americana a bordo e que ela não sobrevivera fazia o acidente da Sun Air parecer mais real para a gente. O fato de um dos nossos ter morrido.

Na manhã de sexta-feira, meu comandante falou que eles precisavam de voluntários da Ajuda Humanitária para isolar a região e limpar uma área de pouso para os helicópteros de busca e salvamento, de modo que pudessem chegar mais perto do local. Na reunião, ele nos informou que centenas de parentes abalados tinham seguido para o local e estavam interferindo na operação. A mídia também transformava a coisa toda numa suruba; alguns repórteres até haviam se perdido ou se machucado na floresta e precisavam ser resgatados. Fiquei surpreso ao saber que os japoneses queriam que nós nos envolvêssemos. Claro, os Estados Unidos e o Japão têm um acordo, mas os moradores fazem questão de resolver as coisas do modo deles; acho que é uma questão de orgulho. Mas o comandante explicou que eles tinham sido criticados por pisar na bola depois daquele acidente com o trem-bala no fim dos anos 1990, pois não conseguiram agir com velocidade suficiente, esperaram as engrenagens da burocracia girarem, só agiam quando um superior mandava, esse tipo de coisa. Isso custou vidas. Eu me ofereci de imediato e o Jake fez o mesmo. Avisaram que iríamos trabalhar com um punhado de caras do campo da Força de Defesa Terrestre do

Japão, ali perto, e Yoji, um soldado da FDT designado para ser nosso tradutor, começou a contar sobre a floresta enquanto estávamos a caminho. Falou que o lugar tinha reputação muito ruim por causa do número de pessoas que se matavam ali, que houvera tantos suicídios que os policiais tinham sido obrigados a colocar câmeras nas árvores e que o lugar era cheio de corpos não identificados que estavam lá havia anos. Relatou que os moradores da região ficavam longe porque acreditavam que a floresta era assombrada pelos espíritos dos mortos raivosos ou alguma merda assim, almas que não conseguiam descansar ou sei lá o quê. Não sei muito sobre a espiritualidade japonesa, só que eles acreditam que as almas dos animais estão em praticamente tudo, desde pessoas até cadeiras ou o que quer que seja, mas aquilo pareceu sinistro demais para ser algo além de papo furado. A maioria de nós começou a fazer piadas, mas Jake ficou em silêncio.

Devo dizer que os caras da Busca e Salvamento [BES] e da FDT não tinham feito um serviço ruim isolando a área, considerando o que precisavam enfrentar, mas estavam em número pequeno demais. De jeito nenhum poderiam controlar o número de pessoas que se amontoavam do lado de fora das tendas do necrotério provisório. Após a reunião inicial, Jake, eu e uns caras do nosso esquadrão e da FDT fomos mandados à área principal do acidente e o resto da divisão ficou para vigiar as tendas, ajudar a transportar suprimentos e fazer latrinas temporárias.

Nosso comandante nos informou que os caras da BES e da FDT haviam mapeado os lugares onde a maioria dos corpos caíra na hora do impacto e agora os levavam para as tendas. Sei que você tem mais interesse no Jake, mas vou lhe dar uma ideia de como era a coisa. Quando eu estava na escola, nós estudamos uma música antiga, "Strange Fruit". Era sobre os linchamentos que aconteceram contra os negros no sul dos Estados Unidos. Como os corpos pendurados nas árvores pareciam estranhas frutas. Foi isso que a gente viu. Era o que algumas daquelas árvores esquisitas seguravam, mais perto de onde o avião desabara. Só que a maioria dos corpos não estava inteira. Alguns caras vomitaram, mas Jake e eu aguentamos firme.

Talvez pior do que isso fossem os civis que cambaleavam por ali, chamando os pais, parentes ou outras pessoas queridas. A maioria trouxera oferendas, como comida ou flores. Mais tarde, Yoji, que foi designado para ajudar a arrebanhá-los para fora dali, me contou que encontrou um casal tão convencido de que o filho ainda estava vivo que tinham levado uma muda de roupa.

Jake e eu fomos enviados para ajudar a cortar árvores para o heliponto. Apesar de ser um trabalho difícil, era longe dos destroços e afastava a mente do que tínhamos visto. Os caras da ANST só chegaram no dia seguinte, mas até lá as coisas estavam bem mais organizadas.

Nosso comandante avisou que permaneceríamos no local naquela noite e que iríamos dormir numa barraca da FDT. Nenhum de nós ficou satisfeito. Todos os soldados se sentiam mal por passar a noite naquela floresta. E não apenas pelo que tínhamos visto naquele dia. Até falávamos em sussurros; não parecia certo levantar a voz. Poucos caras tentaram fazer piadas, mas nenhuma era engraçada.

Por volta das três horas, fui acordado por um grito. Parecia vir do lado de fora da barraca. Alguns de nós pulamos e saímos correndo. Merda, minha adrenalina estava a toda. Não conseguia ver muita coisa: a névoa tomava conta de tudo.

Um dos caras – acho que foi o Johnny, um negro de Atlanta, bom sujeito – pegou a lanterna e girou o facho. O facho não era firme, porque a mão dele tremia. A luz se focou numa forma a poucos metros de onde estávamos: era uma figura de costas, ajoelhada. Ela se virou para olhar e eu vi que era o Jake.

Perguntei a ele que porra estava acontecendo. Ele pareceu atordoado, balançou a cabeça.

– Eu vi – respondeu. – Eu vi. As pessoas sem pés.

Levei-o de volta à barraca e ele caiu no sono imediatamente. Na manhã seguinte, se recusou a falar sobre o que tinha ocorrido.

Não contei ao Jakey, mas, quando falei com o Yoji sobre isso, ele comentou: "Os fantasmas japoneses não têm pés." E disse que, no Japão, a hora que se considerava assombrada – a *ushi-mitsu*; de jeito nenhum vou esquecer essa palavra – era três da madrugada. Devo admitir que fiquei assustado de novo ao ouvir a mensagem de Pamela May Donald. As coisas que ela disse... bem, eram muito parecidas com o que o Jake relatou naquela noite. Presumi que ele fora influenciado pelo que Yoji tinha contado à gente.

Os outros caras ficaram pegando no pé do Jake por causa daquilo durante semanas, claro. Continuaram até depois de a gente voltar a Camp Courtney. Você sabe como é: "Viu alguma pessoa morta hoje, Jakey?" Jake engolia tudo em silêncio. Acho que foi nessa época que ele começou a trocar e-mails com o tal pastor no Texas. Antes disso, ele nunca se ligara em religião. Nunca tinha ouvido Jake falar em Deus ou Jesus. Acho que deve ter procurado na internet sobre a floresta e os acidentes e encontrou o site do pastor.

Jake não acompanhou o resto da unidade quando fomos enviados para ajudar no resgate após a enchente nas Filipinas: ficou doente, doente de verdade. Dores de barriga, suspeita de apendicite. Claro que agora acreditam que ele estava fingindo. Ainda não sabem como ele saiu da ilha. Acham que subornou um barco de pesca ou baleeiro, algo assim, talvez uma daquelas tripulações taiwanesas que traficam filhotes de enguia ou metanfetamina na área.

Eu daria qualquer coisa para voltar no tempo, moça. Impedir o Jake de entrar naquela floresta. Sei que não poderia ter feito nada, mas, por algum motivo, até agora me sinto responsável pelo que ele fez com aquele garoto japonês.

Chiyoko Kamamoto, de 18 anos, prima do único passageiro sobrevivente do voo 678 da Sun Air, Hiro Yanagida, conheceu Ryu Takami no fórum de um popular RPG on-line. A maioria dos jogadores é *otaku* (gíria para nerds ou obsessivos), adolescentes ou com no máximo 20 e poucos anos. Como é uma das poucas participantes do sexo feminino, Chiyoko ficou extremamente famosa.

É um mistério o motivo por que Chiyoko escolheu como colega de bate-papo Ryu, um sujeito recluso e de baixa autoestima, ainda que isso tenha sido motivo de especulações intermináveis. Até os acontecimentos os atropelarem, os dois trocavam mensagens todos os dias, às vezes durante horas. As mensagens foram recuperadas do computador e do smartphone de Chiyoko depois de seu desaparecimento e acabaram vazando na internet.

Chiyoko se refere à sua mãe, com quem tinha um relacionamento gélido, como Criatura Mãe ou CM. Tio Androide ou TA indica Kenji Yanagida, o tio de Chiyoko e um dos mais célebres especialistas em robótica do Japão.

O original era escrito predominantemente em "grafia de chat", mas para facilitar a leitura e a coerência, com a exceção do uso de linguagem coloquial e dos *emoji* (emoticons) por parte de Ryu, ele foi modificado. Os termos com asterisco são explicados no glossário ao fim da conversa.

(Tradução de Eric Kushan)

Conversa iniciada em 14/01/2012, às 15h30

CHIYOKO: Ryu, vc tá aí?

RYU: (₀ •ω•) Onde você andou?

CHIYOKO: Nem me fale... A Criatura Mãe "precisou" de mim de novo. Você soube? A comissária de bordo. Morreu no hospital há uma hora. Isso quer dizer que Hiro é o único sobrevivente.

RYU: Todo mundo tá falando disso no 2-chan. Muito triste. Como tá o Hiro?

CHIYOKO: Bem, acho. Deslocou uma clavícula, arranhões... Só soube disso.

RYU: Muito sortudo.

CHIYOKO: É o que a Criatura Mãe vive dizendo: "milagre". Ela fez um altar temporário pra tia Hiromi. Não sei onde conseguiu a foto dela. CM nunca gostou da minha tia, mas agora parece outra pessoa. "Uma pena, ela era tão bonita, tão serena, uma mãe tão boa..." Tudo mentira. Ela sempre falava que titia era metida a besta.

RYU: Você descobriu o que eles tavam fazendo em Tóquio? Sua tia e o Hiro?

CHIYOKO: Sei. CM disse que tia Hiromi e o Hiro foram visitar uma velha amiga de escola. Dá pra ver que CM tá puta porque titia não veio visitar a gente quando esteve aqui, mas não diz isso em voz alta, não seria *respeitoso*.

RYU: Algum repórter tentou falar com você? Aquele vídeo deles tentando escalar as paredes do hospital pra tirar fotos dos sobreviventes foi muito louco... Ouviu falar do que caiu do telhado? Tem um vídeo no Niconico. Que panaca!

CHIYOKO: Ainda não. Mas descobriram onde meu pai trabalha. Nem com a morte da irmã ele tira um dia de folga do trabalho. Ele se recusou a falar com eles. Mas é no Tio Androide que estão mesmo interessados, claro.

RYU: Ainda não acredito que você é parente do Kenji Yanagida! Ou que não me contou isso quando a gente se conheceu. Eu teria falado pra todo mundo!

CHIYOKO: E como eu iria falar isso? "Ei, eu sou Chiyoko e, olha que coisa, sou parente do Homem Androide." Ia parecer que tava tentando te impressionar.

RYU: Você *me* impressionar? Deveria ser o contrário.

CHIYOKO: Não vai começar de novo a se fazer de vítima, vai?

RYU: Não se preocupe, você me curou desse vício. E aí... como ele é de verdade? Preciso de detalhes.

CHIYOKO: Já contei. Não conheço ele de verdade. A última vez que vi o cara foi quando ele, Hiro e tia Hiromi vieram pro ano-novo, dois anos atrás, logo depois de a gente voltar dos Estados Unidos, mas eles não ficaram e só trocamos umas três palavras. Titia era bonita mesmo, só que meio distante. Mas gostei do Hiro, um garoto fofo. CM diz que o Tio Androide deve ficar com a gente enquanto o Hiro estiver no hospital. Acho que ela não tá feliz com essa ideia. Ouvi ela falar pro papai que o Tio Androide é tão frio quanto o robô dele.

RYU: Verdade? Mas ele parece tão engraçado e maneiro naquele documentário!

CHIYOKO: Qual? Tem milhões.

RYU: Não lembro. Quer que eu veja pra você?

CHIYOKO: Não precisa. Mas na frente da câmera as pessoas podem ser muito diferentes do que são *de verdade*. Acho que é um negócio genético.

RYU: O quê, aparecer na frente das câmeras?

CHIYOKO: Não! Ser frio. Tipo eu. Eu não sou normal. Sou fria. Tenho uma lasca de gelo no coração.

RYU: Chiyoko, a princesa de gelo.

CHIYOKO: Chiyoko, a *yuki-onna*.*

CHIYOKO: Então descobrimos que tenho um problema genético, sou uma princesa de gelo, e só posso ser curada com... o quê?

RYU: Fama? Dinheiro?

CHIYOKO: É por isso que eu gosto de você, Ryu, sempre tem a resposta certa. Achei que você fosse dizer amor e aí eu iria vomitar.

RYU: o(_ _)o O que tem de errado no amor?

CHIYOKO: Ele não existe fora dos filmes americanos de quinta categoria.

RYU: Você não é completamente fria. Sei que não é.

CHIYOKO: Então por que não me importo mais? Escuta, vou provar. Quantas pessoas morreram no acidente da Sun Air?

RYU: 525. Não, 526.

CHIYOKO: 526. É. Inclusive a minha própria tia. Mas só sinto alívio.

RYU: ?? (•_•)

CHIYOKO: Certo... Deixa eu explicar. Desde o acidente, desde que ela ficou sabendo sobre tia Hiromi e Hiro, CM não pegou no meu pé nenhuma vez pra voltar pro curso preparatório. É uma coisa ruim de pensar? Que por causa da tragédia eu tenho um pouco de paz na minha vida pessoal?

RYU: Ei, você tem uma vida pessoal. Isso já é alguma coisa. Olha pra mim.

CHIYOKO: Ha! Eu sabia que era bom demais pra durar. Tudo bem, você pode ser meu *hikikomori*.* Gosto de imaginar você trancado no seu quartinho, as cortinas impedindo a luz de entrar, fumando um cigarro atrás do outro e trocando mensagens comigo quando se cansa de jogar Ragnarök.

RYU: Não sou *hikikomori*. E não jogo Ragnarök.

CHIYOKO: A gente não disse que sempre seria honesto um com o outro? Eu te falei o que eu era.

RYU: É que não gosto dessa palavra.

CHIYOKO: Vai ficar emburrado agora?

RYU: _|7O

CHIYOKO: ORZ*???? Nããão! Há quanto tempo você tava guardando esse aí? Você tem mesmo 22 anos e não 38 ou sei lá o quê? E quando vai crescer e parar de ficar botando toda essa merda em ASCII*?

RYU: <(_ _)> Vamos mudar de assunto. Ei... quando você vai me contar sobre a vida nos Estados Unidos?

CHIYOKO: De novo, não. Por que você quer tanto saber?

RYU: Só tô interessado. Você sente saudade?

CHIYOKO: Não. Não importa onde a gente viva, o mundo é uma droga. Outro assunto, por favor.

RYU: Ceeeeerto... Os fóruns continuam falando sem parar do motivo pro avião ter caído em Jukai. Há toda uma teoria de que o comandante derrubou o avião de propósito. O comandante suicida.

CHIYOKO: Eu sei. Isso é notícia velha, tá em toda parte. O que você acha?

RYU: Não sei. Algumas coisas que eles dizem podem ser verdade. A floresta tem mesmo uma história e fica a quilômetros da rota de Osaka. Por que cair lá?

CHIYOKO: Talvez ele não quisesse descer numa área povoada. Talvez estivesse tentando salvar mais vidas. Sinto pena da mulher dele.

RYU: *Você* sente pena? Achei que você era a princesa de gelo.

CHIYOKO: Mesmo assim posso sentir pena dela. De qualquer modo, aquele porta-voz da Sun Air disse que o comandante era um dos melhores e mais confiáveis, que nunca faria uma coisa assim. Além disso, eles falaram que ele não tinha problemas financeiros, não precisava do seguro, e a ficha médica mostrou que a saúde dele tava boa.

RYU: Eles podiam estar mentindo. E, de qualquer forma, talvez ele estivesse possuído. Talvez tenha sido *obrigado* a fazer aquilo.

CHIYOKO: Ha! Derrubado por fantasmas famintos.

RYU: Mas você precisa admitir... Por que tantos aviões no mesmo dia? Tem que haver um motivo.

CHIYOKO: Tipo o quê? Não diga, é sinal de que o fim do mundo tá chegando?

RYU: Por que não? Estamos em 2012.

CHIYOKO: Você passou tempo *demais* nesses sites de conspiração, Ryu. E a essa altura já saberíamos se fosse terrorismo.

RYU: Será que a Chiyoko de verdade pode voltar, por favor? É você que vive dizendo que o governo e a mídia manipulam e mentem.

CHIYOKO: Não significa que preciso acreditar numa teoria de conspiração fajuta. A vida não é assim. É chata. Os políticos mentem, claro que mentem. De que outra maneira a gente iria ser os bons soldadinhos deles e não sair da linha?

RYU: Você acha mesmo que eles contariam a verdade se tivessem sido terroristas?

CHIYOKO: Eu acabei de dizer que eles mentem. Mas alguns segredos são grandes demais até mesmo pra eles esconderem. Talvez nos Estados Unidos, mas não aqui. A história do disfarce teria de passar por oito níveis de burocracia pra ser aprovada. As pessoas são tão otárias! Será que não têm coisa melhor pra fazer do que conversar o dia inteiro sobre teorias de conspiração? Falar mal de um morto que provavelmente tava tentando salvar o maior número de pessoas possível?

RYU: Ei... agora tô ficando preocupado de verdade. Será que a princesa de gelo tá derretendo? Isso é sinal de que ela realmente se importa, no fim das contas?

CHIYOKO: Eu não me importo. Eu... Tá, eu meio que me importo. Mas isso me deixa louca. Os pirados nos sites de teorias de conspiração são tão inúteis quanto as garotas que ficam o dia inteiro nessa rede social do Mixi. Dá pra imaginar o que aconteceria se eles gastassem a mesma energia falando de coisas que importam de verdade?

RYU: Tipo o quê?

CHIYOKO: Mudar o sistema. Acabar com o nepotismo. Impedir que as pessoas virem escravas, morram, sofram bullying... Essas coisas.

RYU: Chiyoko, a princesa de gelo revolucionária.

CHIYOKO: Tô falando sério. Vá à escola, faça o curso preparatório, estude muito, orgulhe os seus pais, entre pra Keio, trabalhe todo dia durante dezoito horas seguidas, não saia da linha, não reclame, não seja inconformista.
São nãos demais.

RYU: Você sabe que eu concordo com você, Chiyoko. Olha pra mim... Mas o que podemos fazer?

CHIYOKO: Nada. Não podemos fazer nada. Só engolir sapo, saltar fora ou morrer. Pobre Hiro... Ele tem muita coisa pela frente.

RYU: (_ _).........o

GLOSSÁRIO

ASCII: Termo para indicar desenhos com caracteres (como o feito por Ryu). Foi popularizado em fóruns como o 2-channel.

Hikikomori: Alguém que é socialmente isolado a ponto de sair do quarto apenas em raras ocasiões (ou nunca). Estima-se que no Japão haja quase um milhão de adolescentes ou jovens adultos desse tipo.

ORZ: Um popular *emoji* denotando frustração ou desespero. As letras lembram uma figura batendo a cabeça no chão (o O é a cabeça; o R, o tronco; o Z, as pernas).

Yuki-onna: "Mulher de neve". No folclore japonês, uma *yuki-onna* é o espírito de uma mulher que morreu numa tempestade de neve.

A controvertida colunista social inglesa Pauline Rogers, conhecida por seu estilo de jornalismo confessional, foi a primeira a cunhar a expressão "Os Três" para se referir às crianças que sobreviveram aos acidentes na Quinta-Feira Negra.
Este artigo foi publicado no *The Daily Mail* em 15 de janeiro de 2012.

Já se foram três dias desde a Quinta-Feira Negra e estou sentada no meu escritório particular recém-montado, olhando a tela do computador numa incredulidade absoluta.

Ao contrário do que você pode pensar, não porque ainda estou pasma com a coincidência horrenda que resultou em quatro aviões de passageiros caindo no mesmo dia. Se bem que estou. Quem não está? Não. Estou examinando a lista espantosa de sites sobre conspirações, todos com uma teoria diferente – uma mais bizarra do que a outra – sobre o que causou a tragédia. Uma simples consulta de cinco minutos ao Google revelará várias páginas dedicadas à crença de que Toshinori Seto, o comandante corajoso e altruísta que optou por descer com o voo 678 da Sun Air numa área despovoada para não causar mais vítimas, estava possuído por espíritos suicidas. Outro insiste que todos os quatro aviões foram alvos de ETs malévolos. Investigadores de acidentes observaram que qualquer atividade terrorista pode ser descartada sem sombra de dúvida, em especial no caso do acidente da Dalu Air na África, porque os relatos dos controladores de tráfego aéreo confirmam que o desastre se deveu a um erro do piloto. Mas existem sites anti-islâmicos sendo criados a cada minuto. E os fanáticos religiosos – é um sinal de Deus! – estão alcançando-os rapidamente.

Um acontecimento dessa magnitude tem tudo para centralizar a atenção do mundo, mas por que as pessoas logo pensam no pior ou perdem tempo acreditando em teorias bizarras e tortuosas? Claro, as chances de tudo isso acontecer são infinitesimais, mas, qual é! Será que estamos tão entediados assim? Será que, no fundo, todos não passamos de provocadores?

De longe, os boatos e as teorias mais venenosas são os que circulam sobre as três crianças sobreviventes, Bobby Small, Hiro Yanagida e Jessica Craddock, que, em nome da brevidade, vou chamar de "Os Três". E culpo a mídia por garantir que a cobiça das pessoas por informações sobre essas pobres criaturinhas seja alimentada hora a hora. No Japão estão escalando paredes para conseguir fotos do pobre garoto que, não esqueçamos, perdeu a mãe no acidente. Outros correram para o local da queda, atrapalhando as operações de resgate. Na Inglaterra e nos Estados Unidos, Jessica e Bobby estão recebendo mais espaço nas primeiras páginas do que a última gafe da família real.

Mais do que a maioria das pessoas, sei como essa atenção e as especulações implacáveis podem ser estressantes. Quando me separei do meu segundo marido e optei por escrever sobre os detalhes íntimos de nosso divórcio nesta coluna, fui parar no centro de uma tempestade midiática. Durante duas semanas, mal conseguia sair de casa sem que um paparazzo saltasse para tentar me fotografar sem maquiagem. Sou totalmente solidária aos Três e a Zainab Farra, de 18 anos, que há dez anos foi a única sobrevivente de um acidente aéreo devastador, quando o voo 715 da Royale Air caiu depois de decolar num aeroporto em Adis Abeba. Ela também se viu no centro de um circo da mídia. Recentemente, publicou sua autobiografia, *Vento sob minhas asas*, e pediu que Os Três fossem deixados em paz, para poderem encarar sua sobrevivência milagrosa. "Eles não são aberrações", afirma ela. "São crianças. Por favor, o que eles precisam agora é de espaço e tempo para se curar e processar tudo por que passaram."

Amém. Deveríamos agradecer por eles terem sido salvos, e não perder tempo elaborando bizarras teorias de conspiração ao redor deles ou tornando-os assunto de fofocas de primeira página. Os Três – saúdo vocês e espero, do fundo do coração, que todos encontrem paz enquanto enfrentam os acontecimentos terríveis que levaram seus pais.

Esperemos que os sensacionalistas do mundo percebam.

Neville Olson, um fotógrafo paparazzo freelance que trabalhava em Los Angeles, foi encontrado morto em seu apartamento em 23 de janeiro de 2012. Apesar de sua morte bizarra ter sido assunto de primeira página, esta é a primeira vez que seu vizinho Stevie Flanagan, que descobriu o corpo, falou publicamente.

É preciso ser um tipo bem particular para fazer o que Neville fazia para ganhar a vida. Uma vez perguntei se ele se sentia sujo por se esconder em arbustos à espera de conseguir uma foto por baixo da saia de qualquer aspirante a estrela que fosse a carinha do mês, mas ele disse que só fazia o que o público *queria*. Era especializado em sujeiras, como aquelas fotos que fez de Corinna Sanchez comprando cocaína em Compton – ele nunca contou como soube que ela estaria naquele bairro, pelo menos não a mim. Era discreto sobre o modo como conseguia as informações.

Não preciso dizer que Neville era meio esquisito. Solitário. Acho que o trabalho combinava com sua personalidade. Eu o conheci quando ele se mudou para o apartamento embaixo do meu. O lugar onde a gente morava na época era um complexo de casas geminadas em El Segundo. Muitos dos que moravam lá trabalhavam no aeroporto LAX, portanto tinha gente chegando a toda hora do dia e da noite. Eu trabalhava na locadora de carros One Time, um lugar conveniente. Eu não diria que éramos amigos íntimos ou algo assim, mas se a gente se esbarrava, jogava conversa fora. Nunca vi ninguém visitando-o e nunca o vi com uma mulher, nem com um cara. Ele parecia meio assexuado. Uns dois meses depois de se mudar, ele perguntou se eu queria "conhecer seus colegas de apartamento". Achei que tivesse arranjado alguém para dividir o aluguel, por isso respondi que sim. Fiquei curioso em ver que tipo de pessoa iria se dar com ele.

Quase vomitei ao entrar no apartamento pela primeira vez. Que merda, cara, o lugar fedia. Não sei como descrever, acho que era uma mistura de peixe e carne podre. E era quente e escuro lá dentro – as cortinas estavam fechadas e o ar-condicionado não estava ligado. Foi tipo: que porra é essa? Então vi alguma coisa se mexendo no canto da sala – uma sombra grande – e parecia que aquilo vinha direto para mim. A princípio não entendi o que via, depois percebi que era a porra de um lagarto enorme. Gritei e Neville riu feito maluco. Ele estava esperando minha reação. Mandou eu ficar frio e disse "Não se preocupe, é só o George". Eu só queria dar o fora dali, mas tentava não parecer um maricas, saca? Perguntei ao Neville que porra ele estava fazendo com uma coisa daquelas no apartamento e ele só deu de ombros, falou que tinha três daquelas porras – lagartos-monitores, da África ou sei lá o quê – e que na maioria do tempo ele os deixava soltos em vez de mantê-los em jaulas ou aquários. Comentou que eram inteligentes de verdade, "que nem porcos ou cachorros". Indaguei se eram perigosos e ele mostrou uma cicatriz serrilhada no pulso. "Saiu um pedaço de pele enorme." Dava para ver que sentia orgulho. "Mas se você tratar direito, eles costumam ser tranquilos." Quis saber o que eles comiam e ele respondeu: "Filhotes de ratos. Vivos. Compro num atacadista." Imagine ter um trabalho assim, hein, vender bebês ratos? Ele não parava de falar sobre como algumas pessoas eram contra dar roedores de comer aos monitores e o tempo todo eu só ficava olhando aquela coisa. Desejando que não chegasse muito perto de mim. Não era só isso: ele mantinha a coleção de cobras e aranhas no quarto. Aquários em toda parte. E continuava em sua lenga-lenga, sobre as tarântulas serem os melhores bichos de estimação. Mais tarde me contaram que era um acumulador de animais.

Uns dois dias depois da Quinta-Feira Negra, ele bateu à minha porta, avisou que ia sair da cidade. A maior parte do seu trabalho era em LA, mas ocasionalmente ele precisava ir mais longe. Foi a primeira vez que pediu para eu dar uma olhada nos seus "coleguinhas". "Eu coloco comida suficiente antes de sair", explicou ele. Podia ficar fora por até três dias e eles permaneciam numa boa. Pediu para eu olhar o nível da água e jurou que os monitores ficariam trancados. Geralmente ele era discreto com relação aos compromissos de trabalho, mas dessa vez informou aonde ia, como se houvesse uma chance de se enfiar feio em merda.

Disse que haviam cobrado um favor por ele ter viajado num helicóptero de aluguel, que planejava ir a Miami, àquele hospital para onde levaram Bobby Small, para ver se conseguia uma foto do garoto. Comentou que precisava fazer isso depressa, porque o garoto logo ia ser levado de volta para Nova York.

Perguntei como, diabos, ele achava que iria chegar perto – pelo que eu tinha visto no noticiário, a segurança no hospital era rígida –, mas ele apenas sorriu. Garantiu que era especializado nesse tipo de coisa.

Só ficou fora três dias, então não precisei entrar no apartamento. Ao chegar do trabalho, eu o vi sair de um táxi. Ele estava com uma aparência de merda. Abalado de verdade, como se estivesse doente ou algo assim. Perguntei se ele estava legal e se tinha conseguido uma foto do garoto. Ele não respondeu e parecia tão mal que o convidei para uma bebida. Ele veio imediatamente, nem foi em casa verificar os répteis. Dava para ver que ele queria conversar, mas não conseguia colocar as palavras para fora. Servi uma dose e ele engoliu de uma vez, depois eu lhe dei uma cerveja porque tinha ficado sem destilados. Ele entornou a cerveja e pediu outra, que também tragou.

O álcool ajudou e aos poucos ele contou o que fizera. Achei que ele iria contar que se disfarçara de porteiro ou algo assim para entrar no hospital, ou que tinha entrado pelo necrotério, como numa espécie de filme B. Mas foi pior. Mais inteligente. Mas pior. Ele havia se hospedado num hotel perto do hospital, tinha uma história de disfarce, uma identidade falsa e um sotaque que já usara antes – como um empresário inglês num congresso em Miami. Disse que fizera a mesma coisa quando Klint Maestro, o cantor dos Space Cowboys, teve uma overdose. Foi assim que conseguiu as fotos de Klint parecendo arrasado com a camisola de hospital. Foi fácil. Simplesmente tomou insulina extra para entrar em hipoglicemia. Eu nem sabia que ele era diabético dependente de insulina, bom, como é que iria saber? Ele desmoronou no bar e informou ao barman ou a uma pessoa qualquer que precisava ser levado ao hospital mais próximo. Depois apagou.

Na emergência, foi posto no soro e, para ser admitido, fingiu ter um ataque epilético. Poderia ter morrido, mas confessou que não era a primeira vez que fazia isso e sempre mantinha dois saquinhos de açúcar na meia para sair do aperto. Era seu modus operandi. Revelou que era uma merda circular naquela condição (eles lhe deram Valium após o ataque e ele ainda se sentia mal depois da hipoglicemia).

Perguntei se ele conseguiu chegar aonde o garoto estava e ele falou que não, o negócio furou. Explicou que não conseguiu chegar nem perto da ala onde o Bobby estava, porque a segurança era rígida demais.

Mas, quando mais tarde encontraram sua máquina fotográfica, ela mostrou que ele havia conseguido entrar no quarto do garoto, no fim das contas. Há uma imagem de Bobby sentado na cama e ele está sorrindo direto para a câmera, como se posasse para uma foto de família. Você deve ter visto. Alguém do instituto médico-legal deixou vazar. Aquilo me arrepiou.

Ele engoliu uma terceira cerveja e afirmou: "Não tem sentido, Stevie. Nada disso tem sentido."

Eu perguntei: "O que não tem sentido?"

Pareceu que ele não me escutou. Não sei de que porra ele estava falando. E ele foi embora.

Depois disso, fiquei atolado no trabalho. Aquele vírus do vômito estava circulando e parecia que todo mundo do trabalho tinha ficado doente. Eu fazia turnos duplos e na metade do tempo parecia um cadáver ambulante. Só mais tarde percebi que devia ter se passado uma semana desde que tinha esbarrado no Neville.

Então um dos caras que morava do outro lado do apartamento do Neville, o Sr. Patinkin, pediu o número do zelador, comentou que havia um problema com o esgoto e que talvez o cheiro estivesse vindo do apartamento do Neville.

Acho que nesse momento eu soube que alguma coisa acontecera. Desci, bati à porta. Podia ouvir o som fraco da TV, nada mais. Ainda tinha a chave, mas hoje eu gostaria de ter ligado direto para a polícia. O Sr. Patinkin foi comigo. Depois disso, ele precisou de aconselhamento psicológico e eu continuo tendo pesadelos. Estava escuro lá dentro, mas pude ver Neville da porta da frente, encostado à parede, as pernas estendidas. Sua forma não parecia normal. Porque faltavam pedaços.

Disseram que ele morreu de overdose de insulina, mas a autópsia mostrou que talvez não estivesse completamente morto quando eles começaram a... Você sabe.

Foi uma grande notícia: "Homem comido vivo por lagartos e aranhas de estimação". Correu uma história de que as tarântulas tinham tecido uma teia em volta do corpo inteiro e que faziam ninhos dentro da cavidade do peito. Babaquice. Pelo que pude ver, todas as aranhas ainda estavam nos aranhários, ou sei lá como se chamam. Foram os lagartos-monitores que o comeram.

Engraçado ele ter virado notícia. Como é que se diz?... É irônico. Até havia caras como ele rondando o apartamento e tentando tirar uma foto. Durante um dia a história afastou todo o papo das crianças milagrosas, Os Três, das primeiras páginas. Mais tarde tudo isso foi trazido de volta quando aquele pastor começou a afirmar que era outro sinal do apocalipse ou sei lá o quê – os animais atacando os seres humanos.

O único modo de enfrentar isso é pensar que talvez fosse assim que o Neville queria partir. Ele amava as porras daqueles lagartos.

PARTE DOIS

CONSPIRAÇÃO

JANEIRO – FEVEREIRO

Ex-integrante da Igreja do Redentor, do pastor Len Vorhees, Reba Louise Neilson se descreve como tendo sido "a amiga mais íntima de Pamela May Donald". Ainda mora no condado de Sannah, sul do Texas, onde é coordenadora do Centro Preparatório de Mulheres Cristãs. Insiste que nunca fez parte da seita pamelista do pastor Vorhees e que concordou em falar comigo "para que as pessoas saibam que existe gente boa vivendo aqui, que jamais quis que algo de ruim acontecesse com aquelas crianças". Falei com Reba por telefone em várias ocasiões em junho e julho de 2012 e reuni nossas conversas em vários relatos.

Stephenie me contou primeiro. Estava chorando ao telefone, eu mal conseguia entender as palavras.

– É a Pam, Reba – disse ela quando enfim consegui acalmá-la. – Ela estava naquele avião que caiu.

Falei para ela não ser boba, que Pam estava no Japão visitando a filha, e não na Flórida.

– Nesse avião, não, Reba. No japonês. Está no noticiário agora.

Bom, meu coração praticamente parou. Eu tinha ouvido falar do acidente no Japão, claro, e também naquele lugar impronunciável na África, e no avião cheio de turistas ingleses que caiu no mar na Europa, mas nem por um minuto pensei que Pam estaria nele. Aquilo era simplesmente *terrível*. Por um tempo, pareceu que todos os aviões do mundo estavam despencando do céu. Os apresentadores da Fox falavam de um acidente, depois se encolhiam e emendavam: "E acabamos de saber que outro avião caiu..." Meu marido, Lorne, comentou que dava a impressão de ser uma piada de mau gosto.

Perguntei a Stephenie se havia contado ao pastor Len, e ela respondeu que tinha tentado ligar para o rancho dele mas Kendra fora vaga, como sempre, sobre quando ele iria voltar, e que ele não atendia o celular. Desliguei e corri até a saleta para assistir ao noticiário. Atrás de Melinda Stewart (é minha apresentadora predileta da Fox, o tipo de mulher com quem você pode se imaginar tomando café, não é?) havia duas fotos enormes, uma da Pam e outra daquele menininho judeu que sobreviveu ao acidente na Flórida. Não gosto de pensar no que Pam teria dito sobre a foto dela, que devia ser do passaporte e parecia tirada para uma ficha criminal. Odeio dizer, mas o cabelo dela estava um horror. Na base da tela passavam as mesmas frases sem parar: "526 mortos no desastre da Sun Air no Japão. Havia uma única americana a bordo, Pamela May Donald, do Texas."

Só fiquei ali sentada, Elspeth, olhando aquela foto, lendo aquelas palavras, até que afinal a ficha caiu: Pam tinha morrido mesmo. Aquele investigador gentil, o Ace não sei das quantas, daquele programa sobre acidentes aéreos de que o Lorne gosta, apareceu ao vivo da Flórida e disse que era cedo demais para ter certeza, mas não parecia terrorismo nem nada assim. Melinda perguntou se ele achava que os acidentes poderiam ter sido causados por fatores ambientais ou talvez um "ato divino". Não gostei disso, Elspeth! Sugerir que Nosso Senhor não tinha nada melhor a fazer além de derrubar aviões. O Anticristo é que deve ter posto o dedo *nisso*. Não consegui me mexer durante um tempo enorme, então eles mostraram a imagem aérea de uma casa que parecia familiar. E percebi que era da Pam, só que parecia menor vista de cima. E me lembrei do Jim, o marido da Pam.

Eu nunca tive muito a ver com o Jim. Pelo modo como Pam costumava falar dele, com uma espécie de reverência sussurrante, seria de pensar que ele era um gigante de 1,90 metro, mas na verdade não é muito mais alto do que eu. Não gosto de dizer isso, mas sempre suspeitei que ele usasse os punhos com muita liberdade. Nunca vimos hematomas em Pam nem nada disso. Mas era estranho ela ser tão acovardada o tempo todo. O meu Lorne, se alguma vez levantasse a voz para mim... Bom, acredito que o homem é a cabeça do lar, claro, mas deve haver respeito mútuo, sabe? Mesmo assim, ninguém merece passar pelo que ele passou e eu sabia que precisava fazer algo para ajudá-lo.

Lorne estava nos fundos, fazendo o inventário das frutas enlatadas e reorganizando nossos suprimentos secos. "Ter cuidado nunca é demais", é o que ele afirma, principalmente com essas explosões solares, a globalização e as supertempestades de que todo mundo fala, e de jeito nenhum vamos ser apanhados desprevenidos. Quem sabe quando Jesus vai nos chamar? Contei a ele o que havia acontecido, que Pam estava no tal avião japonês. Ele e Jim trabalhavam juntos na fábrica da B&P e eu falei que ele deveria ir ver se o Jim precisava de alguma coisa. Ele se mostrou relutante – os dois não eram chegados, trabalhavam em seções diferentes –, mas ainda assim foi. Achei melhor ficar em casa, garantir que todo mundo ficasse sabendo.

Primeiro liguei para o celular do pastor Len e caiu direto na caixa postal, mas deixei recado. Ele me ligou de volta imediatamente e, pelo modo como sua voz estava trêmula, eu soube que tinha acabado de receber a notícia. Pam e eu éramos os membros mais antigos do que ele chamava de seu "círculo interno". Antes que o pastor e Kendra chegassem ao condado de Sannah – estamos falando de... ahn, quinze anos atrás –, eu fazia parte da igreja das Novas Revelações em Denham. Isso implicava uma viagem de meia hora todo domingo e toda quarta-feira para o estudo da Bíblia, porque de jeito nenhum eu iria ao culto dos episcopais, não com a visão liberal deles sobre o elemento homossexual.

Portanto, você pode imaginar como fiquei animada quando o pastor Len chegou à cidade e assumiu a antiga igreja luterana que ficara vazia por um bom tempo. Na época eu não tinha ouvido o programa de rádio dele. A princípio, foram os cartazes que atraíram meu olhar. Ele sabia chamar atenção para o serviço ao Senhor! Toda semana colocava uma faixa com uma mensagem diferente. "Gosta de jogar? O diabo negocia almas" e "Deus não acredita nos ateus, portanto os ateus não existem" eram duas das minhas prediletas. A única da qual eu não gostava mostrava a imagem de uma Bíblia com uma daquelas antenas dos celulares antigos saindo da parte de cima e a legenda "Aplicativo para salvar sua alma", o que eu achava um pouco metido a engraçadinho demais. No início, a congregação do pastor Len era pequena e foi lá que realmente conheci Pam, apesar de já tê-la visto nas reuniões de pais – a sua Joanie é mais velha que as minhas duas filhas. Nós nem sempre concordávamos em tudo, mas ninguém poderia afirmar que ela não era uma boa cristã.

O pastor avisou que tinha organizado um círculo de orações pela alma de Pam na noite seguinte e, como Kendra estava de cama com uma das suas dores de cabeça, ele pediu que eu ligasse para o pessoal do grupo de estudos da Bíblia. Então, Lorne entrou bufando, alertando que a casa do Jim estava cercada de repórteres e carros dos noticiários de TV, que ninguém atendia à porta. Bom, claro, contei tudo isso ao pastor Len, que falou que era nosso dever, como cristãos, ajudar o Jim nessa hora de necessidade, mesmo que ele não fizesse parte da igreja. Pam sempre tinha sido meio reservada com relação a isso. Meu Lorne ia comigo todo domingo, apesar de não ter entrado para o grupo bíblico nem para o círculo de orações de cura, e devia ser terrível para a Pam saber que seu marido seria deixado para trás na terra, diante da fúria do Anticristo, e queimaria no inferno por toda a eternidade.

Então comecei a me perguntar se Joanie, a filha de Pam, viria para casa. Ela não aparecia havia dois anos; tinha acontecido algum problema entre ela e Jim na época em que ela ainda estava na faculdade. Ele não aprovava o namorado dela na época. Um mexicano. Ou meio mexicano, acho. Isso provocou uma divisão na família. E sei que isso magoava a Pam. Ela sempre ficava triste quando eu falava dos meus netos. Minhas duas meninas se casaram logo depois de terminar a escola e foram morar bem perto de mim. Por isso Pam foi ao Japão. Sentia uma falta medonha da Joanie.

 Estava ficando tarde, por isso o pastor disse que iríamos visitar o Jim na manhã seguinte. Ah, ele estava elegante ao me pegar às oito do dia seguinte! Nunca vou esquecer isso, Elspeth. Terno e gravata de seda vermelha. Mas ele sempre se importou com a aparência antes de deixar o demônio entrar. Eu gostaria de poder falar o mesmo sobre Kendra. Ela e o pastor Len não pareciam ter a ver um com o outro. Ela era magra feito um ancinho e sempre estava mal-arrumada e sem maquiagem.

 Fiquei surpresa ao ver que Kendra ia com a gente; em geral ela dava alguma desculpa. Eu não diria que ela era metida... só se mantinha distante, com um sorriso vago no rosto, tinha problema de nervos. É verdade que ela foi parar num daqueles lugares, um daqueles... asilos? Não chamam mais assim, não é? Instituições, é a palavra que eu estava procurando! Não consigo deixar de pensar que é uma verdadeira bênção os dois nunca terem tido filhos. Pelo menos eles não precisaram testemunhar a dor da mãe cedendo à mente fraca. Acho que foram as fofocas sobre o pastor Len com aquela mulher da vida que a fizeram desmoronar de vez. Mas deixe-me ser clara, Elspeth, de jeito nenhum, não importa o que eu ache do que ele fez mais tarde, de jeito nenhum dou crédito a *esses* boatos.

 Depois de uma oração rápida, fomos direto para a casa da Pam e do Jim. Fica na Seven Souls Road e a imprensa tomava todo o entorno, repórteres e aquele pessoal com as câmeras parado do lado de fora do portão, fumando e falando sem parar. "Ah, céus, como vamos entrar no quintal da Pam?", perguntei ao pastor.

 O pastor Len respondeu que estávamos a serviço de Jesus e que ninguém iria nos impedir de cumprir com nosso dever cristão. Quando paramos junto ao portão, um enxame de repórteres veio para cima da gente, dizendo coisas como "Vocês são amigos de Pam? Como se sentem com o que aconteceu?". Estavam tirando fotos e filmando e, nesse momento, eu soube o que aquelas pobres celebridades passam o tempo todo.

 — Como você acha que nós estamos nos sentindo? — questionei a uma moça que usava rímel demais e era a mais enxerida de todos.

 O pastor me olhou como se dissesse "deixe que eu falo", mas os jornalistas precisavam ser postos no devido lugar. Ele explicou que estávamos em missão para ajudar o marido de Pam naquela hora de necessidade e que ele voltaria para fazer uma declaração assim que garantíssemos que Jim estava em condições razoáveis. Isso pareceu aplacá-los e eles voltaram para os furgões.

As cortinas estavam fechadas e nós batemos na porta da frente, mas não houve resposta. O pastor Len foi para o quintal dos fundos, porém a história se repetiu. Então lembrei que Pam mantinha uma chave extra embaixo do vaso de plantas perto da porta traseira, para o caso de ficar trancada do lado de fora, e foi assim que entramos.

Ah, o cheiro! Era praticamente um tapa na cara. Kendra ficou branca, de tão ruim que aquilo era. E então Snookie latiu e veio em disparada pelo corredor na nossa direção. Pam teria um ataque cardíaco se visse a cozinha daquele jeito. Ela só havia saído dois dias antes, mas dava para jurar que uma bomba tinha explodido ali. Vidro quebrado em cima de toda a bancada e uma guimba de cigarro caída numa das melhores xícaras de porcelana da mãe de Pam. E Jim não devia ter deixado Snookie sair nem uma vez, porque havia o que o meu Lorne chama de minas terrestres caninas em todo o bom linóleo de Pam. Preciso ser honesta, Elspeth, já que acredito em falar sempre a verdade, mas nenhum de nós gostava muito daquela cachorra. Mesmo que Pam desse banho nela cem vezes por dia, ela sempre tinha um fedor horrível. E os olhos tinham sempre uma película por cima. Mas Pam a adorava e, quando a vi cheirando nossos sapatos e olhando para a gente toda esperançosa de que uma de nós fosse a Pam... bom, isso quase partiu meu coração.

– Jim? – chamou Len. – Você está aí?

A televisão estava ligada, por isso, depois de verificarmos a cozinha, fomos para a saleta.

Quase gritei ao ver Jim. Estava largado em sua poltrona acolchoada com uma espingarda no colo. As cortinas tinham sido fechadas, estava escuro e, por um segundo, pensei que ele teria... Então vi a boca aberta e ele soltou um ronco. Garrafas de bebida alcoólica e latas de cerveja quase não deixavam ver o chão e a sala fedia a álcool. No condado de Sannah, o álcool é proibido, mas você consegue bebida se souber onde procurar. E Jim sabia. Não gosto de dizer isso, Elspeth, mas fico imaginando o que ele teria feito se não tivesse apagado. Talvez tivesse tentado atirar em nós. O pastor abriu as cortinas, entreabriu uma janela e, sob a luz, eu pude ver que a frente da calça do Jim estava molhada.

Len assumiu o controle, como eu sabia que faria. Tirou gentilmente a espingarda do colo do Jim, depois sacudiu o ombro dele.

Jim deu um pulo e olhou para a gente, os olhos mais vermelhos do que um balde de sangue de porco.

– Jim – chamou. – Acabamos de saber sobre a Pam. Estamos aqui para ajudar, Jim. Se houver alguma coisa que possamos fazer, você sabe que só precisa pedir.

Jim bufou.

– É, vocês podem dar o fora, por...

Bom, eu quase *morri*. Kendra soltou um som que poderia ser uma gargalhada – provavelmente era só choque.

Len não se abalou nem um pouco:

– Sei que você está perturbado, Jim. Mas nós viemos ajudar. Ajudar a superar isso.

Jim começou a soluçar, arfando e tremendo. Não importa o que digam agora sobre o pastor Len, Elspeth, você deveria ver como ele cuidou do Jim. Com gentileza genuína. Levou-o para o banheiro para se limpar.

Por um tempo Kendra e eu só ficamos ali, mas depois eu lhe dei uma cutucada e começamos a trabalhar. Limpamos a cozinha, tiramos a caca de cachorro e demos uma boa esfregada na poltrona. E o tempo todo Snookie ficava acompanhando a gente com aqueles olhos.

O pastor trouxe Jim de volta para a sala e, apesar de o pobre coitado estar cheirando muito melhor, suas lágrimas não tinham secado nem um pouco. Ele continuava soluçando e soluçando.

– Se não for incômodo, Jim, nós gostaríamos de orar por Pam com você – falou Len.

Eu esperei que Jim o xingasse de novo e, por um segundo, juro, Elspeth, pude ver que o pastor também esperava isso. Mas aquele homem estava arrasado, destroçado. Mais tarde, Len disse que era o modo de Jesus nos mostrar que precisávamos deixá-lo entrar. Mas você precisa estar *preparado*. Já vi isso mil vezes. Como quando estávamos orando pelo primo de Stephenie, Lonnie, o que tinha aquela doença dos neurônios motores. Não funcionou porque ele não deixou o Senhor entrar no coração. Nem Jesus pode trabalhar com um jarro vazio.

Assim, nós nos ajoelhamos perto do sofá, cercados por latas de cerveja, e oramos.

– Deixe o Senhor entrar no seu coração, Jim – disse o pastor. – Ele está aqui para você. Ele quer ser seu salvador. Você pode sentir?

Foi uma coisa linda de ver. Ali estava um homem tão esmagado pelo sofrimento que não parava de chorar, e ali estava Jesus, só esperando para pegá-lo nos braços e consertá-lo de novo!

Ficamos sentados com o Jim durante pelo menos uma hora. O pastor falava o tempo todo:

– Agora você faz parte do nosso rebanho, Jim, estamos aqui para ajudar você, assim como Jesus está aqui para ajudar você.

Foi algo tão enternecedor que não sinto vergonha de dizer que chorei feito um bebê recém-nascido.

O pastor ajudou Jim a sentar-se de novo na poltrona e eu pude ver no rosto dele que estava na hora de começar a lidar com as coisas práticas.

– Bom, Jim – falou Len. – Precisamos pensar no enterro.

Jim murmurou algo sobre Joanie cuidar disso.

– Você não vai viajar até lá e trazer a Pam de volta?

Jim balançou a cabeça e uma expressão vaga surgiu em seus olhos.

– Ela me abandonou. Eu disse para ela não ir, mas ela não queria escutar.

Houve uma batida à porta e todos nós pulamos assustados. A porcaria dos repórteres tinha vindo até a casa!

Podíamos ouvi-los gritar:

– Jim! Jim! O que você acha da mensagem?

O pastor me olhou.

– De que mensagem eles estão falando, Reba?

Bom, é claro que eu não fazia a mínima ideia.

Len ajeitou a gravata.

– Vou afastar aqueles abutres, Jim – garantiu ele, e Jim o encarou, com o olhar tomado por pura gratidão. – Reba e Kendra vão arranjar alguma coisa para você comer.

Fiquei feliz por fazer alguma coisa, Elspeth. Pam, que Deus a abençoe, tinha preparado um monte de refeições para o Jim, todas arrumadinhas no freezer; foi fácil pegar uma e colocar no micro-ondas. Kendra não fez muito para ajudar, pegou a cadela no colo e começou a sussurrar para ela. Portanto, eu é que tive de limpar o resto da sujeira da sala e convencer o Jim a comer o empadão de carne que eu pusera numa bandeja para ele.

Quando o pastor voltou para dentro, estava com uma expressão atordoada. Antes que eu pudesse perguntar o que o incomodava, ele pegou o controle remoto da TV e ligou na Fox. Melinda Stewart informava que um punhado de jornalistas japoneses chegara ao local do acidente e pegara celulares de vários mortos. Alguns passageiros – que Deus proteja suas almas – haviam gravado mensagens ao perceber que iam morrer e os repórteres tinham vazado as gravações. Publicaram antes mesmo que algumas famílias tivessem certeza de que seus entes queridos haviam morrido, se é que dá para acreditar.

Uma dessas mensagens era de Pam, se bem que eu nem sabia que ela tinha celular. A mensagem dela estava passando na base da tela e o pastor gritou:

– Ela estava tentando me dizer alguma coisa, Reba! Olhe! Meu nome, bem ali!

Acabamos nos esquecendo do Jim, que começou a gritar "Pam!" diversas vezes.

Kendra não ajudou a acalmá-lo. Só ficou parada junto à porta, com a Snookie no colo, ainda falando de mansinho com a cachorra como se ela fosse um bebê.

As seguintes mensagens (*isho*) foram gravadas por passageiros do voo 678 da Sun Air em seus últimos momentos.
   (Tradução de Eric Kushan, com a observação de que algumas nuances linguísticas podem ter se perdido)

Hirono. As coisas estão ficando feias aqui. A tripulação na cabine está calma. Ninguém está em pânico. Sei que vou morrer e quero dizer que... Ah, tem coisas caindo, estão caindo em toda parte e eu preciso...
Não olhe no meu armário do escritório, Hirono. Por favor, Hirono, imploro. Há outras coisas que você pode fazer. Só posso esperar que...
Koushan Oda. Cidadão japonês. 37 anos

Há uma fumaça que não parece fumaça. A velha ao meu lado está chorando em silêncio e rezando e eu gostaria de estar sentado perto de você. Há crianças neste voo. Ah... é... cuide dos meus pais. Deve haver dinheiro suficiente. Ligue para Motobuchi-san, ele vai saber o que fazer com o seguro. O comandante está fazendo tudo o que pode, preciso confiar nele. Posso sentir, pela voz, que ele é um homem bom. Adeus, adeus, adeus, adeus...
Sho Mimura. Cidadão japonês. 49 anos

Preciso pensar preciso pensar preciso pensar. Como isso aconteceu... Certo, uma luz forte surgiu na cabine. Um estrondo. Não, mais de um. A luz foi antes do estrondo? Não sei. A mulher junto à janela, a *gaijin* [estrangeira] grande, está uivando a ponto de os meus ouvidos doerem e eu preciso juntar minhas coisas para o caso de nós... Estou gravando isso para que você saiba o que vai acontecer. Não há pânico, apesar de eu sentir que deveria haver. Durante um bom tempo eu queria morrer e, agora, percebo que estava errado, que a minha hora chegou depressa demais. Estou apavorado e não sei quem vai ouvir isto. Se você puder passar esta mensagem para o meu pai, diga que...
Keita Eto. Cidadão japonês. 42 anos

Shinji? Por favor, atenda! *Shinji!*
Houve uma luz forte e depois... e depois...

O avião está caindo, está caindo, e o comandante diz que precisamos ficar calmos. Eu não sei por que isso está acontecendo!
Só peço... Cuide das crianças, Shinji. Diga que eu as amo e...
Noriko Kanai. Cidadã japonesa. 28 anos

Sei que o Senhor Jesus Cristo vai me tomar nos braços e que esse é o plano dele para mim. Mas, ah, como eu desejaria ver você mais uma vez. Eu te amo, Su-jin, e nunca disse. Espero que você ouça isso. De algum modo, espero que chegue até você. Queria que ficássemos juntos um dia, mas agora você está tão longe! Está acontecendo...
Seojin Lee. Cidadão sul-coreano. 37 anos

Eles estão aqui. Eu... Não deixe a Snookie comer chocolate, é veneno para os cachorros, ela vai implorar a você... O menino. O menino, vigiem o menino, vigiem as pessoas mortas, ah, meu Deus, elas são tantas... Estão vindo me pegar agora. Todos vamos embora logo. Todos nós. Tchau, Joanie, adorei a bolsa, tchau, Joanie, pastor Len, avise a eles que o menino, não é para ele...
Pamela May Donald. Cidadã americana. 51 anos

Lola Cando (não é o nome verdadeiro) se descreve como ex-trabalhadora do sexo e empreendedora da internet. Os relatos de Lola são baseados em muitas conversas pelo Skype.

Lenny veio me ver uma, talvez duas vezes por mês durante uns três anos. Vinha lá do condado de Sannah, devia ser uma hora de carro pelo menos, mas para ele tudo bem. Dizia que gostava da viagem, dava tempo de pensar nas coisas. Ele era estritamente convencional. Mais tarde, as pessoas tentaram me forçar a falar que ele era algum tipo de tarado, mas não era. E não curtia drogas nem coisas estranhas. Só "papai e mamãe", um dedinho de bourbon e um papo, era só disso que ele gostava.

Entrei nesse negócio através da minha colega Denisha. Ela é especialista, fornece serviço para clientes que acham difícil fazer contato com mulheres. Só porque você é obrigado a ficar em casa ou numa cadeira de rodas não quer dizer que perdeu a vontade de fazer sexo, não é? Eu não faço muito trabalho especializado, entendeu? A maioria dos meus clientes regulares é de gente comum, caras solitários ou com uma mulher que parou de fazer sexo. Eu saco muito bem os meus caras e, se não houver uma conexão ou eles quiserem coisas esquisitas, digo: desculpe, minha agenda tá lotada.

Não curto drogas; não comecei a fazer isso para alimentar um vício. Na mídia você não ouve falar muito de garotas que nem eu e Denisha, que fazem disso um modo de vida sem ver o lado negro. E, como a Denisha vive dizendo, é melhor do que arrumar gôndolas num Walmart.

Eu tinha um apartamento que usava para, você sabe, negócios, mas o Lenny não gostava de ir lá. Era muito cauteloso com coisas assim, quase paranoico. Preferia que a gente se encontrasse num motel. Há um bocado de motéis que oferecem um bom serviço por hora sem fazer perguntas. Ele sempre insistia que eu entrasse antes dele.

Bom, naquele dia ele chegou tarde. Uma meia hora atrasado, o que não era comum. Arrumei as bebidas, peguei gelo na máquina e vi a reprise de um episódio de *Party-Time* enquanto esperava, aquele em que Mikey e Shawna-Lee finalmente ficam juntos. Quando já ia desistir, ele entrou voando no quarto, sem fôlego e suando.

– Ora, olá, estranho.

Eu sempre o cumprimentava assim.

– Corta essa, Lo, preciso de uma maldita bebida.

Isso me assustou. Nunca tinha escutado ele falar em maldição. Lenny afirmava que só bebia comigo e eu acreditei. Perguntei se ele queria, você sabe, começar o de sempre, mas ele não estava interessado.

– Só a bebida.

As mãos dele tremiam e dava para ver que ele estava agitado de verdade. Preparei uma dose dupla e me ofereci para esfregar os ombros dele.

– Não. Preciso ficar sentado um momento. Pensar.

Mas ele não se sentou: ficou andando de um lado para o outro naquele quarto como se estivesse decidido a gastar o tapete. Eu sabia que não devia perguntar em que ele estava pensando. Sabia que ele ia dizer quando estivesse pronto. Ele me entregou o copo e eu servi mais dois dedos.

– Pam estava tentando me dizer alguma coisa, Lo.

Claro que, na hora, eu não entendi nada.

– Len, você precisa começar do começo.

Ele me contou tudo sobre Pamela May Donald, a mulher que morreu no avião japonês e era da congregação dele.

– Len, sinto muito mesmo pela sua perda. Mas tenho certeza que a Pam não ia querer que você ficasse tão perturbado por causa dela.

Ele nem pareceu me ouvir. Enfiou a mão na bolsa – ele sempre carregava uma pasta escolar, como se fosse um menino crescido –, tirou uma Bíblia e bateu com ela na mesa.

Eu ainda estava tentando pegar leve.

– Quer que eu bata em você com isso ou o quê?

Grande erro. O rosto dele ficou totalmente vermelho, inflou que nem um daqueles peixes. Ele tem o que chamam de rosto expressivo, que faz as pessoas confiarem nele, acho, parece que não consegue mentir. Pedi desculpas rapidinho, pois fiquei apavorada.

Ele contou que Pam tinha deixado uma mensagem, uma... como é que chamam? Aquelas mensagens que ela e uns japas tinham deixado nos telefones enquanto o avião caía.

– Aquilo significa alguma coisa, Lo. E acho que sei o que é.

– O quê, Lenny?

– Pam os viu, Lola.

– Pam viu quem, Lenny?

– Todos os que não aceitaram o Senhor no coração. Todo mundo que vai ser deixado para trás depois do Arrebatamento.

Eu venho de uma família religiosa, você entende, fui criada num bom lar batista. Não tem muita coisa na Bíblia que eu não saiba. As pessoas podem me condenar pelo que eu faço, mas sei que Jesus não me julgaria. Como a Denisha vive dizendo (ela é episcopal), algumas das melhores amigas de Jesus eram prostitutas.

De qualquer modo, mesmo antes da Quinta-Feira Negra, Len era uma daquelas pessoas que acreditam no Fim dos Tempos. Saca, aqueles caras que veem em todo canto sinais de que o fim está chegando: o 11 de Setembro, terremotos, o Holocausto, a globalização, a Guerra ao Terror, tudo isso. Ele acreditava mesmo que era só questão de tempo até Jesus levar todos os justos para o paraíso, deixando o resto do mundo sofrer com o Anticristo. Alguns acreditavam que o Anticristo já estava na terra. Que era o chefão da ONU, o presidente da China ou um daqueles muçulmanos, árabes ou não sei o quê. Mais tarde, claro, ficaram dizendo que praticamente tudo que saía no noticiário era sinal. Aquela tal febre aftosa na Inglaterra, e até aquela virose que atacou os navios de cruzeiro.

Já eu não sei como me sentia sobre esse negócio do Arrebatamento. Aquele dia em que, vupt, todos os justos iam desaparecer no céu, deixando as roupas e os bens terrenos para trás. Parece complicado demais. Por que Deus iria se incomodar com tudo isso? Lenny me deu os livros da série Arrebatados para ler – sabe do que estou falando? –, aquela série em que os cristãos renascidos são arrebatados todos ao mesmo tempo e o primeiro-ministro da Inglaterra acaba sendo o Anticristo. Eu disse que ia ler, mas nunca li.

Servi uma dose para mim. Sabia que ia ficar ali pelo menos uma hora. Às vezes o Lenny passava o programa de rádio dele para mim. Eu fingia que escutava. Sou mais do tipo TV, saca?

Quando comecei a encontrar com o Lenny, achei que ele era um daqueles evangélicos doidos por grana, como os caras que a gente vê na TV tentando fazer as pessoas doarem dinheiro para os pastores, falando por que o dízimo é necessário mesmo se você estiver vivendo da previdência. A princípio achei que ele era algum tipo de trambiqueiro e vou dizer que já encontrei um bom número desses! Mas depois de conhecê-lo melhor, passei a achar que ele começou a acreditar mesmo no seu próprio... não quero chamar de papo furado; como eu disse, sou batista de carteirinha, mas nunca botei muita fé nesse negócio de fogo e enxofre. Porém não há como negar que o Lenny queria se juntar aos figurões, caras poderosos, tipo o tal Dr. Lund – o que era tão amiguinho do presidente Blake. Lenny estava desesperado para entrar no circuito de palestras evangélicas. O programa de rádio deveria ser a porta de entrada, mas, mesmo após tantos anos, não tinha ido muito longe. E também não era só pelo dinheiro. Lenny queria era respeito. Estava cansado de viver às custas da mulher.

– Escute, Lola – falou ele, e leu a mensagem.

Aquilo não fez muito sentido para mim. Para mim, pareceu que Pam estava mais preocupada com a cachorra dela.

Lenny comentou que era um milagre aquelas três crianças terem sobrevivido quase sem um arranhão.

– Não está certo. Elas deveriam ter morrido, Lola.

Eu admiti que era estranho. Mas todo mundo achava estranho. Era uma daquelas coisas malucas que a gente não consegue enfiar na cabeça. Como o 11 de Setembro. A não ser que você estivesse lá e passasse pela coisa. Mas, sabe, acho que no fim das contas as pessoas se acostumam com tudo, não é? Recentemente, meu quarteirão tem sofrido apagões e, depois de todas as reclamações e lenga-lengas, a gente começa a aceitar. Louco, né?

– O garoto. O garoto... – ele não parava de murmurar.

Leu uma passagem de Zacarias e virou as páginas até Apocalipse. Lenny adorava o livro do Apocalipse, mas eu sentia arrepios com aquele livro quando era criança. E vou dizer uma coisa: fui eu que coloquei aquilo na cabeça dele. Olha, vou admitir, às vezes eu banco a burra, Lenny gostava disso (diabo, todos gostam).

– Sabe o que eu nunca consegui entender, Lenny? Aqueles quatro cavaleiros. Por que são cavaleiros, afinal? E todas aquelas cores diferentes.

Bom, o Lenny ficou imóvel, como se eu tivesse blasfemado.

– Como assim, Lo?

Pensei que eu tinha falado alguma coisa que ia deixá-lo com raiva de novo e fiquei olhando com atenção, para o caso de ele estourar comigo. Ele ficou parado que nem uma estátua, os olhos saltando de um lado para o outro.

– Lenny? Lenny, querido, você está legal?

Ele bateu palmas e gargalhou. Era a primeira vez que eu ouvia o Lenny gargalhar. Ele segurou meu rosto entre as mãos e me beijou na boca.

– Lola, acho que você descobriu!

– Como assim, Lenny?

Mas ele só respondeu:

– Tire a roupa.

Então a gente fez e ele foi embora.

Transcrição do programa de rádio do pastor Len Vorhees, *Minha Boca, a Voz de Deus*, que foi ao ar em 20 de janeiro de 2012.

Queridos ouvintes, não preciso dizer que agora, mais do que nunca, estamos vivendo uma época sem Deus. Vivemos num tempo em que a Bíblia é dispensada nas nossas escolas em troca de mentiras evolucionárias não científicas, em que muitos expulsam Deus do coração, em que sodomitas, assassinos de bebês, pagãos e fascistas islâmicos têm mais direitos em nosso país do que os bons cristãos e cristãs. Em que Sodoma e Gomorra lançam uma mortalha sobre cada aspecto da nossa vida cotidiana e nossos líderes mundiais tentam com todo o empenho construir a cultura da globalização que é a preferência do Anticristo.

Queridos ouvintes, tenho boas notícias. Tenho a prova de que Jesus está nos ouvindo, que está atendendo às nossas orações, que é apenas questão de tempo até que Ele nos leve para nos sentarmos ao Seu lado.

Ouvintes, quero lhes contar uma história.

Era uma vez uma boa mulher. Seu nome era Pamela May Donald e ela era temente a Deus e havia aceitado Jesus em seu coração com cada fibra do ser.

Essa mulher decidiu fazer uma viagem, visitar a filha num local distante, na Ásia, para ser exato. Ao fazer as malas e se despedir do marido e da igreja, ela não sabia que estava para participar do plano de Deus.

Essa mulher entrou num avião em... Ela entrou num avião no Japão e esse avião caiu, arrancado do ar por forças misteriosas.

E enquanto morria, caída naquele solo estrangeiro, duro e frio, com o sangue escorrendo das veias, Deus falou com ela, ouvintes, e lhe passou uma mensagem. Assim como Deus falou com o profeta João na ilha de Patmos quando ele teve a visão dos sete selos, como descrito em Apocalipse. E Pam gravou essa mensagem, ouvintes, para que tivéssemos o benefício de entender o que Deus dizia.

Bom, João nos falou que os primeiros quatro selos viriam na forma de quatro cavaleiros. Sabemos, e é fato, que os quatro cavaleiros são mandados para cumprir um objetivo divino. E sabemos, a partir de Ezequiel, que esse objetivo é castigar os infiéis e os não tementes a Deus. Os cavaleiros trarão à terra a peste, a fome, a guerra e o pânico; serão os arautos da Tribulação.

Existem muitos que acreditam que os selos já foram abertos, ouvintes, e vou admitir que é difícil não acreditar nisso, com tudo que está acontecendo no mundo neste momento. Mas foi mostrado a Pam que Deus, em sua sabedoria, só *agora* abriu os selos.

O que Pamela May Donald disse em sua mensagem para mim – bondosos ouvintes, em sua sabedoria, ela dirigiu sua mensagem a *mim* pessoalmente – é que os quatro cavaleiros estão aqui agora. Aqui na terra. Enquanto agonizava, ela falou: "O menino, o menino, pastor Len, avise a eles..."

Todos vocês assistiram aos noticiários. Todos viram as três crianças sobreviventes, talvez quatro, não temos certeza de que não há outra, já que, como sabemos, lá na África está o caos. Todos vocês sabem, *e é fato*, que de jeito nenhum aquelas três crianças poderiam ter sobrevivido a um cataclisma daqueles praticamente incólumes. Esses três são os únicos sobreviventes, vou repetir, ouvintes, porque é importante, os *únicos* sobreviventes. Nem mesmo os investigadores de acidentes aéreos conseguem explicar por que essas crianças foram salvas.

Leais ouvintes, eu acredito que essas crianças foram habitadas pelos espíritos dos quatro cavaleiros.

Pamela May Donald disse "Pastor Len. O menino. O menino". De que menino ela poderia estar falando senão daquela criança japonesa que sobreviveu?

É claro como água. Como a mensagem poderia ser mais clara? O Senhor é bom, ouvintes, Ele não vai gerar confusão. E, em Sua graça, Ele nos deu mais provas ainda de que o que digo é verdade. Em Apocalipse 6, versículos 1 a 2:

Observei quando o Cordeiro abriu o primeiro dos sete selos. Então ouvi um dos seres viventes dizer com voz de trovão: "Venha!" Olhei, e diante de mim estava um cavalo branco!

Um cavalo branco, ouvintes. De que cor era a insígnia daquele avião da Maiden Airlines que caiu na Flórida? Uma pomba branca. *Branca*.

Quando o Cordeiro abriu o segundo selo, ouvi o segundo ser vivente dizer: "Venha!" Então saiu outro cavalo; e este era vermelho.

De que cor era a insígnia do voo da Sun Air? Vermelha. Todos vocês viram, irmãos e irmãs. Todos vocês viram aquele grande sol. Vermelho. A cor do comunismo. A cor da guerra. A cor, queridos ouvintes, do sangue.

Quando o Cordeiro abriu o terceiro selo, ouvi o terceiro ser vivente dizer: "Venha!" Olhei, e diante de mim estava um cavalo preto.

Bom, é verdade que aquele avião inglês, o que caiu no mar, tem uma insígnia laranja-vivo. Mas pergunto: de que cor eram as letras naquele avião? Pretas, ouvintes. *Pretas*.

Quando o Cordeiro abriu o quarto selo, ouvi a voz do quarto ser vivente dizer:

"Venha!" Olhei, e diante de mim estava um cavalo amarelo. Seu cavaleiro chamava-se Morte.

Sabemos que a cor do cavalo da Morte é escrito no original grego como *khlros*, que é traduzido como verde. A insígnia daquele avião na África que caiu... de que cor era? Isso mesmo. *Verde*.

Sei que haverá muitas pessoas do contra que dirão: mas, pastor Len, tudo isso pode ser apenas coincidência. Mas Deus não age através de coincidências. Sabemos que isso é fato.

Haverá mais sinais. Mais sinais, irmãos e irmãs. Haverá guerra, haverá peste, haverá conflitos e fome.

O Juízo Final começou. E, quando o Rei dos Reis abrir o sexto selo, os escolhidos serão salvos e ocuparão seu lugar de direito ao lado de Jesus no Reino do Céu.

Nosso tempo é agora. Os sinais são claros. Não poderiam ser mais claros nem se Deus tivesse colocado uma grande fita vermelha neles e os lançado do céu.

E pergunto a vocês, ouvintes – *queridos* ouvintes. Vocês estão preparados?

O espaço não me permite incluir trechos de todos os sites de teorias de conspiração que brotaram depois da Quinta-Feira Negra, mas dentre os "teóricos alternativos" mais enfáticos estava o escritor e autointitulado ufólogo Simeon Lancaster, cujos livros publicados por conta própria incluem *Aliens entre nós* e *Lagartos na Câmara dos Lordes*. Lancaster se recusou a falar comigo e mais tarde negou que de algum modo tivesse influenciado os atos de Paul Craddock.

O trecho seguinte foi retirado de um blog do site dele, Aliens Entre Nós, em 22 de janeiro de 2012.

INTERVENÇÃO ALIENÍGENA – QUINTA-FEIRA NEGRA: TODAS AS PROVAS DE QUE PRECISAMOS

Quatro aviões caem. Em quatro continentes. Acontecimentos que obcecararam a mídia mundial como nenhum outro NA HISTÓRIA DO MUNDO. Não pode haver outra explicação, a não ser que Os Outros, os alienígenas infiltrados, decidiram USAR SEU PODER e OSTENTÁ-LO.

É apenas questão de tempo, guardem minhas palavras, até que o Majestic 12 crie uma operação de acobertamento de alto nível. Nos relatos dos acidentes, eles negarão que tenha havido qualquer causa "sobrenatural", esperem para ver. Já estão dizendo que a culpa do acidente na África é dos pilotos. Já estão dizendo que uma falha hidráulica é a causa do acidente no Japão.

Sabemos que não é verdade. ELES MENTIRÃO. Mentirão porque estão DE CONLUIO com senhores alienígenas. É espantoso que aquelas crianças chamadas de Os Três (se é que são crianças) não tenham sido levadas ainda para os laboratórios (veja o mapa com as localizações possíveis) para ser protegidas.

Vejamos as provas:

QUATRO AVIÕES

QUATRO??? Sabemos que as chances de uma pessoa se envolver numa queda de avião são de uma em 27 milhões. Então quais são as chances de QUATRO aviões caírem no mesmo dia com apenas TRÊS sobreviventes??? Por si sós, as chances de isso acontecer estão fora de qualquer escala. Portanto, foi um acontecimento deliberado. Terroristas? Então por que ninguém assumiu a responsabilidade? PORQUE OS RESPONSÁVEIS NÃO SÃO OS TERRORISTAS. Os responsáveis são os Outros.

LUZES FORTES

Por que pelo menos dois passageiros a bordo do voo da Sun Air informam, em suas mensagens, que viram luzes fortes? NÃO existe evidência de explosão ou de um incêndio a bordo. Nem de despressurização. SÓ PODE HAVER UMA EXPLICAÇÃO. Sabemos que algumas aeronaves V dos Outros foram vistas DEPOIS de luzes fortes aparecerem no céu. LUZES FORTES são um sinal seguro de que eles estão aqui.

POR QUE CRIANÇAS?

Uma coisa com que todos podemos concordar é que DE JEITO NENHUM Os Três poderiam ter sobrevivido aos acidentes.

Mas por que Os Outros escolheriam crianças? Acredito que é porque, como espécie, nós cuidamos dos pequenos, mas não só por isso: nossa reação básica será PROTEGÊ-LAS e cuidar delas.

Sabemos que o método de ataque preferido pelos Outros é a infiltração e a FURTIVIDADE. Seria óbvio demais se colocassem a si mesmos no GOVERNO de novo. Eles tentaram isso antes e foram EXPULSOS!!!!! Eles estão aqui para nos vigiar. Não sabemos quando darão o próximo passo. Os Três serão controlados por forças alienígenas trabalhando nas suas mentes e nos seus corpos e veremos isso se evidenciar em tempos vindouros.

As crianças sofreram IMPLANTES e estão nos vigiando, para ver o que faremos. É A ÚNICA EXPLICAÇÃO POSSÍVEL!!!!

PARTE TRÊS

SOBREVIVENTES

JANEIRO – FEVEREIRO

Lillian Small.

Zelna, uma das cuidadoras no centro de assistência a pacientes de Alzheimer aonde eu costumava levar o Reuben quando ele ainda se movimentava, chamava a doença de seu marido Carlos de "Al", como se fosse uma entidade separada, uma pessoa de verdade, e não uma doença. Na maioria das manhãs, quando Reuben e eu chegávamos, Zelna me dizia:

– Adivinhe só o que o Al fez hoje, Lily.

E então relatava uma das ações engraçadas ou perturbadoras que o Al havia "obrigado" Carlos a fazer: por exemplo, embrulhar todos os sapatos dela com jornal para que não sentissem frio ou chamar as idas ao centro de "ir para o trabalho".

Ela até escreveu durante um tempo um blog sobre isso, "Al, Carlos e Eu", e ganhou alguns prêmios.

Comecei a pegar o hábito de também chamar a doença do Reuben de Al. Acho que isso me dava esperança de que, em algum lugar, lá dentro, o verdadeiro Reuben continuasse existindo, esperando, lutando para impedir que o Al assumisse completamente. Mesmo sabendo que não era racional pensar assim, isso me impedia de culpar o Reuben por tirar de mim os últimos anos que iríamos passar juntos. Em vez disso, eu podia culpar o Al. Podia *odiar* o Al.

Zelna foi obrigada a internar o Carlos numa instituição há uns dois anos e, depois que se mudou para a Filadélfia para morar com a filha, nós perdemos contato. Sinto falta dela – sinto falta do centro –, de estar perto de outras pessoas que sabiam exatamente o que eu passava. Com frequência, ríamos das coisas malucas que nossos maridos ou pais faziam ou diziam. Lembro-me de Zelna morrer de rir quando contei que o Reuben insistia em usar a cueca por cima da calça, como se fosse fazer um teste para o papel de um Super-Homem geriátrico. Não era engraçado, claro, mas rir pode ser o melhor remédio, não acha? Se você não ri, chora. Por isso não sinto culpa daquilo. Nem um pouco.

Porém, mesmo quando Reuben não podia mais ir ao centro de assistência, colocá-lo num asilo não era opção para mim. Não só por causa do custo: é que eu já havia estado num lugar daqueles. Não gostava do cheiro. Achava que aguentaria cuidar dele sozinha. Lori fazia o que podia e sempre havia Betsy e a agência, se eu precisasse de uma folga. Eu não usava a agência frequentemente, a rotatividade de funcionários era grande e a gente nunca sabia quem ia pegar.

Não quero que você ache que estou reclamando, a gente se virava, e acho que eu tinha sorte. O Reuben nunca ficava violento. Alguns ficam assim – paranoicos –, acham que os cuidadores estão tentando prendê-los, em especial ao perderem a capacidade de reconhecer feições. E ele não era de sair andando, não tentava sair do apartamento se eu estivesse com ele. A doença do Reuben progrediu rapidamente, mas mesmo nos dias ruins, quando o Al estava no controle total, ele ficava bastante calmo ao ver meu rosto. Mas sofria com pesadelos terríveis. Ele sempre foi de sonhar muito.

Eu me virava.

E tinha minhas lembranças.

Fomos felizes, Reuben e eu. Quantas pessoas podem dizer a mesma coisa honestamente? É isso que eu vejo ao olhar para trás. Nas revistas que Lori costumava trazer, viviam dizendo como o relacionamento é perfeito se você e seu companheiro (ah, como odeio essa palavra, parece tão frio, não acha?) são os melhores amigos, e nós éramos assim. E quando Lori veio, encaixou-se perfeitamente na nossa vida. Uma família unida, comum. Vivíamos a rotina. Reuben era um bom marido. Bom provedor. Depois que Lori foi para a universidade, eu fiquei meio triste, acho que estava sofrendo daquela síndrome do ninho vazio e Reuben me surpreendeu com uma viagem de carro ao Texas – imagine, logo ao Texas! Ele queria explorar San Antonio, conhecer o Álamo. Antes que o Al levasse embora seu senso de humor, costumávamos brincar dizendo que, não importava o que acontecesse, "sempre teríamos a cidade de Paris, no Texas".

Mas nossa vida antes da chegada do Al não era um completo mar de rosas. A vida de alguém é assim? Houve problemas no correr dos anos: Lori saindo dos trilhos na faculdade, o caroço que achei no meu seio e que conseguimos tirar bem a tempo, a confusão que a mãe do Reuben arrumou com aquele sujeito mais novo que ela conheceu na Flórida. Nós enfrentamos tudo isso.

Foi Reuben quem sugeriu que nos mudássemos para o Brooklyn quando Lori anunciou que estava grávida. Ele podia ver minha preocupação por ela criar um filho sozinha. A carreira dela começava a decolar e ela precisava de ajuda. Nunca vou me esquecer de seu primeiro desfile na New York Fashion Week. Reuben e eu ficamos tão orgulhosos! Vários modelos eram homens usando vestidos de mulher, o que fez Reuben levantar uma sobrancelha, mas nunca tivemos a mente muito fechada. Além disso, ele adorava Nova York. Tínhamos viajado muito nos primeiros tempos, na época em que ele trabalhava como professor substituto, por isso estávamos acostumados a fazer as malas e nos mudarmos.

– Vamos remar contra a maré, Lily, e nos mudar para a cidade. Por que não?

Na verdade, para Reuben não importava onde nós morássemos. Ele sempre foi um leitor. Amava os livros. Todos os livros. Ficção, não ficção, história. Passava a maior parte do tempo livre enfiado num livro e você pode fazer isso em qualquer lugar, não é? Essa foi a outra grande tragédia com o surgimento do Al: uma das primeiras coisas a ir embora foi a capacidade de ler, se bem que a princípio Reuben tenha escondido isso de mim bastante bem. Dói pensar nos meses em que ficava sentado na cama, virando as páginas de um livro que ele não tinha como entender, só para me poupar da preocupação. Dois meses depois do diagnóstico, eu descobri a verdadeira extensão do que ele tentava esconder de mim. Na gaveta de meias, encontrei uma pilha de cartõezinhos, onde ele havia escrito lembretes para si mesmo. "FLORES", era o que estava escrito em um. Isso me partiu o coração. Toda sexta-feira, durante 45 anos, ele comprara flores para mim, sem falhar.

Fiquei meio nervosa ao me mudar para perto de Lori. Não porque relutava em sair de Flemington; Reuben e eu nunca fomos muito sociais e os poucos amigos que tínhamos já haviam partido para a Flórida para se afastar dos invernos de Nova Jersey. A casa estava paga, possuíamos algum dinheiro, mas as propriedades em Flemington tinham sofrido muito com a queda do mercado. Lori estava preocupada, achando que o bairro dela era muito jovem e moderno para nós, comentava que era "cheio de *hipsters* e aspirantes a artistas", mas ainda há uma comunidade chassídica bastante grande e a visão deles tranquilizou Reuben quando ele começou a ficar doente de verdade. Talvez isso tivesse a ver com sua infância; a família dele era ortodoxa. Lori nos ajudou a achar um bom prédio perto do parque, a cinco minutos do loft onde ela morava, na Berry Street. Tivemos sorte, nossos vizinhos do lado eram mais velhos, como nós, e Betsy e eu nos demos bem de cara. Nós duas adorávamos trabalhar com agulhas – Betsy era ótima no ponto de cruz – e assistíamos aos mesmos programas. A princípio, Reuben achou-a um pouco intrometida e não gostava do fato de ela fumar (era totalmente contrário a isso), mas foi Betsy quem sugeriu que ele se oferecesse como voluntário no centro de alfabetização de adultos. Essa, claro, foi outra coisa da qual o Reuben foi obrigado a abrir mão. Também escondeu isso de mim, arranjou alguma desculpa de que queria estar em casa para me ajudar com o Bobby. E, ah, eu adorava cuidar do Bobby quando ele era bebê! Tivemos um ano ótimo, em que ele era o centro da nossa vida; Lori o deixava conosco toda manhã e sempre o levávamos ao parque se o tempo estivesse bom. Ele tinha seus momentos, todas as crianças têm, mas era um menininho inteligente, um raio de sol. E isso nos mantinha ocupados!

Então *bam!*: o Al chegou. Reuben tinha apenas 71 anos. Eu escondi isso de Lori pelo máximo de tempo que pude, mas ela não era idiota, podia ver que ele estava ficando cada vez mais esquecido, falando coisas estranhas. Ela deve ter pensado que era alguma excentricidade causada pela velhice.

Fui obrigada a lhe contar na festa de 2 anos do Bobby. Eu tinha feito um bolo de chocolate em camadas, o predileto de Lori, e tentávamos fazer o Bobby soprar as velas. Ele estava rabugento naquele dia – os terríveis 2 anos, sabe? Então o Reuben disse do nada:

– Não deixe o bebê queimar, não deixe ele queimar.

E em seguida caiu no choro.

Lori ficou horrorizada e eu precisei fazê-la sentar-se, contar que tínhamos feito o diagnóstico seis meses antes. Ela ficou abalada, claro que ficou, mas disse, e nunca vou esquecer:

– Vamos enfrentar isso juntas, mamãe.

Eu me senti mal, claro, jogando tudo em cima dela. Tínhamos nos mudado para a cidade para ajudá-la com o Bobby e agora a situação se invertera. Lori tinha sua carreira e tinha o Bobby, mas vinha nos ver sempre que podia. Bobby era pequeno demais para entender o que acontecia com o avô. Eu me preocupava pensando que isso iria perturbá-lo, mas ele não parecia se incomodar com o comportamento esquisito do Reuben.

Ah, Elspeth, os dias após eu ter sabido sobre o Bobby! A culpa que senti por não ter ido direto a Miami para ficar com ele naquele hospital... Foi então que percebi o quanto odiava o Al. Queria gritar com ele por ter roubado o Reuben quando eu tinha todo esse problema para enfrentar. Não peço que compreenda, há gente com problemas muito piores do que o meu, mas ainda não conseguia afastar a ideia de que estava sendo castigada por alguma coisa. Primeiro Reuben, depois Lori. O que viria em seguida?

A maior parte de tudo isso não passa de um borrão, havia tanta coisa acontecendo. O telefone tocando sem parar, os repórteres e o pessoal da TV me perseguindo. No fim precisei tirar o telefone do gancho e usar aquele celular que Lori tinha me dado. E mesmo assim, de algum modo, eles conseguiram o número.

Eu não podia sair pela porta sem uma câmera ser enfiada na minha cara: "Como a senhora está se sentindo?", "A senhora sentia que ele estava vivo?". Eles queriam saber como o Bobby se sentia, como estava se virando, o que estava comendo, se eu era religiosa, quando ele ia voltar para casa, se eu ia viajar para vê-lo. Me ofereceram dinheiro. Um monte de dinheiro, imploraram por fotos dele e de Lori. Não sei onde conseguiram aquela do primeiro dia dele na escola; suspeito que tenha sido com Mona. Eu nunca a acusei disso, mas onde mais eles conseguiriam? Nem vou começar a falar do pessoal da publicidade e de Hollywood! Eles queriam comprar os direitos da história da vida do Bobby. Ele tinha só 6 anos! Mas dinheiro era a última coisa em que eu pensava na época. Disseram que receberíamos seguro mesmo que a Maiden Air fosse à falência imediatamente. Lori não estava mal de vida, mas não era rica. Havia separado toda a poupança para mim e Reuben, para morarmos na Flórida. Mas agora não precisaríamos disso, certo?

Na verdade, nem toda a atenção era tóxica. As pessoas deixavam presentes, mandavam cartas. Algumas eram muito tristes, especialmente as das pessoas que também tinham perdido filhos. Precisei parar de lê-las, pois partiam meu coração, que já não aguentava.

A irmã do Reuben, que nunca se ofereceu para viajar até aqui e ajudar a cuidar dele antes, ligava três ou quatro vezes por dia, perguntando o que eu ia fazer com relação ao *shiva* para Lori. Mas como eu poderia pensar nisso, com Bobby lá em Miami? Quase me senti grata porque todos os aviões estavam proibidos de voar e ela não podia vir se meter. Betsy, que Deus a abençoe, cuidou da comida naqueles primeiros dias. Pessoas entravam e saíam o tempo todo – Charmaine ajudou nisso, certificando-se de que não fossem repórteres disfarçados. Pessoas do bairro que tinham ouvido falar do que acontecera com Lori. Os antigos alunos de Reuben, da alfabetização de adultos. Os amigos e colegas de Lori. Negros, latinos e judeus, de todo tipo. Todos se oferecendo para ajudar.

Betsy até entrou em contato com o rabino dela, que se ofereceu para fazer uma cerimônia memorial, mesmo sabendo que não éramos religiosos. Um funeral estava fora de questão até liberarem o corpo... Mas não quero falar disso. Aquele dia... em que a pusemos para descansar... Não consigo, Elspeth.

Uma noite, deve ter sido dois dias depois de termos ouvido falar do Bobby, Reuben e eu estávamos sozinhos no apartamento. Sentei-me na cama e senti uma onda de desespero e solidão tão grande que me deu vontade de morrer. Não posso descrever, Elspeth. Tudo aquilo era demais. Eu precisava ser forte pelo Bobby, sabia disso, mas achava que não tinha condições. Não sei se, de algum modo, o tamanho da minha dor deu força ao Reuben para empurrar o Al para longe durante alguns segundos, mas ele estendeu a mão e segurou a minha. Apertou. Olhei nos olhos dele e, por um segundo, vi o Reuben, o antigo Reuben, meu melhor amigo, e era como se ele estivesse me incentivando: "Anda, Lily, não desista." Em seguida, aquela máscara inexpressiva – Al – voltou ao lugar e ele sumiu.

Mas isso me deu forças para continuar.

Charmaine sabia como eu me sentia culpada por não estar com o Bobby e me colocou em contato com a psicóloga dele lá em Miami, a Dra. Pankowski. Ela ajudou muito, garantiu que não iria demorar até ele poder voltar para casa. Contou que a ressonância dele estava limpa e que tinha começado a falar, não muito, mas parecia entender o que havia acontecido.

Quando recebemos a notícia de que ele podia retornar, recebi uma visita do auxiliar do prefeito, um rapaz gentil, afro-americano.

– Bobby é um milagre, Sra. Small. E aqui, em Nova York, nós cuidamos dos nossos cidadãos.

Ele ofereceu colocar um policial do lado de fora do prédio para quando a pressão da imprensa se tornasse demasiada e até mandou uma limusine para me levar ao aeroporto.

Charmaine foi comigo enquanto Betsy e uma cuidadora que eles mandaram ficavam para ajudar com o Reuben. Eu estava nervosa como no dia do meu casamento!

Bobby ia chegar num avião especial, alugado, numa área do aeroporto geralmente usada pelos políticos e pelas pessoas importantes, o que significava que, pela primeira vez, os repórteres não estariam nos perseguindo. Me deram um assento na sala de espera e eu podia sentir todo o pessoal tentando não me encarar. Eu não havia me importado com minha aparência nos últimos dias e estava sem graça. Charmaine segurou minha mão o tempo todo. Não sei o que eu teria feito sem a psicóloga. Ela continua em contato.

O dia estava frio, mas com um daqueles céus azuis, e Charmaine e eu nos levantamos para ver o avião pousar. Pareceu demorar uma eternidade até abrirem as portas. E então eu o vi descer a escada, segurando com força a mão de uma jovem. A Dra. Pankowski tinha viajado com ele, Deus a abençoe. Ela parecia nova demais para uma doutora, mas sempre serei grata pelo que ela fez por ele. Bobby recebera roupas novas e estava todo agasalhado, com o capuz escondendo o rosto.

Dei um passo na direção dele. Falei:

– Bobby. Sou eu. A Bubbe.

Ele me olhou e sussurrou:

– Bubbe?

Elspeth, eu chorei. Claro que chorei. Fiquei tocando-o, acariciando seu rosto, certificando-me de que ele estava mesmo ali.

E, quando o abracei, foi como se as luzes se acendessem de novo dentro de mim. Não sei descrever de outra forma, Elspeth. Veja só, naquele momento eu soube que, independentemente do que havia acontecido com a minha Lori e com o Reuben, agora que eu tinha o Bobby de volta tudo ia ficar bem.

Mona Gladwell, melhor amiga de Lori Small, concordou em falar comigo pelo Skype no fim de abril de 2012.

Olha, Lori era minha amiga, minha *melhor* amiga, e não quero que pareça que estou falando mal dela, mas acho que é importante as pessoas saberem a verdade sobre ela e o Bobby. Não me entenda mal, Lori era especial, fez muito por mim, mas às vezes ela podia ser... podia ser meio irresponsável.

Lori e eu nos conhecemos no ensino médio. Minha família se mudou do Queens para Flemington, NJ, quando eu tinha 15 anos, e eu e Lori logo nos demos bem. Por fora, Lori era a típica garota certinha. Boas notas, educada, nunca se metia em encrencas. Mas tinha toda uma vida secreta da qual os pais nunca souberam. Fumava maconha, bebia, andava com garotos: coisa comum de gente jovem. Na época, Reuben dava aula de história americana na escola e Lori tomava cuidado para não manchar a reputação do pai. Ele era apenas o Sr. Small, não alguém tremendamente popular, mas sabia contar uma história. Era quieto. Tinha uma espécie de dignidade, acho. Era inteligente também. Mas, se sabia que Lori vivia bebendo e transando pelas costas dele, nunca deixou transparecer.

Quanto a Lillian... sei que ela nunca gostou de mim, me culpava pelo que aconteceu com Lori na faculdade, mas era gente boa. No entanto, comparado com meus pais, quase todo mundo é. Lillian nunca trabalhou, parecia feliz em ser dona de casa – gostava de costurar, cozinhar, coisa e tal – e o Reuben ganhava o suficiente para os dois. Afora a linha política dos dois – eram muito mais liberais do que você imaginaria numa primeira impressão –, era como se ainda vivessem nos anos 1950.

Depois da formatura, Lori e eu decidimos nos candidatar para a NYU. Lillian não ficou feliz, ainda que Nova York fique só a uma hora de Flemington. Não demorou muito para Lori entrar no agito, começar a usar drogas pesadas, principalmente coca. Tínhamos todo um sistema para quando ela sabia que os pais viriam visitar: limpávamos o quarto que a gente dividia, ela escondia as tatuagens, garantia que não houvesse nenhuma evidência à mostra, mas chegou a um ponto em que não podia mais esconder. Lillian pirou de vez, insistiu que Lori voltasse a morar com ela e Reuben, por isso Lori acabou pulando fora daquilo. Depois de se desintoxicar, voltou à cidade e tentou um milhão de profissões diferentes: instrutora de ioga, manicure, atendente de bar. Foi onde eu conheci meu primeiro marido, num dos bares em que ela trabalhava. Não durou. Nem o trabalho nem o marido.

Então, do nada, Lori se inscreveu num curso de moda, convenceu Reuben e Lillian a pagar, mas não sei onde eles arranjaram a grana. Eu achava que era só outra tentativa maluca, mas por acaso ela era boa nisso, especialmente em desenhar chapéus, o que acabou virando o barato dela. Começou a receber contratos, mudou-se para o Brooklyn, onde podia pagar para ter um estúdio. Desenhou um chapéu para o meu segundo casamento, não quis cobrar de jeito nenhum, apesar de estar só começando.

Foi logo depois de fazer aquele desfile do Galliano que ela descobriu que estava grávida.

– Este eu vou deixar – afirmou ela. – Estou chegando aos 40 e talvez não tenha outra chance.

Não quis contar quem era o pai, por isso suspeitei de que ela tinha feito de propósito. Não vou dizer que ela dormia com deus e o mundo, mas gostava de curtir; não via sentido em manter um relacionamento.

Ela bolou uma história maluca, de que fizera inseminação artificial, para Lillian não pirar. Eu não pude acreditar que ela iria em frente com isso, não parecia certo. Mas ela insistia que era o modo mais fácil. Depois que aquele pastor começou a falar que Bobby não havia nascido de um homem – que ele não era natural e todas aquelas bobagens –, eu poderia ter retrucado alguma coisa, poderia ter contado a verdade, mas achei que tudo ia acabar sendo esquecido. Quem poderia levar aquilo a sério?

Durante a gravidez, Lori passou por uma fase religiosa, falava em mandar Bobby para fazer aulas da Cheder quando tivesse idade, *shul*, a coisa toda. Síndrome de mãe judia, explicava. Não durou. Pensei que ela iria pirar quando Lillian e Reuben decidiram se mudar para o Brooklyn, mas ela gostou.

– Talvez não seja má ideia, Mona.

E ela tinha razão, pelo menos até o Reuben adoecer. Ter Lillian por perto tornou a coisa mais fácil. Especialmente quando Bobby era bebê. Tudo deu errado quando Reuben ficou mal de verdade e Lori é que teve de dar apoio. Mas ela era boa nisso. De certo modo isso a fez crescer. Eu a admirei por ter enfrentado a barra daquele jeito. Mesmo assim... às vezes me pergunto se ela queria que Lillian e Reuben se mudassem para a Flórida para não ficarem mais no pé dela, se bem que isso me faz parecer uma vaca abominável, não é? Eu não a culparia. Lori precisava cuidar de muita coisa.

E o Bobby... Não gosto de dizer isso, mas juro por Deus que depois do acidente ele virou uma criança diferente. Eu sei, eu sei, talvez fosse só síndrome pós-traumática, choque ou sei lá o quê. Mas antes de isso acontecer... quando ele era menor... Olha, não há outro modo de dizer. Ele era uma peste, tinha chiliques um milhão de vezes por dia. Eu o chamava de Damien, por causa daquele garoto do filme, e isso deixava Lori louca. Lillian não via metade dessas coisas; Bobby se comportava feito um anjo sempre que estava com ela, acho que porque ela o deixava fazer o que quisesse o tempo todo. E o Reuben começou a adoecer quando Bobby tinha 2 anos, então ela não ficava com ele tanto assim. Lori também o estragava com mimos, dava o que ele quisesse, mas eu argumentava que a única pessoa que ela estava machucando era ele. Não quero dizer que ela era uma mãe ruim. Não era. Ela o amava, e é só disso que eles precisam, não é? Mas a verdade era que eu não sabia se ele era mimado ou se era o que minha mãe chamava de semente ruim.

Lori esperava que ele se acomodasse ao começar a escola. Uma daquelas escolas artísticas tinha acabado de abrir no bairro e ela decidiu matriculá-lo. Não adiantou. Dias depois de ele ter começado, ela foi chamada para conversar sobre as "dificuldades de integração" ou sei lá como descreveram.

Uma vez, quando o Bobby tinha 4 anos, Lori teve que encontrar um cliente dos bons. Precisava de uma babá e, como Lillian ia levar Reuben para ser avaliado por um novo médico, Lori me pediu para tomar conta do menino. Eu morava num apartamento em Carroll Gardens e meu noivo da época me dera uma gatinha, uma coisinha linda, e nós lhe demos o nome de Salsicha. Enfim, deixei Bobby em frente à televisão para poder tomar um banho e, enquanto enxugava o cabelo, escutei um som agudo vindo da cozinha. Juro, nunca soube que animais podiam gritar daquele jeito. Bobby estava segurando Salsicha pelo rabo e balançando-a de um lado para o outro. Tinha uma expressão no rosto que demonstrava divertimento. Dei um tapa nele e não me envergonho disso. Ele caiu e bateu com a testa na bancada da cozinha. Sangrou bastante. Precisei levá-lo correndo à emergência para tomar pontos. Mas ele não chorou. Nem se encolheu. Lori e eu ficamos brigadas por causa disso durante um tempo, mas não durou muito, tínhamos uma longa história de amizade. Mas foi a última vez que ela pediu para eu tomar conta dele.

Até que, depois do acidente... parecia que ele era uma pessoa totalmente nova.

Do terceiro capítulo de *Cuidando de Jess: minha vida com um dos Três,* **de Paul Craddock (escrito em colaboração com Mandi Solomon).**

A atenção da imprensa depois que Jess foi transferida para a Inglaterra foi diferente de tudo que eu tinha imaginado. As três "crianças-milagre" estavam se tornando rapidamente a história da década e a sede do público inglês por notícias sobre o estado de Jess era insaciável. Paparazzi e repórteres sensacionalistas haviam acampado na escada do meu prédio e o hospital estava quase sitiado. Gerry me alertou para não dizer nada muito pessoal pelo celular, só para o caso de ele estar grampeado.

O apoio público que Jess recebeu foi avassalador. Os presentes logo encheram o quarto dela; pessoas deixavam mensagens, flores, cartões e legiões de brinquedos de pelúcia do lado de fora do hospital – havia tantos que mal dava para ver a cerca em volta. As pessoas eram gentis. Era seu modo de mostrar que se importavam.

Enquanto isso, meu relacionamento com Marilyn e o resto da Família Addams ia se deteriorando dia a dia. Eu não podia evitar encontrá-los na sala de espera e estava ficando impossível escapar das exigências de Marilyn para entregar as chaves da casa de Stephen e Shelly. Porém a verdadeira guerra fria só começou de verdade em 22 de janeiro, quando ouvi Jase conversando com um dos especialistas responsáveis por Jess do lado de fora do quarto dela. Àquela altura, ela ainda não acordara, mas os médicos tinham garantido que não havia sinal de qualquer problema cognitivo.

– Por que vocês não conseguem acordar ela, porra? – dizia Jase, enfiando um dedo manchado de nicotina no peito do pobre médico.

O homem assegurou que estavam fazendo todo o possível.

– É – zombou Jase. – Bom, se ela acabar virando a porra de um vegetal, vocês vão poder muito bem ficar cuidando dela, porra.

Foi a gota d'água. Para mim, os Addams tinham mostrado o que eram de verdade. Eu não podia impedir que visitassem Jess, mas eles deveriam saber que não cuidariam dela de jeito nenhum após ela receber alta. Contatei o advogado de Shelly imediatamente e o instruí a informar aos Addams sobre os arranjos de guarda feitos por Shelley e Stephen.

Um dia depois, eles estavam na primeira página do *The Sun*. "Avó de Jess cortada de sua vida".

Devo ser justo com o fotógrafo: ele os captara em toda a sua glória bandida. Mamãe Addams olhando furiosa para a câmera, os irmãos e vários rebentos fazendo carrancas em volta, como um anúncio promovendo os benefícios do controle de natalidade. Marilyn, em particular, não se mostrou tímida em declarar seus pontos de vista: "'Não está certo', diz Marilyn (58). 'O estilo de vida de Paul não é moral. Ele é gay e nós somos cidadãos íntegros. Uma família. Jess ficaria melhor com a gente.'"

O *The Sun* não deixou escapar nada, é claro. Puseram as mãos numa foto minha tirada na parada gay do ano anterior, vestindo um tutu e gargalhando com meu companheiro da época, Jackson. Isso foi publicado em cores do lado oposto das fotos dos Addams.

A história se espalhou como fogo de palha e não se passou muito tempo até que os outros tabloides conseguissem publicar fotografias minhas igualmente comprometedoras – sem dúvida cortesia de amigos ou ex-amigos. Acho que não posso culpá-los por levantar uns trocados: a maioria também era de artistas lutando para sobreviver.

Mas a maré virou mesmo contra mim quando Marilyn e eu fomos convidados a comparecer ao programa do Roger Clydesdale. Gerry me alertou para não ir, mas eu não poderia deixar que Marilyn falasse o que quisesse sem ser questionada, poderia? Eu havia conhecido Roger num lançamento midiático alguns anos antes e, nas poucas ocasiões em que assistira ao seu programa matinal sobre "atualidades", ele fora bastante duro com os que chamava de vampiros da previdência. Ingenuamente, supus que ele estaria do meu lado.

A atmosfera dentro do estúdio parecia elétrica de ansiedade; dava para ver que a plateia estava babando para assistir a um quebra-pau. Não ficou desapontada. A princípio, vou ser honesto, achei que ele pendia para o meu lado. Marilyn estava sentada de qualquer jeito no sofá do estúdio, murmurando respostas inarticuladas para as perguntas características de Roger, tipo "por que você não está procurando um trabalho?". Então, ele virou seu olhar penetrante para mim.

– Você tem alguma experiência em cuidar de crianças, Paul?

Respondi que eu cuidava de Jess e Polly desde que elas eram bebês e reiterei que Stephen e Shelly haviam me escolhido como guardiões de Jess.

– Ele só quer a casa! Ele é ator! Ele não se importa com a criança! – berrou Marilyn, por algum motivo recebendo uma salva de palmas da plateia.

Roger fez uma boa pausa para deixar que o furor morresse e jogou sua granada:
– Paul, é verdade que você tem um histórico de doença mental?

A plateia explodiu de novo e até Marilyn pareceu meio perplexa.

Eu não estava preparado para a pergunta. Gaguejei, hesitei e fiz um péssimo trabalho explicando meu colapso como uma coisa do passado.

Claro, essa revelação provocou incontáveis manchetes espalhafatosas do tipo "Maluco vai cuidar de Jess".

Fiquei arrasado, claro. Ninguém gosta de ver coisas assim escritas a seu respeito e eu só podia culpar a mim mesmo por ser tão aberto. Depois disso, fui bastante criticado pelo modo como lidei com a imprensa. Dentre outras coisas, fui chamado de "estrelinha" e de "egomaníaco e narcisista". Mas, independentemente de como a mídia optasse por me chamar, no fundo eu só queria o melhor para Jess. Tinha posto minha carreira de lado para dedicar todo o meu tempo a ela. Francamente, se eu estivesse interessado em explorar sua tragédia por dinheiro, poderia ter ganhado milhões. Não que dinheiro fosse problema: as apólices de seguro de vida de Shelly e Stephen estavam quitadas e houve a indenização que eu pretendia colocar numa poupança para Jess. Ela sempre seria bem cuidada. O motivo para eu ter aparecido em vários programas matinais não tinha nada a ver com grana e tudo a ver com esclarecer as coisas. Qualquer pessoa teria feito o mesmo.

E, veja bem, eu tinha muita coisa para resolver, mas a prioridade era Jess. Ela ainda não reagia, mas, afora as queimaduras, estava bem fisicamente. Eu precisava começar a decidir onde ela iria morar.

O Dr. Kasabian, que foi indicado como psicólogo de Jess quando ela acordasse e começasse a falar, sugeriu que seria melhor para ela ficar num ambiente familiar, o que significava que eu deveria me mudar para a casa do Stephen, em Chiselhurst.

Entrar ali naquela primeira vez foi uma das coisas mais difíceis que já fiz. Tudo, desde as fotos do casamento e de escola nas paredes até a árvore de Natal seca na entrada de veículos, que Stephen não chegara a jogar fora, eram lembranças do que Jess e eu havíamos perdido. Quando fechei a porta atrás de mim, ouvindo os gritos dos repórteres do lado de fora (sim, eles haviam me seguido nessa tarefa dolorosa), eu me senti tão abalado como no momento em que recebera a notícia trágica.

Mas me obriguei a enfrentar a situação. Pela Jess eu precisava ser forte. Andei lentamente pela casa, desmoronando de vez ao ver as minhas fotos com Stephen na infância, que ele pusera no escritório. Ali estava eu, gorducho e banguela; ele, esguio e sério. Você jamais saberia que éramos gêmeos pela aparência, e nossas personalidades também eram diferentes. Aos 8 anos, eu já sabia que ia estar nos palcos e Stephen era muito mais reservado e sério. Ainda que não andássemos nos mesmos grupos na escola, sempre estávamos próximos e, quando ele conheceu Shelly, nosso relacionamento se aprofundou. Shelly e eu logo gostamos um do outro.

Apesar de partir meu coração, obriguei-me a passar aquela noite na casa – precisava me aclimatar, pela Jess. Dormi, ainda que mal, e sonhei com Stephen e Shelly. Os sonhos eram tão vívidos que eles pareciam estar no quarto comigo, os espíritos presos à casa. Mas eu sabia que estava fazendo a coisa certa para Jess e agora sei que eles me deram a bênção.

Até hoje os corpos dos dois não foram encontrados. Nem o de Polly. De certa forma, isso é uma bênção. Em vez de uma viagem terrível para identificá-los em algum frio necrotério português, minhas últimas lembranças deles são do nosso último jantar juntos: Polly e Jess rindo, Stephen e Shelly falando das férias decididas na última hora. Uma família feliz.

No meio de tudo isso, não sei o que teria feito sem Mel, Geoff e o resto das pessoas bondosas do 277 Unido. Lembrem-se, eram homens e mulheres que tinham perdido seus entes queridos do modo mais horrendo possível, mas eles vieram em minha defesa em todas as oportunidades. Mel e Geoff até me acompanharam quando levei meus pertences para a casa, me ajudaram a decidir o que fazer com as fotos de família à mostra em toda parte. Resolvi guardá-las até que Jess já aceitasse totalmente a morte dos pais e da irmã. Eles foram minhas rochas e digo isso do fundo do coração.

Não era só a bile derramada pelos Addams e seus sensacionalistas de estimação que tínhamos de enfrentar, ainda mais quando todas as histórias de conspiração começaram a se disseminar. Mel ficou muito irritada com isso – você não saberia só de olhar, mas ela é uma católica ferrenha e ficou genuinamente ofendida com a teoria dos cavaleiros em particular.

Mais ou menos nessa época recebemos a notícia de que estava sendo planejada uma cerimônia memorial. Os poucos corpos recuperados só seriam liberados depois do fim da investigação, o que poderia demorar meses, e todos sentíamos que precisávamos de algum encerramento. Ainda não sabiam o que havia causado o acidente da Go!Go!, apesar de o terrorismo ter sido descartado, como acontecera com relação a todos os desastres. Eu tentava não me informar muito sobre a investigação nos noticiários – isso só me deixava pior –, apesar de ter ficado sabendo que eles suspeitavam de algo relativo a uma tempestade elétrica que provocara sérias turbulências em outros voos na área. Mel contou que vira as imagens feitas do submarino da Marinha enviado para tentar recuperar a caixa-preta dos destroços no fundo do oceano. Disse que lá embaixo parecia pacífico demais; a parte do meio do avião parecia quase intacta, acomodada para sempre em seu túmulo marítimo. Confessou que a única coisa que a mantinha de pé era o pensamento de que tudo fora rápido. Não suportava a ideia de que Danielle e os outros passageiros soubessem que iam morrer, como aqueles coitados no voo japonês que tiveram tempo para deixar mensagens. Eu sabia o que ela queria dizer, mas a gente não pode pensar assim, não pode mesmo.

A cerimônia memorial seria realizada na catedral de Saint Paul, com uma adicional na Trafalgar Square, para o público. Eu sabia que a Família Addams estaria lá, sem dúvida com seu repórter predileto do *The Sun* a reboque, e estava compreensivelmente nervoso.

De novo, Mel, Geoff e seu exército de amigos e familiares vieram me resgatar. Ficaram do meu lado durante todo aquele dia sofrido. Para ser honesto, eles vinham de uma situação igual à da família de Shelly. Geoff estava desempregado havia anos e eles moravam num conjunto residencial em Orpington, não muito longe de onde os Addams moravam. Não seria estranho se tivessem ficado do lado de Marilyn e companhia, até porque eu estava sendo tachado de "esnobe com aspirações artísticas". Mas não ficaram. Quando chegamos à cerimônia, por acaso na mesma hora que os Addams (isso é que é destino, não é? Havia milhares de pessoas lá), Mel pôs um dedo na cara de Marilyn e sibilou:

– Se você causar encrenca aqui, eu dou na sua cara, ouviu?

Marilyn usava na cabeça uma mantilha preta e barata que fazia lembrar uma aranha gigante e, apesar de permanecer impassível, seu rosto tremeu indignado. Jase e Keith se eriçaram, mas os dois foram encarados por Gavin, o filho mais velho de Mel e Geoff, um sujeito de cabeça raspada com corpo e aparência de segurança de boate de striptease. Mais tarde fiquei sabendo que ele "tinha ligações". Um cara da pesada. Alguém com quem você não iria querer mexer.

Eu poderia tê-lo abraçado.

Não vou falar da cerimônia propriamente dita, mas uma parte em particular me tocou: a leitura de Kelvin. Ele havia escolhido aquele poema de W. H. Auden, *Parem todos os relógios*, que a maioria das pessoas conhece do filme *Quatro casamentos e um funeral*. Poderia ficar piegas, mas ali estava aquele cara enorme e cheio de *dreadlocks*, lendo com dignidade discreta. Quando recitou o verso "Que os aviões circulem gemendo lá em cima", daria para ouvir um alfinete caindo.

Eu mal havia saído da catedral quando recebi o telefonema do Dr. Kasabian: Jess tinha acordado.

Não sei como os Addams descobriram que ela saíra do coma – presumo que alguma enfermeira tenha ligado –, mas ao chegar ao hospital, com as emoções ameaçando me sufocar, lá estavam eles, esperando do lado de fora do quarto.

O Dr. K sabia tudo sobre nosso relacionamento precário – ele não era nenhum ermitão – e insistiu que a última coisa de que Jess precisava agora era uma atmosfera tensa. Carrancuda, Marilyn concordou em fechar a boca e mandou que Tio Chico e Gomez esperassem do lado de fora. Fomos levados para o quarto. Marilyn, com a mantilha ainda tremendo indignada, certificou-se de chegar primeiro perto da cama de Jess, quase me empurrando para fora do caminho.

– Sou eu, Jessie. Vovó.

Jess olhou-a inexpressivamente. Depois estendeu a mão para mim. Eu gostaria de dizer que ela sabia quem nós éramos, mas não havia reconhecimento nos seus olhos, o que era compreensível. Mas não consigo deixar de pensar que ela olhou para nós, avaliou-nos e deduziu, de cara, quem seria o menor de dois males.

Chiyoko e Ryu.

Mensagem enviada em 21/01/2012, às 19h46

RYU: Você tá aí????

Conversa iniciada em 21/01/2012, às 22h30

CHIYOKO: Voltei.

RYU: Quando?

CHIYOKO: Tipo uns cinco minutos.

RYU: 24 horas sem nenhuma mensagem. Nada de você. Foi... estranho.

CHIYOKO: Que fofo. O que você fez enquanto eu não tava aqui?

RYU: O de sempre. Dormi. Comi alguma coisa, vi um episódio antiquíssimo de *Bem-vindo à NHK*, mas foi só pra matar o tempo. E, ei... você mentiu.

CHIYOKO: Como assim?

RYU: Eu te vi na TV. Você é bonita. É... você se parece um pouco com Hazuki Hitori.

CHIYOKO: ...

RYU: Desculpa. Não queria te deixar desconfortável. Desculpe este nerd idiota. (< ^ _ ^ >) \

CHIYOKO: Como você soube que era eu? Eu não tava usando crachá.

RYU: Só podia ser você. Você tava ao lado do Hiro, de pé atrás do seu tio, tô certo? Tinha quase tantas imagens de Hiro e Kenji quanto da... Como é mesmo o nome daquela mulher maluca do ministro Uri, que acredita em aliens?

CHIYOKO: Aikao Uri.

RYU: É, isso. Então era você?

CHIYOKO: Talvez.

RYU: Eu sabia! Achei que você tinha dito que não curtia moda.

CHIYOKO: Não curto. Chega de coisas pessoais.

RYU: Desculpa de novo. E aí, como foi?

CHIYOKO: Foi uma cerimônia memorial, como você *acha* que foi?

RYU: Tô deixando você mal-humorada?

CHIYOKO: Ei, eu sou a princesa de gelo. Tô sempre de mau humor. Eu conto se você quiser saber. Você quer muitos detalhes?

RYU: Quero saber tudo. Escuta... sei que isso vai contra as regras, mas... vou perguntar: quer passar pro Skype?

CHIYOKO: ...

RYU: Vc ainda tá aí?

CHIYOKO: Vamos continuar como sempre.

RYU: O que for melhor pra você, princesa de gelo. Agora sei como você é. Você não pode se esconder de mim (*wwwwwwwwwwwwww*). Desculpa, chega de riso maligno.

CHIYOKO: É estranho você conhecer meu rosto. Como se você tivesse poder sobre mim ou algo do tipo.

RYU: Ei! Eu te contei minha verdadeira identidade primeiro. Você não pode acreditar como foi difícil.

CHIYOKO: Eu sei. Tô sendo paranoica.

RYU: Eu te contei coisas que nunca contei a ninguém. Você não me julga. Não fica me olhando que nem as vacas velhas da vizinhança.

CHIYOKO: Como eu poderia? A gente mora em bairros diferentes.

RYU: Você entendeu. Eu confio em você.

CHIYOKO: Mas conhece minha aparência e eu não conheço a sua.

RYU: Você é mais bonita do que eu. (^ _ ^)

CHIYOKO: Chega!!!

RYU: Ok. Então diga, como foi? Pareceu um negócio bem emocionante. No templo... Todas aquelas fotos dos passageiros... Parecia que não ia acabar nunca.

CHIYOKO: Foi. Quero dizer, emocionante. Nem a princesa de gelo conseguiu não ser afetada. Eram 526 pessoas... Nem sei por onde começo.

RYU: Começa do começo.

CHIYOKO: Ok... Bom, eu te disse que a gente precisava sair bem cedo. Pela primeira vez na vida, papai tirou o dia de folga e a Criatura Mãe falou que eu podia me vestir de preto, mas nada "na moda demais". Eu respondi: ei, sem problema, CM.

RYU: Você tava bonita.

CHIYOKO: Ei!

RYU: Desculpa.

CHIYOKO: Por causa do status do Tio Androide, a gente conseguiu acomodação numa pousada perto do lago Saiko, assim não precisamos ir embora logo depois, como a maioria das famílias das vítimas, se bem que um monte delas tava hospedada no Highland Resort ou algum outro hotel turístico do monte Fuji.

CHIYOKO: Nossa pousada era em estilo japonês, administrada por um casal muito velho que não conseguia tirar os olhos do Tio Androide. A mulher ficava falando o tempo todo, se oferecendo pra trazer chá e dizendo como chegar ao *onsen* mais próximo, como se a gente estivesse lá de férias.

RYU: Parece os meus vizinhos.

CHIYOKO: É. Muito enxeridos. Quando chegamos, a névoa da manhã tava baixando e fazia frio. CM não parou de falar durante todo o caminho até lá, apontando pra onde o monte Fuji estaria se desse pra ver – a nuvem escondeu ele o dia todo. O Tio Androide recebeu a gente, ele tinha chegado de Osaka na noite anterior, com Hiro e a irmã de uma das assistentes do laboratório, pra quem ele tinha pedido ajuda pra cuidar do Hiro. Sei que CM ficou ofendida porque ele voltou pra Osaka depois de o Hiro sair do hospital em vez de ficar com a gente, mas ela fez uma cara educada e respeitosa.

CHIYOKO: O Tio Androide parecia muito mais velho do que eu lembrava.

RYU: Você acha que ele faz o robô dele parecer mais velho à medida que envelhece?

CHIYOKO: Ryu! Nem parece você, tão sinistro!!!

RYU: Desculpa. E o Hiro?

CHIYOKO: Ele tava dormindo quando CM, papai e eu chegamos, ainda era bem cedo, lembra? A assistente do TA fez uma reverência pra meus pais, bajulou eles, dando um sorriso afetado pro Tio Androide. Dava pra ver que ela tava a fim dele. Quando CM, papai e o Tio Androide foram pra outra sala conversar em particular, ela agarrou o celular e começou a digitar mensagens feito uma louca.

RYU: Acho que eu vi ela! Cabeção. Cara de pastel. Gorda.

CHIYOKO: Como você sabe que não era eu?

RYU: Se era, sinto muito mesmo. Não queria ofender.

CHIYOKO: Claro que não era eu!

RYU: o(_ _)o Desculpa a minha idiotice.

CHIYOKO: É tão fácil te sacanear! Quando meus pais e o Tio Androide terminaram de conversar, voltaram e a gente ficou junto e começou uma conversa muito, muito sem jeito. "Preciso ir acordar o Hiro", disse o Tio Androide. "Tá na hora." A assistente falou: "Deixa que eu vou." Vou chamar ela de Cara de Pastel. Ela fez uma reverência babaca e saiu da sala. Essa parte foi engraçada. A gente ouviu um berro e ela desceu a escada correndo e gritando: "Aiii, Hiro me mordeu!"

RYU: Hiro mordeu ela? Sério????

CHIYOKO: Ela mereceu. A Criatura Mãe falou que Hiro provavelmente tava tendo um pesadelo e acordou assustado. Dava pra ver que ela também não gostou muito da Cara de Pastel e, pela primeira vez na vida, fiquei feliz por estar perto dela. O Tio Androide subiu pra pegar ele. Hiro vestia um terninho preto, os olhos inchados de sono. Depois disso, o Tio Androide mal olhou pra ele, nem falou com ele.

RYU: Como assim?

CHIYOKO: Devia achar doloroso olhar pra ele, como se o Hiro o fizesse lembrar muito a tia Hiromi. Fisicamente, Hiro não tem nada a ver com ela, mas talvez os dois fossem parecidos de alguma forma. Posso continuar?

RYU: Por favor.

CHIYOKO: O Hiro olhou pra gente um por um e, quando me viu, veio arrastando os pés e segurou minha mão. A princípio, eu não sabia o que fazer. Os dedos dele tavam gelados. CM pareceu surpresa porque o Hiro tinha me escolhido e ficou tentando atrair ele. Mas ele se encostou em mim e eu ouvi ele suspirar.

RYU: Acha que você lembra a mãe dele?

CHIYOKO: Talvez. Talvez ele tenha percebido que o resto das pessoas na sala eram umas porras de uns fracassados.

RYU: !!!!

CHIYOKO: Então fomos de carro ao lugar do memorial e ao templo. Ainda era cedo, mas já tinha milhares de pessoas e um montão de repórteres e câmeras de TV. Quando as pessoas viram o Hiro, foi um silêncio súbito – ele ainda se recusava a soltar minha mão – e tudo que dava pra ouvir eram os cliques e os zumbidos das câmeras. Várias pessoas fizeram reverência respeitosamente, mas eu não sabia se tavam fazendo isso pro Tio Androide ou pro Hiro. Era estranho estar no centro das atenções e dava pra ver que a Cara de Pastel tava adorando aquilo. Papai continuou com a expressão vazia e CM não sabia pra onde olhar. A multidão até recuou pra que a gente pudesse ir direto prestar homenagem à foto da titia sem esperar na fila. Ainda tava enevoado, o ar cheio de incenso. Tô enchendo o saco? Contando detalhes demais?

RYU: Não! Tô comovido. Você deveria ser escritora. Suas palavras são lindas.

CHIYOKO: Tá falando sério??????

RYU: Tô.

CHIYOKO: Ha! Diga isso ao pessoal que corrige as provas.

RYU: Por favor, continue.

CHIYOKO: Enquanto a gente tava lá, teve uma agitação na multidão e uma mulher pequena chegou perto da gente. Não reconheci ela logo. Então percebi que era a mulher do comandante Seto. Ela é velha, tem pelo menos 40 anos, mas é muito mais bonita pessoalmente.

RYU: *Isso* não passou na TV.

CHIYOKO: Ela foi corajosa em ir, ainda mais porque muitos escrotos continuavam falando que o acidente era culpa do comandante Seto. Isso me deixa tão furiosa! Especialmente porque os *isho* provaram que ele tava calmo e controlado até o último instante. Além disso, tem aquela filmagem feita com um telefone, que aquele empresário fez quando a cabine tava cheia de fumaça, então era obviamente um problema mecânico. A mulher dele se portava de maneira muito digna e calma. Fez uma reverência pro Hiro, mas não falou. Agora acho que eu deveria ter dito alguma coisa pra ela. Queria dizer que ela deveria sentir orgulho do que o marido fez. Depois ela foi embora. Não vi ela de novo.

RYU: Deve ter sido um negócio profundo.

CHIYOKO: É. Você provavelmente viu o resto na TV.

RYU: Você falou com o primeiro-ministro?

CHIYOKO: Não. Ele parece muito mais velho e menor na vida real. O cabelo era muito ralo. O vento levantava uns fios e dava pra ver o couro cabeludo.

RYU: !!!!!

CHIYOKO: Ei, você ouviu o discurso do TA falando que tia Hiromi era muito importante e que ele faria o máximo pra honrar a memória dela enquanto criasse o Hiro?

RYU: Claro.

CHIYOKO: Até eu quase chorei. Não foram só as palavras, era a atmosfera. Tô começando a parecer uma espécie de pirada espiritualista, né?

RYU: Não. Deu pra sentir a atmosfera até aqui no meu quarto de merda.

CHIYOKO: E o tempo todo o Hiro ficava segurando a minha mão. Eu olhava pra ver se ele tava legal, e CM e a Cara de Pastel competiam pra ver quem paparicava mais, mas ele agia como se elas nem estivessem ali.

RYU: Aquela americana que tava no avião... Foi a filha dela que falou, não foi? O japonês dela é bom.

CHIYOKO: É. Aquela mensagem que a mãe dela deixou... O que você acha que ela tava tentando dizer? "O menino, o menino..." Você acha que ela viu o Hiro antes de morrer?

RYU: Não sei. Meu inglês é ruim e eu só li a tradução. Tá havendo um monte de especulação no 2-chan e no Toko Z sobre isso.

CHIYOKO: Por que você perde tempo nesses sites? Fala sério! O que estão dizendo agora?

RYU: Aquela coisa que ela falou sobre os mortos. Acham que ela viu os espíritos dos mortos.

CHIYOKO: É, certo. Como se ela não estivesse falando da coisa mais óbvia: das pessoas *reais* que morreram no acidente. As pessoas são idiotas.

RYU: Você viu a foto dela?

CHIYOKO: Qual?

RYU: A daquele site americano, Autópsia de Celebridades. Que aquele repórter tirou antes que os jornalistas fossem impedidos de ir ao local. É horrível.

CHIYOKO: Por que você foi ver isso?

RYU: Segui um link, me perdi... Ei... desculpa perguntar... Mas sua tia deixou alguma mensagem?

CHIYOKO: Não sei. Meu tio não disse nada. Se deixou, a imprensa não vazou pras revistas.

RYU: Bom... e depois das bênçãos e dos discursos, o que aconteceu?

CHIYOKO: Voltamos pra pousada. Cara de Pastel insistiu que o Hiro precisava tirar um cochilo e dessa vez ele foi com ela, quietinho. Ele não disse nenhuma palavra o dia todo. A Criatura Mãe diz que é porque ele ainda tá traumatizado.

RYU: Claro que tá.

CHIYOKO: Mais tarde, a Cara de Pastel tentou fofocar comigo, mas dei meu melhor olhar de felino maligno e ela captou a mensagem e passou o resto do tempo falando no celular. TA mal falou uma palavra, apesar de CM tentar convencer ele a falar sobre o que fazer com os restos de titia, quando fossem liberados.

RYU: Ia ter uma cremação em massa, né?

CHIYOKO: É. Mas vai ter duas: uma aqui e outra em Osaka. Titia nasceu em Tóquio, mas morava em Osaka, logo vão ter que decidir o que fazer. Mas a Criatura Mãe conseguiu convencer ele a passar uns dias com a gente na cidade antes de ir pra Osaka.

RYU: Sério? Kenji Yanagida tá na sua casa???? Agora?

CHIYOKO: É. E o Hiro tá dormindo na minha cama, a um metro de onde tô sentada.

RYU: E a Cara de Pastel?

CHIYOKO: CM disse pra ela voltar pra Osaka, falou que ela não era necessária.

RYU: Aposto que isso chateou a Cara de Pastel.

CHIYOKO: É. Pela primeira vez, senti orgulho de ser filha da CM.

RYU: Outra pergunta difícil e que você não precisa responder... você foi ao local do acidente? Ouvi dizer que umas famílias pediram pra ir no dia seguinte.

CHIYOKO: Não. Eles arranjaram vários ônibus pra levar quem quisesse, partindo da estação de Kawachiko. Eu queria ir, mas a Criatura Mãe e papai queriam voltar pra cidade. Mas algum dia vou. Ah, esqueci de dizer: depois da cerimônia, aquele cara que encontrou o Hiro veio cumprimentar a gente.

RYU: O tal rastreador de suicídios?

CHIYOKO: É.

RYU: Como ele era?

CHIYOKO: Ah... quieto, mas parecia o tipo de pessoa em que a gente pode confiar. Triste, mas não deprimido, se é que isso faz sentido. Estilo das antigas. Espera aí. A Criatura Mãe tá me chamando. Preciso ir.

RYU: (ヾ(´•ω•`)

Conversa iniciada em 22/01/2012, às 10h30

CHIYOKO: Ryu, vc tá aí?

RYU: Sempre. O que foi?

CHIYOKO: TA acabou de descobrir que a Cara de Pastel andou mandando e-mails pro *Shukan Bunshun*, tentando vender a história dela. A Criatura Mãe tá furiosa, o Tio Androide tá ardendo de raiva. A Criatura Mãe perguntou se ele quer que o Hiro fique aqui enquanto ele volta a Osaka pra evitar toda a atenção. Ela ofereceu meus serviços como babá.

RYU: O quê? VOCÊ cuidar do garoto?

CHIYOKO: É. Você acha que eu vou tentar corromper ele?

RYU: Você vai? Quero dizer, não corromper, mas cuidar dele?

CHIYOKO: Você sabe como é a coisa aqui. O que mais eu posso fazer? Não dá pra eu pular de emprego em emprego.

RYU: Você pode se juntar à minha gangue da Yakuza, gata. A gente precisa de pessoas boas.

CHIYOKO: Clichê demais. Olha, preciso ir. CM quer conversaaaaaar de novo.

RYU: Ok, me mantenha informado.

CHIYOKO: Pode deixar. E obrigada por estar aí.

RYU: Sempre •*:..…..:*•´(*°▽°*)´•*:.. ..:*•°°•*

O Dr. Pascal de la Croix, professor francês de robótica, atualmente trabalhando no MIT, foi uma das poucas pessoas com quem o pai de Hiro Yanagida, o renomado especialista em robótica Kenji Yanagida, concordou em falar nas semanas depois do acidente que tirou a vida de sua esposa.

Conheço Kenji há anos. Nós nos conhecemos na Exposição Mundial de Tóquio em 2005, quando ele revelou o Surrabot #1, seu primeiro clone androide. Fiquei cativado imediatamente – que habilidade! Apesar de o Surrabot #1 ser um dos primeiros modelos, mesmo na ocasião você mal conseguia diferenciá--lo do Kenji. Muitas pessoas na nossa área desconsideraram o trabalho dele como sendo narcisista ou excêntrico, zombavam do fato de que o foco de Kenji era mais a psicologia humana do que a robótica, mas eu, não. Outras pessoas consideraram o Surrabot #1 profundamente perturbador, já que ele penetra no vale misterioso que existe dentro de todos nós. Até ouvi pessoas dizerem que criar máquinas idênticas aos seres humanos não é ético. Que bobagem! Se podemos entender e decifrar a natureza humana, sem dúvida essa é a tarefa mais elevada, não é?

Deixe-me prosseguir. Nós mantivemos contato ao longo dos anos e, em 2008, Kenji, a esposa Hiromi e o filho vieram se hospedar comigo em Paris. Hiromi não falava muito inglês, portanto a comunicação com ela era limitada, mas minha esposa ficou encantada com Hiro. "Os bebês japoneses são tão comportados!" Acho que, se pudesse, eu o teria adotado na época!

Por acaso eu estava em Tóquio quando ouvi a notícia sobre o acidente aéreo e o falecimento da esposa de Kenji. Soube de imediato que deveria ir vê-lo, que ele precisaria dos amigos mais do que nunca. Veja bem, eu tinha perdido meu pai, de quem eu era muito próximo, para o câncer no ano anterior, e Kenji havia sido muito gentil com suas condolências. Mas Kenji não atendeu ao telefone e seus assistentes na Universidade de Osaka não quiseram revelar onde ele se encontrava. Nos dias seguintes, surgiram fotos dele em toda parte. Não era a loucura da mídia que se seguiu à sobrevivência do menino americano e da pobre menininha da Inglaterra – os japoneses não são tão intrusivos –, mas, ainda assim, ele era o centro das atenções. E os boatos loucos! Tóquio inteira parecia fascinada pelo Hiro. Ouvi histórias dos funcionários do hotel, de que algumas pessoas acreditavam que o menino abrigava os espíritos de todos que morreram no acidente. Não fazia o menor sentido!

Pensei em ir à cerimônia memorial, mas achei que não seria adequado. Quando ouvi dizer que Kenji havia retornado a Osaka, decidi que, em vez de voltar para casa, faria uma última tentativa de vê-lo e reservei passagem no voo seguinte disponível para Osaka. Àquela altura, o tráfego aéreo estava quase normal.

Não me envergonho de ter usado minha reputação para entrar no laboratório dele na universidade. Seus assistentes, muitos dos quais eu conhecia, foram respeitosos, mas me informaram que ele não estava disponível.

E então eu vi seu androide. O Surrabot #3. Estava sentado no canto da sala e uma jovem assistente parecia falar com ele. Eu logo soube que o Kenji estava falando através do robô; eu o vira fazer isso antes em muitas ocasiões. De fato, se recebesse o convite para fazer uma palestra e não pudesse sair da universidade, mandava o robô e falava através dele!

Quer que eu explique um pouco como funciona o mecanismo? Vou usar a linguagem mais simples possível. Ele é controlado remotamente, através de um computador. Kenji utiliza uma câmera para capturar os movimentos do rosto e da cabeça, que são transmitidos para servomotores dentro da placa facial do androide. É assim que ele repete as expressões faciais de Kenji. Um microfone registra sua fala, que é emitida pelo alto-falante na boca do robô, até mesmo sua entonação. Também há um mecanismo dentro do peito – similar ao usado pelos fabricantes de bonecas de sex shop de alto nível – que simula a respiração. Pode ser muito desconcertante falar com o androide. À primeira vista, você acha que é o Kenji. Ele até muda o cabelo do robô sempre que corta o seu!

Insisti em falar com o androide e disse, sem hesitar:

– Kenji, lamento muito o que aconteceu com a Hiromi. Sei o que você está passando. Por favor, se eu puder fazer alguma coisa, é só avisar.

Houve uma pausa e, então, o androide falou algo em japonês à assistente. Ela me disse "Venha" e pediu que eu a seguisse. Levou-me por uma quantidade espantosa de corredores até descermos para uma área no porão. Recusou-se educadamente a responder qualquer pergunta minha sobre o bem-estar de Kenji e não pude deixar de admirar sua lealdade a ele.

Ela bateu numa porta sem identificação, que foi aberta pelo próprio Kenji.

Fiquei chocado ao vê-lo. O fato de ele ter envelhecido terrivelmente era mais perceptível ainda após minha conversa com o androide. O cabelo estava desgrenhado e Kenji tinha olheiras profundas. Ele disse algo com rispidez à assistente

– o que não era do seu feitio, eu nunca o vira ser descortês antes – e ela saiu depressa, deixando-nos a sós.

Dei-lhe meus pêsames, mas ele mal pareceu ouvir. Mantinha o rosto impassível; só os olhos demonstravam algum sinal de vida. Agradeceu por eu ter ido tão longe para vê-lo, mas afirmou que não era necessário.

Perguntei por que ele estava trabalhando no porão, e não no laboratório, e ele respondeu que estava cansado de ficar perto de pessoas. A imprensa não tinha parado de assediá-lo desde a cerimônia memorial. Então me indagou se eu queria conhecer sua última criação e me chamou para dentro da sala.

– Ah! – exclamei ao entrar. – Vejo que seu filho veio visitá-lo.

Mas antes de terminar a frase, percebi o erro. A criança sentada na cadeirinha perto de um dos computadores de Kenji não era humana. Era outra de suas réplicas, um Surrabot.

– Esse é o seu último projeto? – perguntei, tentando esconder o choque.

Pela primeira vez ele sorriu.

– Não. Fiz isso no ano passado.

Então, ele indicou o canto mais distante da sala, onde um Surrabot vestindo quimono branco estava sentado. Um robô feminino.

Fui até ela. Era linda, perfeita, com um leve sorriso nos lábios. O peito subia e descia como se estivesse respirando profundamente.

– Essa é...? – Eu não consegui completar a frase.

– É. É Hiromi, minha mulher. – Sem afastar o olhar dela, ele acrescentou: – É quase como se a alma dela ainda estivesse aqui.

Tentei indagar por que ele sentia necessidade de construir uma réplica de sua esposa falecida, mas a resposta é óbvia, não é? Ele evitou minhas perguntas, mas contou que Hiro estava em Tóquio com parentes.

Não falei o que eu pensava: "Kenji, você tem um filho vivo. Que precisa de você. Não se esqueça disso, amigo."

Não só não era da minha conta como eu sabia que o sofrimento dele era grande demais para ouvir o que eu dizia.

Por isso fiz a única coisa que poderia fazer. Saí.

Do lado de fora, nem a beleza da cidade conseguiu me acalmar. Eu estava inquieto, como se alguma coisa no eixo do mundo tivesse se movido.

Enquanto eu estava ali parado, olhando para o prédio da universidade, começou a nevar.

Mandi Solomon é a ghost-writer/coautora da biografia inacabada de Paul Craddock, *Cuidando de Jess: minha vida com um dos Três.*

Meu principal objetivo quando conheço uma pessoa sobre quem vou escrever é ganhar a confiança dela. Geralmente há um prazo apertado para os livros de memórias de celebridades, por isso em geral preciso trabalhar às pressas. A maioria dos meus clientes passou a carreira vendo revelações comprometedoras ou apenas besteiras escritas sobre si (ou suas agências de divulgação colaborarem com as besteiras), por isso eles são treinados para manter o eu verdadeiro oculto. Mas os leitores não são idiotas, conseguem farejar falsidades a quilômetros de distância. Para mim é importante incluirmos pelo menos um pouco de material novo, equilibrar o material de divulgação de sempre com algumas revelações genuínas e coisas chocantes. Não tive esse problema com o Paul, claro: ele estava disposto a cooperar desde o início. Meus editores e o agente dele assinaram o contrato em tempo recorde. Queriam a história de como Jess estava lidando com tudo; sabiam que haveria muitos holofotes sobre ela e não se enganaram. A história foi ficando maior a cada dia.

Nosso primeiro encontro foi num café em Chiselhurst, no início de fevereiro. Jess ainda se encontrava no hospital e Paul estava ocupado levando as coisas dele para a casa dela, preparando o lugar para quando a sobrinha voltasse. Minha primeira impressão sobre ele? Era bastante charmoso, inteligente, um pouco afeminado, claro, mas afinal de contas ele é – ou era – ator. A morte do irmão o abalou muito, como era de se esperar, e quando toquei no assunto houve algumas lágrimas, mas ele não parecia embaraçado por demonstrar emoções na minha frente. E foi notavelmente honesto com relação ao próprio passado, ao fato de que, aos 20 e poucos anos, bebeu demais, experimentou drogas, foi um tanto promíscuo. Não entrou em detalhes sobre sua passagem pelo Hospital Psiquiátrico Maudsley, mas também não negou. Disse que o colapso foi devido ao estresse depois de uma frustração profissional. Nem por um segundo pensei que ele fosse incapaz de cuidar de uma criança. Se alguém me perguntasse, após aquele primeiro encontro, o que eu pensava dele, comentaria que era um bom sujeito, talvez um pouco obcecado consigo mesmo, mas nada comparado com algumas pessoas com quem lidei.

Depois de ganhar a confiança dos clientes, eu entrego a eles um gravador digital e os encorajo a falar no aparelho o máximo possível, sem pensar muito no que está dizendo. Sempre os tranquilizo garantindo que não usarei nenhuma informação com a qual eles estejam desconfortáveis. Muitos insistem num contrato abordando isso, o que para mim não é nenhum problema. Sempre há modos de contornar esse tipo de coisa e, de qualquer maneira, a maioria deles gosta de acrescentar um tempero à história da própria vida. Você ficaria espantada com a rapidez com que eles se acostumam ao método do gravador; alguns deles o usam como terapeuta pessoal. Já leu *Lutando pela glória*, a biografia de Lennie L., o lutador de MMA? Foi publicada no ano passado. Nossa, as coisas que ele dizia! Só pude usar metade. Com frequência ele deixava o aparelho ligado enquanto fazia sexo e eu comecei a achar que era de propósito.

Paul se adaptou ao método do gravador como um pato na água. No início, as coisas pareciam ir bem. Fiz um esboço dos três primeiros capítulos e mandei um e-mail detalhando o que mais achava que a gente poderia precisar. Os downloads vinham com a regularidade de um relógio e então, cerca de uma semana depois de Jess voltar para casa, pararam. Eu imaginei que ele estivesse atolado lidando com Jess, a imprensa e os malucos que não o deixavam em paz, por isso cobri a barra dele durante mais ou menos um mês. Ele prometia que me mandaria mais coisas. Do nada, anunciou que o livro estava cancelado. Meus editores ficaram furiosos, ameaçaram processar. Veja bem, tinham pagado adiantamento.

Foi Mel que achou o pen drive que Paul deixou para mim num envelope na mesa de jantar, com meu nome e o número do meu telefone. Eu entreguei à polícia, claro, mas não antes de fazer uma cópia. Pensava em transcrevê-lo, talvez publicar mais tarde, mas não consegui ouvir depois daquela primeira vez.

Aquilo me apavorou, Elspeth. Morri de medo.

Transcrição da gravação de Paul Craddock de 12/02/2012 às 22h15.

Então lá vamos nós de novo, Mandi. Meu Deus, toda vez que digo seu nome aquela música do Barry Manilow vem na minha cabeça: "*Oh, Mandy, you came and...*" Não lembro o resto da letra. A música era mesmo sobre a cachorra dele? Desculpa, este não é o lugar para ser frívolo, mas você disse para ser espontâneo e isso afasta minha mente, você sabe, do Stephen. Do acidente. Da porra toda.

(soluço)

Desculpa. Desculpa. Estou bem. Isso acontece às vezes, acho que estou superando e aí... Bom. É o sexto dia desde que Jess chegou. Parece que a mente dela foi totalmente apagada: as lembranças sobre a vida antes da Quinta-Feira Negra ainda são precárias e ela não se lembra de nada do acidente. Ainda faz o ritual matutino, como se estivesse desconectada do mundo real e precisasse lembrar quem é: "Sou Jessica, você é o meu tio Paul e mamãe, papai e minha irmã estão com os anjos." Ainda me sinto meio culpado por causa dos anjos. Stephen e Shelly eram ateus, mas tente explicar o conceito da morte para uma criança de 6 anos sem falar de paraíso. O Dr. Kasabian (meu Deus, um dia desses eu paguei um mico e o chamei de Dr. Kevorkian – não coloque isso no livro) disse que vai demorar um tempo para ela se ajustar e que as mudanças no comportamento são normais. Não há sinais de dano cerebral, como você sabe, mas eu fiz mais pesquisas na internet e a síndrome pós-traumática pode provocar coisas estranhas. Mas, vendo pelo lado positivo, ela está muito mais comunicativa, mais do que antes do acidente, se é que isso faz sentido.

Aconteceu uma coisa estranha esta noite, quando eu a estava colocando na cama, mas não sei se podemos usar no livro. Você lembra que eu comentei que estávamos lendo *O leão, a feiticeira e o guarda-roupa*? Escolha da Jess. Bom, do nada ela perguntou: "Tio Paul, o Sr. Tumnus gosta de beijar homens que nem você?"

Eu *pirei*, Mandi. Stephen e Shelly tinham decidido que as meninas eram novas demais para a conversa sobre pássaros e abelhinhas, quanto mais para algo mais complexo, então, pelo que sei, eles não haviam comentado com as gêmeas que eu sou gay. E eu não deixo que ela veja os jornais nem entre na internet, principalmente com toda a besteirada que estão dizendo nos Estados Unidos sobre ela e as outras duas crianças. Para não mencionar o veneno que a porra da Família Addams fica jogando nos tabloides a meu respeito. Pensei em perguntar quem lhe dissera que eu "gostava de beijar homens", mas resolvi não levar aquilo muito a sério. Era possível que algum repórter tivesse chegado perto dela e que o pessoal do hospital tivesse escondido isso.

Ela não quis deixar para lá.

– Ele *gosta*, tio Paul?

Você conhece o livro, não é, Mandi? O Sr. Tumnus é o primeiro animal falante que Lúcia encontra ao passar pelo guarda-roupa e entrar em Nárnia: um sujeitinho com cavanhaque e pernas de cervo, um fauno ou algo assim (ele se parece com o psicólogo que tinha aparecido logo depois de eu ficar sabendo sobre a Jess). E, para ser honesto, na ilustração o Sr. Tumnus parece muito gay com a echarpezinha enrolada elegantemente no pescoço. Acho que não está fora de possibilidade que ele tivesse acabado de voltar de uma suruba com uns centauros na floresta. Meu Deus. Não ponha isso também. Acho que eu falei algo como "Bom, se ele gosta, a opção é dele, não é?" e continuei a ler.

Lemos um bom bocado e fiquei meio nervoso ao chegarmos à parte em que Aslam, o leão falante, entrega-se à rainha má para ser morto. Stephen tinha me contado que, quando leu isso para as meninas no ano passado, elas choraram muito e Polly teve até pesadelos.

Mas desta vez Jess ficou de olhos secos.

– Por que Aslam faria isso? É idiotice, não é, tio Paul?

Decidi não explicar que a morte de Aslam é uma alegoria cristã, Jesus morrendo pelos nossos pecados e essa baboseira toda, por isso falei algo do tipo:

– Bom, Edmundo traiu os outros e a rainha má ameaça matá-lo. Aslam vai ficar no lugar de Edmundo porque ele é bom e gentil.

– Mesmo assim é idiota. Mas fico feliz. Eu gosto do Edmundo.

Se você se lembra, Mandi, Edmundo é a criança sacana, egoísta, mentirosa e mimada.

– Por quê?

– Ele é a única criança que não é a porra de um veadinho.

Meu Deus, eu não sabia se dava uma bronca ou se ria. Lembra que eu comentei que ela havia aprendido um monte de palavrões no hospital? Deve ter sido com os porteiros ou o pessoal da faxina, porque não consigo imaginar o Dr. K ou as enfermeiras falando sacanagem em volta dela.

– Você não deveria falar coisas assim, Jess.

– Assim como? A coisa não funciona desse jeito. A porra de um guarda-roupa... Como se isso fosse *possível*, tio Paul.

Esse pensamento pareceu diverti-la e ela caiu no sono pouco depois.

Acho que eu deveria me sentir grato porque ela está falando e se comunicando. Ela não fica visivelmente chateada quando menciono Stephen, Shelly e Polly, mas ainda é cedo. O Dr. K avisou que eu deveria me preparar para algum colapso emocional, mas até agora tudo bem. Ainda falta um bocado para mandá-la de volta à escola – a última coisa de que precisamos é que as crianças lhe contem o que andam falando sobre ela –, mas estamos indo lentamente rumo a uma vida normal.

Então o que mais? Ah, sim, amanhã o Darren, da assistência social, vem verificar se eu "estou me saindo bem". Eu lhe falei sobre ele? Darren é legal, estilo hippie e está do meu lado, dá para ver. Talvez eu precise de uma diarista ou algo assim, apesar de aquela vizinha enxerida, a Sra. Ellington-Burn (o que acha desse nome?) ficar pegando no meu pé para deixá-la cuidar da Jess. Mel e Geoff falam que também teriam prazer em ajudar. Que dupla da pesada! Acho que você poderia dizer algo como "Mel e Geoff continuaram a ser meu suporte enquanto eu lutava com a nova condição de pai solteiro." Piegas demais? Bom, podemos trabalhar nisso. Você fez um ótimo trabalho com os primeiros capítulos, portanto tenho certeza de que vai ficar maneiro.

Espera aí, deixa eu pegar o chá. Porra! Merda. Derramei. Ai. Está quente. Tudo bem...

Nenhum maluco telefonou hoje, graças a Deus. O grupo que está convencido de que Jess é uma alienígena parou depois que eu pedi à polícia para adverti-los, agora só restam o esquadrão divino e a mídia. Gerry pode cuidar do pessoal do cinema. Ele ainda acha que deveríamos esperar um pouco e leiloar a história de Jess. Parece meio ganancioso, especialmente após o dinheiro do seguro, mas Jess talvez me agradeça quando estiver mais velha se eu resolver sua vida financeira. Decisão difícil. Não consigo imaginar como aquele garoto americano está se virando, a atenção deve ser insana. Sinto pena de verdade da avó dele, se bem que pelo menos ela está em Nova York e não num daqueles estados do Cinturão Bíblico. Acho que com o tempo tudo isso vai ser esquecido. Contei a você que outro talk show nos Estados Unidos está tentando juntar Os Três, não contei? Desta vez é um dos grandes. Queriam levar Jess e eu para Nova York, mas de jeito nenhum ela vai fazer isso. Então eles sugeriram uma entrevista pelo Skype, mas tudo foi por terra quando o pai do garoto japonês e a avó do Bobby negaram. Vai haver tempo suficiente para tudo isso. Em certos dias eu gostaria de desligar o maldito telefone, mas preciso estar disponível para a assistência social e outras ligações importantes. Ah! Eu contei que vou aparecer no *Bate-Papo Matutino com Randy e Margaret* na semana que vem? Assista e diga o que achou. Só concordei porque a programadora simplesmente não desistia! E Gerry acha que é uma chance de colocar as coisas em pratos limpos depois de toda aquela merda a meu respeito no *The Mail on Sunday*.

(telefone toca com o tema de **Doutor Jivago***)*

Espera aí.
Era a porra da Marilyn de novo. A essa hora da noite! Não atendi. Obrigado, identificador de chamadas. Eles só vão pegar no meu pé perguntando quando vou levar Jess para visitá-los. Não posso enrolar para sempre, porque iriam correr para o repórter sensacionalista predileto deles no *Sun* e abrir o bico, mas ainda estou esperando um pedido de desculpas por causa daquela matéria difamatória na revista *Chat*, dizendo que eu sou maluco. Espero que você não esteja levando toda aquela merda a sério, Mandi. Acha que deveríamos falar mais sobre isso no livro? Gerry acha que deveríamos dar pouca importância. Não há muito a contar, para ser honesto. Eu dei um escorregãozinho há dez anos, não foi grande coisa. E não sinto vontade de beber de novo desde o dia em que recebi a notícia.

(bocejos)

Por enquanto é só. Boa noite. Vou para a cama.

3h30

Certo. Certo. Tudo bem. Respira.
 Aconteceu uma porra esquisita. Mandi... Eu...
 Respira fundo, Paul. É só a sua cabeça. Só está na porra da sua cabeça.
 Fala. É. Porra. Por que não? Posso apagar isso, não posso? Psicologia narrativa. O Dr. K ficaria orgulhoso.

(riso abalado)

Meu Deus, estou encharcado de suor. Ensopado. Tudo está desvanecendo, mas o que eu lembro é o seguinte:

Acordei de repente e senti que havia alguém sentado na beira da cama – o colchão estava um pouco afundado, como se houvesse um peso em cima. Sentei-me e senti um pavor gigantesco. Acho que soube instintivamente que, quem quer que fosse, era pesado demais para ser a Jess.

Acho que falei algo como "Quem está aí?".

Meus olhos se acostumaram e então vi uma forma escura na beira da cama.

Congelei. Nunca senti um medo igual. Aquilo... Porra, *pense*, Paul. Meu Deus. Era como... como se um monte de cimento tivesse sido injetado nas minhas veias. Fiquei olhando durante séculos. Aquela coisa estava sentada frouxa, imóvel, olhando para as mãos.

E então falou:

– O que você fez, Paul? Como pôde deixar essa coisa entrar aqui?

Era o Stephen. Pela voz eu logo soube que era ele, mas a forma estava diferente. Torta. Mais encurvada, a cabeça grande demais. Mas era muito real, Mandi. Apesar do pânico, por um segundo fiquei absolutamente convencido de que ele estava mesmo ali e fui tomado pela alegria e por alívio.

– Stephen! – acho que eu gritei.

Estendi a mão para segurá-lo, mas ele havia sumido.

5h45

Meu Deus. Acabei de ouvir essa gravação. É tão estranho, não é, como os sonhos parecem tão reais na hora, mas somem tão depressa? Devia ser meu subconsciente. Mas eu gostaria que ele fosse direto e deixasse tudo claro. Não consigo decidir se mando isso para você ou não. Não quero parecer pirado, principalmente com todas as histórias que correm sobre mim.

Não entendi o que ele quis dizer com "Como pôde deixar essa coisa entrar aqui?".

PARTE QUATRO

CONSPIRAÇÃO

FEVEREIRO – MARÇO

Segundo relato de Reba Louis Neilson, a "amiga mais íntima" de Pamela May Donald.

Stephenie disse que quase teve um piripaque quando ouviu o programa do pastor Len sobre a mensagem de Pamela. Depois do estudo da Bíblia, ele sempre discutia com o pessoal mais próximo o que ia falar no programa, mas daquela vez não houve prévia. Eu praticamente não dormi após ter escutado. Não conseguia imaginar por que ele não havia primeiro compartilhado uma coisa tão importante com sua igreja. Mais tarde ele alegou que a verdade lhe viera naquele dia e que ele se sentiu chamado a espalhar a notícia assim que pudesse. Stephenie e eu concordamos que aquelas crianças não teriam sobrevivido a algo assim sem a mão guia de Deus; e aquelas cores nos aviões, combinando com a visão de João em Apocalipse, bom, como poderia ser coincidência? Mas quando Len começou a falar que Pam era uma profeta, como Paulo e João, bom, achei isso meio difícil de engolir, e não fui a única.

Eu sei que o Senhor tem um plano para todos nós, um plano que nem sempre podemos entender, mas Pamela May Donald profeta? A velha e simples Pam, que ficava fora de si ao queimar os brownies para a festa de arrecadação de fundos para o Natal? Guardei minhas dúvidas comigo e só quando Stephenie puxou o assunto ao me visitar que sugeri meu ponto de vista. Na época nós duas tínhamos todo o respeito do mundo pelo pastor Len, de verdade, e decidimos não dizer uma palavra a ele ou a Kendra sobre como nos sentíamos.

Não que tenhamos visto muito o pastor Len nos dias seguintes ao programa ter ido ao ar. Não sei quando ele arranjava tempo para dormir! Ele nem foi ao estudo da Bíblia naquela quarta-feira: me ligou e pediu para dirigir a reunião. Explicou que ia de carro a San Antonio encontrar um web designer, pois queria começar um fórum na internet para discutir o que ele chamava de "a verdade sobre Pam", e que só voltaria tarde.

– Pastor Len, tem certeza de que o senhor deveria estar mexendo com a internet? Ela não é obra do diabo?

– Precisamos salvar o maior número de pessoas possível, Reba. Precisamos levar essa mensagem aonde quer que pudermos. – E depois citou Apocalipse: – "Quando Cristo retornar, todos os olhos irão vê-lo."

Bom, como era possível argumentar contra isso?

Minha filha Dayna me mostrou o site no ar alguns dias depois. O nome era Profeta Pamela! Havia uma foto enorme da Pam na página principal. Devia ser de anos antes, já que ela parecia mais de uma década mais nova e pelo menos 15 quilos mais magra. Stephenie tinha ouvido dizer que o pastor Len estava até naquele tal de Twitter e que já recebia e-mails e mensagens de todo canto.

Bom, cerca de uma semana depois de o site entrar no ar, os primeiros daqueles que Stephenie e eu chamamos de Urubus começaram a aparecer. A princípio eram principalmente dos condados vizinhos, mas após a mensagem do pastor Len se tornar "viral" (Dayna falou que essa é a palavra), chegaram Urubus até de Lubbock. De um dia para o outro, a congregação quase dobrou de tamanho. Isso deveria ter feito meu coração se alegrar: tantas pessoas sendo chamadas ao Senhor! Mas devo admitir que ainda sentia certa dúvida, ainda mais quando o pastor Len mandou fazer uma faixa para pôr do lado de fora da igreja, "Condado de Sannah, lar de Pamela May Donald", e começou a chamar seu rebanho de pamelistas.

Um monte de Urubus também queria ver a casa de Pamela e o pastor Len tentava convencer Jim a cobrar entrada para que ele pudesse usar o dinheiro para "levar a mensagem mais longe". Nenhuma de nós achou uma boa ideia e eu considerei meu dever chamar o pastor Len de lado e falar das minhas preocupações. Jim podia ter aceitado Jesus no coração, mas bebia mais do que nunca. O xerife Beaumont foi obrigado a lhe dar uma advertência por ter dirigido embriagado uma ou duas vezes e, sempre que eu ia preparar alguma coisa para Jim comer, ele fedia como se tivesse tomado banho de uísque. Eu sabia que Jim não suportaria estranhos incomodando-o dia e noite. Fiquei tremendamente aliviada quando o pastor Len concordou comigo:

– Você está certa, Reba. E eu agradeço a Jesus todo dia por sempre poder contar com você como meu braço direito.

E depois ele disse que a gente deveria ficar de olho no Jim, já que "ele ainda está lutando com seus demônios". Eu, Stephenie e o resto do círculo próximo fizemos um revezamento para garantir que ele estava comendo e ver se a casa não tinha caído em desleixo total enquanto ele passava por seu período de luto. O pastor Len estava ansioso por trazer as cinzas de Pam de volta para os Estados Unidos assim que terminassem as investigações, para que pudéssemos fazer uma cerimônia memorial adequada, e pediu que eu descobrisse quando Joanie iria mandá-las. Jim nem quis me ouvir falando nisso. Não tenho certeza – ele não era de contar nada, nem sob influência do álcool –, mas acho que ele nem falava com a filha. Dava para ver claramente que ele tinha desistido. As pessoas traziam comida e leite fresco, mas na maior parte das vezes ele só deixava tudo apodrecer, nem se incomodava em colocar na geladeira.

Durante algumas semanas foi mesmo uma loucura, Elspeth!

Depois de criar o tal site, o pastor Len ligava para mim ou Stephenie quase todo dia, afirmando que os sinais que ele previra surgiam cada vez mais.

– Viu nos noticiários, Reba? Tem a tal febre aftosa na Inglaterra. É sinal de que os infiéis e não tementes a Deus estão sendo golpeados pela fome.

E havia aquele vírus que atacou todos os navios de cruzeiro, o que se espalhou para a Flórida e a Califórnia, e isso significava que a peste estava se erguendo. E, claro, em termos de guerra, sempre há um monte, com aqueles fanáticos islâmicos que nossos pobres e corajosos fuzileiros têm de enfrentar e aqueles norte-coreanos desatinados.

– E não é só isso, Reba. Estive pensando... E as famílias com que aquelas três crianças estão morando? Por que o Senhor escolheria colocar seus mensageiros em lares assim?

Eu precisava admitir que havia algo sensato no que ele dizia. Não só Bobby Small estava morando num lar judeu (apesar de eu saber que os judeus têm seu lugar no plano de Deus), mas Stephenie tinha lido no *The Inquirer* que ele era um daqueles bebês de proveta: "Não é nascido do homem. Não é natural." E havia as tais histórias de que a menina inglesa era obrigada a morar com um homossexual em Londres e que o pai do menino japonês fazia aquelas abominações, os androides. Dayna me mostrou o vídeo de um deles no tal do YouTube; fiquei bastante chocada! Era igual a uma pessoa de verdade, e o que o Senhor disse sobre adorar falsos ídolos? Também havia aquela conversa amaldiçoada de espíritos malignos morando na floresta onde o avião de Pam caíra. Senti pena da Pam, por ter morrido num lugar tão horrível. Mas na Ásia acreditam mesmo em coisas estranhas, não é? Como aqueles hindus com todos os falsos deuses que parecem animais, com braços demais. É de dar pesadelos. O pastor Len pôs tudo isso no site dele, claro.

Não lembro exatamente quanto tempo depois de a mensagem do pastor começar a ficar viral que Stephenie e eu fomos ao rancho visitar Kendra. Ela levara a Snookie para casa e Stephenie achava que era nosso dever de cristãs ver como Kendra estava se virando. Nós duas sabíamos que ela tinha problemas de nervos e tínhamos discutido muito que ela parecia estar ficando pior ultimamente, com todos os Urubus tomando a cidade. Stephenie levou uma das suas tortas, mas, para ser sincera, Kendra não pareceu muito feliz em nos ver.

Acabara de dar banho na cachorra, por isso ela não estava fedendo tanto, e até havia amarrado uma fita no pescoço, como se fosse um daqueles bichinhos de celebridades. O tempo todo em que estivemos lá, Kendra mal nos notou. Só ficava mexendo na cachorra como se ela fosse um bebê. Nem ofereceu uma Coca.

Já íamos sair quando o pastor Len chegou com a picape rugindo. Entrou correndo em casa e nunca vi ninguém tão satisfeito consigo mesmo como ele naquele dia.

Cumprimentou a gente e exclamou:

– Consegui, Kendra! Consegui!

Kendra mal deu atenção, portanto eu e Stephenie é que tivemos de perguntar o que ele queria dizer.

– Acabei de receber um telefonema do Dr. Lund! Ele me convidou para falar na convenção em Houston!

Stephenie e eu mal pudemos acreditar! Nós duas assistíamos ao programa do Dr. Theodore Lund todo domingo, claro, e Pam morreu de inveja de mim quando Lorne me deu de aniversário um exemplar autografado do livro de receitas de Sherry Lund, *Favoritos da família*.

– Você sabe o que isso significa, não sabe, querida? – perguntou o pastor a Kendra.

Kendra parou de mexer na cachorra.

– O quê?

Len teve um ataque de riso.

– Vou lhe dizer o quê: finalmente vou jogar com os figurões.

Artigo do jornalista e documentarista inglês Malcolm Adelstein publicado originalmente na revista *Switch Online* em 21 de fevereiro de 2012.

Estou parado no saguão gigantesco do Centro de Convenções de Houston, onde está acontecendo a Convenção de Profecias Bíblicas sobre o Fim dos Tempos, segurando uma Bíblia que tem na capa um pescador com anzol e esperando que um homem com o nome improvável de Flexível Sandy termine de divulgar seu último romance. Apesar de o ingresso custar 5 mil dólares, a convenção atrai milhares de pessoas de todo o Texas e outros lugares, e o estacionamento está cheio de trailers e utilitários esportivos com placas até mesmo do Tennesse e do Kentucky. Além disso, pareço ser pelo menos duas décadas mais jovem do que qualquer outra pessoa aqui – um mar de cabelos grisalhos ondula ao redor. Estou um bocado fora da minha zona de conforto.

Félix "Flexível" Sandy tem um passado exótico. Antes da conversão ao cristianismo evangélico no início dos anos 1970, teve uma carreira bem-sucedida como contorcionista, trapezista e empresário circense. Depois que a biografia de Flexível, *Uma corda bamba para Jesus,* virou best-seller na década de 1980, diz a lenda que o astro bíblico em ascensão, o Dr. Theodore Lund, procurou-o para escrever o primeiro de uma série de livros de ficção com temática do Fim dos Tempos. Escritas numa prosa em ritmo acelerado, ao estilo de Dan Brown, as obras detalham o que vai acontecer após o arrebatamento e de os justos desaparecerem num piscar de olhos, deixando os incrédulos presos à terra e obrigados a enfrentar o Anticristo, um personagem que tem uma semelhança espantosa com o ex-primeiro-ministro britânico Tony Blair. Nove best-sellers depois (estima-se que mais de 70 milhões de exemplares foram vendidos), Flexível Sandy continua firme e forte. Recentemente, lançou seu site, O Arrebatamento Está Chegando, que rastreia os desastres globais e nacionais para que os membros saibam – em troca de uma pequena quantia, claro – como estamos perto do Armagedom. Com seu corpo magro e a pele bronzeada artificialmente, aos 80 anos Flexível exala o vigor de alguém com metade de sua idade. Enquanto lida com a enorme fila de fãs devotos que se estende diante dele, seu sorriso não diminui nem um pouco. Espero convencer Flexível a participar da série de documentários que estou produzindo sobre a ascensão do Movimento Americano do Fim dos

Tempos. Nos últimos meses, mandei e-mails para sua assessora – uma mulher frágil e eficiente que me olha com desconfiança desde que cheguei – pedindo um encontro. Na semana passada, ela deu a entender que eu poderia ter uma chance se aparecesse na convenção em Houston, onde ele lançaria seu último livro.

Para quem não sabe, a profecia do Fim dos Tempos é basicamente a convicção de que, qualquer dia desses, os que aceitaram Jesus como salvador pessoal (renascidos) serão levados para o paraíso (arrebatados) e o resto de nós irá suportar sete anos de sofrimentos horrendos sob o jugo do Anticristo. Essas crenças, com base na interpretação literal de vários profetas bíblicos – inclusive João em Apocalipse, Ezequiel e Daniel –, são bem mais disseminadas do que muitas pessoas imaginam. Só nos Estados Unidos estima-se que mais de 65 milhões de pessoas acreditem que os acontecimentos descritos em Apocalipse podem acontecer no período de sua vida.

Muitos importantes pregadores da profecia relutam em falar com a imprensa não evangélica e eu esperava, ingenuamente, que meu sotaque inglês ajudasse a quebrar o gelo com Flexível. Cinco mil dólares é muito dinheiro para desembolsar se tudo que vou conseguir em troca é uma Bíblia temática. (Por acaso, no saguão também há Bíblias para crianças, "esposas cristãs", caçadores e entusiastas de armas – mas a versão do pescador com anzol atraiu meu olhar. Não sei bem por quê; nunca pesquei.) Minha expectativa, bastante otimista, é que, se Flexível concordar em falar comigo, talvez eu possa convencê-lo a me apresentar ao figurão-mor, o Dr. Theodore Lund. Porém, não tenho muita esperança: alguns colegas jornalistas disseram que eu teria mais chance de ser convidado para sentar no colo de Kim Jong-Il. Mega-astro do movimento evangélico, o Dr. Lund tem sua própria emissora de TV e uma franquia de megaigrejas da Fé Verdadeira que rende centenas de milhões de dólares por ano em "doações", além do apoio do ex-presidente republicano "Billy-Bob" Blake. O número de seus fãs é equivalente ao das maiores estrelas de Hollywood: seus três cultos dominicais são transmitidos internacionalmente e estima-se que mais de cem milhões de pessoas em todo o mundo liguem as TVs para assistir ao seu talk show com o tema da profecia. Ele não é tão linha-dura quanto os dominionistas, a seita fundamentalista que faz campanha ativa para que os Estados Unidos sejam governados por regras bíblicas rígidas, o que implicaria a pena de morte para os abortistas, os gays e as crianças bagunceiras. Contudo, o Dr. Lund é um ferrenho opositor do casamento gay, é veementemente pró-vida, questiona a teoria do aquecimento global e não é avesso a usar seu poder para influenciar decisões políticas, em especial questões relativas ao Oriente Médio.

A fila de fãs que esperavam para ter o livro autografado por Flexível arrasta os pés adiante. "Esses livros mudaram a minha vida", comenta a mulher à minha frente sem que eu solicite. Ela tem um carrinho de compras com pilhas de vários exemplares dos livros da série Arrebatados. "Eles me levaram a Jesus." Conversamos sobre seus personagens prediletos e descobri que ela gosta de Peter Kean, um piloto de helicóptero cuja fé enfraquecida é restaurada – tarde demais – quando ele testemunha a esposa, os filhos e o copiloto, todos renascidos, sendo arrebatados diante de seus olhos. Decido que seria grosseiro encarar Flexível sem um exemplar de seu romance, por isso pego dois numa pilha enorme. Dentro do carrinho, há também um lustroso livro de culinária, que atrai meu olhar. A capa traz a foto de uma mulher muito maquiada, com os olhos apertados de quem acabou de fazer plástica. Reconheço Sherry, a mulher do Dr. Lund, coapresentadora de seu talk show pós-sermão. Seus livros de culinária chegam com frequência ao topo das listas de mais vendidos do *The New York Times* e o manual de sexo que ela coescreveu com o Dr. Lund, *Intimidade ao estilo cristão*, foi um sucesso enorme nos anos 1980.

Enquanto Flexível interage corajosamente com seus fãs idosos, verifico os cartazes anunciando palestras, discussões e grupos de oração programados para toda a semana, a maioria mostrando totens de papelão em tamanho real dos pregadores-celebridades que são as maiores atrações do evento. Além de várias palestras com a temática "Você está preparado para o arrebatamento?", há simpósios sobre criacionismo e um acréscimo de última hora: um "encontro" com o pastor Len Vorhees, a grande novidade no ramo do Fim dos Tempos. Vorhees causou recentemente uma pequena tempestade no Twitter com seu pronunciamento extraordinário de que as três crianças que sobreviveram aos desastres da Quinta-Feira Negra são na verdade três dos quatro cavaleiros do livro do Apocalipse.

Por fim, a fila vai diminuindo e chega a minha vez. A assessora irritada sussurra algo no ouvido de Flexível e ele sorri para mim. Seus olhos pequenos brilham como botões pretos e lustrosos.

– Inglaterra, é? – pergunta ele. – Estive em Londres no ano passado. É um país pagão que precisa ser salvo, estou certo, filho?

Garanto que sim, com certeza.

– Que tipo de trabalho você faz, filho? A Patty aqui diz que você quer uma entrevista, algo assim.

Respondo a verdade: faço documentários para a televisão, adoraria conversar com ele e com o Dr. Lund sobre as carreiras deles.

Os olhos de botão de Flexível se cravam nos meus com mais intensidade.
– Você é da BBC?
Falo que já trabalhei para a BBC, sim. Não é uma completa mentira. Comecei a carreira como boy da BBC em Manchester, mas fui demitido depois de dois meses por fumar maconha no lounge. Decido não mencionar isso.
Flexível parece relaxar.
– Espere aí, filho, vou ver o que posso fazer.
Está sendo muito mais fácil do que eu esperava. Ele chama a assessora de novo, que consegue, ao mesmo tempo, sorrir para Flexível e fazer uma carranca para mim, e os dois trocam algumas palavras sussurradas e tensas.
– Filho, o Teddy está muito ocupado agora. Que tal subir para a cobertura daqui a duas horas? Verei o que posso fazer para apresentar vocês dois. Ele é grande fã daquela série de vocês, *Cavendish Hall*.
Não sei bem o que *Cavendish Hall*, um seriado xarope de época que faz sucesso ao redor do mundo, tem a ver comigo, mas por acaso Flexível Sandy ainda está com a impressão de que eu trabalho para a BBC. Afasto-me rapidinho antes que a assessora o convença a mudar de ideia.

Em vez de voltar ao meu minúsculo quarto de hotel, felizmente incluído no preço da convenção, decido ver se consigo assistir a uma das palestras. Estou atrasado trinta minutos para o "encontro" com o pastor Len Vorhees, mas garanto ao porteiro que sou amigo pessoal de Flexível Sandy e ele me deixa entrar.
Não há cadeiras no auditório Starlight, a plateia está de pé e tudo que consigo enxergar do pastor é o topo do cabelo muito bem-arrumado enquanto ele anda de um lado para o outro diante do público. Sua voz às vezes oscila, mas está claro, pelo coro de "amém", que as pessoas acolhem sua mensagem. Tenho uma vaga consciência de que a teoria bizarra do pastor provocou um debate feroz entre os crentes do Fim dos Tempos, especialmente por parte do movimento preterista, que, ao contrário da maioria das outras facções, acredita que os acontecimentos relatados em Apocalipse já aconteceram. E estou descobrindo que o livro do Apocalipse é sem dúvida a base para as afirmações loucas do pastor. Segundo a profecia de João, os quatro cavaleiros trarão a guerra, a peste, a fome e a morte, e Len começa a citar vários "sinais" recentes que, segundo ele, provam sua teoria. Dentre eles, estão o relato repugnante da morte de um paparazzo que supostamente invadiu o quarto de Bobby Small, atacado por lagartos (ataques de animais também estão incluídos na lista de sofrimentos de Apocalipse), e o recente flagelo de norovírus que transformou uma frota de navios de cruzeiro

em infernos inundados por vômito. Ele conclui com uma proclamação aterrorizante de que em breve a guerra vai devastar as nações africanas e a gripe aviária vai dizimar a população da Ásia.

Louco para tomar uma bebida forte, saio do coro de "amém" para esperar minha audiência com Flexível Sandy e o Dr. Teddy Lund.

Fico aparvalhado quando o próprio Dr. Lund me faz entrar na suíte, recebendo-me com um sorriso ofuscante que mostra o trabalho odontológico de ponta realizado nele.

– É um prazer conhecê-lo, filho – diz, segurando minha mão com as dele. Sua pele tem um brilho um pouco artificial. – Posso lhe servir algo para beber? Vocês, ingleses, gostam de chá, não é?

Balbucio algo como "de fato" e permito que ele me leve até onde Flexível e um homem de terno elegante, de 50 e poucos anos, estão sentados em poltronas extravagantemente estofadas. Demoro um segundo até perceber que o cinquentão é o pastor Len Vorhees. Ele não dá a impressão de estar à vontade ali e parece uma criança tentando mostrar o melhor comportamento possível.

As apresentações são feitas e eu me permito ser engolido pelo sofá à frente deles. Todos têm sorrisos abertos para mim que não combinam com seus olhares.

– Flexível comentou que você trabalha na BBC – começa o Dr. Lund. – Não sou muito de assistir à televisão, filho, mas gosto daquele seriado *Cavendish Hall*. Naquele tempo as pessoas sabiam se comportar, não é? Tinham moral rígida. E você veio aqui porque quer fazer um documentário, algo assim?

Antes que eu possa responder qualquer coisa, ele continua:

– Temos muita gente querendo entrevistas. Do mundo todo. Agora pode ser a hora certa de levar esta mensagem à Inglaterra.

Estou prestes a responder quando entram duas mulheres pela porta que dá para um dos quartos da suíte. Reconheço a mais alta como Sherry, a esposa do Dr. Lund; está tão penteada e retocada quanto a foto na contracapa de seu último livro de culinária. A mulher que paira atrás dela não poderia ser um contraste maior. É magra feito uma vassoura, a boca fina não tem batom e uma espécie de minipoodle branco se acomoda nos seus braços.

Levanto-me, mas o Dr. Lund sinaliza para me sentar de novo. Apresenta as duas e a segunda vem a ser a esposa do pastor Len, Kendra, que mal olha na minha direção. Sherry sorri para mim por um nanossegundo antes de se virar para o marido.

– Não se esqueça de que o Mitch está vindo vê-lo, Teddy. – Ela me lança outro sorriso ensaiado. – Vamos levar a Snookie para tomar um pouco de ar.

Em seguida, ela conduz Kendra e a cadela para fora da suíte.

– Vamos ao que interessa – diz o Dr. Lund a mim. – O quê, de fato, você deseja, filho? Que tipo de documentário planeja fazer?

– Bom... – De repente, sem qualquer motivo, meu discurso cuidadosamente planejado se apaga e me dá um branco. Em desespero, fixo-me no pastor Len. – Talvez eu pudesse começar... Eu assisti à sua palestra, pastor Vorhees... Foi... ahn, interessante. Posso lhe perguntar sobre sua teoria?

– Não é teoria, filho – resmunga Flexível, mas ainda mantendo o sorriso. – É a verdade.

Não imagino por que esses três homens estão me deixando tão nervoso. Talvez seja a força de suas convicções e personalidades coletivas – você não se torna um dos quinhentos pregadores mais ricos do mundo se não for carismático. Consigo me controlar.

– Mas... se o senhor afirma que o primeiro dos quatro selos acaba de ser aberto, isso não contradiz aquilo em que o senhor acredita? Que a Igreja será arrebatada *antes* que os cavaleiros tragam a devastação à terra?

A escatologia, o estudo da profecia do Fim dos Tempos, facilmente fica complicada. Pela minha pesquisa, fui levado a acreditar que o Dr. Lund e Flexível são seguidores da teoria do Arrebatamento Pré-Tribulação, em que o arrebatamento da Igreja acontecerá antes do período de sete anos de tribulação, isto é, antes que o Anticristo assuma o poder e torne a vida miserável para o resto de nós. As crenças do pastor Len se encaixam na teoria do Arrebatamento Pós-Tribulação, em que os cristãos renascidos permanecerão na terra como testemunhas durante o estágio de fogo e enxofre, que, segundo ele, acaba de começar.

O rosto bonito do pastor Len se contrai conforme ele repuxa a lapela, mas Flexível e o Dr. Lund dão risinhos como se eu fosse uma criança que disse algo inadequado, porém divertido.

– Não existe contradição, filho – garante Flexível. – Nós sabemos, com base em Mateus 24, que "nação se levantará contra nação, e reino contra reino. Haverá fomes e terremotos em vários lugares. Tudo isso será o início das dores".

O Dr. Lund acrescenta:

– Isso está acontecendo em toda parte. Agora. E sabemos que essas dores sinalizam a abertura dos primeiros quatro selos. Também sabemos, tanto a partir do livro do Apocalipse quanto do de Zacarias, que os quatro cavaleiros serão então mandados por todo o mundo. O branco ao oeste, o vermelho ao leste, o preto ao norte e o verde ao sul. Agora que os quatro selos foram abertos, o castigo será lançado sobre a Ásia, a América, a Europa e a África.

Esforço-me para acompanhar essa lógica e só consigo replicar sobre a parte final:

– E a Austrália? E a Antártica?

Flexível ri de novo e balança a cabeça diante de minha obtusidade.

– Eles não fazem parte do declínio moral do globo, filho. Mas terão sua vez. O governo mundial e a ONU vão se unir para formar a besta de muitos chifres.

Como não fui agarrado pelos fundilhos e chutado para fora, me sinto ligeiramente mais confiante. Observo que a ANST indicou que as causas dos acidentes se devem a acontecimentos explicáveis – erro do piloto, um possível pássaro na turbina, falha mecânica – e não à interferência sobrenatural. De algum modo, consigo verbalizar isso sem parecer estar falando de alienígenas ou do diabo.

O pastor Len abre a boca para comentar mas o Dr. Lund intervém:

– Eu respondo, Len. Você acha que Deus não teria o poder de fazer esses acontecimentos parecerem acidentes? Ele quer testar nossa fé, separar o crente do pagão. Nós atendemos ao seu chamado. Mas estamos no serviço de salvar almas, filho, e quando o quarto cavaleiro for encontrado, até os mais relutantes serão chamados ao aprisco.

– O quarto cavaleiro?

– Isso mesmo, filho.

– Mas não houve sobreviventes no voo da África.

O pastor Len e o Dr. Lund trocam olhares e o segundo assente levemente.

– Nós acreditamos que houve.

Gagueijo que, segundo a ANST e as agências da África, não há chance de que alguém do voo da Dalu Air tenha sobrevivido.

O Dr. Lund sorri sem o mínimo sinal de humor.

– Foi o que disseram sobre os outros três acidentes e olhe o que o Senhor escolheu nos mostrar. – Ele faz uma pausa. Então faz a pergunta que eu sabia que viria: – Você é um dos justos, filho?

Os peculiares olhos de botão de Flexível Sandy se cravam nos meus e de repente estou de volta à escola, parado diante do diretor. Sou dominado pelo desejo de mentir e admitir que sim, que sou um deles. Mas isso passa e eu falo a verdade:

– Sou judeu.

O Dr. Lund assente, aprovando. O sorriso de Flexível não se altera.

– Nós precisamos dos judeus – assegura o Dr. Lund. – Vocês são uma parte importante dos acontecimentos vindouros.

Sei do que ele está falando. Depois do Arrebatamento e do governo do

Anticristo, Jesus voltará para derrotar os infiéis e expulsar o Anticristo do trono. Essa batalha deverá acontecer em Israel e o Dr. Lund, como muitos crentes na profecia, é um vociferante defensor de Israel. Ele acredita, como a Bíblia diz, que Israel pertence aos judeus e somente aos judeus e afirma de forma enfática que a troca de terras e os acordos de paz com os palestinos devem sofrer oposição ferrenha. Segundo boatos, durante o mandato do presidente "Billy-Bob" Blake, o Dr. Lund era um visitante regular. Eu quero lhe perguntar sobre o elefante na sala – por que alguém que crê de fato no fim do mundo se incomoda com a política –, mas o Dr. Lund se levanta antes que eu pense num modo de verbalizar a questão.

– Vá em paz, filho. Fale com minha assessora; ela irá ajudá-lo.

Sou dispensado com outra rodada de apertos de mão. Alguns dias depois, faria o que ele sugere, mas receberia apenas uma resposta peremptória – "O Dr. Lund não está disponível" – e um completo silêncio diante das minhas outras tentativas de comunicação com Flexível.

Ao sair da convenção com minha Bíblia do pescador e meus livros da série Arrebatados enfiados embaixo do braço, passo por uma falange de guarda-costas enormes cercando um homem com terno mais caro ainda do que o do Dr. Lund. Reconheço-o imediatamente: é Mitch Reynard, ex-governador do Texas, que apenas algumas semanas antes anunciou a intenção de se candidatar às prévias do Partido Republicano.

Trecho extraído do site O Arrebatamento Está Chegando, de Félix "Flexível" Sandy.

Aqui vai uma mensagem pessoal, fiéis. Nossos irmãos, o Dr. Theodore Lund (que não precisa de apresentação!) e o pastor Len Vorhees, do condado de Sannah, nos mostraram a Verdade, prova irrefutável de que os quatro primeiros selos, como estão no livro do Apocalipse, foram abertos, e que os cavaleiros foram soltos no mundo para punir os infiéis com a fome, a peste, a guerra e a morte. Alguns de vocês podem retrucar: Mas, Flexível, os selos não foram partidos há muito tempo? O mundo está em declínio moral há gerações, não é? Talvez, mas Deus, em Sua sabedoria, nos mostrou a verdade. E se pensarem nisso, fiéis, tudo vai acontecer como em *Ladrão na noite*, o nono livro da série Arrebatados, que, nem preciso dizer, está disponível para encomenda neste site.

E isso não é tudo: vocês verão que os sinais estão cada vez mais frequentes. Boas-novas para todos nós que esperamos ser levados para o lado de Jesus!

Flexível

A lista completa pode ser encontrada sob os cabeçalhos se você CLICAR neles, mas aqui estão os tópicos principais:

PESTE (índice de probabilidade: 74%)
O vírus do vômito que começou naqueles navios de cruzeiro se espalhou pela costa oeste dos Estados Unidos:
www.news-agency.info/2012/february/norovirus-spreads-to-US-East-Coast
(Graças a Isla Smith, da Carolina do Norte, por mandar esta notícia! Flexível aprecia sua fé, Isla!)

GUERRA (índice de probabilidade: 81%)
Bom, o que posso dizer? A guerra é sempre um forte indicador e não está nos deixando na mão hoje! A santa Guerra ao Terror continua feroz no Afeganistão e, além disso, há a ameaça nuclear da Coreia do Norte:
www.atlantic-mag.com/worldnews/north-korea-nuclear-threat-could-be-a-reality

FOME (índice de probabilidade: 81%)
A febre aftosa parece estar fixando território no resto da Europa. Confira esta manchete: "Nova cepa de febre aftosa pode ter enorme impacto na pecuária, alerta governo do Reino Unido".
(Fonte: www.euronewscorp.co.uk/footandmouth)

MORTE (índice de probabilidade: 91%)
Olhei, e diante de mim estava um cavalo amarelo. Seu cavaleiro chamava-se Morte, e o Hades o seguia de perto. Foi-lhes dado poder sobre um quarto da terra para matar pela espada, pela fome, por pragas e por meio dos animais selvagens da terra. (Apocalipse 6:8)

Recentemente, tem havido ataques de animais, como diz o fim do versículo. Confira os seguintes links:

"Turista americano morto em ataque de hienas em Botsuana" (www.bizarredeaths.net)

"Inquérito sobre fotógrafo de Los Angeles comido vivo por lagartos é adiado" (www.latimesweekly.com)

Nota de Flexível: *Este último é de interesse particular, já que o fotógrafo tinha ligações com Bobby Small, portanto é um fato de suma importância! Desde o 11 de Setembro não ficávamos tão perto assim!*

Lola Cando.

Fazia um tempo que eu não via o Lenny, desde que ele me contou sobre a mensagem de Pamela May Donald. Então ele me ligou, pediu para eu encontrá-lo num dos nossos motéis. Para a sorte dele, eu tive um cancelamento: um dos meus clientes regulares, ex-fuzileiro, um sujeito fofo, estava triste e quis adiar.

De qualquer modo, naquele dia Lenny entrou bruscamente no quarto, pegou a bebida que eu servi e começou a andar de um lado para o outro. Disse que tinha acabado de voltar de uma convenção em Houston. Parecia um menininho que fora à Disneylândia pela primeira vez. Deve ter falado sem parar durante pelo menos meia hora. Contou que estivera com o Dr. Lund, que o havia convidado para se apresentar no programa do domingo. Comentou que até tinha jantado com Flexível Sandy, o cara que escreveu aqueles livros que nunca consegui ler, e que a sala onde fizera a palestra ficara lotada.

— E adivinhe quem mais estava lá, Lo? — perguntou, tirando a gravata. Eu não sabia o que responder, não ficaria surpresa se ele dissesse que era o próprio Jesus, pelo modo como falava daqueles caras, cheio de admiração. — Mitch Reynard. Mitch Reynard! O Dr. Lund deu apoio a ele.

Não curto política, mas até eu sabia quem era esse cara. Vi em alguns noticiários que a Denisha gosta de assistir. Um cara arrumadinho, ex-pastor, se parecia um pouco com o Bill Clinton, sempre tinha as respostas certas, fazia parte do tal Tea Party. Nunca mais saiu do noticiário quando revelaram que ia se candidatar às primárias para a presidência. Recebeu um monte de críticas dos liberais por causa do que falou sobre o feminismo e porque considerava o casamento gay uma abominação.

Lenny começou a se empolgar, afirmando que isso podia ser seu ingresso na política.

— Qualquer coisa é possível, Lo. O Dr. Lund diz que devemos fazer tudo que esteja ao nosso alcance para influenciar na eleição, garantir que o país volte a ter uma boa base moral.

Por falar em moral, até onde eu sei, Lenny nunca considerou hipocrisia pagar pelos meus serviços. Talvez nem visse aquilo como adultério. Ele não costumava falar da esposa, mas tive a impressão de que os dois não tinham intimidades havia um tempo. Bom, nas últimas vezes que eu o vi, também não havia muito adultério acontecendo; ele estava muito ocupado falando sem parar.

Se eu diria que a fama lhe subiu à cabeça? Sim, claro. Depois que ele criou o site e se envolveu com o Dr. Lund, ficou igual a uma criança com um brinquedo novo. Disse que estava em contato com pessoas de todo o mundo. Gente até da África. Havia o tal do Monty, que ele falou que mandava e-mails todo dia, e um fuzileiro que servia em algum lugar do Japão. Jake não sei das quantas. Não consigo lembrar o sobrenome, apesar de mais tarde ter saído em todos os noticiários. Lenny me contou que o tal fuzileiro tinha entrado na floresta onde o avião caiu, "onde Pam respirou pela última vez". Comentou que o Dr. Lund tentara contatar a avó do Bobby, queria convidar Bobby para o programa também, mas não estava conseguindo. Eu realmente senti pena da pobre coitada. Eu e Denisha sentimos. Não deve ser fácil virar o foco de toda aquela atenção quando ainda se está de luto.

Lenny continuou tagarelando sobre os pedidos de entrevistas que recebera de toda parte: programas de televisão, de rádio, blogs, a coisa toda, e não só veículos religiosos.

– Você não se preocupa em ser ridicularizado por eles, Lenny? – perguntei.

Ele deu a entender que a equipe de relações públicas do Dr. Lund tinha avisado para ele ter cuidado ao falar com a mídia não cristã e eu achei que era um bom conselho. O que ele estava dizendo sobre as crianças serem os cavaleiros, dava para ver que muita gente acharia um completo absurdo.

– Estou espalhando a verdade, Lo. Se querem ignorá-la, não é da minha conta. Quando o arrebatamento acontecer, veremos quem ri por último.

Nem fizemos nada nesse dia; ele só queria falar. Quando foi embora, pediu para eu assistir ao programa *União da Fé Verdadeira*, do Dr. Lund, naquele fim de semana.

Fiquei curiosa para ver como o Lenny iria se sair, por isso, no domingo, sentei para assistir. Denisha não conseguia imaginar que diabo eu estava fazendo. Eu não tinha dito a ela que o Lenny era meu cliente. Respeito a privacidade dos meus clientes regulares, o que sei que parece mentira, já que estou falando com você agora! Mas eu nunca pedi para ser exposta, pedi? Eu não fui procurar os repórteres. De qualquer modo, no início o Dr. Lund estava de pé naquele púlpito dourado e grande, com um coro enorme atrás. A igreja, do tamanho de um shopping, estava lotada. Ele basicamente repetiu as teorias do Lenny sobre a mensagem de Pamela May Donald, parando a cada cinco minutos para o coro cantar um pouco mais e a congregação gritar "amém" e "louvado seja Jesus".

Depois falou que o tempo do julgamento de Deus tinha chegado, com toda a imoralidade que se via, os gays, as feministas, os infanticidas e as escolas que ensinam a Evolução. Denisha ficava estalando a língua em reprovação. A igreja dela sabe o que ela faz para viver e não tem problema com os gays.

– Para eles é tudo a mesma coisa – comentava ela. – Gente é gente, e é melhor assumir do que esconder. Jesus nunca julgou ninguém, não é? A não ser quem empresta dinheiro.

A maioria dos pastores famosos tinha esqueletos nos armários e todo dia parecia surgir um novo escândalo sobre eles. Mas não o Dr. Lund. Ele era conhecido por ser totalmente limpo. Denisha achava que ele possuía as conexões certas para manter suas sujeiras fora da mídia; sabia onde os corpos eram enterrados.

Depois do sermão, o Dr. Lund foi até uma área na lateral do palco, decorada como uma sala de estar, cheia de tapetes caros, pinturas a óleo e abajures com borlas douradas. No sofá, esperando por ele, estavam a mulher do Dr. Lund, Sherry, e uma mulher magricela que parecia precisar de comida. Foi a primeira vez que vi a esposa do pastor Len, Kendra. Ela não poderia parecer mais diferente de Sherry que, segundo Denisha, parecia uma drag queen, toda cheia de cílios e acessórios. Mas Lenny se saiu bem. Estava meio agitado, ficava se remexendo e a voz tremia um pouco, mas não passou vergonha. O Dr. Lund foi quem mais falou. Kendra permaneceu em silêncio. E a expressão dela... era difícil decifrar. Não dava para saber se ela estava nervosa, se achava aquilo tudo uma idiotice ou se morria de tédio.

O pastor Len Vorhees concordou em ser entrevistado no famoso programa do DJ Erik Kavanaugh em Nova York, *Boca no trombone*. O que se segue é uma transcrição do programa que foi ao ar em 8 de março de 2012.

ERIK KAVANAUGH: O pastor Len Vorhees, do condado de Sannah, Texas, está ao telefone comigo. Pastor Len... Posso chamá-lo assim?

PASTOR LEN VORHEES: Sim, senhor, está perfeitamente bem.

EK: É a primeira vez que alguém me chama de senhor. Devo dizer que o senhor é mais educado do que a maioria dos convidados que costumo receber. Pastor Len, neste momento o senhor está bombando no Twitter. Acha que é certo um cristão evangélico usar a mídia social desse modo?

PL: Acredito que devemos usar todos os meios possíveis para espalhar a Boa-Nova, senhor. E, desde que divulguei a mensagem lá, as pessoas estão chegando em bandos ao condado de Sannah, ansiosas para serem salvas. Ora, na minha igreja elas estão quase transbordando pelas portas. *(risos)*

EK: Então é igual àquela cena de *Tubarão*. O senhor vai precisar de uma igreja maior?

PL: *(pausa)* Não sei exatamente o que...

EK: Bom, vamos direto ao ponto. Algumas pessoas podem achar que sua crença de que aquelas crianças são os cavaleiros do Apocalipse é – e não encontro outro modo de dizer – uma merda absurda.

PL: *(rindo nervosamente)* Bom, senhor, esse tipo de linguagem não é...

EK: É verdade que o senhor surgiu com essa teoria depois que uma das frequentadoras do seu templo, Pamela May Donald, a única americana a bordo daquele avião japonês que caiu na floresta, deixou uma mensagem no celular?

PL: Ah... é, está certo, senhor. A mensagem dela era dirigida a mim e o significado era claro como água: "Pastor Len, avise a eles sobre o menino." Só havia um menino de quem ela poderia estar falando: o garoto japonês que foi o único sobrevivente daquele acidente. O *único* sobrevivente. E as insígnias dos aviões...

EK: Na mensagem, ela também menciona a cachorrinha. Se o senhor acredita que ela se referia ao garoto japonês como uma espécie de arauto do fim do mundo, certamente também acredita que deveríamos tratar a mascote da família como uma divindade?

PL: *(vários segundos de silêncio)* Bom, eu não chegaria ao ponto de...

EK: Em seu site, Profeta Pamela – vocês deveriam dar uma olhada, pessoal, acreditem em mim –, o senhor afirma que há fatos que embasam tudo. Sinais de que o sofrimento que os cavaleiros devem trazer já está acontecendo. Deixe-me dar um exemplo aos ouvintes que podem não ter ouvido os detalhes de sua teoria. O senhor fala que o surto de febre aftosa na Europa é causado pela chegada dos cavaleiros, estou certo?

PL: Correto, senhor.

EK: Mas esse tipo de coisa acontece o tempo todo, não é? A Inglaterra passou pela mesma coisa há alguns anos.

PL: Mas este não é o único sinal, senhor. Se o senhor juntar todos, poderá ver claramente que há um padrão de...

EK: E esses sinais, o senhor diz que todos apontam para o fato de que o fim do mundo está próximo, quando todos os justos serão arrebatados. É justo afirmar que vocês, evangélicos, estão ansiosos por esse acontecimento?

PL: Eu não diria que "ansiosos" seja o termo correto, senhor. É importante deixar seus ouvintes saberem que, ao aceitar o Senhor...

EK: Então esses sinais são o modo de Deus avisar "Acabou o tempo, pessoal, sejam salvos ou queimem no inferno para sempre"?

PL: Ah... não tenho certeza de que...

EK: Suas crenças receberam ataques radicais por parte de líderes religiosos de, digamos, crenças mais tradicionais. Um bom número deles afirmou que o que o senhor defende é, entre aspas, "um completo absurdo destinado a provocar o medo".

PL: Sempre haverá quem duvide, senhor, mas eu insistiria com seus ouvintes para...

EK: O senhor tem algumas figuras importantes apoiando-o. Estou falando do Dr. Theodore Lund, do Movimento do Fim dos Tempos. É verdade que ele costumava ir atirar com o ex-presidente "Billy-Bob" Blake?

PL: Ah... isso o senhor teria de perguntar a ele.

EK: Não preciso perguntar a ele a respeito dos pontos de vista sobre os direitos das mulheres, os acordos de paz de Israel, o aborto e o casamento gay. Ele se opõe radicalmente a tudo isso. O senhor compartilha seus pontos de vista?

PL: *(outra pausa longa)* Acredito que deveríamos buscar orientação para esses assuntos na Bíblia, senhor. O Levítico diz que...

EK: Também não diz no Levítico que é certo possuir escravos e que as crianças que respondem aos pais devem ser apedrejadas? Por que vocês aceitam, digamos, o material contra os gays e não as outras merdas?

PL: *(silêncio durante alguns segundos)* Senhor... eu questiono o seu tom. Vim ao programa avisar aos seus ouvintes que é hora...

EK: Vamos em frente. Sua teoria sobre Os Três não é a única que anda por aí. Há um bocado de pirados insistindo que essas crianças são possuídas por alienígenas. Por que os pontos de vista deles deveriam ser considerados mais insanos do que aquilo em que o senhor acredita?

PL: Não sei bem o que o senhor...

EK: Os Três são apenas crianças, não é? Elas já não sofreram o bastante? A postura cristã não deveria ser não julgá-las?

PL: *(outra pausa longa)* Eu não... Eu...

EK: Então digamos que elas estejam possuídas. As crianças verdadeiras ainda estão dentro dos corpos? Nesse caso deve estar apertado lá dentro, certo?

PL: Deus... Jesus trabalha de maneiras que só podemos...

EK: Ah, a clássica defesa "Deus atua de modos misteriosos".

PL: Ah... mas o senhor não pode... O senhor não pode descartar os sinais de que... De que outro modo aquelas crianças sobreviveriam aos acidentes? É...

EK: É verdade que o senhor acredita que uma quarta criança sobreviveu na África? Um quarto cavaleiro? Está dizendo isso apesar de a ANST ter certeza absoluta de que ninguém pode ter sobrevivido àquela tragédia?

PL: *(pigarreia)* Ah... o local daquele acidente... Houve muita confusão por lá. A África é... A África é um...

EK: E como aqueles cavaleiros derrubaram os aviões? Parece um bocado de esforço, não é?

PL: Ah... não posso responder com certeza, senhor. Mas vou lhe dizer o seguinte: quando eles liberarem os relatórios dos acidentes, haverá sinais de... de...

EK: Interferência sobrenatural? Como o pessoal dos alienígenas acredita?

PL: O senhor está distorcendo minhas palavras. Eu não afirmei que...

EK: Obrigado, pastor Len Vorhees. Depois do comercial, abriremos as linhas para os ouvintes.

O investigador Ace Kelso, da ANST, falou longamente comigo outra vez depois que as descobertas preliminares sobre os quatro acidentes foram reveladas numa entrevista coletiva realizada em Washington, Virgínia, em 13 de março de 2012.

Como eu disse na coletiva, é raro revelarmos as descobertas tão cedo. Mas esse era um caso especial: as pessoas precisavam saber que os acidentes não tinham a ver com terrorismo nem com alguma droga de evento sobrenatural e as famílias dos sobreviventes precisavam de uma conclusão. Você não acreditaria na quantidade de telefonemas que o escritório de Washington recebeu de malucos convencidos de que estávamos de conluio com agências de governo sinistras tipo *Homens de preto*. Claro, junto de tudo isso havia o fato de que, depois da Quinta--Feira Negra, a indústria da aviação sofria financeiramente, precisava voltar aos trilhos. Você ouviu dizer que algumas empresas aéreas mais inescrupulosas estão lucrando com o fato de que os três sobreviventes estavam sentados perto da traseira das aeronaves? Estão cobrando um preço especial pelas poltronas dos fundos, considerando mudar a primeira classe e a classe executiva para a parte de trás, para recuperar os lucros perdidos.

Para nós ficou óbvio desde cedo que o terrorismo não era um fator. Sabíamos, a partir dos corpos e dos destroços, que nenhuma das aeronaves, em nenhuma das quatro situações, havia se partido significativamente no ar, o que aconteceria se algum explosivo tivesse sido detonado. Claro, tínhamos de considerar primeiro uma possível situação de sequestro, mas nenhuma organização assumiu a responsabilidade em momento algum.

Como você sabe, ainda está acontecendo uma operação enorme para localizar o gravador de voz e a caixa-preta do avião da Go!Go! Air, mas estamos confiantes de que entendemos a sequência de eventos que levou ao desastre. Em primeiro lugar, pela rota de voo e pelos dados climáticos, sabemos que eles estavam no meio de uma tempestade violenta. O último contato da aeronave, uma mensagem de telemetria automática para o centro técnico da Go!Go!, indicou que a aeronave havia sofrido várias falhas elétricas, principalmente no sistema de aquecimento do sensor de pressão. Isso resultaria em cristais de gelo se formando nos sensores de pressão, o que resultaria em leituras erradas da velocidade do ar. Pensando que ela estava baixa demais, os pilotos aumentariam cada vez mais a velocidade da aeronave para evitar um estol. Acreditamos que eles continuaram a fazer isso até excederem a capacidade do avião e arrancarem as asas. Temos quase certeza de que as queimaduras de Jessica Craddock foram causadas por um incêndio provocado pelo combustível depois do acontecimento ou por um sinalizador defeituoso.

Bom, o voo da Dalu Air foi outra história. A série de fatores que resultou na queda apontava para um acidente prestes a acontecer. Para começar, o projeto do Antonov AN-124 é dos anos 1970, a anos-luz de distância da tecnologia de controle por cabo elétrico usada pela Airbus. Além disso, a aeronave era operada por uma pequena companhia nigeriana que transportava principalmente cargas e não tinha o melhor histórico de segurança. Não vamos entrar em muitas questões técnicas, mas o sistema de pouso por instrumentos do Aeroporto Internacional da Cidade do Cabo não estava funcionando naquele dia – parece que ele é fajuto. O Antonov não tinha equipamentos modernos de navegação como o SNL [Sistema de Navegação Lateral] e não estava adequadamente aparelhado com o sistema de aproximação alternativo. Os pilotos avaliaram mal a aproximação, chegaram cerca de 30 metros baixo demais, a asa direita bateu num fio elétrico e o Antonov caiu numa favela densamente povoada perto do aeroporto. Todos ficamos impressionados com o modo como a investigação do Dalu Air foi feita pela Agência de Aviação Civil da África e pela Equipe de Administração de Desastres da Cidade do Cabo. Aqueles caras conhecem o serviço. Você não imaginaria ao pensar num país do Terceiro Mundo, mas eles se organizaram em tempo recorde. O investigador-chefe, Nomafu Nkatha (acho que não sei pronunciar direito o nome dele, Elspeth!), reuniu relatos de testemunhas logo após o acidente, e várias pessoas haviam filmado com celulares os instantes anteriores ao impacto.

Os investigadores ainda estão trabalhando para identificar os corpos dos mortos. Parece que muitos eram refugiados ou pessoas buscando asilo, então vai ser quase impossível encontrar parentes para exames de DNA. O gravador de voz da cabine acabou sendo recuperado. Havia gente pegando pedaços do avião, vendendo para turistas – dá para acreditar *nessa* merda? Mas, como eu disse, a equipe de lá merece nota 10.

O próximo acidente que vou abordar é o da Maiden Air, do qual fui investigador-chefe antes de me pedirem para supervisionar toda a operação. As evidências sugerem que a aeronave sofreu uma perda de potência quase completa nos dois motores devido a ingestão, provavelmente porque vários pássaros entraram nas turbinas. Isso ocorreu mais ou menos dois minutos após a decolagem, a fase mais vulnerável da subida. Os pilotos não puderam voltar ao aeroporto e o avião caiu nos Everglades três ou quatro minutos depois. Encontramos a caixa-preta, mas os dados estavam corrompidos. Apesar de, curiosamente, não haver traços das aves, as turbinas N1 dos dois motores mostravam danos compatíveis com choques de pássaros e, segundo minhas recomendações, foi o que o comitê estabeleceu como causa mais provável do acidente.

E temos ainda o que eu diria ser mais controvertido. Estou falando do acidente da Sun Air. Foi difícil conter os boatos sobre esse caso, principalmente a falácia de que o comandante Seto era suicida e derrubou o avião de propósito. Além disso, a mulher do ministro dos Transportes do Japão disse que acreditava no envolvimento de alienígenas. Houve uma grande pressão para resolvermos logo o caso. Tínhamos o gravador de voz indicando uma perda de potência hidráulica e sabemos pela caixa-preta que a aeronave caiu devido a uma manutenção malfeita. O fato de não terem seguido procedimentos básicos de reparo na seção da cauda fez com que os rebites cedessem. A integridade estrutural da fuselagem foi comprometida, provocando uma descompressão explosiva cerca de catorze minutos depois de iniciado o voo. O leme foi danificado e a potência hidráulica se perdeu; quando isso acontece, é quase impossível guiar a aeronave. Os pilotos lutaram com o avião do melhor modo possível. É preciso admirá-los. Fizemos testes comparativos em simuladores e ninguém pôde manter a aeronave no ar por tanto tempo quanto eles.

Claro, tivemos de enfrentar milhões de perguntas na entrevista coletiva; muitos repórteres queriam saber de onde tinham vindo as luzes fortes que alguns passageiros alegaram ter visto. Poderia ser resultado de várias coisas. Por isso divulgamos a transcrição do gravador de voz o quanto antes, para acabar com esses boatos.

A transcrição a seguir, tirada do gravador de voz da cabine do voo SAJ 678 da Sun Air, foi publicada pela primeira vez no site da Agência Nacional de Segurança de Transportes em 20 de março de 2012.

COM = comandante
CP = copiloto
CTA = Controlador de Tráfego Aéreo

A transcrição começa às 21h44 (catorze minutos depois da decolagem do aeroporto de Narita).

CP: Passando pelo nível de voo três três zero, comandante, faltam mil pés. Parece que vai estar tudo limpo no três quatro zero; a previsão é de pouca turbulência.

COM: Bom.

CP: Você tem...

(Estrondo alto. Soa o alarme de despressurização.)

COM: Máscara! Ponha sua máscara!

CP: Máscara posta!

COM: Estamos perdendo a cabine, você consegue controlar?

CP: A cabine já está a 14.000!

COM: Passe para o manual e feche a válvula de fluxo externo. Parece que temos uma descompressão.

CP: Ah, comandante, precisamos descer!

COM: Tente de novo.

CP: A válvula está totalmente fechada, não adianta... não posso controlá-la!

COM: Você fechou a válvula de fluxo externo?

CP: Afirmativo!

COM: Ok, entendi. Diga ao CTA que vamos começar uma descida de emergência.

CP: Mayday, mayday, mayday, SAJ678 começando descida de emergência. Tivemos uma descompressão explosiva.

CTA: Entendido. Mayday SAJ678, pode descer, não há nenhum tráfego que afete vocês. Câmbio.

COM: Estou no controle. Qual é nosso nível?

CP: Nível 140.

COM: Desconectando o acelerador automático, mostrador no nível de voo 140.

CP: Nível de voo 140 estabelecido.

(O comandante fala pelo interfone)

COM: Senhoras e senhores, aqui fala o comandante. Estamos iniciando uma descida de emergência. Por favor, coloquem as máscaras de oxigênio e sigam as instruções dos comissários de bordo.

COM: Começando descida de emergência. Fechando os manches, baixando os flapes. Leia a lista de checagem de descida de emergência.

CP: Manches fechados, flapes baixados, direção escolhida, nível inferior escolhido, passar a ignição para contínua, luzes de cintos de segurança acesas, oxigênio conectado, código de transponder para 7700, CTA notificado.

COM: Não consigo controlar a direção; ele está oscilando para a direita. Não consigo nivelar as asas!

CP: *(palavrão)* Leme ou elerão?

COM: Temos elerão esquerdo inteiro, mas ele não está reagindo!

CP: Baixa pressão hidráulica. Vou desligar a luz. Perdemos toda a hidráulica, temos luzes acesas de pressão baixa no sistema A e no sistema B! Vou pegar o manual de referência rápida e ler a lista de checagem.

COM: Me consiga um pouco de hidráulica de volta!

CP: *(palavrão)*

COM: Vou precisar de mais potência nos motores 3 e 4.

CP: Parece que o sistema de reserva também se foi. Os valores hidráulicos estão todos vazios!

COM: Continue tentando.

CP: Temos 2.000 pés para nivelar.

CP: 1.000 pés para nivelar.

(Som do alarme de altitude.)

COM: Vou fechar os flapes e colocar mais potência nos motores 1 e 2.

CP: O nariz está baixando... Suba!

COM: Ele não está reagindo! Mais velocidade para diminuir a descida.

COM: Certo, ele está nivelando. Ainda não consigo controlar a direção, fica indo para a direita.

CP: Tente mais potência no 3 e no 4.

COM: Ok. Mais potência no 3 e no 4...

COM: Não está adiantando, ele continua virando para a direita!

CTA: Mayday SAJ678, para onde vocês estão indo?

CP: Mayday SAJ678 perdemos toda a hidráulica, já vamos falar com você.

COM: Não temos leme!

CP: Temos de passar para reversão manual!

COM: *(palavrão)* Parece que já estamos em reversão manual! Estou lutando para controlar. Vamos ver se conseguimos baixar um pouco a velocidade... 300 nós.

CP: O nariz está baixando de novo!

COM: Tem algum campo de pouso perto?

CP: O...

COM: Me dá mais potência no 3 e no 4!

(Som do Sistema de Alerta de Proximidade do Solo: uuup uuuup suba, terreno baixo demais, terreno baixo demais, uuuup uuuup, suba, uuuup uuuup, suba, uuuup uuuup suba, terreno baixo demais.)

COM: Potência máxima nos quatro... Sobe! Sobe!

CP: *(palavrão)*

COM: Sobe! Sobe!

(A gravação termina.)

Artigo publicado no *Crimson State Echo* em
24 de março de 2012.

Pregador do Fim dos Tempos começa a caçada ao "Quarto Cavaleiro"

Numa recente entrevista coletiva em Houston, o Dr. Theodore Lund, uma das forças impulsionadoras do Movimento Evangélico do Fim dos Tempos, afirmou a repórteres de várias partes do mundo que "O quarto cavaleiro está por aí e é apenas questão de tempo até que ele seja encontrado". O Dr. Lund refere-se à teoria, divulgada pela primeira vez por um obscuro pregador texano, de que Os Três, as crianças que sobreviveram aos acontecimentos devastadores da Quinta--Feira Negra, estão possuídas pelos Cavaleiros do Apocalipse, mandados por Deus para apressar o Fim dos Tempos. A teoria se baseia nas últimas palavras de Pamela May Donald, a única cidadã americana a bordo do avião que caiu na famosa "floresta dos suicidas" de Aokigahara, no Japão. O Dr. Lund e seus seguidores são enfáticos em dizer que não há outra explicação para a chamada sobrevivência milagrosa dos Três e acredita que vários incidentes globais, como enchentes arrasadoras na Europa, uma seca na Somália e a situação cada vez mais tensa na Coreia do Norte, são sinais da proximidade do fim do mundo.

E agora o Dr. Lund fez uma declaração extraordinária de que há outra criança – um quarto cavaleiro – que sobreviveu à queda do voo da Dalu Air na Cidade do Cabo, África do Sul. Com base na lista de passageiros publicada recentemente, o Dr. Lund falou que no voo só havia uma criança mais ou menos da mesma idade dos Três, um menino nigeriano de 7 anos chamado Kenneth Oduah: "Acreditamos firmemente que Kenneth será confirmado como um dos arautos de Deus."

O Dr. Lund não se abala com a declaração definitiva da Agência de Aviação Civil da África do Sul de que, "categoricamente, não houve sobreviventes do voo 467 da Dalu Air".

"Vamos encontrá-lo", garantiu ele. "Depois do acidente houve um caos por lá. A África é um lugar bagunçado. A criança pode ter se perdido ou saído da área. E quando o encontrarmos, isso será a única prova de que precisarão os que ainda não entraram para o rebanho de Jesus."

Indagado sobre o sentido disso, ele respondeu: "Vocês não vão querer ficar para trás na hora em que o Anticristo vier. Vão passar por sofrimentos piores do que podem imaginar. Como se lê em Tessalonicenses: 'O dia do Senhor virá como ladrão à noite.' E Jesus pode nos chamar a qualquer momento."

RECOMPENSA DE
200.000 dólares americanos!!!

Pela descoberta de Kenneth Oduah, um passageiro nigeriano de 7 anos que viajava no avião Antonov de carga e passageiros que caiu no distrito de Khayelitsher [sic], Cidade do Cabo, África do Sul, em 12 de janeiro de 2012. Acredita-se que Kenneth deixou o centro de assistência infantil para onde foi levado depois do acidente e agora pode estar morando nas ruas da Cidade do Cabo.

Segundo sua tia, Veronica Alice Oduah, Kenneth tem cabeça grande, pele muito escura e uma cicatriz em forma de lua crescente no couro cabeludo. Se você acha que sabe o paradeiro dele, por favor, entre em contato pelo site Encontrando Kenneth ou ligue para +00 789654377646 e deixe um recado. Custo de ligação normal.

PARTE CINCO

SOBREVIVENTES

MARÇO

Chiyoko e Ryu.

(O tradutor Eric Kushan observa que optou por usar o termo japonês *izoku* na transcrição abaixo em vez da tradução aproximada, "parentes dos enlutados", ou a mais literal, "parentes deixados para trás")

Conversa iniciada em 05/03/2012, às 16h30

RYU: Onde você esteve o dia inteiro? Eu tava ficando preocupado.

CHIYOKO: Seis *izoku* chegaram hoje.

RYU: Todos ao mesmo tempo?

CHIYOKO: Não. Dois chegaram juntos de manhã e o resto veio separado. É tão cansativo! A Criatura Mãe vive dizendo que temos que tratar as famílias com respeito. Sei que elas estão sofrendo, mas como ela acha que o Hiro se sente, tendo que ouvir eles todo dia?

RYU: Como ele se sente?

CHIYOKO: Pra ele deve ser muito chato. Todos arrastam os pés até ele e fazem reverências, depois fazem a mesma pergunta: "Yoshi, ou Sakura, ou Shinji, ou sei lá quem, sofreu? Eles disseram alguma coisa antes de morrer?" Como se o Hiro fosse saber quem são essas pessoas! Isso me deixa arrepiada, Ryu.

RYU: Eu ficaria arrepiado também.

CHIYOKO: Se eles vêm quando CM tá fora, eu mando irem embora. CM sempre diz às pessoas que ele ainda não tá falando – não que isso pareça fazer qualquer diferença pra elas. Mas hoje, enquanto CM tava na cozinha preparando chá, eu fiz uma experiência. Disse pra elas que ele fala, mas é muito tímido, e que vive contando que não houve pânico nem horror durante a queda do avião e ninguém sofreu, a não ser a americana e os dois sobreviventes que morreram no hospital. Isso é maldade?

RYU: Você falou o que eles queriam ouvir. No mínimo, foi bondade.

CHIYOKO: É, bem... eu só disse isso porque queria tirar aquelas pessoas da minha casa. Não consigo ficar muito tempo servindo chá e com cara de "sinto pela sua perda". Ah, eu queria contar: você sabe que a maior parte dos *izoku* que vêm aqui pra ver o Hiro são velhíssimos... bom, hoje veio uma mulher mais nova. Nova tipo não precisava andar com bengala e não pareceu chocada quando não servi o chá exatamente do modo certo. Ela falou que era mulher do homem que tava sentado ao lado da americana.

RYU: Sei quem é... Keita Eto. Ele deixou uma mensagem, não foi?

CHIYOKO: É. Eu reli depois que ela saiu. Basicamente dizia que, antes de entrar no avião, ele tava pensando em suicídio.

RYU: Você acha que a mulher sabia como ele se sentia antes de morrer?

CHIYOKO: Bom, com certeza agora sabe.

RYU: Isso deve doer. O que ela queria com o Hiro?

CHIYOKO: O de sempre: saber se o marido agiu com coragem enquanto o avião caía e se ele falou alguma outra coisa além da mensagem. Perguntou isso num tom casual. Tive a impressão de que ela só tava curiosa em ver o Hiro e que não queria se tranquilizar. Como se ele fosse uma espécie de aberração. Isso me deixou irritada.

RYU: Logo eles vão parar de ir aí.

CHIYOKO: Você acha? Mais de quinhentas pessoas morreram no acidente. Há centenas de famílias que ainda podem querer falar com ele.

RYU: Não pensa assim. Pelo menos agora eles sabem com certeza por que o avião caiu. Isso pode ajudar.

CHIYOKO: É. Talvez você esteja certo. Espero que isso dê alguma paz à mulher do comandante.

RYU: Você ficou mesmo impressionada com ela.

CHIYOKO: Fiquei. Admito que penso um bocado nela.

RYU: Por quê?

CHIYOKO: Porque sei como é. Ser evitada, as pessoas falarem coisas terríveis pra gente.

RYU: Isso também acontecia quando você tava nos Estados Unidos?

CHIYOKO: Você gosta mesmo de escavar informações, né? Mas não, eu não era evitada quando morava nos Estados Unidos.

RYU: Você fez amigos lá?

CHIYOKO: Não. Só conhecidos. Você sabe que eu acho a maior parte das pessoas chatas, Ryu. Isso inclui os americanos. Mas sei que você admira eles.

RYU: Não admiro! Por que você acha isso?

CHIYOKO: Por que outro motivo você se interessa pela minha vida lá?

RYU: Eu já disse: só tenho curiosidade. Quero saber tudo sobre você. Não fique chateada. _|7O

CHIYOKO: Ai! O ORZ ataca outra vez.

RYU: Eu sabia que isso animaria você. E, só pra você saber, tô muito feliz porque a antissocial Princesa de Gelo acha que vale a pena falar comigo.

CHIYOKO: Você e o Hiro são as únicas pessoas com quem suporto ficar.

RYU: Só que você nunca encontrou um e o outro não fala. Você prefere isso? O silêncio?

CHIYOKO: Tá com ciúme do Hiro, Ryu?

RYU: Claro que não! Não foi isso que eu quis dizer.

CHIYOKO: Nem sempre é necessário falar pra ser entendido. Você ficaria pasmo ao ver quanta emoção o Hiro expressa só com os olhos e a linguagem corporal. E, sim, mesmo admitindo que é tranquilizador falar com alguém que não pode responder, também é frustrante. Não se preocupa, não vou escolher o Menino Silencioso e te deixar de lado. Além disso, ele passou a gostar de *Waratte Iitomo!* e *Apron of Love* e sei que você jamais curtiria isso. Espero que essa fase passe.

RYU: Ha! Ele só tem 6 anos.

CHIYOKO: É. Mas esses programas são pra adultos retardados. Não sei o que ele vê naquilo. CM tá preocupada com o que as autoridades vão dizer se ele não voltar logo pra escola. Acho que ele não deveria voltar. Odeio a ideia de ele ficar com outras crianças.

RYU: Concordo. As crianças são cruéis.

CHIYOKO: E como ele pode se defender se nem consegue falar? Ele precisa de proteção.

RYU: Mas ele não pode ficar longe da escola pra sempre, né?

CHIYOKO: Preciso arranjar um modo de ensinar ele a se proteger. Não quero que ele passe pelo que a gente passou. Eu não suportaria.

RYU: Eu sei.

CHIYOKO: Ei. Ele tá aqui agora sentado comigo. Quer dizer olá pra ele?

RYU: Olá, Hiro! (/• ω •)(/   ∠-.v·″]   • ω •)

CHIYOKO: Legal! Ele fez uma reverência de volta pra você. CM diz que quer levar ele de volta ao hospital pra fazer exames de novo. Eu sempre brigo com ela por causa disso. De que adianta? Não tem nada errado fisicamente com ele.

RYU: Talvez ele só não tenha nada pra dizer.

CHIYOKO: É. Talvez seja isso.

RYU: Ouviu o que os americanos estão falando? Sobre a quarta criança, da África?

CHIYOKO: Claro. É idiotice. CM falou que um repórter americano ligou pra cá ontem. Um estrangeiro que trabalha no *Yomiuri Shimbun*. Eles são tão ruins quanto Aikao Uri e sua besteirada sobre aliens. Como a mulher de um ministro pode ser tão idiota? Aliás, eu não deveria me surpreender. Tô preocupada pensando que ela pode vir visitar o Hiro.

RYU: É. "Leve-me ao seu líder, Hiro."

CHIYOKO: !!! Escuta, Ryu. Só quero dizer, obrigada por me ouvir.

RYU: De onde veio isso?

CHIYOKO: Já faz um tempo que eu queria dizer. Sei que não é fácil aguentar meu jeito de princesa de gelo. Mas ajuda.

RYU: Hum... Chiyoko, tem uma coisa que eu também preciso falar. É difícil, mas preciso pôr pra fora. Acho que você deve adivinhar o que é.

CHIYOKO: Guarde esse pensamento. CM tá gritando alguma coisa comigo.

Mensagem registrada em 05/03/2012, às 17h10

CHIYOKO: Tio Androide tá aqui! Ele não avisou que vinha e CM tá pirando de vez. A gente se fala mais tarde.

Mensagem registrada em 06/03/2012, às 02h30

CHIYOKO: Ryu. Ryu!

Conversa iniciada em 06/03/2012, às 02h40

RYU: Tô aqui! Desculpa, dormi. Acordei com o bipe da sua mensagem.

CHIYOKO: Escuta... tenho uma coisa maluca pra contar. Mas você precisa prometer segredo.

RYU: Você precisa mesmo pedir?

CHIYOKO: Ok... Tio Androide trouxe uma coisa pro Hiro. Um presente.

RYU: O quê? Não me deixa no suspense!

CHIYOKO: Um androide.

RYU: !!!!!!!!!!!!!!!!!!!!!!

CHIYOKO: A coisa fica melhor ainda. É uma cópia exata do Hiro. É igualzinho a ele, apesar de o cabelo ser diferente. Você deveria ver o berro da CM quando viu.

RYU: Fala sério! Uma versão robô do Hiro?

CHIYOKO: É. Tio Androide disse que tava fazendo ele antes de a tia Hiromi morrer. É muito, muito sinistro. Mais maluco ainda do que o Surrabot dele. E não é só isso.

RYU: Tem mais? O que poderia ser mais esquisito?

CHIYOKO: Espera. Tio Androide trouxe o negócio pra cá porque CM falou que o Hiro se recusava a falar. Achou que isso poderia ajudar ele. Você sabe como TA trabalha, certo?

RYU: Acho que sim. Ele usa uma câmera pra gravar os movimentos faciais, que são repassados pros sensores do androide através de um computador.

CHIYOKO: Nota 10! TA levou séculos pra montar tudo. Enquanto CM e eu olhávamos, ele focalizou a lente de captura de movimento no rosto do Hiro e pediu pro Hiro tentar dizer algumas palavras. Hiro moveu os lábios, na verdade sussurrou, e então o androide falou... se prepara... "Olá, papai".

RYU: !

CHIYOKO: CM quase desmaiou. Parece real demais. Tem um mecanismo no peito que faz parecer que ele tá respirando. Até pisca de vez em quando.

RYU: Já imaginou o que iria acontecer se você filmasse isso e postasse no Niconico???

CHIYOKO: Aiiiii! Os repórteres iriam pirar!!!!

RYU: Mas se ele tá falando... os investigadores não vão querer saber o que ele viu durante o desastre?

CHIYOKO: O que importa? Eles já têm respostas. Você leu a transcrição das últimas palavras dos pilotos. As autoridades sabem o que causou o acidente. O melhor que podemos fazer é esperar pra ver se isso vai ajudar o Hiro a se comunicar com a gente. E parece que tá dando certo. Adivinha o que ele disse no jantar?

RYU: O quê????

CHIYOKO: Como TA apareceu, CM decidiu que ia fazer o prato de *natto* predileto dele.

RYU: Eca.

CHIYOKO: Eu sei. Também odeio. Entreguei a tigela do Hiro, ele olhou pra ela, mexeu os lábios e seu androide traduziu: "Não gosto, por favor, posso comer um pouco de macarrão?" Até CM riu, e pediu pra eu colocar ele na cama. Depois, entrei de fininho pra ouvir o que ela tava conversando com TA.

RYU: E???

CHIYOKO: CM disse que tava preocupada porque o Hiro não tinha voltado pra escola primária, que as autoridades podiam cobrar. TA afirmou que usaria seu status pra garantir que o Hiro não precisasse voltar durante um tempo, pelo menos até estar falando normalmente e não atrair atenção demais. TA repetiu várias vezes que a gente devia manter em segredo o que tava acontecendo com o androide. CM concordou.

RYU: Ele deve estar agradecido por você cuidar tão bem do Hiro.

CHIYOKO: Acho que sim. Mas escuta, Ryu. Você não deve contar isso pra ninguém.

RYU: Pra quem eu iria contar?

CHIYOKO: Não sei. Você parece estar sempre no 2-chan. Você e seu símbolo de estimação, o ORZ.

RYU: Muito engraçado. Olha, você chamou ele de volta: _|7O

CHIYOKO: Ai!!! Tira isso daí!!! Tenho que ir, preciso dormir um pouco. Mas, ei, o que você queria me dizer antes?

RYU: Não precisa ser agora. A gente se fala depois?

CHIYOKO: Claro. Fica ligado pra mais histórias empolgantes no Louco Mundo da Princesa de Gelo e do Incrível Garoto Falante.

RYU: Você é engraçada.

CHIYOKO: Eu sei.

Lillian Small.

Fazia seis semanas que o Bobby estava morando com a gente quando o Reuben acordou pela primeira vez. Naquele dia eu tinha uma cuidadora para vigiar o Reuben, ia levar o Bobby ao parque. Eu me preocupava porque o Bobby não passava tempo com outras crianças, mas não parecia certo mandá-lo de volta para a escola, por causa da atenção constante da mídia. Estava tendo pesadelos em que chegava tarde para pegá-lo e um daqueles fanáticos religiosos o sequestrava. Mas nós precisávamos sair do apartamento; não pudemos durante dias. Toda a área estava apinhada com a droga daqueles furgões dos noticiários. Mas finalmente sabíamos por que o avião caíra. A investigadora da ANST que veio me contar o que eles haviam descoberto, antes da entrevista coletiva – fiquei surpresa por ser uma mulher –, contou que as mortes deviam ter sido instantâneas e que Lori não deve ter sentido nada. Saber que Lori não sofreu me deu certo consolo, mas reabriu a ferida, e precisei pedir licença uns minutos para me restabelecer. A investigadora não conseguia afastar o olhar do Bobby; dava para ver que ela não acreditava que ele havia sobrevivido. E o fato de que pássaros tinham derrubado o avião... *Pássaros!* Como uma coisa assim pode acontecer?

Logo depois do frenesi passar, aqueles desgraçados do Fim dos Tempos começaram com mais bobagens, afirmando que uma quarta criança teria sobrevivido ao acidente na África. Isso trouxe uma nova onda de jornalistas e cinegrafistas e outra multidão de religiosos com seus olhos arregalados e cartazes falando do fim do mundo. Betsy ficou furiosa:

– Aqueles *meshugeners*! Eles deveriam ser presos por espalhar essas mentiras!

Eu tinha parado de ler os jornais depois do veneno que eles espalharam, dizendo que o Bobby "não era natural", que ele estava possuído. Resolvi pedir à Betsy para não me mostrar as matérias nem falar sobre elas. Não suportava ouvir.

A coisa ficou tão ruim que precisei bolar uma rotina especial antes que o Bobby e eu pudéssemos sair do apartamento. Primeiro eu pedia para Betsy olhar do lado de fora e verificar se não havia nenhuma daquelas pessoas dos aliens nem os religiosos que ficavam gritando no parque, então o Bobby colocava o disfarce: um boné e óculos de lentes transparentes. Ele tratava aquilo como um jogo, graças a Deus: "Hora de se fantasiar de novo, Bubbe!" Eu tinha passado a tingir o cabelo depois de todas aquelas fotos minhas e do Bobby na cerimônia fúnebre da Lori terem sido publicadas. Foi ideia da Betsy, nós passamos meia hora na farmácia tentando escolher uma cor. Optamos por castanho-avermelhado, apesar de eu achar que me deixaria com aparência de mulher fogosa. Como queria ter a opinião do Reuben sobre isso!

Naquele dia, Bobby e eu passamos um tempo ótimo. Estava chovendo, não havia outras crianças, mas foi bom para nós dois. Durante uma hora, quase pude fingir que levávamos uma vida normal.

Depois de voltarmos do parque, acomodei o Reuben na cama. Ele estava mais sereno, acho que podemos qualificar assim, desde que o Bobby tinha vindo morar conosco. Dormia muito e os sonhos não pareciam assombrá-lo.

Fiz um sanduíche de rosbife malpassado para nós dois e Bobby e eu nos acomodamos no sofá para assistir a um filme no Netflix. Escolhi um chamado *A ilha da imaginação* e me arrependi imediatamente porque havia uma mãe morta já nos créditos de abertura. Mas Bobby nem se abalou. Ele ainda não internalizara (acho que esse é o termo correto) o que acontecera com Lori. Tinha se acomodado na vida comigo e com o Reuben, como se sempre houvesse morado com a gente. E nunca mencionava Lori, a não ser que eu falasse dela antes. Eu sempre repetia que a mãe dele o amara mais do que a si mesma e que sempre estaria com Bobby em espírito, mas ele não parecia absorver isso. Eu estava adiando a decisão de levá-lo a outro psicólogo – ele não parecia precisar –, mas continuava em contato com a Dra. Pankowski, que me garantiu que eu não devia ficar preocupada. Dizia que as crianças têm um mecanismo interno para ajudá-las a enfrentar o trauma súbito e que eu não precisava entrar em pânico se notasse alguma mudança no comportamento dele. Nunca gostei de falar nada à Lori, mas algumas vezes, quando cuidava do Bobby, logo depois de o Reuben ficar doente, ele fazia uma cena. Dava um ou dois chiliques. Mas após o acidente e de Lori... Foi como se ele tivesse crescido da noite para o dia, como se soubesse que todos tínhamos de trabalhar juntos para superar. E era muito mais afetuoso. Eu tentava esconder o sofrimento, mas sempre que me via chorando, ele passava o braço em volta de mim e me consolava: "Não fica triste, Bubbe."

Enquanto assistíamos ao filme, ele se aninhou perto de mim e perguntou:

– O Po Po não pode assistir com a gente, Bubbe?

Po Po era o apelido que Bobby dera ao Reuben. Não me lembro de onde veio, mas Lori achava fofo, por isso o encorajou a usá-lo.

– Po Po está dormindo, Bobby.

– O Po Po dorme um bocado, não é, Bubbe?

– Dorme. É porque... – Como a gente explica o mal de Alzheimer a uma criança? – Você sabe que o Po Po está doente há um bom tempo, não sabe, Bobby? Você se lembra disso, de antes de vir morar com a gente.

– É, Bubbe – confirmou ele, sério.

Não me lembro de ter caído no sono no sofá, mas devo ter dormido. Acordei com o som de uma gargalhada. O filme tinha acabado, portanto não podia ser a televisão.

Era o Reuben.

Fiquei congelada, Elspeth, mal ousando respirar. Então ouvi o Bobby dizer alguma coisa – não entendi as palavras – e em seguida veio a gargalhada de novo.

Fazia meses que eu não ouvia aquele som.

Meu pescoço estava doendo por causa do ângulo em que eu tinha dormido, mas não notei isso. Fui quase correndo para lá; há anos que não me movia tão depressa!

Os dois estavam no quarto, o Reuben sentado, o cabelo todo revolto, o Bobby empoleirado na beira da cama.

– Oi, Bubbe – cumprimentou Bobby. – O Po Po acordou.

Aquela expressão morta – a máscara do Al – havia sumido.

– Oi – falou Reuben, com toda a clareza. – Você viu meus óculos de leitura? – Precisei apertar a boca com a mão para não gritar. – Bobby quer que eu leia uma história para ele.

Acho que eu respondi "Quer?". Estava tremendo. Fazia meses que o Reuben não tinha um período consciente – um momento anti-Al –, sem contar aquele aperto na minha mão que ele dera quando descobrimos que o Bobby tinha sobrevivido. A coerência verbal era a primeira coisa que o Al havia roubado do Reuben e ali estava ele falando com clareza, todas as palavras na ordem correta.

Achei que eu estivesse sonhando.

– Olhei na *cômida*, mas não achei – continuou ele.

Não me importava que ele tivesse usado a palavra errada; só conseguia pensar que estava testemunhando uma espécie de milagre.

– Eu procuro para você, Reuben – ofereci-me.

Fazia meses que ele não precisava dos óculos. Bom, ele não iria ler, não com o Al. Com a pulsação disparada feito um trem descarrilado, procurei em todo lugar em que pude pensar, espalhando coisas por todo canto. Fiquei aterrorizada pensando que, se não encontrasse os óculos, ele recuaria e o Al tomaria conta de novo. Finalmente achei, no fundo da gaveta de meias.

– Obrigado, querida – agradeceu Reuben.

Lembro-me de ter achado isso estranho: Reuben nunca havia me chamado de "querida" antes.

– Reuben... você está... como você está se sentindo? – Eu ainda achava difícil falar.

– Um pouquinho cansado. Mas, fora isso, tudo bem.

Bobby saiu do quarto trazendo um dos seus antigos livros ilustrados. Um esquisito, que Lori tinha comprado anos antes, chamado *Cola vegetal*. Ele o entregou ao Reuben.

– Hummm. – Reuben franziu os olhos para o livro. – As palavras... não estão certas.

Ele estava indo embora de novo. Dava para ver a sombra do Al reaparecendo nos olhos.

– Posso pedir à Bubbe para ler para nós, Po Po? – indagou Bobby.

Outro olhar confuso, depois um brilho de vida.

– Sim. Cadê a Lily?

– Estou aqui, Reuben.

– Você é ruiva. Minha Lily era morena.

– Eu tingi o cabelo. Gostou?

Ele não respondeu; não podia: tinha sumido de novo.

– Lê para a gente, Bubbe! – pediu Bobby.

Sentei-me na cama e comecei a ler o livro, com a voz trêmula.

Reuben caiu no sono quase de imediato. Quando eu fui colocar o Bobby na cama, perguntei o que eles falavam no momento em que ouvi o Reuben gargalhando.

– Ele estava falando dos pesadelos e eu disse que ele não precisava ter mais pesadelos se não quisesse.

Eu não esperava fechar os olhos naquela noite. Mas dormi. Acordei e vi que o Reuben não estava no seu lado da cama. Corri para a cozinha com o coração martelando no peito.

Bobby estava sentado na bancada, falando sem parar com o Reuben, que colocava açúcar num copo cheio de leite. Não me importei que a bancada estivesse coberta de pó de café, migalhas de pão e leite derramado; a única coisa que consegui captar na hora foi o fato espantoso de que Reuben havia se vestido. Estava tudo certo, exceto pelo paletó estar pelo avesso. Até tentara se barbear e não tinha feito um serviço muito ruim. Olhou para mim e acenou.

– Eu queria comprar pão, mas não achei a chave.

Tentei sorrir.

– Como você está se sentindo hoje, Reuben?
– Bem, obrigado por perguntar, de nada.

Reuben não estava totalmente de volta, havia algo meio errado – ainda faltava algo em seus olhos –, mas ele estava de pé e se movimentando, vestido e falando.

Bobby puxou a mão de Reuben.

– Anda, Po Po. Vamos ver TV. A gente pode, Bubbe?

Ainda atordoada, assenti.

Não sabia como reagir. Liguei para a agência de cuidadores e avisei que não precisava de ninguém naquele dia, depois marquei uma consulta com o Dr. Lomeier. Fiz tudo isso no automático.

Sair do apartamento, mesmo com o milagre, não seria simples. Reuben não estivera do lado de fora por semanas e eu estava preocupada em cansá-lo demais. Pensei em pedir a Betsy para fazer a varredura usual da área, para ver se não havia repórteres por perto, mas algo me impediu de bater à porta dela. Chamei um táxi, mesmo sendo apenas alguns quarteirões até a clínica Beth Israel, e pedi ao Bobby que colocasse o disfarce. Naquele dia tivemos sorte: não pude ver nenhum repórter e as pessoas que passavam pela frente do prédio – um chassídico e um grupo de adolescentes hispânicos – nem olharam para a gente. O taxista conseguiu parar bem diante da porta. Ele lançou um olhar estranho para o Bobby, mas não disse nada. Era um daqueles motoristas imigrantes, bengali ou algo assim. Acho que nem falava inglês, e eu tive de orientá-lo para chegar à clínica.

Provavelmente eu deveria contar um pouco sobre o Dr. Lomeier. Eu não gostava dele, Elspeth. Não há dúvida de que era um bom médico, mas eu não apreciava o modo como ele falava do Reuben, como se ele não estivesse ali, quando eu o levava para os checkups: "E como o Reuben está hoje, Sra. Small, estamos tendo alguma dificuldade com ele?"

Ele foi o primeiro médico que mencionara a possibilidade do mal de Alzheimer como causa dos esquecimentos e Reuben também não gostou dele. "Por que eu teria de receber esse tipo de notícia de um *putz* como ele?" O especialista a quem fomos indicados era muito mais afável, mas isso implicava uma viagem a Manhattan e eu não estava pronta para levar Reuben tão longe. Por enquanto o Dr. Lomeier serviria. Eu precisava de respostas. Precisava saber com o que estávamos lidando.

Quando entramos no consultório, o Dr. Lomeier foi mais amistoso do que o usual.

– Este é o Bobby? Ouvi falar muito de você, mocinho.

– O que o senhor está fazendo no computador? – perguntou Bobby. – O senhor tem fotos. Quero ver!

O Dr. Lomeier piscou, surpreso, e virou a tela do computador, que exibia a foto de uma cena alpina.

– Essa foto, não – replicou Bobby. – As fotos que têm as moças segurando os pipius.

Houve um silêncio desconfortável e Reuben disse, com toda a nitidez do mundo:

– Ah, anda, mostra as fotos para ele, doutor.

Bobby riu para ele, satisfeitíssimo.

O Dr. Lomeier ficou de queixo caído. Parece que estou exagerando, Elspeth, mas você deveria ter visto o sujeito.

– Sra. Small, há quanto tempo isso vem acontecendo?

Respondi que Reuben tinha começado a falar na noite anterior.

– Ele começou a falar *coerentemente* ontem à noite?

– É.

– Sei. – Ele se remexeu na cadeira.

Quase esperei que Reuben falasse algo como "Ei, eu estou aqui, sabe, seu *schmuck*". Mas ele ficou em silêncio.

– Devo confessar, Sra. Small, que estou atônito, se o que a senhora diz é verdade. A deterioração do Reuben era... Estou surpreso só por ver que ele se movimenta sozinho. Esperava ter que indicar um daqueles lares estatais já há algum tempo.

A raiva me acertou feito um trem.

– Não fale sobre ele assim! Ele está aqui! Ele é uma pessoa, seu... seu...

– *Putz*? – sugeriu Reuben, todo animado.

– Bubbe? – Bobby olhou para mim. – Podemos ir agora? Esse homem está doente.

– É o seu avô que está doente, Bobby – retrucou o Dr. Lomeier.

– Ah, não – discordou Bobby. – Po Po não está doente. – Ele puxou minha mão. – Vamos, Bubbe. Isso é idiota.

Reuben já estava de pé, indo para a porta. Levantei-me.

O Dr. Lomeier ainda estava aturdido e seu rosto pálido tinha ficado vermelho.

– Sra. Small... Insisto que marque outra consulta imediatamente. Posso indicá-la de novo para o Dr. Allen, do Mount Sinai. Se Reuben está mostrando sinais de melhoria na capacidade cognitiva, isso pode significar que a dosagem de Dematine que ele usa tem muito mais eficácia do que poderíamos imaginar.

Esqueci de mencionar que, havia semanas, o Reuben se recusava a tomar a medicação. Não era o remédio que causara sua transformação: eu não conseguia obrigá-lo a engoli-lo.

Isobel, a filha de Stan Murua-Wilson, é ex-colega de turma de Bobby Small. O Sr. Murua-Wilson concordou em falar comigo pelo Skype em maio de 2012.

Nem preciso dizer que todos nós, pais da escola Roberto Hernandes, ficamos superchocados quando soubemos da Lori. Não conseguíamos acreditar que uma coisa daquelas podia acontecer com uma pessoa conhecida. Não que Lori e eu fôssemos íntimos nem nada do tipo. Minha mulher, Ana, não é ciumenta, mas tinha restrições ao comportamento de Lori em algumas reuniões de pais e professores. Ana dizia que ela gostava de flertar, chamava-a de "falsidade nota 10". Eu não iria tão longe. Lori era legal. A maioria das crianças da Roberto Hernandes é hispânica – mas a escola tem uma ética de integração e diversidade – e Lori nunca fez o gênero "olhe para mim, estou mandando meu filho para a escola pública para que ele saque a realidade com a garotada do bairro". Alguns pais brancos cujos filhos frequentam escolas com currículos direcionados são assim, sabe, metidos a besta. E Lori poderia facilmente mandar o Bobby para uma das boas escolas judaicas do bairro. Acho que parte do problema de Ana com Lori era o Bobby... Ele não era uma criança muito fácil, se você quer saber a verdade.

Sou formado em inglês, estava pensando em dar aulas antes da chegada da Isobel, e o comportamento do Bobby – quero dizer, antes do acidente – e a atitude de Lori com relação a ele me lembrava aquele conto de Shirley Jackson, *Charles*. Você conhece? É sobre um menino chamado Laurie que volta todo dia do jardim de infância falando de um garoto mau chamado Charles, que vive fazendo bagunça na sala, maltratando as outras crianças, matando o hamster da turma, coisa e tal. Os pais de Laurie são do tipo que sente prazer com o sofrimento alheio e dizem coisas como "por que os pais do Charles não castigam o garoto?". Claro, quando eles vão à escola para uma reunião de pais, descobrem que não existe nenhuma criança chamada Charles na turma: o menino malvado é o filho deles.

Alguns pais tentaram conversar com Lori sobre Bobby, mas jamais conseguiam argumentar. Ana ficou louca no ano passado quando Isobel chegou em casa e disse que o Bobby tinha tentado mordê-la. Ana queria falar com o diretor, mas eu a convenci a não fazer isso. Sabia que aquilo iria passar com o tempo ou talvez Lori tomasse juízo e tratasse o garoto com Ritalina ou sei lá o quê, pois ele tinha um sério caso de TDAH.

Se posso dizer que ele se tornou uma criança diferente depois do acidente? Falam muito sobre isso, com toda aquela merda que os malucos ligados em profecias estão proclamando, mas como Lillian, a avó do Bobby, decidiu colocá-lo no programa de ensino em casa – acho que por causa de toda a atenção que ele estava recebendo da mídia e daqueles doidos –, é difícil dizer. Mas houve uma ocasião em que eu o encontrei, lá pelo final de março. O tempo não estava ótimo, mas Isobel tinha pegado no meu pé o dia inteiro, pedindo para ir ao parque, e por fim eu cedi.

Ao chegarmos, Isobel falou:

– Olha o Bobby ali, papai.

E, antes que eu pudesse impedir, ela correu direto para o menino, que usava boné e óculos, por isso não o reconheci na hora, mas Isobel o identificou de imediato. Bobby estava com uma mulher idosa que se apresentou como Betsy, vizinha de Lillian. Explicou que Reuben, o marido de Lillian, estava tendo um dia ruim, por isso ela havia se oferecido para sair um pouco com o Bobby. Betsy falava demais!

– Quer brincar comigo, Bobby? – perguntou Isobel.

Ela é uma garotinha bondosa. Bobby concordou e estendeu a mão. Os dois foram para os balanços. Eu estava vigiando atentamente, escutando Betsy com apenas um ouvido. Dava para ver que ela achava estranho eu estar em casa e cuidar de Isobel enquanto Ana ia trabalhar.

– Isso nunca aconteceria no meu tempo – afirmava.

Um monte dos meus amigos do bairro são como eu. Isso não torna você menos homem, nenhuma merda dessas. Nós não ficamos entediados. Temos um grupo de corrida; jogamos raquetebol, esse tipo de coisa.

Isobel disse alguma coisa ao Bobby e ele gargalhou. Comecei a relaxar. Ali estavam os dois, com as cabeças juntas, batendo papo. Pareciam se divertir um bocado.

– Ele não tem muito contato com outras crianças – continuava Betsy. – Não culpo Lillian, ela está atolada de trabalho.

Quando voltávamos para casa, perguntei a Isobel o que ela e Bobby haviam conversado. Fiquei preocupado pensando que Bobby podia ter contado sobre o acidente e a morte da mãe. Eu ainda não falara de morte com Isobel. Ela tinha um hamster que estava ficando cada vez mais vagaroso, mas eu planejava simplesmente substituí-lo sem que ela soubesse. Para ver como sou covarde. Ana é diferente: "A morte é um fato da vida." Mas a gente não quer que as crianças cresçam depressa demais, não é?

– Eu estava contando a ele sobre a velha – respondeu ela.

Eu sabia o que Isobel queria dizer. Desde os 3 anos, Isobel sofria terrores noturnos, mais especificamente alucinações hipnagógicas, em que via a imagem terrível de uma velha corcunda girando diante de seus olhos. Parte do problema é que minha sogra enche a cabeça de Isobel com todo tipo de histórias, coisas supersticiosas como o chupa-cabra e um monte de baboseiras. Ana e eu brigávamos muito por causa disso.

No ano passado, a situação de Isobel tinha ficado tão ruim que eu procurei uma psicóloga. Ela garantiu que Isobel acabaria superando aquilo e eu rezei para que fosse verdade.

– Bobby é igual à velha – comentou Isobel.

Perguntei o que isso significava, mas tudo o que ela respondeu foi "Ele é". Aquilo me arrepiou um pouco, para ser honesto.

Talvez não tenha nada a ver, mas... após ter encontrado o Bobby naquele dia, Isobel não acordou gritando nem uma vez nem reclamou de qualquer visita da "velha". Semanas depois, voltei a interrogá-la, mas ela agiu como se não fizesse a mínima ideia do que eu estava falando.

Transcrição da gravação de Paul Craddock de março de 2012.

12 de março, 5h30

Foi só uma bebida, Mandi. Só uma... Eu tive outra noite daquelas, Stephen apareceu de novo, mas dessa vez não falou, só...

(som de uma pancada, seguida pela descarga do vaso sanitário)

Nunca mais. Nunca mais, porra. Darren vai chegar daqui a algumas horas e eu não posso deixar que ele sinta o cheiro de birita velha em mim. Mas isso ajuda. Não posso negar.
Ah, meu Deus.

12 de março, 11h30

Acho que me dei bem. Tive o cuidado de não ficar fedendo a desinfetante bucal, o que é uma tremenda bandeira. Encontrei um daqueles desodorantes baratos em spray no fundo do armário do banheiro, que me fez cheirar a almíscar manufaturado. Mas é a última vez que vou me arriscar assim.

Não que eu tenha passado muito tempo com o Darren, de qualquer modo. Jess o controlou muito bem, como sempre: "Darren, quer assistir ao *Meu querido pônei* comigo? O tio Paul comprou a série inteira." Ela definitivamente não era tão extrovertida antes do acidente. Agora tenho certeza. Ela e Polly nunca foram do tipo que a gente chamaria de precoce. As duas eram sempre tímidas com estranhos, mas acho que é de se esperar uma ligeira mudança no comportamento. Darren sugeriu que eu a colocasse de volta na escola depois dos feriados da Páscoa. Veremos o que diz o Dr. K.

Obrigado por ser tão compreensiva por eu não ter mandado as gravações durante um tempo. É só que... falar assim... ajuda mesmo, sabe? Vou voltar logo ao material adequado, prometo. Deve ser o sofrimento, não é? Negação ou sei lá o quê. Não é um daqueles estágios pelos quais todo mundo passa no período de luto? Felizmente Jess não está passando por nada disso. Parece que aceitou tudo, ainda nem chorou, nem no momento em que os curativos foram tirados do rosto pela primeira vez e ela viu as cicatrizes. Não são feias; nada que um pouquinho de maquiagem não resolva quando ela for mais velha. E o cabelo está voltando a crescer. Um dia desses nos divertimos escolhendo chapéus pela internet. Ela escolheu um de aba estreita, preto, incrivelmente chique. Não imagino a Jess pré-acidente querendo esse tipo de coisa. Não era muito tipo Missy K, que tem o senso de moda de uma drag queen retardada e daltônica.

Mas ainda assim... aceitar tudo como ela aceitou... não pode ser normal, pode? Fico tentado a mostrar a ela as fotos de família que guardei antes de trazê-la para casa, para ver se consigo provocar alguma reação emocional, mas não estou preparado para olhá-las e tenho o cuidado de não ficar perturbado demais perto dela. Agora que divulgaram o que chamam de descobertas preliminares sobre o acidente, espero de verdade que isso signifique que terei algum sossego íntimo. E o 277 Unido está ajudando. Não contei a eles sobre os pesadelos. De jeito nenhum vou fazer isso. Confio neles, especialmente em Mel e Geoff, mas nunca se sabe. As porras dos jornais publicam tudo, não é? Você viu aquela história chorosa no *The Daily Mail* – Stephen costumava chamá-lo de *Daily Heil* – sobre a Marilyn? Ela afirma que recebeu diagnóstico de enfisema. "E tudo que quero é ver a pequenina Jessie antes de morrer, buá, buá." Pura chantagem emocional. Vivo esperando ver Tio Chico e Gomez rondando do lado de fora da casa. Mas acho que nem mesmo a Família Addams é idiota a ponto de arriscar sofrer uma ordem de restrição. E sempre posso chamar Gavin, o filho barra-pesada da Mel, para vir aterrorizá-los se eles aparecerem, não é?

Meu Deus, estou falando sem parar, feito um idiota. É o estresse. Falta de sono. Não é de espantar que aqueles sacanas americanos em Guantánamo usassem a privação do sono como instrumento de tortura.

(telefone toca com o tema de **Doutor Jivago***)*

Espera aí. Telefone.

11h45

Maravilha. Bom, isso foi o máximo. Um repórter sensacionalista, como sempre. Desta vez do *The Independent*. Esse não era supostamente um jornal racional? Queria saber como eu estava me sentindo com os boatos de que um daqueles sacanas religiosos vai começar a procurar o quarto cavaleiro, se é que dá para acreditar *nisso*.

Que porra tenho a ver com isso? Meu Deus. A quarta criança? Que babaquice. Ele teve até o desplante de perguntar se eu havia notado alguma mudança no comportamento da Jess. Fala sério! É isso que a imprensa está fazendo agora? Acreditando em encantadores de serpentes e aberrações religiosas? Os malucos estão cuidando do asilo? Hum, isso ficou legal. Devo me lembrar de manter após apagar todo o material sobre os sonhos.

Certo: café, mandar Jess trocar de roupa e depois ir ao supermercado. Só tem dois neandertais paparazzi hoje lá fora; acho que dá para sair sem problema.

15 de março, 23h25

Hummm... não sei o que dizer. Dia estranho.

Hoje de manhã, com ou sem paparazzi, decidi que precisávamos de um pouco de ar puro. Estava ficando maluco sem fazer nada e Jess andava vendo TV demais. Mas não podemos sair o tempo todo se não quisermos ser fotografados até a morte. Graças a Deus ela não tem interesse pelos canais de notícias, mas não aguento mais ouvir o tema do *Meu querido pônei*, meu cérebro é capaz de explodir. Fomos pela calçada até o estábulo no fim da rua, seguidos por um grupo de repórteres sebentos com cabelos esticados por cima da careca.

— Sorria para a câmera, Jess! — grasnavam, ofegando em volta dela feito um bando de pedófilos que tiraram folga do asilo de lunáticos.

Precisei de toda a força do mundo para não mandá-los se foder. Fiz a cara de "tio bonzinho" e Jess representou para eles como sempre, posando com os cavalos e segurando minha mão na volta para casa.

Como iríamos nos encontrar com o Dr. K no dia seguinte, achei que seria boa ideia tentar de novo fazer Jess se abrir sobre Polly, Stephen e Shelly. Estou ficando preocupado por ela estar tão contida e... feliz, acho. Porque é assim que ela está. Até parou de usar palavrões.

Como sempre, ela me ouviu com calma, com aquela expressão meio paternalista.

Apontei para a televisão, na qual passava um episódio repetido do *Meu querido pônei* — um desenho que, devo admitir, apesar do tema musical medonho, é estranhamente viciante. Já sei quase todos os episódios de cor.

— Lembra quando Applejack recusa qualquer ajuda das amigas e acaba se encrencando, Jess? — arrulhei na minha voz de tio animado. — No fim, Twilight Sparkle e as outras a ajudam e ela percebe que às vezes o único modo de enfrentar situações difíceis é compartilhar com os amigos.

Jess ficou em silêncio, olhando para mim como se eu fosse um completo imbecil.

– Estou dizendo que você pode contar comigo sempre que quiser, Jess. E não faz mal chorar quando a gente está triste. Sei que você deve sentir uma falta terrível de Polly, da mamãe e do papai. Eu sei que não posso substituí-los.

– Não estou triste – replicou ela.

Talvez ela tenha bloqueado as lembranças deles. Talvez esteja fingindo que nunca existiram.

Pela milésima vez, perguntei:

– Quer que eu veja se alguma amiga sua quer vir brincar amanhã?

Ela bocejou.

– Não, obrigada.

E voltou a assistir à porcaria dos pôneis.

3h30

(soluços)

Mandi. Mandi. Não aguento mais. Ele esteve aqui... Não pude ver o rosto. Disse aquela coisa de novo, o que ele diz sempre:

– Como pôde deixar essa coisa entrar aqui?

Ah, meu Deus, ah, porra.

4h30

De jeito nenhum vou voltar a dormir. De jeito nenhum, porra.

Eles são reais demais. Os sonhos. São incrivelmente reais. E... merda. Isso está além da loucura... Mas dessa vez tive certeza de que senti um cheiro, um leve odor de peixe podre. Como se, com o passar do tempo, o corpo do Stephen estivesse apodrecendo. E ainda não consigo ver o rosto dele.

Certo. Já chega.

Preciso parar com isso.

É absolutamente insano.

Mas... acho que deve ser por causa da culpa. Talvez seja isso que meu subconsciente precise enfrentar.

Me esforço ao máximo pela Jess, claro que me esforço. Mas não posso deixar de sentir que estou deixando de perceber alguma coisa. Que deveria estar fazendo mais.

Como quando mamãe e papai morreram. Deixei tudo por conta do Stephen. Deixei que ele fizesse todos os arranjos do enterro. Na época eu estava em turnê, fazendo uma peça de Alan Bennett em Exeter. Achava que minha carreira era mais importante; me convenci de que mamãe e papai não queriam que eu estragasse minha grande chance, rá, rá. Tremenda chance. Na maioria das noites, tínhamos sorte quando a casa estava com público pela metade. Acho que eu ainda sentia raiva deles. Nunca me assumi para eles, mas eles sabiam. Deixaram claro que eu era a ovelha negra da família e o Stephen era o menino de ouro. Sei o que eu lhe disse antes, Mandi, mas eu e o Stephen não éramos unidos na infância. Nunca brigamos nem nada, mas... Todo mundo gostava dele. Eu não sentia ciúme, mas para ele era fácil. Para mim não era. Graças a Deus pela Shelly: se não fosse ela, nós nunca teríamos nos ligado de novo.

Mas eu sabia... sempre soube... O Stephen era bom demais. Melhor do que eu.

(soluço)

Até me defendeu quando eu não merecia.

E eu sabia, bem no fundo do coração, que ele não me achava suficientemente bom para cuidar da Jess.

Ele e Shelly... eram bem-sucedidos, não eram? E cá estou...

(soluço alto)

Veja só, a coitadinha da senhorita autopiedade.

É só culpa. Só isso. Culpa e arrependimento. Mas vou me sair melhor com a Jess. Vou provar ao Stephen que Shelly estava certa ao me dar a guarda. Então, talvez ele me deixe em paz.

21 de março, 23h30

Desisti e pedi à Sra. Ellington-Burn para cuidar da Jess enquanto eu ia à reunião do 277 Unido esta noite. Geralmente levo a Jess e ela sempre se comporta como um anjinho, claro. Mel arruma alguma coisa para ela fazer no saguão do centro comunitário, colorindo figuras ou algo assim, e eu levo o Mac do Stephen para que ela possa assistir mais uma vez à Rainbow Dash e às meninas, mas para algumas pessoas do 277... não sei, tenho a impressão de que é incômodo para eles quando Jess vai. São todos ótimos com ela, claro, é só... bem, não posso culpá-

-los. Ela é uma lembrança forte demais de que seus parentes não sobreviveram, não é? Deve parecer injusto para alguns. E sei que eles devem querer perguntar a Jess como foram os últimos segundos antes da queda do avião. Ela diz que não se lembra de nada, e por que lembraria? Jess ficou inconsciente quando a coisa aconteceu. O investigador da AAIB que veio falar com ela antes de fazerem aquela coletiva fez o máximo para lhe instigar a memória, mas Jess insistiu que a última coisa de que lembrava era estar na piscina do hotel em Tenerife.

A Sra. EB quase me expulsou; mal podia esperar para ficar com a Jess. Talvez ela seja solitária. Nunca vi ninguém visitando-a, fora as testemunhas de Jeová, mas na maior parte do tempo ela é uma vaca velha miserável. Felizmente, deixou o poddle chato em casa, então pelo menos não tenho que me preocupar com seu detestável pelo por todo o lugar. Não creio que a empáfia dela com relação a mim seja pessoal. Geoff disse que minha vizinha o olha como se ele tivesse merda no sapato (típico geoffismo), por isso acho que seja apenas um esnobismo monumental. Fiquei nervoso por deixar Jess com ela, mas minha sobrinha se despediu de mim com um aceno tão feliz... Nunca falei isso em voz alta, mas... às vezes não sei se ela liga a mínima se eu estou por perto ou não.

De qualquer modo... onde é que eu estava?... Ah, sim. O 277 Unido. Quase desembuchei a coisa toda. Quase contei sobre o Stephen. Sobre os pesadelos. Meu Deus. Em vez disso, tagarelei sobre a atenção da imprensa, como isso me deixava arrasado. Eu sabia que estava atropelando o tempo de todo mundo, mas não conseguia parar.

Por fim, Mel precisou me interromper, pois estava ficando tarde. Enquanto tomávamos chá, Kelvin e Kylie se levantaram e avisaram que queriam fazer um anúncio. Kylie virou um pimentão e torceu as mãos e Kelvin disse que os dois tinham começado a namorar e que planejavam ficar noivos. Todos começamos a chorar e aplaudir. Para ser honesto, fiquei com um pouquinho de ciúme. Faz meses que eu nem tomo uma bebida com alguém com quem quisesse transar ao menos remotamente, e agora não há muita chance disso, não é? Imagino o que o *The Sun* declararia: "Tio maluco de Jess transforma casa em antro de sexo pervertido" ou algo assim. Eu comentei que estava feliz por eles, apesar de Kelvin ser muito mais velho do que Kylie e a coisa toda parecer meio apressada – só faz um mês que os dois começaram a sair juntos.

De qualquer forma, ele é um cara legal. Kylie é sortuda. Kelvin é sensível de verdade por baixo de todos aqueles músculos e aquela atitude tipo "é isso aí, cara". Eu mesmo comecei a ter uma ligeira queda por ele após ouvi-lo ler aquele poema na cerimônia memorial. Sabia que isso não daria em nada. Kelvin é totalmente hétero. Todos são. Eu sou o único gay do grupo, rá, rá, porra. Depois de todo mundo dar os parabéns, Kelvin afirmou que seus pais – ele perdeu os dois no acidente – adorariam ter conhecido Kylie; durante décadas os dois insistiram para ele casar. Isso fez todo mundo chorar de novo. Geoff estava praticamente berrando. Todos sabíamos que Kelvin havia pagado a viagem dos pais a Tenerife; um presente de bodas de rubi. Deve ter sido medonho lidar com isso. Fez eu me lembrar da mãe do Bobby Small. O motivo para ela estar na Flórida era procurar um local onde os pais pudessem se estabelecer, não era? Horrendo. Isso é que é a porra de um carma.

Um grupo do 277 depois iria para o bar tomar umas bebidas para comemorar, mas eu decidi que não era boa ideia ir junto. A tentação de tomar uma bebida forte seria demais. Não sei se foi minha imaginação, mas vários deles pareceram aliviados quando recusei. Provavelmente era apenas minha velha amiga, a paranoia, dando o ar da graça de novo.

Ao chegar em casa, encontrei a Sra. Ellington-Burn esparramada no sofá lendo um romance de Patricia Cornwell. Não parecia com pressa de ir embora, por isso decidi perguntar se ela havia notado alguma coisa diferente na Jess desde o acidente – fora a aparência, claro. Queria ver se era só eu que achava que a personalidade de Jess tinha passado por uma transformação tipo *Doctor Who*.

Ela pensou por muito tempo, depois balançou a cabeça, disse que não tinha certeza. Comentou que Jess fora "um tesouro" naquela noite, se bem que, surpreendentemente, tivesse pedido para assistir alguma coisa diferente de *Meu querido pônei*. A Sra. EB admitiu, carrancuda, que elas passaram por uma maratona de reality shows, desde *Britain's Got Talent* até *America's Next Top Model*. Então Jess foi para a cama sem que ela precisasse mandar.

Como ela continuou sem fazer menção de ir embora, agradeci de novo e dei um sorriso, na expectativa de ser entendido. Ela se levantou e me encarou direto, as papadas na cara de buldogue tremelicando.

– Um conselhozinho, Paul – disse ela. – Preste atenção no que você coloca nas suas lixeiras de reciclagem.

Fui acertado por uma onda de paranoia, por um segundo pensei que ela teria encontrado uma das minhas garrafas do que eu chamo de "birita para aguentar a barra" e que estava para me chantagear. Tinha feito um enorme estardalhaço afirmando que estava sóbrio, portanto, acima de tudo, não poderia deixar que isso fosse divulgado.

– Os repórteres, veja bem – prosseguiu ela. – Peguei eles revirando as lixeiras algumas vezes. Mas não se preocupe, mandei todo mundo se mandar. – Ela deu um tapinha no meu braço. – Você está fazendo um bom trabalho: Jess está ótima. Não poderia estar em mãos melhores.

Levei-a para fora e depois caí no choro. Estava tremendamente aliviado porque pelo menos uma pessoa achava que eu fazia alguma coisa boa pela Jess. Mesmo que fosse aquela vaca velha e ríspida.

E agora estou pensando: *preciso* dar um jeito nos pesadelos. Me controlar, enterrar a autopiedade de uma vez por todas.

22 de março, 16h

Acabo de voltar do Dr. K.

Depois que ele terminou com a Jess – o de sempre: ela parece estar bem, podemos definitivamente pensar em colocá-la de volta na escola, etc., etc. –, tentei falar sobre algumas das minhas preocupações. Mencionei que estava tendo pesadelos, mas não entrei em detalhes por motivos óbvios. É fácil conversar com esse médico: ele é gentil, gordo, mas do tipo urso fofo, que lhe cai bem, não do tipo que come escondido. Disse que meus pesadelos são um sinal de que o meu subconsciente está lidando com meu sofrimento e minha ansiedade e que, assim que a atenção da imprensa passar, as coisas vão entrar nos eixos. Sugeriu que não devo subestimar a pressão que sofro por parte dos repórteres sensacionalistas, da Família Addams e dos malucos que ainda telefonam ocasionalmente. Falou que posso tomar alguma coisa para me ajudar a dormir e me deu uma receita para um comprimido que, segundo ele, vai me apagar com certeza.

Bom... vejamos se funciona.

Mas vou ser honesto: mesmo com os comprimidos para dormir, estou com medo de cair no sono.

23 de março, 4h

(soluço)

Nenhum sonho. Nada do Stephen. Mas isso... isso é, ah... não é pior, mas...

Acordei mais ou menos na hora em que o Stephen costuma aparecer, às três da madrugada, e escutei vozes vindo de algum lugar. E depois um riso. O riso de Shelly. Claro como água. Pulei da cama e corri para baixo, com o coração na boca. Não sei o que esperava, talvez Shelly e Stephen parados no corredor, dizendo que tinham... porra, não sei, tinham sido sequestrados por piratas da Somália ou algo do tipo, e que era por isso que não tínhamos tido notícias deles. Eu só estava meio acordado e acho que por isso não pensava direito.

Mas era só a Jess. Estava sentada a centímetros da tela da televisão assistindo ao DVD do casamento de Shelly e Stephen.

– Jess? – chamei bem baixinho, sem querer assustá-la.

Estava pensando: porra, ela finalmente decidiu encarar a perda?

Sem se virar, ela perguntou:

– Você tinha ciúme do Stephen, tio Paul?

– Por que eu teria ciúme?

Na hora não me ocorreu indagar por que ela o chamara de Stephen, não de papai.

– Porque eles se amavam e você não tem ninguém que te ame.

Eu gostaria de ser capaz de imitar o tom de voz dela; era como um cientista interessado num espécime.

– Não é verdade, Jess.

– Você me ama?

Eu respondi que sim. Mas era mentira. Eu amava a antiga Jess. O antigo Paul amava a antiga Jess.

Porra. Não acredito que acabei de falar isso. O que eu quis dizer com "a antiga Jess"?

Deixei-a assistindo ao DVD, depois fui para a cozinha e me peguei abrindo uma velha garrafa de xerez de culinária. Eu a havia escondido – longe da vista, longe da mente.

Ela ainda está assistindo agora. É a quarta vez, posso ouvir a música que tocaram na cerimônia: "Better Together", da porra do Jack Johnson. E ela está rindo de alguma coisa. Mas o que poderia ser engraçado?

Agora estou sentado olhando a garrafa, Mandi.

Mas não vou encostar nela. Não vou.

Geoffrey Moran e sua esposa, Melanie, foram fundamentais na criação do 277 Unido, o grupo de apoio para os que perderam entes queridos no desastre da Go!Go! Air. Geoffrey concordou em falar comigo no início de julho.

Eu culpo a mídia. Eles é que deveriam responder por isso. Você ouve falar daqueles grampos telefônicos, eles se livrando depois de publicar mentiras; eu realmente não poderia culpar o Paul por ficar um pouco paranoico. Os sacanas até tentaram fazer eu e a Mel dizermos coisas ruins sobre ele algumas vezes, vinham com perguntas capciosas. Mel mandou eles darem o fora, claro. No 277 Unido, nós somos unha e carne; cuidamos dos nossos. Bom, eu também acho um milagre as três crianças sobreviverem daquele jeito, é uma daquelas coisas da vida que a gente não consegue explicar. Mas tente falar isso aos fanáticos pelos aliens ou àqueles ianques com as baboseiras sobre conspiração. Se não fosse a droga dos repórteres, nenhuma merda dessa veria a luz do dia. Foram eles que levaram isso a público. Os sacanas deveriam morrer a tiros, todos eles.

Nós sabíamos o que o Paul era, claro que sabíamos. E não estou falando sobre ser gay. O que as pessoas fazem atrás de portas fechadas é da conta delas. Me refiro a ele ser um ator afetado, querendo ser o centro das atenções. Ele disse de cara para nós que era ator. Eu nunca tinha ouvido falar nele, apesar de ele ter contado que fez alguns papéis na televisão, participações especiais, você sabe. Deve ter ferido o ego dele não conseguir o que queria na vida. Fazia eu me lembrar um pouco da minha Danielle. Ela era muito mais nova do que ele, claro, mas demorou um tempo a decidir o que queria fazer, tentou todo tipo de coisa até partir para o negócio de esteticista. Algumas pessoas demoram mais tempo para achar o caminho na vida, não é?

Antes de começar a se comportar... bom... antes de começar a ficar um pouco mais recluso do que o usual, Paul irritava um pouco a Mel. Era capaz de falar durante horas nas reuniões se a gente deixasse. Mas, quando podíamos, nós tentávamos ajudar com a Jess. Nem sempre era fácil: nós também temos netos para cuidar. O nosso Gavin tem três filhos pequenos, mas o Paul era um caso especial. Precisava de todo o apoio possível, coitado, com a imprensa em cima dele o tempo todo e o outro lado da família – sementes do mal, como a Mel chamava – causando tanto sofrimento. Gavin teria interferido se aquela família atrapalhasse a cerimônia memorial. Ano que vem ele vai se inscrever para a polícia. Vai ser um bom policial, eles sempre são, os que já viram o outro lado da lei, por assim dizer. Não que ele já tenha entrado em encrenca de verdade. Aquela vizinha metida a besta também fazia o possível. Era uma tremenda esnobe, mas tinha o coração no lugar certo. Eu a vi expulsar um daqueles paparazzi jogando um balde de água fria em cima do sacana. Dou os parabéns a ela por isso, mesmo sendo metida a besta.

Quando o canal Discovery estava planejando aquele programa especial sobre a Quinta-Feira Negra, logo depois que as conclusões da investigação foram divulgadas, o produtor procurou Mel e eu para falar no programa, queria que disséssemos o que sentimos ao saber que o avião havia caído. Agora é horrível pensar nisso, mas, antes de perdermos nossa Danielle, adorávamos assistir àquele programa americano sobre investigações de acidentes aéreos, de Ace Kelso. Agora eu gostaria de nunca ter assistido, claro. Mel recusou de cara, e Kylie e Kelvin também. Na época os dois tinham ficado juntos. Kylie havia perdido sua cara-metade no acidente e Kelvin era solteiro, então por que não? Claro, ele era muito mais velho do que ela, mas esse tipo de relacionamento pode funcionar, não é? Veja eu e Mel: ela é sete anos mais velha do que eu e nós estamos firmes há mais de vinte anos. Kylie e Kelvin estavam planejando se casar em agosto, mas agora andam falando em adiar. Eu disse a eles que precisamos de um pouco de alegria na vida, para que não deixassem que o acontecido com a pequena Jess os perturbassem.

Foi nessa época que eu deveria ter percebido que algo definitivamente não estava certo com o Paul. Quero dizer, quando ele falou que não queria fazer parte do programa do Discovery. Mas eu o defendo: ele não tentou colocar a Jess sob os refletores. Na verdade foi o contrário. Só que nos primeiros dias ele não se envergonhava de aparecer na mídia. Nos dois primeiros meses, era como se ele sempre estivesse nos programas matinais, sentado no sofá e falando sobre como Jess estava se saindo. E não, não creio que isso desse à imprensa o direito de invadir a privacidade dele e o perseguir daquele jeito. Depois do que aconteceu com a Princesa do Povo, seria de pensar que eles aprenderiam a lição. Quanto sangue precisa ser derramado antes que eles parem? Eu sei, estou me alterando, mas é que isso faz meu sangue ferver.

Quanto à Jess... era um verdadeiro doce. Um tesouro completo. Dava a impressão de ser mais madura do que o comum para a idade, o que não era de surpreender após tudo o que tinha passado. Nunca parava de sorrir, nunca reclamava das cicatrizes no rosto: uma personalidade alegre. É incrível como as crianças podem sair de situações desse jeito, não é? Eu li aquela biografia, da tal menina muçulmana que foi a única sobrevivente do acidente aéreo na Etiópia, e ela comentou que durante anos nada daquilo parecia real para ela. Então talvez fosse assim que Jess estivesse enfrentando tudo. Mel não podia encostar a mão naquele livro. A maioria do pessoal do 277 também não. Kelvin confessa que até agora precisa pedir que os colegas selecionem o que passa na televisão antes de assistir. Não pode ver nada sobre aviões ou acidentes nem um daqueles programas sobre procedimentos policiais.

E não, não havia nada de estranho com a Jess. Digo isso oficialmente. A droga dos americanos e as mentiras deles sobre aquelas pobres crianças... Deixavam Mel fora de si. E não éramos só nós que achávamos que a Jess estava ótima. A professora dela é uma mulher objetiva. E o psicólogo e o cara do serviço social nunca descobriram nada esquisito, certo?

Na última vez que vi Jess eu estava sozinho. Mel havia saído para ajudar Kylie a escolher um local para o casamento e Paul estava atolado, explicou que tinha uma reunião com o agente. Eu peguei-a na escola e levei para ver os cavalos no fim da rua. Eu sempre perguntava como ela estava na escola, ficava meio preocupado com a hipótese de Jess sofrer bullying por parte das outras crianças. As cicatrizes de Jess não eram feias, mas ainda assim estavam lá e você sabe como são as crianças. Mas ela afirmava que ninguém nunca zombava. Era uma figurinha durona. Naquela tarde nós nos divertimos um bocado. Quando voltamos para casa, Jess pediu para eu ler um livro: *O leão, a feiticeira e o guarda-roupa*. Ela sabia ler bem, mas gostava que eu fizesse as vozes dos personagens. Jess achava aquele livro engraçado, não enjoava nunca.

Quando ouvimos o Paul chegar, ela sorriu para mim, o sorriso mais lindo do mundo, me fez lembrar da minha Danielle pequena.

– Você é um homem bom, tio Geoff – falou ela. – Sinto muito porque sua filha teve que morrer.

Essa lembrança sempre me vem à mente quando penso nela agora. Me faz chorar.

Chiyoko e Ryu.

(Esta conversa aconteceu três meses antes do desaparecimento dos dois)

Mensagem registrada em 25/03/2012, às 13h10

RYU: Você tá aí?

Mensagem registrada em 25/03/2012, às 13h31

RYU: Você tá aí?

Conversa iniciada em 25/03/2012, às 13h45

CHIYOKO: Tô aqui.

RYU: Fiquei preocupado. Você nunca ficou em silêncio tanto tempo antes.

CHIYOKO: Tava com o Hiro. A gente tava conversando. CM saiu, por isso a gente ficou sozinho em casa pela primeira vez.

RYU: Ele já falou sobre o acidente?

CHIYOKO: Já.

RYU: E??????

CHIYOKO: Ele diz que se lembra de ter sido içado pro helicóptero do resgate. Falou que foi divertido. "Que nem voar." E que tava ansioso pra fazer isso de novo.

RYU: Esquisito.

CHIYOKO: Eu sei.

RYU: Ele só lembra isso do acidente?

CHIYOKO: É só isso que ele disse até agora. Se sabe mais alguma coisa, não quer dizer. Não quero pressionar.

RYU: Ele já falou sobre a mãe?

CHIYOKO: Não. Por que você tá tão interessado, afinal?

RYU: Claro que tô interessado! Por que não estaria?

CHIYOKO: Tô pegando muito pesado com você de novo, né?

RYU: Já tô acostumado.

CHIYOKO: O gelo da princesa queima.

RYU: Chiyoko... quando ele fala através do androide, pra quem você olha? Pro Hiro ou pro robô?

CHIYOKO: Ha! Boa pergunta. Principalmente pro Hiro, mas é estranho... agora tô acostumada. É quase como se fosse um gêmeo dele. Ontem eu me peguei falando com ele como se ele estivesse vivo, quando o Hiro saiu da sala.

RYU: !!!

CHIYOKO: Fico feliz porque um de nós tá rindo. Mas o modo como tô reagindo a isso, esquecendo que ele não tá vivo de verdade, é exatamente o motivo pro Tio Androide ter feito seu Surrabot.

RYU: ???

CHIYOKO: Ele queria descobrir se as pessoas começariam a tratar os androides como se fossem humanos assim que passassem por cima do sentimento de estranheza. Agora sabemos que elas *vão* começar a ver eles como humanos. Ou pelo menos a princesa de gelo vai.

RYU: Desculpa, eu tava sendo burro.

RYU: Ei... Você viu aquela entrevista em que ele disse que às vezes, quando as pessoas tocam o Surrabot e ele tá a quilômetros de distância, trabalhando remotamente, dá pra sentir os dedos delas na sua pele? O cérebro é uma coisa estranha.

CHIYOKO: É mesmo. Eu gostaria de saber por que o Hiro só fala através do robô. Sei que ele tem uma voz, que é capaz de falar. Talvez o androide dê a ele uma distância emocional, se bem que nesta casa todos somos emocionalmente distanciados, ha ha.

RYU: Igual a um cinegrafista que consegue ver cenas horríveis através da câmera, sem virar a cara.

CHIYOKO: Escuta isso: hoje eu perguntei se ele queria voltar pra escola.

RYU: E?

CHIYOKO: Ele respondeu "Só se eu puder levar minha alma".

RYU: Levar o quê?

CHIYOKO: É como ele começou a chamar o Surrabot.

RYU: Você precisa manter isso em segredo. Especialmente porque Aikao Uri tá de novo no noticiário com aquelas teorias malucas sobre aliens. Não é bom dar ideias pra ela.

CHIYOKO: O que ela tá dizendo agora? Tá falando do Hiro de novo?

RYU: Desta vez, não. Mas ela acredita mesmo que foi abduzida por aliens. No Niconico tem um vídeo maneiro dela falando que foi sondada. A pessoa que fez o vídeo intercalou com cenas de *E.T.* É engraçadíssimo.

CHIYOKO: Ela está agindo tão mal quanto aqueles americanos religiosos com a parada da quarta criança. Faz agitar tudo de novo. Toda aquele burburinho... A sujeira baixa e aí alguém remexe a água com uma vara e ela fica turva de novo.

RYU: Ha! Muito poético! Você devia virar escritora. Eu poderia ilustrar suas histórias.

CHIYOKO: A gente poderia se juntar pra fazer mangás. Às vezes acho... Espera. Tem alguém na porta. Provavelmente é só um vendedor ou algo do tipo.

Conversa iniciada em 25/03/2012, às 15h01

CHIYOKO: Adivinha quem era?

RYU: Desisto.

CHIYOKO: Adivinha.

RYU: A mulher do comandante Seto.

CHIYOKO: Não. Tente de novo.

RYU: Aikao Uri e seus amigos aliens?

CHIYOKO: Não!

RYU: Totoro no ônibus-gato?

CHIYOKO: Ha! Vou contar isso pro Hiro. Eu falei que deixei ele assistir a *Meu vizinho Totoro*, apesar de CM achar que não devia, porque ele poderia ficar perturbado, não contei?

RYU: Não, não contou. E ele ficou perturbado? Ou o androide ficou?

CHIYOKO: Não. Ele riu. Até achou divertida a parte em que a mãe das meninas tá no hospital.

RYU: Esse garoto é esquisito mesmo. E aí? Se não era o ônibus-gato, quem era?

CHIYOKO: A filha da americana.

RYU: Σ(O_O ;) !! A filha de Pamela May Donald?

CHIYOKO: É.

RYU: Como ela descobriu onde você mora?

CHIYOKO: Provavelmente com alguém dos grupos de apoio aos *izoku*. Mas não é impossível descobrir em outras fontes. As revistas vivem dizendo que nossa casa fica perto da estação de Yoyogi e tem umas fotos dela no site do *Tokyo Herald*.

RYU: Como ela é?

CHIYOKO: Achei que você tinha visto ela quando assistiu à cerimônia memorial.

RYU: Quero dizer, que tipo de pessoa ela é?

CHIYOKO: A princípio achei que era uma estrangeira típica. E em alguns sentidos é. Mas ela tava muito serena, calma, vestida de modo conservador. Me cumprimentou como se soubesse de meu status de Princesa de Gelo Número Um de Shinjuku.

RYU: Você deixou que ela entrasse em casa????

CHIYOKO: Por que não? Ela é uma *izoku* como todos os outros. Não só isso: deixei que ela falasse com o Hiro.

RYU: Com o Hiro ou com a alma do Hiro?

CHIYOKO: Com a alma do Hiro.

RYU: Você deixou que ele falasse com ela através do Surrabot???? Achei que você tava com raiva dela.

CHIYOKO: Por que estaria?

RYU: Por causa do que a mãe dela provocou.

CHIYOKO: Não é culpa dela. São os americanos idiotas. E ela pareceu tão perdida quando chegou... Deve ter precisado de coragem pra vir lá de Osaka pra ver ele.

RYU: Alguma coisa não tá certa. A Princesa de Gelo nunca se comportaria desse jeito.

CHIYOKO: Talvez eu quisesse ouvir o que ela iria falar com o Hiro. Talvez estivesse curiosa.

RYU: Como ela reagiu quando viu a alma do Hiro e percebeu que teria que falar através dela?

CHIYOKO: Ela só olhou pro android e fez uma daquelas reverências sem jeito que os ocidentais fazem quando tentam ser educados. Eu pude ouvir ele rindo através do robô imediatamente. Ele tava escondido atrás do biombo no meu quarto, com o computador e a câmera. Fiquei impressionado porque ela não berrou nem pirou.

RYU: E o que ela perguntou?

CHIYOKO: Primeiro agradeceu por ele concordar em falar com ela. Depois perguntou o que eles sempre perguntam: se a mãe dela sofreu.

RYU: E?

CHIYOKO: E o Hiro respondeu "sim".

RYU: Ai. E o que ela disse?

CHIYOKO: Agradeceu pela honestidade.

RYU: Hiro admitiu que falou com a mãe dela?

CHIYOKO: Não exatamente. Na verdade ele não deu nenhuma resposta direta. Achei que ela ia começar a ficar frustrada de verdade, mas então o Hiro falou "não fique triste" em inglês!

RYU: O Hiro fala *inglês*?

CHIYOKO: Tia Hiromi e Tio Androide devem ter ensinado algumas frases a ele antes do acidente. A americana mostrou uma foto da mãe, perguntou se ele tinha certeza de que tinha visto ela. E ele repetiu "não fique triste". Ela começou a chorar. De verdade. Fiquei preocupada achando que isso iria perturbar o Hiro, por isso pedi que ela fosse embora.

RYU: Chiyoko, não tenho o direito de opinar... mas... acho que você não devia ter feito isso.

CHIYOKO: Não devia ter colocado ela pra fora?

RYU: Não. Deixado que ela falasse com a alma do Hiro.

CHIYOKO: Não pedi sua opinião sobre isso, Ryu. E, de qualquer modo, achei que você era apaixonado pelas americanas.

RYU: Por que você torna a coisa tão difícil pra mim?

CHIYOKO: Não é justo você me fazer sentir culpa.

RYU: Não quero fazer você sentir culpa. Tava tentando ser seu amigo.

CHIYOKO: Amigos não julgam uns aos outros.

RYU: Eu não tava julgando você.

CHIYOKO: Tava, sim. Não preciso aguentar isso de você também. Já basta a CM. Tô indo.

RYU: Espera! Será que ao menos podemos falar sobre isso?

CHIYOKO: Não tenho nada pra dizer.

Mensagem registrada em 25/03/2012, às 16h34

RYU: Ainda tá com raiva?

Mensagem registrada em 25/03/2012, às 16h48

RYU: _|7O

Conversa iniciada em 26/03/2012, às 03h19

CHIYOKO: Ryu, tá acordado?

RYU: Desculpa o que falei antes. Você viu que eu até mandei um ORZ?

CHIYOKO: Vi.

RYU: Você tá legal?

CHIYOKO: Não. A Criatura Mãe e meu pai estão brigando. Não faziam isso desde que o Hiro chegou. Tô preocupada achando que ele pode se perturbar.

RYU: Por que eles estão brigando?

CHIYOKO: Por minha causa. CM disse que papai precisa ser mais rígido comigo e me obrigar a voltar pra escola. Que eu tenho que ser forçada a pensar nos meus planos pro futuro. Mas aí quem vai cuidar do Hiro?

RYU: Você tá ligada mesmo a esse garoto.

CHIYOKO: Tô.

RYU: E... o que você quer fazer da vida?

CHIYOKO: Sou igual a você: nunca olho mais longe do que um dia à frente. Quais são as opções? Não quero trabalhar numa empresa, virar escrava pela vida inteira. Não quero fazer um serviço frila idiota. Provavelmente vou acabar morando numa barraca no parque com os sem-teto. CM ficaria radiante se eu me casasse, tivesse filhos, se esse fosse meu objetivo de vida.

RYU: Você acha que isso vai acontecer algum dia?

CHIYOKO: Nunca!!!!! Eu adoro o Hiro, mas a ideia de ser responsável pela vida de outra pessoa... Vou viver sozinha e morrer sozinha. Sempre soube disso.

RYU: Você não tá sozinha, Yoko.

CHIYOKO: Obrigada, Ryu.

RYU: A princesa de gelo agradeceu????

CHIYOKO: Tenho que ir. O Hiro acordou. Falo com você amanhã.

RYU: ☆•*:..﹒(●≧▽≦)｡.:*•☆

PARTE SEIS

CONSPIRAÇÃO

MARÇO – ABRIL

Lola Cando.

Na última vez que veio me ver, o Lenny estava totalmente furioso. Logo que entrou no motel, entornou direto um bourbon duplo e depois outro. Demorou um tempo pra se acalmar o suficiente pra me contar o que estava acontecendo. Por acaso Lenny descobriu que o Dr. Lund havia organizado um comício para Mitch Reynard em Fort Worth, algum tipo de convenção dos "Crentes Unidos" pró-Israel, e o Lenny ficou revoltado porque não foi convidado para falar. E não era só isso. Depois de ele ter participado daquele programa de rádio – em que o DJ de Nova York acabou com ele –, o Dr. Lund tinha mandado um assessor falar com o Lenny. O cara (que Lenny descreveu como "um lacaio de terno metido a besta") disse que ele não deveria atrair muita atenção para si mesmo, mas deixar que o Dr. Lund e o Flexível Sandy divulgassem a notícia sobre a mensagem de Pamela do jeito deles. Lenny também ficou puto porque o Dr. Lund não quis envolvê-lo na busca à quarta criança.

– Preciso descobrir um modo de convencê-lo de que ele precisa de mim, Lo – falou ele. – Pamela *me* escolheu para espalhar a notícia. Ele tem que ver isso.

Eu não diria que senti pena do Lenny, mas dava para ver que o fato de o Dr. Lund cortá-lo daquele jeito, roubar a mensagem dele, o deixou sentindo-se igual a uma criança impopular na escola. E acho que não tinha nada a ver com dinheiro; Lenny comentava que o site dele recebia doações do mundo todo. Na minha opinião, era mais orgulho do que qualquer coisa.

O Dr. Lund pode ter dado um gelo nele, mas a mensagem do Lenny se espalhava feito fogo de palha. Pessoas que eu nunca pensei que fossem religiosas se convertiam, inclusive dois clientes meus. Alguns, claro, dava para ver que só estavam fazendo um seguro, para o caso de acabar sendo verdade. Não importava que os episcopais e até aqueles líderes muçulmanos afirmassem que não existia motivo para pânico: as pessoas começaram a acreditar de verdade, saca? Havia todos aqueles sinais acontecendo no mundo inteiro – peste, fome, guerra e sei lá o quê. Aquele vírus do vômito e a febre aftosa pioravam, e aí veio aquela seca na África e o grande medo quando os norte-coreanos ameaçaram testar suas armas nucleares. Foi só o começo. E houve todos aqueles boatos sobre o avô do Bobby e aquela coisa do robô que estava acontecendo com o garoto japonês. Era quase como se, a cada vez que as teorias do Lenny eram derrubadas por alguém, surgisse outro sinal para apoiá-las. Quando eu conheci o Lenny, se você me perguntasse se ele seria capaz de provocar uma agitação dessas, eu negaria.

– Preciso de uma plataforma mais forte, Lo – repetia ele. – O Dr. Lund está pegando tudo. Está agindo como se fosse ideia dele.

– Isso não tem a ver com salvar almas, querido?

– É, claro que tem a ver com salvar pessoas.

Ele ficou realmente furioso com esse assunto, disse que o tempo podia estar acabando e o Dr. Lund deveria estar trabalhando com ele. Nem quis fazer o de sempre naquele dia. Estava tenso demais, não conseguiu... Você sabe. Falou que precisava se encontrar com o tal do Monty, começar a planejar como voltaria a cair nas graças dos figurões. Revelou que havia um bom número de "mensageiros" como o Monty que já estavam hospedados no rancho dele e acho que pensava que seria uma coisa boa convidar outros.

Depois que ele saiu, comecei a juntar minhas coisas, me preparar para voltar ao meu apartamento e para o próximo cliente, quando bateram à porta. Achei que talvez fosse o Lenny de novo, lamentando ter desperdiçado nossa hora juntos só falando. Abri e vi uma mulher ali parada. Soube imediatamente quem era. Eu saberia só pela cachorra, Snookie. Parecia mais magra ainda do que no programa do Dr. Lund. Magra, magra demais, como uma anoréxica. Mas a expressão estava diferente. Não parecia perdida como naquela ocasião. Não veio com raiva nem nada disso, mas seu olhar dizia "não me sacaneie".

Ela me olhou de cima a baixo e pude ver que tentava deduzir o que o Lenny via em mim.

– Há quanto tempo você e ele vêm fazendo isso? – perguntou de cara.

Contei a verdade. Ela assentiu, passou por mim e entrou no quarto.

– Você o ama? – indagou.

Quase gargalhei. Respondi que Lenny era só um cliente regular. Eu não era namorada, amante nem nada disso. Sei que alguns clientes meus são casados; não é da minha conta.

Isso pareceu dar algum conforto à mulher, que se sentou na cama, pediu para eu lhe servir uma bebida. Entreguei-lhe a mesma bebida que o Lenny sempre tomava. Ela cheirou, depois bebeu de um gole só. A bebida escorreu pelo queixo e a fez engasgar, mas ela pareceu nem notar. Gesticulou ao redor de si e disse:

– Tudo isso, o que você tem feito com ele. Fui eu que paguei. Eu paguei por tudo.

Eu não soube como responder. Sabia que Lenny dependia do dinheiro dela, mas não até que ponto. Ela pôs a cachorrinha ao seu lado, na cama. O bicho farejou os lençóis e se deitou de lado como se estivesse pronto para se enrolar e morrer. Eu sabia que não deixavam animais entrarem no motel, mas não falaria isso.

Ela perguntou do que o Lenny gostava e eu contei a verdade. Ela comentou que pelo menos o marido não estava escondendo dela nenhum fetiche sexual estranho durante todos esses anos.

Depois indagou se eu acreditava no que ele andava dizendo, que as crianças eram os cavaleiros. Eu respondi que não sabia direito em que acreditar. Ela balançou a cabeça e se levantou para sair, em silêncio. Havia uma tristeza profunda dentro dela. Deu para ver na hora. Deve ter sido ela que contou ao *The Inquirer* sobre mim e Lenny. Após um ou dois dias, um repórter me telefonou, fingindo ser um cliente comum. Por sorte eu estava ligada naquele dia, mas isso não impediu que os fotógrafos tentassem a sorte durante um tempo.

Depois disso, abri o jogo com Denisha, contei que o Lenny era meu cliente. Isso não a surpreendeu. Não é possível chocá-la: ela já viu de tudo. Provavelmente você está imaginando como eu me sinto com relação ao Lenny agora. Como eu disse, as pessoas vivem tentando me obrigar a afirmar que ele era um monstro. Mas não era. Era só um homem. Acho que quando eu decidir fazer o tal livro que os editores sempre pedem que eu escreva, talvez eu possa falar mais, mas por enquanto é só isso que tenho a dizer.

Artigo do premiado blogueiro e jornalista freelance Vuyo Molefe, publicado pela primeira vez no periódico on-line *Umbuzo* em 30 de março de 2012.

Trazendo os corpos para casa:
o custo pessoal do acidente da Dalu Air

É véspera da inauguração do memorial do acidente da Dalu Air em Khayelitsha e os fotógrafos da imprensa já estão rondando. Equipes de funcionários da prefeitura isolaram a área ao redor da escultura criada às pressas, uma sinistra pirâmide de vidro preto que mais pareceria uma casa num cenário de um filme ruim de ficção científica. Por que uma pirâmide? É uma boa pergunta, mas, apesar da quantidade de editoriais condenando a escolha peculiar do projeto, ninguém com quem falei, inclusive Ravi Moodley, o vereador da Cidade do Cabo, que o encomendou, e a própria escultora, Morna van der Merwe, parecia preparado para me dar (ou a qualquer pessoa) uma resposta clara.

O local também está apinhado de seguranças, tanto homens quanto mulheres, seguindo o velho estereótipo de ternos pretos e fones de ouvidos com microfones, que olham para mim e para outros representantes da imprensa com uma mistura de desprezo e desconfiança. Dentre os figurões importantes destacados para a cerimônia de amanhã, estão Andiswa Luso, anunciado como o novo cabeça da Liga Juvenil do partido CNA, e John Diobi, um pregador nigeriano de alto nível e magnata empresarial que supostamente tem ligações com várias megaigrejas dos Estados Unidos, inclusive as que estão sob o comando do Dr. Theodore Lund, que alcançou as manchetes de todo o mundo com sua teoria de que Os Três são arautos do apocalipse. Correm boatos de que Diobi e seus colegas estão oferecendo uma recompensa pela descoberta de Kenneth Oduah, o passageiro da Dalu Air com mais probabilidade de ser o quarto cavaleiro. Ainda que a Agência de Aviação Civil da África do Sul e a ANST tenham insistido que ninguém a bordo do voo 467 poderia ter sobrevivido, o dinheiro prometido já provocou uma caçada humana histórica, com moradores do local e turistas ansiosos para entrar em ação. E o fato de o nome de Kenneth estar gravado no memorial, apesar de seus restos ou seu DNA não terem sido encontrados nos destroços, enraiveceu vários grupos evangélicos nigerianos – outro motivo para a grande presença de guardas.

Mas não estou aqui para contrariar o pessoal da segurança nem pedir uma entrevista aos VIPs. Hoje não é nas histórias deles que estou interessado.

Levi Bandah (21), que vem de Lantyre, Malaui, me recebe na entrada do centro comunitário Mew Way. Há três semanas, ele viajou à Cidade do Cabo para procurar os restos de seu irmão Elias, que ele acredita ser um dos mortos em solo quando a fuselagem abriu um rasgo mortal na favela. Elias trabalhava como jardineiro na Cidade do Cabo para ajudar a grande família no Malaui e Levi suspeitou de algo errado, pois ele não contatou a família ao longo de mais de uma semana.

– Ele mandava uma mensagem de texto todo dia e o dinheiro chegava toda semana. Minha única opção foi viajar para cá e ver se podia encontrá-lo.

Elias não está na lista de mortos, mas com tantos restos não identificados – a maioria supostamente pertencendo a imigrantes ilegais – ainda esperando testes de DNA para a identificação formal, isso não é garantia de nada.

Em muitas culturas africanas, inclusive a minha, xosa, é vital que os falecidos retornem à sua pátria para se reunir com os espíritos dos ancestrais. Se isso não for feito, acredita-se que o espírito do morto ficará inquieto e causará sofrimento aos vivos. E levar o corpo para casa pode sair caro. Pode custar até 14 mil rands transportar um cadáver de volta ao Malaui ou ao Zimbábue por avião e, sem ajuda financeira, isso estaria fora do alcance dos cidadãos comuns. Para as famílias de refugiados, transportar um corpo por mais de 2 mil quilômetros é uma perspectiva intimidadora e medonha. No passado, ouvi histórias de agentes funerários tramando com as famílias para disfarçar os corpos como alimentos desidratados a fim de diminuir os custos do frete aéreo.

Nos dias depois do acidente, Khayelitsha ressoava com o barulho dos alto-falantes enquanto as famílias faziam petições à comunidade para doar o que pudessem para que os corpos fossem levados de volta a suas terras natais. Não é incomum que elas recebam o dobro da quantia necessária; como muitas pessoas do Cabo Oriental migram para trabalhar na Cidade do Cabo, ninguém sabe quando alguém precisará de ajuda. E as comunidades de refugiados não são diferentes das sociedades comuns.

– A comunidade aqui tem sido generosa – assegura David Amai (52), um elegante zimbabuense de Chipinge de fala mansa que também concordou em conversar comigo.

Como Levi, ele está na Cidade do Cabo esperando que as autoridades lhe deem os documentos para levar para casa os restos de seu primo, Lovemore, também vítima da devastação do acidente. Mas, antes de partir do Zimbábue, David tinha uma coisa que a família de Levi não tinha: a certeza de que seu ente querido estava morto. E eles não ficaram sabendo pelos patologistas que trabalharam no local.

– Como não recebemos notícias do Lovemore, a princípio não sabíamos ao certo se ele havia morrido. Minha família consultou um herborista (*sangoma*), que fez o ritual e falou com os ancestrais do meu primo. Eles confirmaram que ele tinha feito contato e então soubemos que ele morrera.

O corpo de Lovemore acabou sendo identificado por teste de DNA e David tem esperança de que possa logo levar seus restos para casa.

Mas e se não houver um corpo para ser enterrado?

Sem restos para levar de volta à família, a única opção de Levi era pegar um pouco das cinzas e da terra do local, que seriam enterradas logo após seu retorno à casa. É aí que sua história passa para o reino dos pesadelos (ou do absurdo). Enquanto tentava pegar um saquinho de terra, um policial excessivamente zeloso partiu para cima dele, acusando-o de roubar suvenires para vender a turistas inescrupulosos e "caçadores de Kenneth Oduah". Apesar de seus protestos, Levi foi preso e jogado numa cela, onde ficou mofando, com medo de morrer, durante o fim de semana. Felizmente, ao ouvir falar de seu problema, várias ONGs e a embaixada do Malaui intervieram e Levi foi solto quase incólume. Seu DNA foi coletado e ele espera a confirmação de que Elias está entre as vítimas.

– Dizem que não vai demorar muito. E as pessoas daqui têm sido boas comigo. Mas não posso voltar para casa sem uma parte do meu irmão para devolver à minha família.

Ao sair do local do acidente, recebo uma mensagem do meu editor informando que Veronica Oduah, tia do esquivo Kenneth, desembarcou na Cidade do Cabo para a cerimônia de amanhã, mas se recusou a falar com a imprensa. Não posso deixar de pensar em como ela está se sentindo. Como Levi, está vivendo num cruel limbo de incerteza, esperando, mesmo sem chances reais, de que de algum modo seu sobrinho não se encontre entre os mortos.

O superintendente Randall Arendse é inspetor da delegacia de polícia da Área C, Khayelitsha, Cidade do Cabo. Ele falou comigo em abril de 2012.

Quatro cavaleiros é o cacete. Todo dia um novo "Kenneth Oduah" era trazido à delegacia. Em geral não passava de algum moleque de rua que fora subornado com alguns trocados para dizer que era Kenneth. E não éramos só nós. Eles estavam aparecendo em todas as delegacias da Cidade do Cabo. Aqueles escrotos americanos não sabiam o que tinham provocado. Duzentos mil dólares americanos? É quase 2 milhões de rands, mais do que a maioria dos sul-africanos vai ganhar durante toda a vida. Tínhamos uma foto do menino, mas, para ser honesto, não víamos sentido em compará-la com as figuras que chegavam. A maioria do meu pessoal tinha estado lá naquele dia, vira os destroços. De jeito nenhum alguém que estivesse naquele avião teria sobrevivido, nem se fosse um maldito cavaleiro do apocalipse.

A princípio eram só os moradores da área que tentavam a sorte, mas então os estrangeiros começaram a chegar. No início não eram muitos, mas, quando a gente percebeu, eles estavam aparecendo em bandos. Não demorou muito para os trambiqueiros da área entrarem em cena. Alguns mais inteligentes até ofereciam os serviços pela internet. Logo havia quadrilhas organizando passeios em quase todas as favelas. Ninguém tinha autorização oficial. Mas isso não impedia que os otários caíssem nos golpes. Meu Deus, cara, alguns até pagavam com antecedência. Era como atirar em peixes dentro de um barril e posso dizer, extraoficialmente, que não ficaria surpreso se houvesse alguns policiais envolvidos.

Não sei quantos idiotas ficaram presos no aeroporto esperando que seus "pacotes com tudo incluído" viessem pegá-los. Recebemos caçadores de recompensas profissionais, ex-policiais, até alguns daqueles desgraçados caçadores de animais grandes! Alguns estavam atrás da grana e cagavam e andavam se o negócio era verdade ou não, mas um bom número acreditava mesmo no que o tal pastor dizia. Porém a Cidade do Cabo é um lugar complexo. Você não entra simplesmente em Gugs, Cape Flats ou em Khayelitsha com seu carro alugado chique e começa a fazer perguntas, não importando quantos leões e guepardos você já matou. Um bom número deles descobriu isso do modo mais difícil, ao perder seus pertences.

Nunca vou me esquecer de dois americanos grandalhões que chegaram uma tarde à delegacia. Cabeças raspadas, bastante musculosos. Os dois eram ex-fuzileiros. Consideravam-se durões, mais tarde contaram à gente que tinham ajudado a levar alguns dos criminosos mais procurados dos Estados Unidos à justiça. Mas, quando os vi pela primeira vez, estavam tremendo feito menininhas. Tinham encontrado o suposto "guia" no aeroporto e ele os levara aonde queriam – para o meio de Khayelitsha. Ao chegarem ao destino, o guia arrancou suas Glocks, o dinheiro, os cartões de crédito, os passaportes, os sapatos e as roupas, deixando-os só de cueca. Além disso, brincou com eles. Fez os dois andarem descalços numa latrina velha que fedia que nem o inferno, amarrou os dois e disse que, se eles gritassem pedindo socorro, atiraria neles. Quando enfim se livraram, estava escuro, fediam a merda e os *skelm* tinham sumido havia muito tempo. Dois moradores tiveram pena deles e os levaram à delegacia. Meu pessoal riu dos caras durante dias. Precisamos deixá-los na embaixada americana só de cuecas, pois nenhuma roupa na delegacia cabia neles.

O fato é que as pessoas são duras, a maioria luta para sobreviver a cada dia, e vão aproveitar uma chance se puderem. Nem todo mundo, claro, mas aqui a coisa é difícil. Você precisa ser esperto. Precisa respeitar as pessoas ou elas *naai* você direitinho. O quê, você acha que eu vou chegar no centro de Los Angeles ou sei lá onde e agir como se fosse dono do lugar?

Juro, aqueles *moegoes* que chegavam aqui podiam só entregar seus bens para os caras da imigração e pular os intermediários. Tivemos que colocar placas no aeroporto para avisar às pessoas. Isso me lembrou daquele filme, *A fantástica fábrica de chocolate*. A caçada àquele bilhete dourado e todos ficando malucos.

Quero dizer, foi uma tremenda dor de cabeça para nós, a polícia e tal, mas foi uma bênção para a indústria do turismo. Os hotéis estavam cheios; os ônibus turísticos, apinhados. Todo mundo ganhava, desde os moleques de rua até os donos de hotéis. Especialmente os moleques. Veja bem, a certa altura, haviam se espalhado boatos de que Kenneth estava morando nas ruas. As pessoas acreditam em qualquer coisa se tiverem um mínimo de chance, não é?

Eu sentia pena da tia do Kenneth. Ela parecia uma senhora boa. Meu primo Jamie estava na equipe de segurança destacada para ela durante a inauguração da estátua do memorial da Dalu Air e ela veio de Lagos. Jamie contou que ela estava perplexa, ficava falando que, como as outras crianças tinham sobrevivido milagrosamente, por que Kenneth não estaria vivo?

Aqueles escrotos fundamentalistas lhe davam expectativas irreais. É, era isso. Falsa esperança.

Nem paravam para pensar que o que faziam era cruel.

Reba Neilson.

Aquilo tudo estava ficando demais para mim. Era como se o pastor Len estivesse dando as costas para seu verdadeiro círculo interno em troca de pessoas como o tal do Monty. Já falei do Monty, Elspeth? Não lembro se falei. Bom, ele foi um dos primeiros Urubus que optaram por ficar – chegou ao condado de Sannah logo após o pastor ter voltado da tal convenção em Houston. Dias depois de aparecer, ele estava andando ao lado do pastor, leal feito um cão de rua que acabou de ganhar comida. Não fui com a cara dele desde o início e não estou dizendo isso por causa do que ele fez com o coitado do Bobby. Havia alguma coisa nele, algo desonesto, e eu não era a única com essa opinião. A Stephenie vivia falando: "Aquele sujeito parece estar precisando de um bom banho." Tinha um monte de tatuagens nos braços – algumas delas não me pareciam muito cristãs – e o cabelo precisava de uma boa tesoura. Parecia um daqueles satanistas que às vezes aparecem no *The Enquirer*.

E desde que o Monty chegou, Jim parecia ter perdido a ajuda do pastor Len. Claro, às vezes o pastor o arrastava para a igreja aos domingos e sei que ele não tinha desistido da ideia de fazer aqueles passeios guiados à casa de Pam, mas na maior parte do tempo Jim só ficava sentado em casa, bebendo até apagar.

O pastor pediu a Billy, primo da Stephenie, para orçar alguns trabalhos de construção que ele queria fazer no rancho, por isso foi Billy quem contou à gente que aquelas pessoas pareciam ter se mudado para lá permanentemente. Disse que um desavisado pensaria que era uma daquelas comunidades hippies.

Naquelas semanas, fiquei muitas noites sem dormir, Elspeth. Não posso descrever o quanto sofri. O que o pastor estava dizendo sobre os sinais... fazia muito sentido, no entanto... eu não conseguia engolir o fato de que Pamela, a velha e desmazelada Pamela, era uma profeta.

Enchi os ouvidos de Lorne.

– Reba, você sabe que é uma boa cristã e que Jesus vai salvá-la, não importando o que aconteça. Se não quer mais ir à igreja do pastor Len, talvez Jesus esteja dizendo para você não ir.

Stephenie sentia o mesmo que eu, mas não era tão fácil assim a gente se desligar. Principalmente numa comunidade como a nossa. Acho que você poderia afirmar que eu estava dando um tempo.

Stephenie e eu estávamos preocupadas pensando que Kendra não aguentaria todos aqueles Urubus chegando e decidimos que, mesmo não concordando com tudo que o pastor Len vinha fazendo ultimamente, era adequado que fôssemos lá para ver como ela estava. Planejamos fazer isso no fim de semana, mas naquela sexta veio à tona a história da mulher com quem o pastor se encontrava. Stephenie veio me encontrar logo que ficou sabendo, me trouxe um exemplar do *Enquirer*. Ocupava toda a primeira página: *Sórdidos encontros amorosos do pregador do Fim dos Tempos*. As fotos mostravam uma mulher grande usando calças roxas e um top apertado, mas eram tão granuladas que não dava para ver se ela era morena, negra ou uma daquelas hispânicas. Não acreditei na história nem por um segundo. Mesmo depois que ele deixou o demônio entrar, acreditei firmemente que o verdadeiro pastor Len, o homem bom que tinha sido o chefe da nossa igreja durante quinze anos, ainda estava em algum lugar lá dentro. Recuso-me a acreditar que todos nós fomos enganados durante tantos anos. Além disso, como falei à Stephenie, quando, pela glória de Deus, ele encontraria tempo para se meter com mulheres decaídas? Ele mal tinha tempo para dormir, com tudo que andava fazendo.

Bom, enquanto eu e Stephenie terminávamos de conversar, imagine quem apareceu na entrada de veículos? O próprio pastor. Meu coração afundou ao ver que ele estava com o tal do Monty.

– Reba – chamou o pastor no segundo em que passou pela porta de tela. – Kendra está aqui?

Respondi que não a vira.

Monty sentou-se à mesa imediatamente, serviu-se de um copo de chá gelado sem sequer pedir. Os olhos de Stephenie se estreitaram, mas ele não se incomodou com ela.

– Todas as roupas da Kendra sumiram – comentou o pastor. – A cadela também. Ela disse alguma coisa a você, Reba? Sobre para onde iria? Falei com o irmão dela em Austin, mas ele disse que não a viu.

Eu e Stephenie garantimos não fazer a mínima ideia. Não mencionei que não a culpava por sair de lá, com todos aqueles estranhos ocupando sua casa.

– Talvez seja melhor assim – disse ele. – Eu e Kendra... tínhamos alguns desentendimentos sobre o papel de Jesus na nossa vida.

– Amém – entoou Monty, apesar de eu não ver motivo para isso.

Stephenie tentava esconder o *The Enquirer* com os braços, mas o pastor percebeu.

– Não deem atenção a essas mentiras. Nunca fiz nada imoral. A única coisa de que preciso na vida é Jesus.

Acreditei nele, Elspeth. Aquele homem falava com uma convicção verdadeira quando queria e eu pude notar que ele não estava mentindo.

Fiz mais uma jarra de chá gelado e depois decidi falar o que me passava na cabeça, encarando Monty sem nenhuma vergonha:

– Como o senhor planeja alimentar todas as pessoas que apareceram, pastor Len?

– O Senhor proverá. Essas boas pessoas serão cuidadas.

Bom, elas não me pareciam boas pessoas. Especialmente as do tipo do Monty. Falei algo sobre se aproveitarem de sua boa índole e o pastor ficou irritado de verdade comigo:

– Reba, o que Jesus falou sobre julgar as pessoas? Como boa cristã, você deveria saber.

Então ele e o Monty foram embora.

Fiquei muito chateada com a discussão e, pela primeira vez em anos, no domingo eu não fui à igreja. Mais tarde, Stephenie contou que ela estava cheia dos novos Urubus, e que vários do círculo interno não foram.

Bom, dois dias depois, acho, eu estava ocupada, querendo terminar de preparar as conservas naquela semana (àquela altura, tínhamos uns dois anos de frutas em conserva, Elspeth, mas ainda havia muita coisa a fazer). Lorne e eu conversávamos sobre encomendar um pouco de lenha e guardar nos fundos, para o caso de a eletricidade faltar, quando ouvi uma picape parar do lado de fora da varanda. Olhei e avistei Jim sentado frouxo atrás do volante. Eu não o via desde a semana anterior, no dia em que fora levar-lhe uma torta. Ele tinha se recusado a abrir a porta e, a contragosto, deixei o doce no degrau da frente.

Ele praticamente caiu do carro e eu e Lorne corremos para firmá-lo.

– Recebi um telefonema da Joanie, Reba – informou Jim.

Ele fedia muito, a bebida e suor. Pelo jeito não fazia a barba havia semanas.

Imaginei se a filha teria ligado para dizer que as cinzas de Pam enfim viriam para casa e se era por isso que ele estava perturbado.

Fiz com que ele se sentasse na cozinha.

– Você pode ligar para o pastor Len para mim? – perguntou Jim. – Para pedir que ele venha logo para cá?

– Por que você não foi até o rancho dele? – retruquei.

Na verdade, ele não deveria estar dirigindo o carro para lugar algum. Dava para sentir o cheiro de álcool a um quilômetro, a ponto de meus olhos lacrimejarem. Se o xerife Beaumont o visse naquele estado, iria jogá-lo na cadeia com certeza. Servi imediatamente uma Coca para aliviar um pouco a ressaca. Depois de eu e o pastor termos discutido, eu não estava ansiosa para lhe telefonar, mas ainda assim liguei. Não esperava que ele atendesse, mas foi o que fez. Garantiu que viria logo.

Jim não falou muita coisa enquanto esperávamos o pastor, apesar de eu e Lorne tentarmos fazê-lo se abrir. E o pouco que ele disse não fez muito sentido para nós. Quinze minutos depois, o pastor apareceu com o cachorro Monty a reboque, como sempre.

– Joanie foi ver o tal garoto, Len – disparou Jim. – O garoto do Japão.

O pastor congelou. Antes que tivessem se separado, o pastor vivia dizendo que o Dr. Lund tentara por muito tempo falar com uma daquelas crianças. Os olhos de Jim não paravam quietos.

– Joanie disse que o garoto japonês... disse que falou com o garoto, mas não exatamente *com* ele.

Nenhum de nós sabia o que, em nome de Jesus, aquilo significava.

– Não estou entendendo, Jim – admitiu o pastor.

– Ela disse que falou através de um tal androide. Um robô igualzinho a ele.

– Um robô? – perguntei. – Ele estava falando através de um robô? Como aqueles do YouTube? Pelos *céus*!

– O que isso quer dizer, pastor Len? – indagou Monty.

O pastor ficou em silêncio durante pelo menos um minuto.

– Acho que eu devo ligar para o Teddy.

Era como o pastor chamava o Dr. Lund. Teddy, como se fossem bons amigos, apesar de todos nós sabermos que os dois não mantinham mais contato. Mais tarde, Lorne opinou que o pastor Len esperava que uma história daquelas compensasse as mentiras sobre sua amante, consertasse parte dos danos.

Então veio a bomba: Jim revelou que já havia falado com os jornais sobre a história. Contou tudo, como Joanie tinha visto o garoto japonês e falado com o robô que era igualzinho a ele.

O pastor Len ficou vermelho feito uma beterraba em conserva.

– Jim, por que não falou primeiro comigo antes de ir aos jornais?

Jim estava com aquela expressão teimosa.

– Pam era minha mulher. Eles me ofereceram dinheiro pela história. Eu não iria recusar. Preciso sobreviver.

Jim estava ganhando uma tonelada de dinheiro do seguro de Pam, então isso não era desculpa. Estava claro para Lorne que o pastor Len ficara irritado porque queria usar a informação em benefício próprio.

Jim bateu com o punho na mesa.

– E as pessoas precisam saber que aquelas crianças são malignas. Como aquele garoto pôde sobreviver e a Pam, não, pastor Len? Não é justo. Não está certo. Pam era uma mulher boa. Uma mulher boa.

Jim começou a chorar, dizendo que aquelas crianças eram assassinas. Que tinham matado as pessoas nos aviões e ele não entendia por que ninguém percebia isso.

O pastor avisou que ia levá-lo para casa, e que Monty iria atrás na picape do Jim. Foram precisos os dois para carregá-lo até o novo utilitário do pastor. Jim estava tendo um ataque de choro, tremendo e uivando. Depois disso, aquele sujeito não deveria ter sido deixado sozinho. Era óbvio que a mente dele estava deteriorada. Mas ele era teimoso, e sei, no fundo do coração, que teria recusado peremptoriamente se eu lhe oferecesse minha casa.

Logo antes de este livro ir para a gráfica, consegui uma entrevista com Kendra Vorhees, a ex-mulher do pastor Len. Conversamos numa elegante clínica psiquiátrica onde ela reside atualmente (concordei em não publicar o nome nem a localização do estabelecimento).

Sou levada ao quarto de Kendra, um espaço arejado e ensolarado, por um funcionário elegante. Kendra está sentada junto de uma escrivaninha, com um livro aberto à frente – mais tarde vejo que é o último volume da série Arrebatados, de Flexível Sandy. A cadela em seu colo, Snookie, balança o rabo meio desanimada quando me aproximo, mas Kendra mal parece registrar minha presença. Enfim ela levanta os olhos límpidos, com uma expressão muito mais perspicaz do que eu esperava. Ela é tão magra que posso ver cada veia por baixo da pele. Há um ligeiro sotaque texano em sua voz e ela fala com cuidado, talvez devido à medicação que toma.
Ela indica uma poltrona do outro lado da escrivaninha e não questiona quando coloco o gravador diante dela.

Pergunto a Kendra por que ela decidiu falar comigo e não com um dos outros jornalistas ansiosos por entrevistá-la.

Eu li o seu livro. Aquele em que você entrevistou as crianças que mataram por acidente os irmãos com o .38 Special da mamãe ou que decidiram assassinar os colegas de classe com o brinquedinho semiautomático do papai. Len ficou furioso quando me viu lendo aquilo. Claro que ficou: ele é defensor ferrenho daquela baboseira da segunda emenda, o direito de possuir armas e tal.

Mas você não deve pensar que estou me vingando pelo que Len fez com aquela prostituta. Uma "garota de programa", como dizem, não é? Gostei dela, para dizer a verdade. Ela era de uma honestidade revigorante, o que é raro hoje em dia. Espero que ela aproveite seus quinze minutos de fama. Que tire tudo que puder disso.

Pergunto se foi ela que vazou a história sobre as indiscrições do pastor Len. Ela suspira, remexe na Snookie e confirma brevemente com a cabeça. Questiono o motivo, já que não se tratava de vingança.

Porque a verdade vos libertará! (*Ela gargalha abruptamente, sem achar graça.*) Você pode dizer o que quiser quando escrever sobre isso, por sinal. O que você bem quiser. Mas, se quer a verdade, eu fiz isso para afastar o Len do Dr. Lund para sempre. Len ficou de coração partido depois que os figurões o chutaram do clube por ele ter feito papel de idiota naquele programa de rádio, mas eu sabia que não seria preciso muito para ele correr de volta se o Dr. Lund estalasse os dedos. Pensei que estava fazendo aquilo pelo próprio bem dele, qualquer um podia ver que o Dr. Lund era um manipulador. E o Dr. Lund não iria querer que alguém com um escândalo sexual nas costas enlameasse sua reputação reluzente, principalmente agora, com todas as aspirações políticas. Acabou sendo a pior coisa que eu poderia ter feito. Isso me passa pela cabeça mil vezes por dia: e se eu não tivesse seguido o Len naquele dia? E se tivesse deixado para lá? Fico pensando: e se o Len tivesse voltado a cair nas graças do Dr. Lund, teria feito diferença no final? Teria impedido que ele ouvisse aquela história maluca do Jim Donald? Todo mundo afirma que o Len "deixou o demônio entrar", mas não é tão simples assim. O fato é que o desapontamento empurrou o Len para o precipício. Um coração partido faz isso com a gente.

Abro a boca para comentar, mas ela continua.

Não sou louca. Não sou maluca. Não sou doida. Aquilo acabou com todo o fingimento. Você não pode representar um papel a vida toda, pode? Dizem que eu tenho depressão. Clínica. Posso ser bipolar, mas quem sabe o que isso significa? Este lugar não é barato. Estou fazendo meu irmão imprestável pagar a conta. Ele andou mexendo com o dinheiro de papai, ficou com a parte da Receita, chegou a hora de dividir. E a quem mais eu iria pedir? Pensei em procurar o próprio Dr. Lund. Mesmo naquela convenção medonha, dava para ver que ele me considerava um embaraço. Sei, com certeza, que ele não queria que eu aparecesse com o Len no programa naquela vez. A mulher dele também não foi com a minha cara. Era recíproco. Você devia ter visto a cara dela quando me recusei a entrar para a Liga das Mulheres Cristãs. "Precisamos colocar essas feministas e assassinas de bebês em seu devido lugar, Kendra."

Ela estreita os olhos para mim.

Você é uma dessas feministas, certo?

Respondo que sim.

Quando ele ler o que tenho a dizer, isso vai deixar o Lund mais furioso ainda. Eu não sou. Quero dizer, feminista. Não sou nada. Não tenho nenhum rótulo, nem causas. Ah, sei o que aquelas mulheres ridículas naquele lugar medonho pensam de mim. Por quinze anos morei lá. Elas me achavam metida, pensavam que tinha ideias metidas a besta por causa da minha origem. Também me achavam fraca; mansa e fraca. Os mansos herdarão a terra. Len podia ver as pulsações delas batendo, claro. Fico surpresa por ele não ter se engraçado com uma delas. Mas acho que devo agradecer porque ele optou por não cuspir no prato em que comia.

Que vida! Presa num condado atrasado, tendo um pastor como marido. Não era o que papai havia imaginado para mim. Nem de longe era o que eu havia imaginado para mim. Eu tinha ambições, ainda que não muitas. Cheguei a pensar em ser professora. Tenho diploma de faculdade, sabe? E aquelas mulheres tentavam fazer com que eu me interessasse em todos os seus preparativos absurdos; se houver uma explosão solar ou uma guerra nuclear, mil latas de picles de pepino não vão salvar você, vão? Pamela era a melhor do grupo. Em outra vida poderíamos ter sido amigas. Bom, talvez não amigas, mas ela não era tão chata quanto as outras. Não era burra nem fofoqueira. Eu sentia pena dela, vivendo com aquele marido. O tal do Jim era mau feito um picapau. Mas eu gostava de Joanie, a filha. Fiquei radiante ao saber que ela cortara os laços, fora ver o mundo.

Ela acaricia Snookie de novo.

Gosto de pensar que pelo menos Pam terá algum conforto sabendo que Snookie está sendo bem cuidada.

Pergunto como ela conheceu o pastor Len.

Onde mais? Num congresso bíblico. Um congresso no Tennessee, onde fiz faculdade. Nós nos conhecemos numa barraca apinhada *(ela ri sem humor)*. Amor à primeira vista – pelo menos para mim. Demorei anos para perceber que o Len só me achava atraente por causa dos meus outros atributos. Ele só queria ter uma igreja própria. "Foi para isso que fui posto na terra", dizia. "Para pregar a palavra do Senhor e salvar almas."

Na época a gente era batista. Ele tinha ido tarde para a faculdade, estivera trabalhando em vários lugares no Sul. Todo cheio de fogo e de Jesus, trabalhou um tempo como diácono para o Dr. Samuel Keller. Duvido que você se lembre dele. De nível inferior, mas parecia estar no caminho para ganhar a fama antes de ser apanhado com as calças arriadas nos anos 1990. Como falava meu pai, a merda gruda e, depois que Keller foi descoberto com um garoto naquele banheiro público, Len descobriu que não seria fácil arranjar outro cargo, pelo menos não até o burburinho diminuir. Sua única escolha foi começar por conta própria. Nós nos mudamos um bocado, procurando o lugar certo. Até chegarmos ao condado de Sannah. Papai acabara de morrer, me deixou uma herança e com ela nós compramos o rancho. Acho que o Len tinha a ideia de plantar como atividade extra, mas o que ele sabia sobre agricultura?

Ele era um homem lindo de se olhar. Ainda é, acho. Conhecia os benefícios de se cuidar bem. Papai não ficou satisfeito quando eu o levei em casa: "Ouça o que estou dizendo, esse rapaz vai partir seu coração."

Papai estava errado. Len não partiu meu coração, mas sem dúvida fez o possível.

Lágrimas começam a correr pelo seu rosto, mas ela parece não notar. Entrego-lhe um lenço de papel e ela o usa distraidamente para enxugar os olhos.

Não pense mal de mim. Nem sempre fui assim. Eu acreditava, ah, acreditava. Não. Perdi a fé quando Deus decidiu não me dar filhos. Era só isso que eu queria. Poderia ter sido diferente se ele tivesse me dado isso. Não é muita coisa para pedir. E o Len não admitia adotar: "As crianças não fazem parte do plano de Jesus para nós, Kendra."

Mas agora eu tenho um neném, não é? Ah, sim. Alguém que precisa de mim. Que precisa ser amada. Que merece ser amada.

Ela acaricia Snookie de novo, mas a cadela mal se mexe.

Len não é um homem mau. Não. Eu nunca diria isso. É um homem frustrado, envenenado pela ambição contrariada. Ele não era inteligente nem carismático o bastante, pelo menos até ficar com aquele fogo e enxofre nos olhos, pelo menos até a mulher falar o nome dele naquela mensagem.

Estou parecendo amarga, não é?

Eu não deveria sentir raiva de Pamela. Na verdade, não a culpo. Como disse, ela era uma mulher boa. Len e eu... acho que estávamos estagnados durante anos e alguma coisa precisava mudar. Ele tinha o programa de rádio e os grupos da Bíblia e de cura, havia passado anos tentando conseguir que "figurões", como ele chamava, o notassem. E nunca o vi tão empolgado como quando foi convidado para aquela maldita convenção. Havia uma parte de mim – uma parte que ainda não tinha morrido na época – que pensou que talvez aquilo fosse mesmo a nossa chance. Mas ele deixou a coisa subir à cabeça. E acreditou de verdade naquela mensagem. Ele *acredita* naquela mensagem. As pessoas o acusam de ser charlatão, nem um pouco melhor do que o pessoal dos alienígenas ou os líderes malucos de seitas, mas pelo menos essa parte não é representação.

Não conseguia suportar todas aquelas pessoas chegando ao rancho. Elas incomodavam a Snookie. Acho que o Len pensou que ia fazer uma fortuna com todos os dízimos que elas trariam. E isso também provaria ao Dr. Lund que ele poderia ter seguidores leais. Mas nenhum dos que chegavam tinha dinheiro. Aquele Monty, para começo de conversa... Às vezes eu podia senti-lo me vigiando. Havia algo errado no modo como a mente daquele sujeito funcionava. Eu passava muito tempo no quarto vendo televisão. Len tentava me levar à igreja aos domingos, mas nessa época eu não tolerava. Em outras ocasiões, eu e Snookie entrávamos no carro e rodávamos e rodávamos, sem nos importar com o lugar onde iríamos parar.

A coisa acabaria azedando. Eu avisei ao Len para não fazer o programa de rádio com aquele espertinho de Nova York. Mas Len não era de ouvir. Não gostava de ser contrariado.

Eu sabia que o Dr. Lund iria acabar aprontando para ele, e foi o que fez. Pegou as palavras do Len e as usou para seus próprios fins. Len ficava furioso, andando de um lado para o outro, tentando falar pelo telefone com o Dr. Lund ou com o tal Flexível Sandy, mas com o tempo não conseguia ser atendido nem pelos assessores deles. Saía nos noticiários que um número cada vez maior de pessoas estava se convertendo e o Dr. Lund ganhava dinheiro. Ele tinha os contatos, veja bem. E quando apoiou aquele Mitch Reynard e não convidou o Len para falar no comício pró-Israel, nunca vi o Len tão irritado. Não fiquei para ver a cara dele depois que a matéria foi publicada no The Enquirer; fui embora no dia da publicação. Ele negou, como eu sabia que faria. Mas ser expulso do clube dos figurões causou mais dano à autoestima dele do que qualquer matéria de jornal, por mais sensacionalista que fosse. Na verdade, não duvido que a dispensa do Lund tenha doído muito mais no Len do que eu abandoná-lo.

Foi cruel. O Dr. Lund abrira uma fresta na porta, deixara que ele visse o palácio e depois batera com a porta na cara dele.

Ela suspira.

Agora a Snookie precisa tirar um cochilo. É hora de você ir. Eu disse o que tinha a dizer.

Antes de ir embora, pergunto como ela se sente agora com relação ao Len e uma fagulha de raiva brota em seus olhos.

Não tenho mais espaço para o Len no meu coração. Não tenho espaço para ninguém.

Ela beija a cabeça de Snookie e tenho a impressão de que esqueceu que estou ali.

Você nunca iria me magoar, não é, Snookie? Não. Você *nunca iria*.

PARTE SETE

SOBREVIVENTES

ABRIL

Lillian Small.

Eu levava uma vida estranha. Em alguns dias, Reuben podia se comunicar tão claramente quanto estou falando com você agora, mas, sempre que eu falava alguma coisa sobre nossa casa antiga, um dos nossos amigos antigos, ou um livro do qual ele havia gostado muito, uma expressão preocupada enchia seus olhos e eles saltavam de um lado para o outro como se Reuben tentasse desesperadamente acessar a informação, mas em vão. Era como se o tempo antes de ele acordar fosse um vazio. Decidi não pressioná-lo. É difícil falar sobre isso... mas o fato de ele não parecer lembrar nosso passado juntos ou mesmo não entender mais nossa piada de "Paris, Texas" era quase tão doloroso quanto os dias em que o Al voltava.

Porque em alguns dias o Al *voltava*. Eu logo percebia, quando ele acordava, se seria o Reuben ou o Al durante o dia inteiro; dava para ver nos olhos ao lhe trazer o café da manhã. Bobby aceitava tudo com normalidade, agia sempre do mesmo modo com o Reuben, mas isso era um fardo para mim. Essa incerteza... Não saber o que ia encarar a cada manhã... Eu só pedia ajuda a Betsy ou ligava para a agência de cuidadores se tinha certeza de que seria o Al o dia todo. Não que não confiasse na Betsy, mas não podia me esquecer do modo como o Dr. Lomeier havia reagido quando o Reuben falou com ele. Não podia suportar pensar no que aqueles lunáticos diriam se descobrissem o que acontecera com o Reuben. Eles ainda não nos deixavam em paz. Não posso contar quantas vezes precisei desligar o telefone ao perceber que era um daqueles religiosos malucos, implorando para falar com o Bobby.

E... mesmo num dia do Reuben, ele não era exatamente ele próprio. Por algum motivo, tinha se viciado no *The View*, um programa que odiava antes da doença, e passava horas com Bobby assistindo a filmes antigos, se bem que Reuben nunca tivesse sido fã de cinema. Também perdera o interesse nos canais de notícias, mesmo com todos aqueles debates políticos acontecendo.

Um dia de manhã, eu estava na cozinha fazendo o café do Bobby e me preparando psicologicamente para acordar o Reuben quando meu neto entrou correndo na cozinha.

– Bubbe – chamou ele. – Po Po quer dar um passeio hoje. Ele quer sair.

Bobby pegou minha mão e me levou para o quarto. Reuben estava sentado na cama, tentando calçar as meias.

– Você está bem, Reuben? – perguntei.

– Podemos ir à cidade, Rita?

Foi assim que ele começou a me chamar, de Rita. Por causa de Rita Hayworth! Do cabelo ruivo, veja só.

– Aonde você gostaria de ir?

Bobby e Reuben trocaram olhares.

– Ao museu, Bubbe! – exclamou Bobby.

Aquele filme, *Uma noite no museu*, passara na noite anterior e Bobby ficara fascinado pelas cenas em que todas as peças em exposição ganham vida. Era um dia do Al, portanto eu duvidava de que alguma coisa do longa tivesse penetrado na consciência do Reuben, o que era um alívio, já que na metade o Bobby falou "O dinossauro é igual a você, Po Po. Ele volta à vida como você voltou!".

– Reuben? – perguntei. – Você acha que está em condições de sair hoje?

Ele assentiu, ansioso feito uma criança.

– Sim, por favor, Rita. Vamos ver os dinossauros.

– É! Dinossauros! – concordou Bobby. – Bubbe? Você acha que eles existiram mesmo?

– Claro, Bobby.

– Eu gosto dos dentes deles. Um dia *eu* vou trazer eles de volta à vida.

O entusiasmo de Bobby era contagiante e, se alguém merecia um agrado, era ele. Fazia dias que o coitadinho estava dentro de casa, se bem que nunca reclamava, nunca. Porém, quanto mais tempo passássemos do lado de fora, aumentava a probabilidade de que algo acontecesse. E se fôssemos reconhecidos? E se um daqueles fanáticos religiosos nos seguisse e tentasse sequestrar o Bobby? Eu também estava preocupada pensando que a força do Reuben não iria se manter. As faculdades mentais podiam estar melhorando, mas fisicamente ele se cansava com facilidade.

Mas deixei de lado todos esses temores e, antes que pudesse mudar de ideia, chamei um táxi.

Encontramos a Betsy ao sairmos e eu rezei para que o Reuben não dissesse nada. Claro, eu tivera um milhão de esbarrões desse tipo e parte de mim ansiava por falar alguma coisa a respeito – eu não havia contado a ninguém, a não ser o inútil do Dr. Lomeier. Murmurei "médico" para Betsy e ela assentiu, mas Betsy é esperta e dava para ver que ela sabia que eu estava escondendo algo.

O táxi conseguiu encontrar uma vaga bem na frente da porta, uma bênção, já que pude ver um daqueles *meshugeners* com cartaz ofensivo andando pelo parque, mesmo às nove da manhã.

Misericordiosamente o motorista – outro daqueles imigrantes indianos – não nos reconheceu ou, se reconheceu, não deu a entender. Pedi que nos levasse pela ponte Williamsburg para que o Reuben pudesse ver a vista e, ah, Elspeth, como gostei da viagem! O dia estava lindo, parecendo posar para um cartão-postal. Apontei as paisagens para Bobby enquanto atravessávamos Manhattan depressa, o edifício Chrysler, o Rockefeller Plaza, a Trump Tower, e ele ficou grudado na janela fazendo uma pergunta depois da outra. A corrida custou uma fortuna, quase 40 dólares, incluindo a gorjeta, mas valeu a pena. Antes de entrarmos no museu, perguntei se Bobby e Reuben queriam um cachorro-quente como desjejum, e sentamos para comer no Central Park como turistas comuns. Lori tinha me trazido ali com o Bobby uma vez – não ao museu, mas ao parque. Naquele dia, fazia frio e Bobby estava carrancudo, mas ainda me lembro de tudo com prazer. Ela não havia parado de falar sobre todas as encomendas que vinha recebendo; estava tão empolgada com o futuro!

Mesmo sendo dia de semana, o museu estava lotado e tivemos que ficar um bom tempo na fila. Comecei a ficar ansiosa, com medo de sermos reconhecidos, mas a maioria das pessoas ao redor eram turistas, um monte de chineses e europeus. Reuben já parecia cansado; gotas de suor brotavam na testa. Bobby estava cheio de energia; não conseguia afastar os olhos do esqueleto de dinossauro no saguão.

O homem no guichê de ingressos, um afro-americano que adorava bater papo, me olhou com ar interrogativo quando me aproximei.

– Eu não a conheço, senhora?

– Não – respondi, provavelmente de forma um pouco rude. Depois que paguei e me virei, ouvi-o gritar: – Espere!

Hesitei, preocupada, pensando que ele iria mostrar quem era Bobby a todo o museu. Mas ele apenas perguntou:

– Posso oferecer uma cadeira de rodas para o seu marido, senhora?

Eu poderia beijá-lo. Todo mundo sempre diz que os nova-iorquinos são grosseiros e egoístas, mas não é verdade.

Bobby puxava minha mão.

– Bubbe! Os dinossauros.

O homem desapareceu e voltou com uma cadeira de rodas; Reuben logo afundou nela. A essa altura, eu estava realmente preocupada com meu marido. Ele começava a parecer confuso e eu fiquei temerosa de que Al pudesse se esgueirar de volta e criar problemas para nós.

O bilheteiro nos levou aos elevadores.

– Entre, filho – disse ele ao Bobby. – Mostre os dinossauros aos seus avós.

– O senhor acredita que os dinossauros voltam à vida de noite, moço? – perguntou Bobby.

– Por que não? Milagres acontecem, não é? – Ele piscou para mim e eu tive certeza de que ele sabia quem nós éramos. – Não se preocupe, senhora, vou guardar segredo. Divirtam-se.

Fomos direto para o andar dos dinossauros. Eu tinha pensado que daríamos uma olhada rápida, só pelo Bobby, e depois voltaríamos direto para casa.

Falei para o Bobby ficar grudado comigo, pois havia gente demais, e foi uma luta para entrar no primeiro salão.

Reuben me olhou e perguntou:

– O que eu sou? Estou com medo.

E começou a chorar, algo que não fazia desde que "voltara à vida", como dizia o Bobby.

Fiz o máximo para acalmá-lo. Algumas pessoas o encaravam e a última coisa que eu queria era atrair atenção. Quando levantei os olhos, Bobby havia sumido.

– Bobby? – chamei. – Bobby?

Procurei algum sinal do seu boné dos Yankees, mas não vi nada.

O pânico me atacou feito um maremoto. Deixei o Reuben onde estava e simplesmente corri.

Empurrei pessoas, ignorando os grunhidos de "Ei, dona, cuidado", o suor gelado escorrendo pelo corpo.

– Bobby! – gritei a plenos pulmões.

Imagens relampejavam na minha mente: Bobby sendo levado por um daqueles religiosos, sequestrado e sofrendo todo tipo de coisas terríveis; Bobby perdido em Nova York, andando sem destino e...

Uma mulher veio às pressas até mim.

– Calma, senhora – pediu ela. – A senhora não deve gritar aqui.

Dava para ver que ela me considerava louca, e não a culpei: eu sentia que estava perdendo a cabeça.

– Meu neto! Não estou encontrando o meu neto.

– Calma, senhora. Como ele é?

Não me ocorreu dizer a ela quem Bobby era – que ele era *o* Bobby Small, um dos Três, a criança-milagre e todo aquele absurdo. Tudo me sumiu da cabeça e fico feliz por isso; os policiais seriam chamados imediatamente e sem dúvida a coisa toda estaria nas primeiras páginas no dia seguinte. O guarda avisou que iria alertar os funcionários nas entradas e saídas, só para garantir, mas então escutei a palavra mais linda do mundo.

– Bubbe?

Quase desmaiei de alívio ao vê-lo se aproximar.

– Onde você estava, Bobby? Você quase me matou de medo.

– Estava com o grandão. Ele tem dentes enormes, que nem um lobo! Mas vem, Bubbe, Po Po precisa da gente.

Dá para acreditar? O Reuben havia sumido do meu pensamento, e nós voltamos correndo para o salão onde eu o deixara. Felizmente, ele tinha caído no sono na cadeira.

Só me senti segura de novo no táxi indo para casa. Quando acordou do cochilo, Reuben estava mais calmo e, apesar de não ser ele próprio, não precisei lidar com um Al em pânico.

– Eles não voltaram à vida, Bubbe – falou Bobby. – Os dinossauros não voltaram à vida.

– É porque eles só voltam à vida à noite – explicou Reuben. Ele estava de volta. Segurou minha mão e apertou-a. – Você agiu bem, Lily.

Lily, ele me chamou de Lily, e não de Rita.

– Como assim? – perguntei.

– Você não desistiu. Não desistiu de mim.

Então eu chorei. Não consegui suportar, as lágrimas escorreram.

– Você está bem, Bubbe? – indagou Bobby. – Está triste?

– Estou bem. Só fiquei preocupada com você. Achei que tinha perdido você lá no museu.

– Você não pode me perder. Não pode mesmo, Bubbe. É impossível.

Última conversa por chat registrada entre Ryu e Chioko.

Conversa iniciada em 03/04/2012, às 20h46

CHIYOKO: ACHEI QUE VOCÊ ERA MEU AMIGO!!! Como você pôde fazer isso comigo??????? "Hiro fala através de androide"! www.hirotalksthroughandroid/tokyoherald. Espero que tenham pagado bem. Espero que tenha valido a pena.

RYU: Chiyoko! Juro, juro que não fui eu.

CHIYOKO: CM tá furiosa. Tio Androide tá ameaçando levar o Hiro de volta pra Osaka. Tem repórteres por todo lado. Vou morrer se eu perder ele. Como você pôde fazer isso?

RYU: Não fui eu!

CHIYOKO: Você arruinou a minha vida, NUNCA MAIS FALE COMIGO.

RYU: Yoko? Yoko? Por favor. Por favor! NÃO FUI EU.

Arrasado depois de ser bloqueado no messenger por Chiyoko, Ryu entrou no fórum de solteiros "Coração Partido" do 2-channel usando o avatar Homem Orz, iniciando o tópico "Nerd fracassado precisa de ajuda". Quase imediatamente, sua história tornou-se viral, instigando a imaginação dos frequentadores do grupo de discussão e atraindo milhões de acessos.

(Tradução de Eric Kushan, que observa que as abreviações e gírias foram empregadas para simular a linguagem usada nos grupos de discussão, mas que preferiu manter os acentos para melhor compreensão)

NOME: HOMEM ORZ – DATA DE POSTAGEM: 05/04/2012 – 01:32:39.32
Preciso de conselho de vcs por favor!!! Preciso me reconectar c/ uma garota q me bloqueou.

NOME: ANONIMO111
Pq ela te chutou, Orz?

NOME: HOMEM ORZ
Ela acha q contei um segredo, mas não fui eu. _|7O

NOME: ANONIMO275
Já passei por isso, cara, mas preciso de mais info.

NOME: HOMEM ORZ
Certo... isso pode demorar um tempo. Eu conversava c/ a garota pela internet, vou chamar ela de Princesa do Gelo. Ela era mto superior a mim, logo vcs podem imaginar como fiquei espantado por uma pessoa como ela passar tempo c/ um fracassado q nem eu. A gente tava se dando bem, falando todo dia e contando coisas, saca? Então... aconteceu uma coisa. Uma... vamos dizer q vazou uma história q fez a família dela ficar mal e ela achou q fui eu e agora bloqueou minhas msgs.

Não quero q vcs achem q sou um fracassado. Mas isso machuca. Qdo ela parou de aceitar minhas msgs, foi como se meu estômago fosse feito de vidro e tivesse se despedaçado.

NOME: ANONIMO111
"Como se meu estômago fosse feito de vidro." Isso é lindo, Orz.

NOME: ANONIMO28
Tô chorando aqui.

NOME: HOMEM ORZ
Obrigado. Eu tô mal. É igual a uma dor física. Não consigo comer nem dormir. Fico lendo as nossas msgs o tempo todo. Passei horas hj analisando cada palavra q a gente trocou.

NOME: ANONIMO23
Eca!!!! Vc precisa saber q as mulheres só existem pra causar dor, meu caro Orz. Fodam-se elas.

NOME: ANONIMO111
Ignore o 23.
Já passei por isso, Orz. Tem alguma esperança de vcs voltarem a se falar?

NOME: HOMEM ORZ
Não sei. Não posso viver sem ela.

NOME: ANONIMO23
Como ela é? É gostosa?

NOME: ANONIMO99
<SUSPIRO> Vc é um babaca, 23.

NOME: HOMEM ORZ
Só vi ela uma vez. E não pessoalmente. Ela se parece um pouco c/ Hazuki Hitori.

NOME: ANONIMO678
Hazuki Hitori dos Sunny Juniors? Uau! Orz, seu gosto é bom, cara. Tb tô apaixonado por ela.

NOME: ANONIMO678
Hazuki???? Uauuuuuuuuuuuuuuuuuuuuuuuuuuuuuuuuuuuuu.

NOME: ANONIMO111
Segura o tesão, pessoal.
Orz, vc precisa falar c/ ela pessoalmente. Dizer como se sente.

NOME: HOMEM ORZ
Não é tão simples assim. Isso é embaraçoso. Pessoal... eu ainda moro c/ meus pais.

NOME: ANONIMO987
Tudo bem. Eu tb moro em casa.

NOME: ANONIMO55
Eu tb. Qual o problema?

NOME: HOMEM ORZ
Não foi isso q eu quis dizer. Não saio de casa faz... um tempo. Nem saio do quarto.

NOME: ANONIMO111
Um tempo quanto, Orz?

NOME: HOMEM ORZ
Vcs vão me julgar!!!
Mais de um ano. _|7O

NOME: ANONIMO87
O mundo real pode ser uma merda. Uma dica, Orz: se vc não quer ir ao banheiro, deixe garrafas debaixo da mesa pra emergências. É o q faço qdo tô jogando direto.

NOME: ANONIMO786
KKKK!!!!
Bom conselho, 87!

NOME: ANONIMO23
Pessoal, o Orz é um *hikikomori*.

NOME: ANONIMO111
Orz socializa na net, logo é capaz de contato humano. Ele só é recluso, não é um *hikikomori* de verdade.

(O tópico se desvia brevemente do assunto principal devido a uma discussão sobre a verdadeira natureza dos *hikikomori*)

NOME: ANONIMO111
Orz, vc ainda tá aí?

NOME: HOMEM ORZ
Tô. Escuta... desculpa desperdiçar o tempo de vcs. Escrever isso me faz perceber... O q ela veria em mim, afinal? Pq ela ao menos olharia pra um fracassado assim? Olhem pra mim... Sem trabalho, sem grana, sem esperança.

NOME: ANONIMO111
Sua princesa morreu? Não. Então sempre tem esperança. Pessoal, esse cara precisa da nossa ajuda. Hora de colocar os uniformes.

NOME: ANONIMO85
Carreguem as armas.

NOME: ANONIMO337
Mirem naquela princesa.

NOME: ANONIMO23
Travada e carregada, SENHOR!

NOME: ANONIMO111
Primeiro: ajudar o Orz a sair do quarto.

NOME: ANONIMO47
Orz, uns conselhos pra vc:

1. Toma banho pra ficar o mais bonito possível. Nada de cabelo desgrenhado nem espinhas.
2. Vai até uma loja da Uniqlo e compre umas roupas boas, nada chamativo.
3. Vai ver A Princesa.
4. Convida ela pra jantar.
5. No jantar, diz como se sente.

Assim, mesmo se ela te chutar, vc não vai ter arrependimentos.

NOME: ANONIMO23
Talvez Orz não saiba onde ela mora, se eles só se falaram pela internet. Ele disse q não tem grana, como vai comprar roupas?

NOME: HOMEM ORZ
Obrigado pelos conselhos. Não tenho o endereço, mas sei q ela mora perto da estação Yoyogi.

NOME: ANONIMO414
Tem um bom restaurante de massas ali perto.

NOME: ANONIMO23
Massa no primeiro encontro? Vai pro Yakitori ou pra um de comida francesa ou étnica, assim vc vai ter assunto pra conversar.

(O tópico se desvia para uma discussão sobre o melhor lugar para um primeiro encontro)

NOME: ANONIMO111
Não é um primeiro encontro. Orz e sua princesa são ciberalmas gêmeas.
   Pessoal, vcs não tão sacando. Primeiro Orz precisa tomar banho e sair do quarto.

NOME: HOMEM ORZ
Vcs acham mesmo q eu devo tentar ver ela pessoalmente?

(Segue-se um coro de "sim", "faz isso, cara", "o q vc tem a perder", etc.)

NOME: HOMEM ORZ
Certo. Vcs quase me convenceram! Agora as questões práticas...
   Acho q posso arranjar um dinheiro, mas não mto. A princesa mora num bairro diferente, por isso preciso de um lugar pra ficar enqto procuro a casa dela. Não posso pagar hotel. Alguma sugestão? Algum de vcs já passou a noite num net café? É uma opção?

NOME: ANONIMO89
Não é ideal, mas já fiz isso uma vez nos arredores de Shinjuku. É barato e tem comida pra vender.

(Os participantes bombardeiam Orz com conselhos, discutindo onde ele deveria ficar e qual o melhor modo de atrair a atenção da princesa)

NOME: HOMEM ORZ
Preciso dormir. Tô acordado há vinte horas. Vcs me ajudaram mesmo. Não me sinto mais tão sozinho.

NOME: ANONIMO789
Vc consegue, Orz.

NOME: ANONIMO122
Faça isso pelos nerds.

NOME: ANONIMO20
Boa sorte!!! Estamos todos c/ vc, Orz. Anda, cara, vc conseeeeeegue.

NOME: ANONIMO23
Faz isso, porra.

NOME: ANONIMO111
Mantenha a gente informado!!!!

(Dois dias depois, Ryu, ou o Homem Orz, reaparece no fórum, tempo em que muita especulação aconteceu)

NOME: HOMEM ORZ – DATA DE POSTAGEM: 07/04/2012 – 01:37:19.30
Não sei se algum de vcs q tava aqui no tópico q eu comecei outro dia tá ouvindo. Andei lendo o q vcs disseram. Tô espantado c/ o apoio q recebi neste site!
  Só queria q soubessem q segui o conselho. Saí de casa.

NOME: ANONIMO111
Orz! Onde vc tá agora?

NOME: HOMEM ORZ
No reservado de um café.

NOME: ANONIMO111
Que tal o mundo grande e mau? Precisamos de detalhes. Comece do princípio.

NOME: HOMEM ORZ
Ah. Como eu disse, segui todos os conselhos de vcs. Primeiro tomei banho. Escovei os dentes q tavam amarelos de tanto fumar. Depois o cabelo. Não tinha grana pra cortar, por isso eu mesmo cortei. Acho q não ficou mto ruim!
  Agora a parte difícil. Vcs vão me julgar de verdade por causa disso. Meus pais tavam no trabalho qdo saí e eu levei as economias q minha mãe guarda na cozinha. Não é mto, mas dá pra me virar algumas semanas se tiver cuidado. Deixei um bilhete, mas ainda me sinto mal. Falei q decidi sair e arranjar um emprego, pra não ser mais um peso pra família.

NOME: ANONIMO111
Vc fez o certo, Orz. Pode pagar de volta qdo tiver se virando sozinho.

NOME: ANONIMO28
É, Orz. Vc fez a única coisa q podia fazer nessa situação. Anda, conta todos os detalhes.

NOME: HOMEM ORZ
Obrigado, pessoal. Mais detalhes... certo.

Meus sapatos ainda tavam no armário perto da porta da frente, onde eu tinha deixado há um ano. Tavam cobertos de pó.

Sair de casa foi uma das coisas mais difíceis q já fiz. Tô tentando pensar em como explicar... qdo pus o pé do lado de fora, me senti um palito de fósforo no oceano. Tudo parecia brilhante demais, grande demais. Os vizinhos curiosos tavam todos olhando por trás das cortinas. Sei q eles fofocavam sobre mim durante meses, uma coisa q incomodou um bocado a minha mãe.

Era o início da tarde qdo saí, mas até o meu bairro parecia insuportavelmente agitado. Eu ficava sentindo meu quarto me puxar de volta. Era como se tivesse sendo arrastado pra trás, mas lutei contra isso e me obriguei a correr até a estação. Comprei um bilhete pra Shinjuku antes q mudasse de ideia. Era como se todo mundo q eu visse tivesse apontando e rindo de mim.

Não vou contar dos ataques de pânico constantes q tive de enfrentar qdo cheguei em Shinjuku. Como não sabia o q fazer, entrei num restaurante Yoshinoya e, mesmo sem vontade de comer, me obriguei a perguntar ao cara do balcão se ele sabia de algum lugar barato onde eu pudesse ficar. Ele foi legal, me indicou este net café.

Vou ser honesto... tô meio q pirando...

NOME: ANONIMO179
Não pira, camarada. A gente tá aqui. E agora? Como vc vai achar a casa dela?

NOME: HOMEM ORZ
Fiz umas pesquisas. A família dela... digamos q eles não são desconhecidos, e consegui descobrir o endereço.

NOME: ANONIMO
Quer dizer q ela é famosa?

(As horas seguintes são passadas com mais conselhos e especulações sobre quem poderia ser a família da princesa)

NOME: HOMEM ORZ
Tô achando q, se eu tiver coragem de falar c/ ela, o melhor é esperar os pais saírem de casa.

NOME: ANONIMO902
Vc pensou no q vai dizer?

NOME: ANONIMO865
O estômago de vidro quebrado do Orz tá tilintando. Ele acende um cigarro e fica sob a luz de um poste vigiando a casa da princesa. Esmaga o cigarro c/ a bota, vai até a porta da frente e bate.
   Ela abre. Ele fica sem fôlego: ela é ainda mais linda do q ele lembra.
   – Sou eu, o Orz – diz ele, tirando os óculos escuros.
   – Me leva pra longe de tudo isto – implora ela, caindo de joelhos diante dele. – Me possui, me possui agora!

NOME: ANONIMO761
Belo trabalho, 865, KKKKK!!!

NOME: HOMEM ORZ
Andei pensando... Acho q sei como chamar a atenção dela...

NOME: ANONIMO111
Não deixa a gente no suspense.

NOME: ANONIMO2
É, Orz. Somos do seu time, cara!!!!

NOME: HOMEM ORZ
Conto amanhã se der certo. Se não, eu vou estar em posição fetal, cortando os pulsos e chorando.

NOME: ANONIMO286
A vitória é sua única opção, Orz! Vc consegue!!!!

(Depois que Ryu sai do fórum, acontece a seguinte conversa)

NOME: ANONIMO111
Pessoal... acho q sei quem é a princesa.

NOME: ANONIMO874
Quem?

NOME: ANONIMO111
Orz disse q a família da princesa é conhecida. Tb falou q ela mora perto da estação Yoyogi.
Hiro mora em Yoyogi.

NOME: ANONIMO23
Hiro?????? Hiro, a criança-milagre? O garoto androide?

NOME: ANONIMO111
É. Hiro tá hospedado c/ o tio e a tia. Eles têm uma filha. Vi os vídeos da cerimônia memorial. Tem uma garota q se parece c/ Hazuki no grupo q tava perto da família, e outra q não é tão gata.

NOME: ANONIMO23
Nosso humilde Orz tá apaixonado pela prima do Garoto Androide???? VAI FUNDO, ORZ!

Transcrição da gravação de Paul Craddock de abril de 2012.

17 de abril, 12h30

Meu Deus. Já faz um tempo... Como você está, Mandi? Sabe, apesar de eu estar falando sem parar nessa porra como se você fosse minha melhor amiga ou uma substituta do Dr. K, percebi outro dia que não consigo recordar seu rosto. Até entrei no Facebook para ver a foto do seu perfil a fim de lembrar como você é. Já falei como odeio o Facebook, não falei? A culpa é minha. Eu aceitei, feito um idiota, pedidos de amizade de uma porrada de gente sem verificar primeiro. Os sacanas bombardearam com ódio minha página e meu Twitter por causa da parada da Marilyn.

Mandi, eu gostaria de pedir desculpas por ignorar seus telefonemas. Eu só não... Eu tive uns dias ruins, certo? Para ser honesto, mais do que uns. Algumas semanas, rá, rá. Aquilo parecia não acabar. O Stephen... bom, você sabe. Não quero entrar nesse assunto. E não fiz muita coisa para resolver o que podemos manter em meio a toda esta falação. Na verdade não fiz muito de nada.

Foi cedo demais. Tudo isso. Muito pouco tempo após o acidente. Agora vejo. Mas talvez possamos retrabalhar mais tarde, depois que... depois que eu estiver me sentindo mais eu mesmo. Não estou muito bem no momento, você sabe.

Em alguns dias me pego olhando fotos da Jess, tentando identificar a diferença. Um dia desses ela me flagrou.

– O que está fazendo, tio Paul? – perguntou, toda doce e carinhosa, desgraçada. Ela tem um jeito de chegar de mansinho sem eu perceber.

– Nada – respondi com rispidez.

Senti tanta culpa que no dia seguinte fui à loja de brinquedos e gastei o equivalente à prestação de um carro. Agora ela tem um conjunto inteiro do *Meu querido pônei* absurdamente caro, além de uma porrada de Barbies temáticas, que eu sei que faria a feminista Shelly se revirar no túmulo.

Mas estou tentando. Meu Deus, estou tentando. É só que... ela não é ela. Jess e Polly adoravam as histórias que eu e o Stephen inventávamos para elas, versões idiotas das fábulas de Esopo. Tentei inventar uma um dia desses – uma versão de *O garoto que gritava lobo* –, mas ela me olhou como se eu tivesse ficado maluco.

Rá! Talvez tenha.

Porque há outra coisa. Ontem à noite fiz outra maratona de buscas no Google, tentando entender como estou me sentindo com relação à Jess. Existe uma doença. Chama-se Síndrome de Capgras. É muito rara, mas pessoas que sofrem disso se convencem de que as pessoas com quem elas moram foram substituídas por imitações. Foram trocadas. Sei que é loucura só pensar nisso. Até perigoso... Mas ao mesmo tempo é tranquilizador saber que existe algo específico que explicaria tudo. Mas pode ser apenas estresse. É a isso que eu me agarro agora.

(pigarreia)

E, meu Deus, é coisa demais. Ainda por cima com o primeiro dia de Jess de volta à escola. Isso nós podemos usar, acho. É o tipo de coisa que os leitores querem, não é? Acho que eu contei que o Dr. K e Darren decidiram que seria bom que ela voltasse depois dos feriados da Páscoa. Não era ideal ela ficar estudando em casa. Eu não sou grande coisa como professor e... isso implicava interagir com ela durante horas.

A imprensa apareceu em bando, como sempre, por isso fiz a atuação da minha vida, todo sorrisos, poderia ganhar um Oscar pelo papel de "guardião preocupado". Enquanto os repórteres sensacionalistas uivavam do lado de fora do portão, fui com ela até a sala de aula. A professora, Sra. Wallbank, tinha feito as crianças enfeitarem tudo; havia uma grande faixa com "Bem-vinda, Jess!" pendurada em cima do quadro-negro. A Sra. Wallbank é uma mulher robusta e alegre demais, o tipo de pessoa que passa os fins de semana visitando locais históricos, caminhando com as pernas cabeludas em montanhas batidas pelo vento. Logo que a vi, me deu vontade de enfiar o rabo entre as pernas e fumar um maço de Rothmans. (É, é, Mandi, agora são vinte por dia, mas nunca em casa. Outro vício a esconder, rá, rá, se bem que descobri que a Sra. EB não é avessa a um cigarrinho escondido.)

Logo descobri que a Sra. Wallbank fala com as crianças como se fossem adultos, mas trata os adultos como retardados.

– Olá, tio da Jess! Não se preocupe com nadinha. Jess e eu vamos ficar bem, não é?

– Tem certeza de que você está preparada para isso, Jess? – perguntei, sorrindo de modo afetado.

– Claro, tio Paul – respondeu ela com aquele sorriso complacente que passei a odiar. – Volte para casa, fume um cigarro e tome uma vodca.

A Sra. Wallbank piscou para mim e tentou levar aquilo na brincadeira.

Com aquele sentimento de alívio que sempre tenho quando não estou perto dela, saí correndo de lá.

Do lado de fora, tentei ignorar as perguntas costumeiras dos repórteres, como "quando vai deixar Marilyn ver a neta?". Murmurei as baboseiras de sempre, tipo "quando Jess sentir vontade, etc. etc." Depois entrei no Audi do Stephen e circulei um pouco. Fui parar no coração de Bromley. Parei e entrei num supermercado para comprar algo especial para o jantar do primeiro dia de Jess de volta à escola. E o tempo todo sabia que só estava representando um papel. Fingindo que era o tio atencioso. Mas não consigo... não consigo deixar de pensar em Stephen e Shelly – nos verdadeiros Stephen e Shelly, não no Stephen que aparece à noite – e é só o pensamento de não desapontá-los que me mantém indo em frente. Acho que, se eu mergulhar no personagem, ele vai acabar virando realidade. Com o tempo vou retornar a um nível normal.

De qualquer modo, eu estava na fila, segurando uma cesta cheia daquelas massas prontas medonhas de que Jess tanto gosta, quando meus olhos se fixaram na seção de vinhos. Me visualizei sentado ali mesmo, engolindo uma garrafa após outra de tinto chileno até meu estômago explodir.

– Anda, querido – pediu a velha atrás de mim. – Há um caixa aberto.

E isso me tirou do transe. A caixa logo me reconheceu. Me deu o que passei a chamar de "sorriso de apoio".

– Como ela está? – sussurrou em tom conspiratório.

Quase respondi rispidamente "Por que sempre só querem saber dela?".

Obriguei-me a dizer algo como "ela está maravilhosamente bem, obrigado por perguntar" e, de algum modo, consegui sair sem lhe dar um soco na cara nem comprar toda a seção de bebidas.

24 de abril, 23h28

Esta semana estou bem, Mandi. Agora é melhor, com ela na escola. Até passamos uma noite juntos assistindo a uma maratona de *The Only Way is Essex*. Ela adora esse reality espantoso, não se farta de ver os panacas com bronzeado artificial falando merdas uns para os outros em boates, o que me preocupa um pouco. Mas acho que todos os amigos da escola dela curtem esse tipo de lixo, por isso deveria considerar um comportamento normal e tranquilizador. Ela continua implacavelmente alegre e bem-comportada (gostaria que ela tivesse um chilique ou se recusasse a ir para a cama de vez em quando). Tento me convencer de que o

Dr. K está certo, que, claro, o comportamento dela iria mudar depois de todo aquele trauma. Só vai demorar um tempo para ela se ajustar.

– Jess – perguntei durante um intervalo comercial, um alívio em meio a toda aquela banalidade na tela. – Você e eu... nós estamos bem, não é?

– Claro que estamos, tio Paul.

E pela primeira vez em séculos eu pensei: tudo vai ficar bem. Vou superar isso.

Até telefonei para o Gerry garantindo que estava pronto para voltar a trabalhar. Ele perguntou sobre as gravações, claro, contou que os seus editores, Mandi, pegam no pé dele, desesperados para que eu mande mais material, e eu dei as desculpas de sempre. Eles teriam um orgasmo se eu mandasse isto aqui sem editar.

Mas vou dar um jeito. É.

25 de abril, 16h

É. Meu grande dia, Mandi. Darren veio aqui e, meu Deus, ele consegue ser um pentelho, revirou os armários e a geladeira para ver o que Jess estava comendo, o que tenho quase certeza de que não é o procedimento-padrão. Logo depois de ele sair, o telefone tocou. Como você sabe, geralmente é a imprensa ou algum maluco religioso que de algum modo conseguiu meu número novo usando suborno ou chantagem. Mas hoje, surpresa, surpresa, era uma pessoa do bando da abdução. Eles andavam afastados desde que eu botei a polícia em cima logo depois de Jess sair do hospital. Quase desliguei na mesma hora, mas algo me impediu. O cara que telefonou – Simon não sei das quantas – parecia bastante razoável. Disse que me ligou para saber como eu estava. Não Jess e, sim, *eu*. Precisei ter cuidado; é muito provável que o telefone esteja grampeado, por isso deixei que praticamente só ele falasse. Para ser sincero, eu de fato não tinha muito a dizer. Enquanto ouvia, quase senti como se olhasse para mim mesmo do outro lado da sala. Sei que era loucura dar atenção. Ele afirmou que o que os extraterrestres fazem – ele os chamava de "os outros", como num filme B mal-escrito – é sequestrar as pessoas, colocar um microchip dentro do corpo e usar "tecnologia alienígena" para controlá-las. Disse que eles estão de conluio com o governo. Aquilo me fez... Por que não ser honesto? Ninguém mais vai ouvir isso. Merda, certo... Olha, em algum nível aquilo fazia uma espécie de sentido esquisito.

Quero dizer... e se a Quinta-Feira Negra for um tipo de experiência do governo, afinal de contas? Há uma quantidade enorme de gente que acredita que de jeito nenhum aquelas crianças poderiam sobreviver aos acidentes. E não estou falando dos malucos óbvios como aqueles que sacodem Bíblias. Ou os doidos que acham que as crianças estão possuídas pelo demônio. Até aquele investigador que veio perguntar a Jess se ela lembrava alguma coisa do acidente a olhou como se não acreditasse que ela estava viva. Claro, no acidente do Japão houve outras pessoas que no início sobreviveram ao impacto, mas não resistiram muito. E como *exatamente* Jess sobreviveu? A maioria dos outros corpos... bom, eles estavam em pedaços, não foi? E aquele avião da Maiden Airlines parecia ter passado por um liquidificador quando começaram a tirá-lo dos Everglades.

Certo... Respira fundo, Paul. Calma, porra. A falta de sono pode foder a cabeça da gente, não é?

29 de abril, 3h37

Ele voltou. Já são três noites seguidas.

Parece maluco, mas estou me acostumando. Não fico mais apavorado ao acordar e ver que ele está sentado ali.

Ontem à noite tentei falar com ele de novo.

– O que você está tentando me dizer, Stephen?

Mas ele só disse o mesmo de sempre, depois sumiu. O cheiro está piorando. Ainda posso sentir nos lençóis, até agora. Peixe podre. *Carne* podre. Porra. Não posso estar imaginando isso, posso? *Posso?*

E... preciso admitir uma coisa. Não sinto orgulho disso.

Ontem à noite não suportei. Saí de casa às quatro da madrugada – é, isso mesmo, deixei Jess sozinha – e fui até um mercado que fica aberto a noite toda em Orpington. Comprei uma meia garrafa de Bells.

Quando cheguei em casa, ela estava vazia.

Escondi a garrafa de uísque embaixo da cama, com as outras. A Sra. EB pode ser minha nova aliada para os cigarros escondidos, mas ficaria horrorizada com a quantidade. Estou ficando descontrolado; preciso cortar isso de novo. Preciso parar com essa merda.

30 de abril

Isso é que é decisão de entrar numa.

Acabei de examinar o quarto de Jess. Não sei o que esperava encontrar. Um livro de receitas com carne humana talvez, como naquele antigo episódio de *Além da imaginação*, rá, rá.

(o riso de Paul dá lugar a soluços)

Tudo bem. Estou bem.

Mas ela *está* diferente. Está. Não há como negar isso. Ela até tirou todos os pôsteres antigos da Missy K. Talvez os alienígenas tenham bom gosto.

(outro riso que vira um soluço)

Mas... como ela pode não ser a Jess?

O problema deve ser eu.

Mas...

Está ficando mais difícil esconder tudo isso do Darren. Não posso me permitir desmoronar. Agora, não. Preciso examinar tudo. Chegar ao fundo da situação. Até pensei em desistir e levá-la para ver Marilyn. Mas será que a vaca gorda ao menos saberia se há algo diferente na Jess? Shelly odiava ir até lá, por isso Marilyn via as meninas menos do que eu. Acho que vale tentar. Ela é carne e sangue de Jess, não é?

Mas nesse meio-tempo pedi a Petra, uma das mamães solícitas da escola de Jess, para trazer sua filha Summer para brincar hoje à tarde. Petra vive mandando e-mails e ligando para perguntar se pode ajudar com alguma coisa, por isso adorou a chance. Até se ofereceu para pegar as meninas na escola e trazer para cá.

Então... vou deixar o gravador no quarto de Jess. Só para verificar. Só para ter certeza. Ver o que Jess fala quando não estou perto. É o que um tio bom faria, não é? Talvez Jess esteja sofrendo e se abra com Summer, aí eu saberei que a causa de ela estar se comportando assim é o que o Dr. K chama de "trauma não explorado". Elas vão chegar daqui a cinco minutos.

(som de vozes de crianças se aproximando, que fica cada vez mais alto)

– ... aí você pode ser a Rainbow Dash e eu, a Princesa Luna. A não ser que você queira ser Rarity?

– Você tem *todos* os pôneis, Jess?

– É. Paul comprou pra mim. Também comprou a Barbie Vestido de Festa. Olha aqui.

– Caraca! Ela é linda. Mas nem é o seu aniversário.

– Eu sei. Pode ficar com ela, se quiser. Paul pode me dar uma nova.

– Verdade? Você é a melhor amiga do mundo! Jess... o que você vai fazer com todos os brinquedos da Polly?

– Nada.
– E, Jess... doeu? Quando você se queimou?
– Doeu.
– As cicatrizes vão sumir?
– Não importa.
– O que não importa?
– Se elas vão sumir ou não.
– Mamãe diz que é um milagre você ter saído daquele avião. Ela mandou eu não perguntar sobre isso, para você não chorar.
– Não vou chorar!
– Mamãe falou que mais tarde você vai poder cobrir as cicatrizes com maquiagem, para as pessoas não ficarem olhando.
– Anda! Vamos brincar!

(Nos quinze minutos seguintes, as meninas brincam de "Meus queridos pôneis se encontram com Barbie em Essex")

(som distante da voz de Paul chamando para descerem para o lanche)

– Você não vem, Jess?
   – Vai você primeiro. Vou pegar os pôneis. Eles podem comer com a gente.
   – Tá. Posso ficar mesmo com a Barbie Vestido de Festa?
   – Pode.
   – Você é minha melhor amiga de todas, Jess.
   – Eu sei. Agora vai primeiro.
   – Tá.

(O gravador captura o som de Summer saindo do quarto. Há uma pausa de vários segundos, seguida pelo som de passos se aproximando e respiração)

– Olá, tio Paul.

No período em que estive em Londres para me encontrar com meus editores da Inglaterra, alguns dias depois do enterro de Jess em julho, Marilyn Adams me convidou para entrevistá-la em sua residência, uma casa geminada bem-arrumada, com três quartos, cheia de aparelhos e móveis modernos.

Marilyn está me esperando no sofá, com o tanque de oxigênio perto. Quando vou começar a entrevista, ela pega um maço de cigarros ao lado do sofá, acende e dá uma tragada funda.

Não conte aos rapazes, está bem, querida? Sei que eu não deveria, mas depois de tudo isso... Que mal pode fazer? Meu único consolo hoje em dia é um cigarrinho.

Sei o que você leu nos jornais, querida, mas na época nós não desejávamos mal ao Paul, o problema era só ele querer manter a Jess longe da gente. Eu tinha um primo assim, quero dizer, gay. Nós não somos preconceituosos, graças a Deus. Tem um monte deles por aí e eu adoro aquele tal do Graham Norton. Mas a imprensa... bom, eles deturpam as palavras da gente, não é? Se eu culpo a Shelly por dar a guarda ao Paul? Na verdade, não. Ela só queria uma vida melhor para ela e as meninas, quem pode culpá-la? Nunca teve muita coisa enquanto crescia. Sei que as pessoas pensam que somos parasitas, mas temos todo o direito de viver como queremos, não é? Tente conseguir a droga de um emprego hoje em dia.

Tem gente que acha que a gente só queria a Jess porque estávamos atrás da casa do Paul e da Shelly e todo aquele dinheiro do seguro. Eu estaria mentindo se dissesse que isso não viria em boa hora, mas esse era o pensamento mais distante da nossa mente, juro por Deus. Nós só queríamos passar um tempo com a pequena Jess. A coisa foi se arrastando e em alguns dias o estresse era tão grande que eu mal conseguia dormir. Os meninos viviam falando: "Você vai ter um ataque do coração de tanto se preocupar, mamãe." Por isso, quando fiquei doente de verdade, recuei, decidi não envolver os advogados. Achei que era para o bem. Jessie poderia encontrar a gente depois que crescesse, certo?

Assim, quando o Paul ligou e perguntou se a gente queria ver a Jess, você poderia me derrubar com uma pena. O serviço social vinha prometendo havia séculos que faria o que pudesse, mas eu não botei nenhuma fé nisso. Todos ficamos bastante empolgados. Achamos que seria melhor não deixá-la agitada, pode ser um caos aqui às vezes se todo mundo se junta, por isso decidi que seria só eu, os rapazes e Jordan – o primo dela que é mais ou menos da mesma idade. Falei com o pequeno Jordan que a prima vinha nos visitar e ele disse: "Mas ela não é uma alien, vó?" O pai deu-lhe um cascudo na orelha, mas o Jordie só estava repetindo uma coisa que tinha ouvido na escola. "Como alguém pode acreditar nessas besteiras?", era o que o Keith sempre questionava quando um daqueles americanos desgraçados começavam a falar que Os Três estavam na Bíblia ou sei lá o quê. Ele falava que os sacanas deveriam ser processados por difamação, mas isso não era da nossa conta, era?

Levei um tremendo choque no momento em que a assistente social deixou ela aqui. Jess tinha crescido feito uma árvore desde que eu a vira pela última vez. Todas aquelas fotos na imprensa não lhe faziam justiça. As cicatrizes no rosto não estavam tão ruins; faziam a pele parecer um pouco mais esticada e brilhante, só isso.

Cutuquei o Jordan e o mandei se levantar e dar um abraço nela. Ele obedeceu, mas dava para ver que não estava muito a fim.

Jase saiu e comprou sanduíches do McDonalds para todo mundo e eu perguntei tudo a Jess, sobre a escola, os amigos, coisa e tal. Ela era uma verdadeira matraca. Toda animadinha. Não parecia sem jeito perto da gente. Para ser honesta, fiquei meio surpresa. Na última vez que eu a tinha visto, ela era muito tímida, ela e a irmã, Polly. Ficava grudada na saia da mãe sempre que a Shelly trazia as duas. Um par de princesinhas, era como eu e os rapazes costumávamos chamá-las de brincadeira. Nem um pouco bagunceiras feito os outros. Não que a gente encontrasse muito as gêmeas, veja bem. Shelly só as trazia no Natal e nos aniversários e houve um ano em que a Brooklyn mordeu Polly. Mas a Brooklyn era praticamente um bebê na época, não sabia o que estava fazendo.

– Por que não mostra seu quarto à Jessie, Jordan? – indaguei. – Quem sabe ela não quer brincar com o Wii?

– Ela é engraçada – comentou Jordan. – A cara dela é engraçada.

Dei-lhe um tapa e disse para Jess não dar importância.

– Tudo bem. Meu rosto é engraçado. Isso não deveria acontecer. Foi um erro. – Ela balançou a cabeça como se tivesse mil anos. – Às vezes a gente erra.

– Quem erra, querida?

– Ah, nós. Vem, Jordan. Vou te contar uma história. Tenho um monte de histórias.

E os dois se foram. Fiquei com o coração mole só de ver os dois assim, juntos. Família é uma coisa importante, não é?

Hoje em dia é difícil subir a escada, com os pulmões como estão, por isso pedi ao Jase para subir e ficar de olho. Ele disse que os dois estavam se dando muito bem, Jessie falando sem parar. Antes que a gente se desse conta, já estava na hora de mandá-la para casa.

– Você gostaria de vir de novo, Jess? – perguntei. – Passar mais tempo com os primos?

– Sim, por favor, vovó. Isso foi interessante.

Depois que aquele cara do serviço social buscou-a, perguntei ao Jordan o que ele achou da Jess, se pensava que ela tinha mudado e coisa e tal, mas ele balançou a cabeça. Não quis falar muito sobre o assunto. Perguntei o que os dois ficaram falando a tarde toda, mas ele respondeu que não lembrava. Não o pressionei.

Naquela noite, Paul me telefonou e eu tive um choque de novo quando escutei a voz dele! E ele foi educado. Indagou se eu havia notado alguma coisa estranha na Jess. Foram essas as suas palavras. Confessou que estava meio preocupado com ela.

Eu disse o que estou dizendo agora a você, que ela foi uma menininha adorável, uma verdadeira joia.

Paul pareceu achar isso engraçado, até gargalhou, mas, antes que eu pudesse perguntar qual era a graça, ele desligou.

Claro, não passou muito tempo até a gente saber o que ele tinha feito.

Lillian Small.

O telefone tocou às seis da manhã e eu corri para atender antes que acordasse o Reuben. Eu não dormia bem desde aquele dia no museu e tinha pegado o hábito de sair da cama por volta das cinco, a fim de passar alguns minutos sozinha e me acalmar antes de descobrir que marido eu encontraria.

– Quem é? – perguntei rispidamente ao telefone.

Se fosse um jornalista ou algum *meshugener* se arriscando a ligar tão cedo, eu não estava com clima para tratá-lo bem.

Houve um silêncio e então a pessoa se apresentou como Paul Craddock, o tio de Jessica. Seu sotaque inglês muito correto me lembrou de um daqueles personagens do seriado *Cavendish Hall* do qual Betsy nunca parava de falar. Foi uma conversa estranha, cheia de pausas longas, desconfortáveis, mesmo que se fosse de esperar que teríamos muito o que conversar. Lembro-me de ter pensado que era estranho nenhum de nós dois termos pensado em fazer contato antes. As crianças viviam sendo mencionadas nas mesmas matérias de jornais e de vez em quando algum produtor dos grandes talk shows punha na cabeça tentar juntar as três crianças, mas eu sempre recusei. Pude perceber imediatamente que alguma coisa não ia bem com o Paul; acho que considerei que era a diferença de fuso horário ou talvez uma distorção da linha. Ele enfim conseguiu ser claro. Queria saber se eu havia notado algo diferente no Bobby, se a personalidade ou o comportamento dele tinha mudado depois do acidente.

Era o mesmo tipo de pergunta que as porcarias dos repórteres viviam fazendo e fui curta e grossa. Ele pediu desculpa por me incomodar e desligou sem se despedir.

Fiquei agitada após o telefonema, não consegui me acalmar. Por que ele me perguntaria uma coisa assim? Eu sabia que Paul, como eu e a família daquele garotinho japonês, devia estar sofrendo com a pressão da imprensa. Acho que eu também senti culpa por ser tão grossa. Ele parecera perturbado, como se precisasse conversar.

E eu estava cansada de sentir culpa. Culpa por não ter mandado o Bobby de volta para a escola; por não levar o Reuben de volta ao Dr. Lomeier para ser examinado pelo especialista; por esconder de Betsy a situação dele. Como Charmaine, que ainda ligava para ver como estávamos toda semana, Betsy estivera comigo desde o início, mas eu não conseguia afastar a sensação de que o que acontecia com o Reuben era meu milagre particular. *E* meu fardo particular. Eu sabia o que aconteceria se a história fosse revelada. Fazia dias que aquela história ridícula sobre o garotinho japonês interagindo com um robô que o pai fez para ele lotava os noticiários.

Fiz uma xícara de café, sentei-me na cozinha e olhei pela janela. Era um lindo dia de primavera e me lembro de ter pensado em como seria bom simplesmente dar um passeio, ficar numa cafeteria por aí. Ter algum tempo sozinha.

A essa altura, Reuben estava acordado e, naquele dia, era o Reuben, e não o Al. Pensei: talvez eu possa sair por alguns minutos, sentar-me no parque ao sol. Respirar.

Fiz o café da manhã do Bobby, limpei a cozinha e perguntei se o Reuben se incomodaria se eu saísse uns minutinhos.

– Pode ir, Rita. Vá e se divirta.

Fiz Bobby prometer que não sairia do apartamento e então fui. Desci até o parque, sentei-me no banco diante do centro esportivo e levantei o rosto para o sol. Repetia a mim mesma: só mais cinco minutos e eu volto, troco os lençóis da cama, compro leite com o Bobby. Um grupo de homens jovens empurrando carrinhos de bebês passou por mim e nós trocamos sorrisos. Olhei para o relógio e vi que tinha passado mais de quarenta minutos fora de casa – para onde o tempo havia ido? Estava a menos de cinco minutos do meu prédio, mas acidentes acontecem em segundos. O súbito pânico me deixou nauseada e eu corri para casa.

E tinha razão em me preocupar. Gritei ao entrar no apartamento e ver dois homens na cozinha, usando ternos idênticos. Um deles estava de olhos fechados segurando a mão de Bobby junto ao peito. O outro estava com a mão levantada acima da cabeça dele, murmurando algo.

– Afaste-se dele! – berrei a plenos pulmões. Pude ver imediatamente o que eram. O fanatismo irradiava deles. – Saiam do meu apartamento!

– É você, Rita? – indagou Reuben do outro cômodo.

– Os homens pediram para entrar e assistir ao *The View* com a gente, Bubbe – explicou Bobby. – São eles que Betsy chama de *bupkes*?

– Vá para o seu quarto, Bobby – mandei.

Virei-me de novo para os homens, com a fúria saltando em todas as veias. Eles pareciam gêmeos, o cabelo louro partido identicamente de lado, a mesma expressão presunçosa e hipócrita, o que tornava a situação muito mais perturbadora. Mais tarde Bobby me contou que eles tinham aparecido cinco minutos antes de eu chegar e que não haviam feito nada além do que eu vira na cozinha. Deviam ter me visto saindo e decidido se arriscar.

– Só pedimos que você deixe o espírito de Bobby lavar nossas almas – disse um deles. – A senhora nos deve isso, Sra. Small.

– Ela não deve nada a vocês – retrucou Betsy atrás de mim. Graças a Deus ela havia escutado meu grito. – Chamei a polícia, portanto tirem daqui esses rabos que vivem sentados na Bíblia.

Os dois se entreolharam e foram para a porta. Pareciam querer falar mais daqueles absurdos, mas a expressão de Betsy os fez calar a boca.

Betsy falou que cuidaria do Bobby enquanto eu prestava a queixa. Eu sabia que era tarde demais para me preocupar com a hipótese de ela descobrir sobre o Reuben. O próprio comissário de polícia veio me ver naquela tarde. Sugeriu uma proteção 24 horas por dia, talvez um segurança particular, mas eu não queria um estranho na minha casa.

Quanto terminei de conversar com o policial, logo notei que Betsy sabia e queria falar sobre a transformação do Reuben. Que opção eu tinha senão abrir o jogo? E quem eu poderia culpar, além de mim mesma?

Betsy Katz, vizinha de Lillian Small, concordou em falar comigo no fim de junho.

O que mais me faz sofrer é que eu tinha sido cuidadosa com todos aqueles repórteres. Aquela gente dos jornais podia ser esperta. Muito esperta, se esgueirando. Ligando para mim e fazendo perguntas capciosas como se eu tivesse nascido ontem e não enxergasse o que eles queriam.

– Sra. Katz, não é verdade que Bobby está meio estranho?

– Podem parar com esse negócio de estranho – replicava eu. – Dói ser tão idiota assim?

Se não fosse pelo Bobby, não sei se Lily teria forças para seguir em frente depois da morte da filha. Lori era uma moça legal, metida a artista, mas era uma boa filha. Eu não sei se aguentaria viver após uma facada daquelas no coração. E Bobby, que criança adorável! Nunca foi um incômodo recebê-lo das mãos da Lily. Ele entrava na minha cozinha e me ajudava a fazer biscoitos; eu o tratava como da família. Às vezes nos sentávamos para assistir a um programa de quiz. Ele era boa companhia, um menino bom, sempre feliz, sempre com um sorriso no rosto. Eu me preocupava porque ele não passava muito tempo com outras crianças; que menino quer passar todo o tempo com duas velhas? Mas isso não parecia preocupá-lo. Eu dissera a Lily muitas vezes que a família do rabino Toba tinha uma boa *yeshiva* em Bedford-Stuyvesant, mas ela não queria saber. Eu não poderia culpá-la por querer que ele ficasse tão perto. Nunca fui abençoada com filhos, mas quando meu marido Ben faleceu de câncer, faz dez anos neste mês de setembro, a perda me dilacerou. Lily já havia perdido muito. Primeiro o Reuben, depois a filha.

Eu sabia que Lily tentava esconder alguma coisa de mim, mas nem na minha vida inteira eu poderia adivinhar o que era. Lily não era boa em mentir, era um livro aberto. Eu não insisti para que ela me contasse. Achei que ela acabaria me procurando e faria a revelação.

Naquele dia, eu estava limpando a cozinha quando ouvi Lily gritar. Meu primeiro pensamento foi que devia ter acontecido algo com o Reuben. Corri direto ao apartamento dela. Ao ver aqueles dois homens estranhos, de terno e com olhares fanáticos do outro lado da porta, voltei direto ao meu apartamento e liguei para a polícia. Eu sabia o que eram. Eu? Sou capaz de identificar um daqueles lunáticos a um quilômetro de distância, depois que começaram a rondar o bairro. Até os que se achavam muito espertos, vestindo-se como empresários. Eles foram inteligentes, fugiram de lá antes que a polícia chegasse. Enquanto Lily prestava queixa, fui ao apartamento vigiar o Bobby e o Reuben.

– Olá, Betsy – cumprimentou o Bobby. – Po Po e eu estamos assistindo a *A um passo da eternidade*. É um filme velho em que todo mundo é colorido de preto e branco.

E então Reuben comentou, de forma bem clara:

– Os antigos é que são bons.

E como você acha que eu reagi? Quase tive um ataque do coração.

– O que você disse, Reuben?

– Eu disse que não se fazem mais filmes como antigamente. Você está com dificuldade para ouvir, Betsy?

Precisei me sentar. Eu vinha ajudando Lily a cuidar do Reuben desde que Bobby saíra daquele hospital e, em todo esse tempo, não tinha ouvido ele pronunciar uma palavra sequer que fizesse sentido.

Lily voltou e logo viu que eu sabia. Entramos na cozinha e ela serviu um conhaque para nós duas. Explicou tudo. Que numa noite, do nada, ele tinha começado a falar.

– É um milagre – falei.

Quando voltei para casa, não consegui me concentrar em nada. Precisava falar com alguém. Tentei ligar para o rabino Toba, mas ele não estava e eu precisava me abrir. Por isso telefonei para minha cunhada. O sobrinho da melhor amiga dela, Eliott, um bom garoto – ou pelo menos era o que eu pensava na época – era médico e ela sugeriu que eu conversasse com ele. Eu só estava tentando ajudar. Pensei que obteria uma segunda opinião para Lily.

Dizendo isso agora, parece que fui uma verdadeira idiota, eu sei.

Não sei se lhe pagaram ou o que fizeram, mas sei que foi ele que falou com os repórteres. No dia seguinte, ao sair de casa para ir à loja – só comprar um pão, já que ia tomar sopa naquela noite –, vi todos os jornalistas em volta do apartamento, mas isso não era novidade. Eles tentaram falar comigo, mas eu lhes dei um chega-pra-lá.

Vi a manchete num cartaz do lado de fora da padaria: "É um milagre! O avô senil de Bobby volta a falar". Quase vomitei ali mesmo. Que Deus me perdoe, mas me passou pela mente que eu poderia culpar aqueles malucos religiosos que tinham entrado no apartamento. Só que a matéria deixava claro que a notícia vinha de "uma fonte próxima de Lillian Small".

Fiquei muito preocupada. Sabia o que isso poderia significar para a Lily. Todos aqueles malucos, eu sabia que eles pulariam em cima disso como moscas num monte de bosta.

Corri de volta para casa e falei a Lily:

– Eu não queria que a coisa vazasse.

Ela ficou branca, e será que eu poderia culpá-la?

– De novo, não. Por que eles não nos deixam em paz?

Lily nunca me perdoou. Não me cortou de sua vida, mas, depois disso, sempre pareceu carregar uma expressão alerta ao ficar perto de mim.

Me pergunto, de verdade, se isso não ajudou a provocar todo o resto. Que Deus me perdoe.

PARTE OITO

CONSPIRAÇÃO

ABRIL – JUNHO

Matéria que apareceu no makimashup.com em 19 de abril de 2012 – um site dedicado a divulgar "o estranho e o maravilhoso no mundo todo".

A rainha da esquisitice no Japão

O primeiro vídeo mostra uma linda mulher japonesa ajoelhada num tatame no centro de uma sala elegante e mal iluminada. Ela ajeita o quimono vermelho-vivo, pisca e começa a recitar um trecho de *Roubada*, um livro de memórias best-seller escrito por Aki Kimura, que foi estuprada por três fuzileiros americanos na ilha de Okinawa nos anos 1990. No segundo vídeo, ela passa vinte minutos falando, em detalhes explícitos, sobre uma abdução. No terceiro, ela diz por que Hiro Yanagida, sobrevivente do acidente da Sun Air, é um tesouro nacional, um símbolo da resistência e da identidade do Japão.

Essas gravações, que apareceram primeiro no Niconico, a plataforma japonesa de compartilhamento de vídeos, tornaram-se virais, atraindo mais visualizações do que qualquer outra na história do site. O que as torna tão envolventes tem pouco a ver com os assuntos ecléticos dos monólogos da mulher e tudo a ver com a mulher propriamente dita. Veja bem, a mulher não é humana. É um Surrabot, a cópia androide de Aikao Uri, uma ex-cantora pop que fez grande sucesso na década de 1990 até se aposentar e casar com o político Masamara Uri. Aikao não pega leve quando se trata de notoriedade, raramente ficando fora do noticiário. Ela iniciou a moda de sobrancelhas raspadas no início dos anos 2000, é uma fervorosa antiamericana (segundo boatos, devido ao fracasso em estourar em Hollywood em meados dos anos 1990), sempre usa vestes tradicionais japonesas como rejeição aos ideais da moda ocidental e, o mais controvertido de tudo, acredita que foi abduzida várias vezes desde a infância.

É desconcertante assistir ao Surrabot de Aikao Uri falar. Passam-se vários segundos até nosso cérebro se ajustar e percebermos que há algo... errado com a mulher eloquente. Seu ritmo é sem emoção; os maneirismos, apenas uma fração de segundo lentos demais para serem convincentes. E o olhar é morto.

Aikao admite que encomendou seu Surrabot depois das notícias de que o sobrevivente Hiro Yanagida só se comunica através do android feito por seu pai, um famoso especialista em robótica. Ela acredita que falar por meio de Surrabots, que são controlados remotamente com o uso de câmeras e equipamentos de captura de voz de último tipo, "vai nos aproximar de um modo mais puro de ser".

E Aikao não é a única que abraçou esse "modo mais puro de ser". Conhecidos em todo o mundo por seu senso de moda "exótico", os jovens japoneses criadores de tendências também estão pulando no bonde do Surrabot. Os que não podem comprar o seu – as cópias androides mais baratas podem custar até 45 mil dólares – passaram a comprar manequins e bonecas sexuais realistas e a modificá-los. As ruas ao redor de Harajuku, onde os *cosplayers* se reúnem tradicionalmente para exibir seu estilo, são tomadas por fashionistas ansiosos por mostrar suas versões da moda dos Surrabots, que foi chamada de "O culto de Hiro".

Fala-se até mesmo que as bandas de garotas, como a bem-sucedida AKB 48 e as Sunny Juniors, estão criando sua linha de Surrabots que dançam e cantam.

Em meados de abril, fui à Cidade do Cabo, África do Sul, me encontrar com Vincent Xhati, investigador particular contratado em tempo integral para descobrir o paradeiro de Kenneth Oduah, o suposto "quarto cavaleiro".

O saguão de chegada do Aeroporto Internacional da Cidade do Cabo está apinhado de pretensos guias turísticos, todos gritando "Táxi, senhora?" e balançando panfletos de "passeios por Khayelitsha com tudo incluído" na minha cara. Apesar do caos, é fácil avistar Vincent Xhati, que concordou em me acompanhar pela cidade por alguns dias. Com mais de 1,90 metro e quase 140 quilos, destaca-se acima dos taxistas e dos agentes de turismo. Ele me cumprimenta com um largo sorriso e cuida imediatamente da minha bagagem. Conversamos amenidades enquanto passamos pela multidão e nos encaminhamos para o estacionamento. Dois policiais de uniforme azul e ar entediado olham para todo mundo com suspeita, mas nem eles nem as placas alertando aos recém-chegados "não saia com estranhos" parecem deter os abutres. Vincent espanta dois dos mais tenazes com um ríspido "*Voetsek*".

Exausta depois do voo de dezesseis horas, estou morrendo de vontade de tomar um café e uma chuveirada, mas quando Vincent pergunta se eu gostaria de ir direto ao lugar do acidente da Dalu Air, antes de me registrar no hotel, respondo que sim. Ele assente e me leva para seu carro, um esguio BMW preto com janelas de vidro fumê.

– Ninguém vai mexer com a gente nisto aqui – garante. – Vai parecer que somos políticos.

Ele olha para mim e solta uma gargalhada.

Afundo no banco do carona, notando que no painel há uma cópia da foto granulada de Kenneth Oduah, tirada quando ele tinha 4 anos.

Quando deixamos o aeroporto para trás e entramos numa estrada secundária, vejo a montanha da Mesa ao longe, rodeada por uma nuvem. O inverno está para chegar, mas o céu é de um azul límpido. Vincent entra na via expressa e fico pasma com os sinais de pobreza ao redor. As instalações do aeroporto podem ser supermodernas, mas a estrada é flanqueada por barracos precários e o investigador é obrigado a frear bruscamente quando uma criança pequena puxando um cachorro com uma corda ziguezagueia no meio do tráfego.

– Não é longe – avisa Vincent, estalando a língua ao ser obrigado a ultrapassar um micro-ônibus enferrujado cheio de passageiros que obstrui a pista.

Indago-lhe quem o contratou para procurar Kenneth e ele sorri e balança a cabeça. O jornalista que me deu as informações sobre Vincent me assegurou que ele era confiável, mas não consigo deixar de sentir uma pontada de inquietação. Pergunto sobre os relatos a respeito dos caçadores de Kenneth que foram assaltados.

Vincent suspira.

– A imprensa andou exagerando. Só quem se comportou feito idiota teve problema.

Questiono se ele acredita que Kenneth está mesmo vivo em algum lugar.

– Não importa em que eu acredito. Talvez a criança esteja aqui, talvez não. Se ela puder ser encontrada, eu encontro.

Saímos da via expressa e, à direita, vislumbro as bordas de uma enorme área apinhada de pequenas casas de tijolos, barracos de madeira e zinco e fileiras de latrinas que parecem guaritas de sentinela.

– Isso é Khayelitsha?

– *Ja*.

– Há quanto tempo você está procurando por ele?

– Desde o início. Não tem sido fácil. A princípio houve alguns conflitos com a comunidade muçulmana, que tentava impedir as pessoas de falar com quem o estava procurando, como eu.

– Por quê?

– Vocês não tiveram esse problema nos Estados Unidos? Os encrenqueiros presumiram que Kenneth era um menino muçulmano e foram contra os americanos virem para cá afirmando que ele era um dos mensageiros. Então se tornou público que ele é de família cristã e agora eles não se importam!

Outra gargalhada.

– Imagino que você não seja religioso.

Ele para de rir.

– Não. Já vi coisas demais.

Ele vira à direita e, em questão de minutos, estamos no coração da favela. As ruas de terra que serpenteiam entre os inúmeros barracos não têm identificação. Há uma proliferação de propagandas de Coca-Cola, a maioria presa em antigos contêineres de navio que, percebo, são lojas improvisadas. Um grupo de crianças pequenas vestindo shorts sujos acena para o carro e sorri, depois todas gritam e correm atrás. Vincent para na beira da rua, entrega 10 rands a um menino e o instrui a vigiar o BMW. O garoto estufa o peito e assente.

A algumas centenas de metros, um ônibus de turismo está parado junto a uma série de camelôs vendendo suas mercadorias. Vejo um americano pegar uma escultura de arame representando um avião e começar a regatear com o vendedor.

– Vamos sair daqui – diz Vincent. – Fique perto de mim e não faça contato visual com nenhum morador.

– Certo.

Outra gargalhada.

– Não seja louca, você está bem aqui.

– Você mora aqui?

– Não. Moro em Gugs. Gugelethu.

Já vi uma foto aérea do lugar onde o avião caiu, rasgando uma trilha serrilhada pela paisagem, mas as pessoas daqui são tenazes e já há poucos sinais da devastação. Uma nova igreja começa a ser construída e barracos brotaram onde os incêndios ocorreram. Uma reluzente pirâmide de vidro preto, gravada com os nomes dos que perderam a vida (inclusive o de Kenneth Oduah) ergue-se no centro, totalmente deslocada.

Vincent se agacha e passa os dedos pelo solo.

– Eles ainda acham pedacinhos. Ossos e fragmentos de metal. Eles abrem caminho para fora da terra. Sabe quando você tem um ferimento? Uma farpa? A terra está rejeitando essas coisas.

Voltamos em silêncio para a via expressa e nosso trajeto. Outros micro-ônibus passam zunindo, cheios de gente a caminho da cidade. A montanha da Mesa corre na nossa direção, agora com a nuvem escondendo seu característico topo plano.

– Vou levá-la ao hotel e esta noite vamos caçar, certo?

A área litorânea da Cidade do Cabo, onde fica meu hotel de vidro e aço, não poderia contrastar mais com o lugar do qual acabo de vir. É quase um país diferente. É difícil acreditar que as lojas de grife e os restaurantes cinco estrelas estão apenas a uma curta corrida de táxi da pobreza da favela.

Tomo um banho de chuveiro, desço ao bar e dou alguns telefonemas enquanto espero Vincent. Há vários homens de meia-idade reunidos em pequenos grupos e me esforço para entreouvir o que dizem. Muitos são americanos.

Venho tentando conseguir uma entrevista com a investigadora-chefe da Agência de Aviação Civil da África do Sul, mas o escritório dela recusou contato com a imprensa. Mesmo assim, digito o número. A secretária com quem falo parece cautelosa.

— Tudo está no relatório. Não houve sobreviventes.

Também sou impedida de conversar com os enfermeiros e médicos que chegaram primeiro ao local depois do acidente.

Vincent entra no hotel como se fosse dono; tão à vontade neste luxo extravagante quanto no coração de Khayelitsha.

Falo com ele sobre minhas dificuldades com a AAC.

— Pode esquecê-los. Mas verei o que posso fazer para conseguir que outros falem com você.

Ele recebe um telefonema no celular. A conversa é breve e em xosa.

— Meu sócio juntou os garotos desta noite. — Ele suspira. — Não vai dar em nada. Mas devo examiná-los. Meu chefe quer um relatório completo todo dia.

O sócio de Vincent, um homem pequeno e magro chamado Eric Malenga, nos espera sob um viaduto inacabado. Está cercado por três garotos maltrapilhos, todos parecendo inseguros de pé. Mais tarde fico sabendo que muitos meninos de rua são viciados em cola de sapateiro, o que os torna descoordenados. Vincent informa que aquelas crianças ganham a vida pedindo esmola e roubando no centro da cidade.

— Às vezes eles conseguem que os turistas lhes comprem cereal e leite e então eles vendem tudo para os mochileiros. Outros vendem os corpos.

Conforme nos aproximamos, noto uma quarta criança sentada separada das outras, num caixote virado. Está tremendo, mas não dá para saber se é de medo ou do vento frio.

O mais alto, um menino magricelo com o nariz escorrendo, levanta a cabeça ao nos ver chegar e aponta para a criança no caixote.

— Olha ele aí, chefe. É o Kenneth. Eu ganho minha recompensa agora, chefe?

Vincent me diz que o último "Kenneth" nem é nigeriano. É da classificação racial conhecida como "de cor", uma palavra que faz com que eu estremeça.

Vincent assente cansado para Eric, que empurra a criança pequena na direção do seu carro.

— Aonde o Eric vai levá-lo? — pergunto.

— Para um abrigo. Para longe desse bando de *skebengas*.

— Mas ele falou que era o Kenneth, chefe — geme o garoto de nariz ranhento. — Ele disse pra gente, eu juro.

— Você sabe por que todo mundo está procurando o Kenneth? — pergunto.

— *Ja*, dona. Acham que ele é o diabo.

— Não é verdade — retruca outro menino. — Ele precisa ir a um *sangoma*; está possuído pelo espírito de um feiticeiro. Se você se encontrar com ele, não vai viver muito tempo.

– Ele só sai à noite – completa o terceiro. – Se ele tocar numa parte do corpo sua, ela morre. Ele pode até espalhar a aids.

– *Ja*. Eu também ouvi isso – concorda o mais alto, obviamente o líder do grupo. – Conheço uma pessoa que o viu, dona. Se me der 100 eu levo você.

– Esses garotos não sabem de nada – replica Vincent, mas entrega 10 rands a cada um e os manda embora. Eles gritam de alegria e correm, instáveis, pela noite. – É assim o tempo todo. Mas eu preciso ser meticuloso, fazer o relatório diariamente. Na maior parte dos dias, verifico o necrotério, para o caso de ele aparecer por lá, mas não vou levar você.

No dia seguinte, Vincent me encontra no hotel para avisar que está indo à costa oeste "seguir uma pista". Coloca-me em contato com o policial de uma delegacia de Khayelitsha que aceita falar comigo, me dá o nome de um paramédico que chegou ao local minutos depois do acidente e passa o número do celular de uma mulher que perdeu a casa na devastação.

– Ela sabe de alguma coisa – garante. – Talvez fale com você. Uma estrangeira.

Com outro sorriso largo e um aperto de mão complicado, ele vai embora.

(Após dez dias, estou em casa, em Manhattan, quando recebo uma mensagem de Vincent. Tudo o que diz é: "eles o pegaram".)

Declaração tomada na delegacia de polícia de Buitenkant, na Cidade do Cabo, em 2 de maio de 2012.

SERVIÇO DE POLÍCIA DA ÁFRICA DO SUL

EK / EU: Brian van der Merwe

OUDERDOM / IDADE: 37

WOONAGTIG / RESIDÊNCIA: Rua Eucalyptus, Bellville, Cidade do Cabo

TELEFONE: 0219116789

WERKSAAM TE / TRABALHA EM: Kugel Seguros, Pinelands

TELEFONE: 0215318976

VERKLAAR IN AFRIKAANS ONDER EED / DECLARA EM INGLÊS, SOB JURAMENTO:

Na noite de 2 de maio de 2012, aproximadamente às 22h30, fui apreendido (*sic*) no final da Long Street, distrito comercial da Cidade do Cabo, perto da loja de móveis Beares. Eu tinha parado para dar uma carona de carro a uma criança quando percebi que policiais haviam parado seu veículo ao meu lado.

Contei aos policiais que o motivo para eu ter parado era que estava preocupado com a segurança da criança. O menino, que devia ter 8 ou 9 anos, não deveria estar na rua àquela hora da noite e eu tinha parado para dar uma carona.

Nego que eu iria fazer sexo com o garoto e, quando os policiais me encontraram no carro, nego que minha calça estivesse aberta e que o menino realizasse um ato sexual.

O sargento Manjit Kumar me tirou do carro e me deu um tapa na cara, que insisto que seja registrado aqui. Depois ele perguntou ao menino como se chamava. Ele não respondeu. Uma outra policial, Lucy Pistorius, perguntou: "Você é Kenneth?" O garoto confirmou.

Eu não resisti à prisão.

BvdMerwe
―――――――――――
HANDTEKENING / ASSINATURA

Andiswa Matebele (não é o nome verdadeiro) é a cuidadora-chefe de um local de segurança para crianças abandonadas e que sofreram abusos na Cidade do Cabo (o local exato não pode ser revelado por motivos óbvios). Ela concordou em falar comigo por telefone com a condição de que eu não revelasse seu nome nem a localização do abrigo.

Uma vergonha. Quando o menino foi trazido, estava muito desnutrido e, mesmo antes de eu lhe dar um banho, me certifiquei de que tomasse uma grande tigela de *putu* e cozido de cordeiro. Estava muito preocupada com ele, e não só porque as feridas na perna e nos braços tinham infecção. Ele fora examinado por um médico, que prescreveu antibióticos, e recebeu coquetel antirretroviral, já que havia sinais de que podia ter trabalhado com sexo. Isso não é incomum entre as crianças de rua. Muitas foram abusadas pelos pais e não conhecem outro modo de sobreviver.

O que posso dizer sobre o menino? Não tinha sotaque nigeriano, pelo que pude ver, mas era difícil ter certeza, já que ele raramente falava. Parecia ter mais de 7 anos, a idade de Kenneth Oduah. Enquanto ele comia, perguntei:

– Seu nome é Kenneth?

– Sim, meu nome é Kenneth.

Porém, mais tarde descobri que podia perguntar qualquer coisa e ele confirmaria.

No dia seguinte, uma equipe de perícia veio ao abrigo e pegou uma amostra de saliva para fazer teste de DNA. Fui informada de que o menino ficaria aqui até que pudessem ter certeza de que era mesmo Kenneth. Eu senti, muito intensamente, que se o garoto fosse mesmo a tal criança, ele deveria ser levado para a tia e a família o mais rápido possível.

Não sou de Khayelitsha, mas estive no local do memorial e vi onde aquele avião caiu. Acho difícil acreditar que alguém tenha sobrevivido àquilo, mas foi a mesma coisa com o acidente na América e os da Ásia e da Europa, por isso não sabia o que pensar. Pouco a pouco, fazendo perguntas diretas, consegui extrair a história do garoto. Ele contou que tinha morado durante um tempo na praia em Blouberg, depois na baía Kalk e então decidira voltar para o distrito comercial.

Fiquei de olho nele para garantir que as outras crianças não o tratassem mal – isso pode acontecer –, mas a maioria ficou longe. Eu não contei quem ele poderia ser. Era a única pessoa que sabia. Alguns outros funcionários eram supersticiosos e já se falava que, se um menino havia sobrevivido ao acidente, com certeza era algum tipo de feiticeiro.

Duas semanas depois, ficamos sabendo que o DNA realmente batia com o da tia de Kenneth Oduah e não se passou muito tempo até as autoridades organizarem uma grande entrevista coletiva. Presumi que Kenneth seria levado embora de imediato, mas a polícia ligou para avisar que a tia de Kenneth adoecera (talvez pelo choque de ouvir a notícia) e não poderia vir de Lagos para identificar o menino formalmente e buscá-lo. Eles me informaram que outro parente, mais distante, estava a caminho.

Ele chegou no dia seguinte e disse que era primo do pai de Kenneth. Perguntei se ele tinha certeza de que o garoto era seu parente e ele confirmou com firmeza.

– Você conhece este homem, Kenneth? – indaguei ao garoto.

– Conheço.

– Você quer ir com ele ou ficar aqui conosco?

O menino não soube o que responder. Se você perguntasse "você quer ficar?" ou "você quer ir com este homem?", ele concordaria da mesma forma.

Ele não parecia saber o que estava acontecendo.

Foi levado embora naquela noite.

Matéria publicada na edição on-line do *Evening Standard*, da Inglaterra, em 18 de maio de 2012.

Febre do arrebatamento varre os Estados Unidos

Um pastor empreendedor abriu o primeiro centro de batismo drive-thru em San Antonio, Texas, onde, pelo preço de um MacLanche Feliz, você pode garantir seu lugar no céu.

"Você pode ser salvo na hora do almoço!" O pastor Vincent Galbraith (48) sorri. "Basta entrar com o carro, receber Jesus no coração e voltar para o trabalho sabendo que, quando o arrebatamento chegar, você será um dos escolhidos de Deus."

O pastor Galbraith, seguidor do movimento do Fim dos Tempos, do Dr. Theodore Lund, teve a ideia depois que sua igreja ficou apinhada de aspirantes a cristãos que haviam aceitado a teoria bizarra de que Os Três, e agora Kenneth Oduah, são os arautos do apocalipse. Até agora, mesmo inaugurado há apenas uma semana, as filas de carro têm dado voltas no quarteirão. "As pessoas estão ficando desesperadas, e com motivo", diz o ex-vendedor de seguros transformado em pastor. "Os sinais não podem ser ignorados e eu sabia que alguém elaboraria uma solução. Não somos exigentes. Não me importa qual era sua religião antes. Muçulmano, judeu, ateu, todos são bem-vindos. Nunca se sabe quando o Senhor vai nos chamar." Ele dá um risinho. "E, se continuar nesse ritmo, estou pensando em abrir franquias."

O novo empreendimento do pastor Galbraith é apenas uma das muitas indicações de que milhares de pessoas no Cinturão Bíblico dos Estados Unidos estão levando a sério a teoria dos Cavaleiros do Apocalipse. Numa pesquisa recente feita pela CNN com a revista *Time*, 69 por cento dos americanos – um número espantoso – acreditam que os acontecimentos da Quinta-Feira Negra podem ser um sinal de que o fim do mundo é iminente.

No Kentucky, Hannigan Lewis (52) faz proselitismo do movimento *Abaixo as ferramentas*. "O arrebatamento pode chegar a qualquer hora", afirma o ex-operador de empilhadeiras. "Se você estiver pilotando um avião, dirigindo um ônibus, e for um dos salvos... bom, diabos, pense na carnificina que vai acontecer no momento em que você for levado para o céu de repente." Pegando emprestada uma expressão de uma campanha impopular do Partido Conservador do Reino Unido, ele está encorajando os crentes no arrebatamento a "voltar ao básico" e se separar de qualquer tecnologia que possa ferir os que forem deixados para trás quando os fiéis forem arrebatados.

Mas nem todos os crentes americanos estão aceitando essa teoria. O pastor Kennedy Olax, chefe da organização Cristãos pela Mudança, baseada em Austin, fala: "Nós aconselharíamos as pessoas a não cederem à histeria que varre o país neste momento. Não há motivo para pânico. A teoria ridícula e infundada dos cavaleiros não passa de incitação ao medo, brotando de um desejo de incrementar a Direita Religiosa e colocar Reynard na Casa Branca, agora que estamos em ano eleitoral."

Outros grupos estão preocupados com as mudanças políticas e sociais que essa histeria religiosa poderia trazer. E agora que o Dr. Lund e seu crescente movimento do Fim dos Tempos apoiaram o pré-candidato republicano linha-dura Mitch Reynard, suas preocupações parecem cada vez mais legítimas. "Estamos preocupados", comenta o porta-voz da Liga de Gays e Lésbicas Poppy Abrams (37). "Sabemos que o Dr. Lund está se esforçando para juntar todos os distintos grupos evangélicos e fundamentalistas que formam a direita religiosa, e Mitch Reynard tem plataformas contra o casamento gay e o aborto. Ele pode ainda não estar à frente nas pesquisas, mas sua base cresce diariamente."

O imame Arif Hamid, da Coalizão Islâmica dos Estados Unidos, é mais filosófico. "Não estamos preocupados com ataques contra os muçulmanos como os que foram vistos depois do 11 de Setembro. A maior parte do ódio parece ser contra as clínicas de aborto e a comunidade homossexual. Até agora não houve informes sobre cidadãos muçulmanos sendo marginalizados."

Apesar de a teoria dos cavaleiros ainda não ter provocado o mesmo nível de pânico no Reino Unido, muitos clérigos britânicos de todas as denominações, desde a Igreja Católica até a Igreja Anglicana, notaram um acréscimo de fiéis em paróquias e templos. E agora que o suposto quarto cavaleiro foi encontrado, talvez seja apenas questão de tempo até haver um aumento na quantidade de batismos deste lado do Atlântico.

Reba Louise Nelson.

Dói falar sobre isso, Elspeth. Mas sinto necessidade de contar o meu lado da história. As pessoas precisam saber que existem bons cristãos no condado de Sannah, que jamais quiseram fazer qualquer mal a essas crianças.

 Acho que o pastor Len começou de fato a deixar o diabo entrar no coração logo após Kendra ir embora e o Dr. Lund se afastar dele de uma vez por todas. Depois vieram os repórteres zombando dele (Stephenie disse que até fizeram um esquete sobre ele no *Saturday Night Live*, apesar de geralmente ela não ver esse tipo de programa). E todos aqueles Urubus não ajudaram nem um pouco. Uma nova onda deles começou a chegar depois que acharam o Kenneth Oduah lá na África e as pessoas começaram a afirmar que o avô de Bobby Small tinha começado a falar de novo, apesar do Alzheimer. Chegaram tantos que, parece, ele precisou alugar um bocado daqueles banheiros químicos, e da estrada mal dava para ver o rancho, tal era o número de trailers e picapes parados na propriedade. Não estou dizendo que não havia bons cristãos, mas às vezes eu os via na cidade e alguns tinham uma expressão perdida no olhar, como se as almas estivessem abaladas. Pessoas como o tal do Monty.

 Mas, na minha opinião, a verdadeira gota d'água foi o Jim.

 Meu Deus, aquele foi um dia terrível. Lembro até os mínimos detalhes. Eu estava na cozinha, fazendo um sanduíche para o Lorne – mortadela e queijo, o predileto dele. A TV da cozinha estava ligada, com Mitch Reynard sendo entrevistado por Miranda Stewart, falando que os Estados Unidos iam direto para o inferno e que havia chegado a hora de o país voltar a uma boa base moral (Stephenie acha que ele se parece um pouco com o George Clooney, mas não tenho tanta certeza). Naquela época, ele e o Dr. Lund viviam no noticiário. Estavam sendo açoitados por todos os lados pelos liberais, mas permaneciam firmes, e com razão. O telefone tocou justo quando eu ia levar o lanche do Lorne. Ao escutar a voz do pastor Len do outro lado da linha, confesso que fiquei desconfortável. Achei que fosse me perguntar por que fazia um tempo que eu não ia à igreja nem ao estudo da Bíblia, mas ele só queria saber se eu tinha visto o Jim. O pastor contou que estava planejando um dos seus encontros matinais de oração e que o Jim concordara em ir ao rancho falar com os novos Urubus sobre como Pamela havia sido uma mulher boa. Eu disse que fazia mais de uma semana que não via o Jim, mas que naquela tarde estava pensando em levar uma lasanha para ele. O pastor perguntou se eu me incomodaria em ir mais cedo para dar uma olhada, já que ele não atendia o telefone. Disse que esperava me ver na igreja no domingo e desligou.

Durante meia hora, não consegui me acalmar – parte de mim ainda sentia culpa por ter dado as costas para a igreja daquele jeito –, então liguei para o pessoal do Círculo Interno para ver se alguém tinha notícias do Jim. A verdade é que a maioria havia parado de levar comida e ver como ele estava. Stephenie, Lena e eu éramos as únicas que ainda passávamos lá ocasionalmente, mas ele nunca parecia agradecido. Depois tentei o número do Jim três ou quatro vezes, mas ninguém atendeu. Lorne estava nos fundos e eu indaguei se ele me levaria à casa do Jim, para ver se ele não teria apagado bêbado e talvez batido a cabeça.

Agradeço todo dia ao Senhor por o Lorne estar de folga; eu nunca poderia ter encarado aquilo sozinha. Soube de cara que alguma coisa ruim havia acontecido, no segundo em que paramos. Dava para ver por causa do número de moscas se arrastando pelo lado de dentro da porta de tela, que estava totalmente preta.

Lorne logo telefonou para Manny Beaumont e nós ficamos no carro enquanto ele e o policial entravam. O xerife informou que fora suicídio: Jim havia enfiado a espingarda na boca e arrancado a cabeça dos ombros. E tinha deixado um bilhete para o pastor Len. Nós só soubemos o que dizia quando o pastor leu no enterro. Foi nesse momento que houve uma reviravolta.

Jim podia ter cometido pecado contra Deus ao tirar a própria vida, mas eu, Stephenie e outras pessoas do Círculo Interno concordamos em fazer os arranjos de flores para a cerimônia fúnebre. A igreja estava apinhada até o teto com os Urubus do pastor, estranhos que nem tinham conhecido o Jim. Lorne comentou que o pastor estava representando para as câmeras de TV, sem dúvida esperando que o Dr. Lund o visse nos noticiários.

– Jim é um mártir – afirmou o pastor Len. – Uma testemunha, como sua esposa, Pamela. O tempo está acabando. Ainda há milhares que precisam ser salvos antes que seja tarde demais. Precisamos de mais tempo e Jesus não vai esperar para sempre.

Lorne diz que as autoridades deveriam ter feito com que ele parasse naquela hora. Mas o que o xerife Beaumont poderia fazer? Nos Estados Unidos as pessoas têm o direito de fazer o que quiserem em sua própria terra e o pastor Len não estava violando nenhuma lei. Na ocasião, não estava. Ele não falou diretamente que aquelas crianças deveriam ser mortas.

O pastor tinha sido minha luz-guia por um tempo enorme. Eu havia confiado nas palavras dele, ouvido seus sermões, procurado seu conselho. Mas o que ele afirmava – que Pamela era uma profeta e que o fato de Jim ter se matado não era pecado e, sim, um modo de mostrar que o quinto selo fora aberto – não me pareceu direito, e isso é fato. Acredito que Jesus falou comigo e avisou: Reba, afaste-se. Afaste-se agora. De uma vez por todas. E foi isso que eu fiz. E sei, no fundo do coração, que fiz a coisa certa.

Apesar de o soldado de primeira classe Jake Wallace ter tentado destruir o disco rígido de seu laptop depois de desaparecer da base na ilha de Okinawa, a seguinte correspondência foi recuperada por um hacker anônimo e postada no popular blog de denúncias VigilanteHacks como suposta prova de que o pastor Len Vorhees teve um papel importante nas ações subsequentes de Jake.

De: **mensageiro778@moxy.com**
Para: **levandoacruz@aol.com**
Data: 25/04/2012

Caro senhor,

    Obrigado pelo link para o seu último sermão no YouTube. Foi incrível escutar sua voz e saber que está pensando em seus Mensageiros em todo o mundo. Mas fiquei louco ao ler os comentários desrespeitosos embaixo do vídeo. Fiz o que o senhor disse e não respondi a eles, mesmo querendo, de todo o coração!!!!! Também criei um endereço de e-mail com outro nome, como o senhor falou para fazer, como dá para ver!!!!!
    Tenho muita coisa a dizer, senhor. O senhor pediu para eu contar se tivesse outro daqueles sonhos com a Sra. Pamela May Donald. Tive um ontem à noite. Dessa vez eu saía da minha barraca e entrava na clareira da floresta, onde aconteceu o acidente. A Sra. Donald estava deitada de costas, com o rosto coberto por uma mortalha branca e fina. Quando ela respirava, a mortalha entrava na boca aberta e eu tentava puchar [*sic*] para fora para ela não sufocar. A mortalha parecia oleosa e escorregou das minhas mãos, então ela sumiu e minha irmã Cassie estava ali e ela também tinha uma mortalha e disse para mim Jake não consigo respirar também e aí eu acordei. Eu estava com tanto frio como na floresta e precisei morder o punho para não gritar de novo.
    Senhor, sem suas mensagens eu ia me sentir muito sozinho. Até os fuzileiros cristãos aqui fazem piada sobre o garoto e o robô por onde ele fala e eles simplesmente não veem que isso não é brincadeira. Tem um grupo que imita o que o menino faz e só fala através de robôs e Falsos Ídolos e estou com medo de que a influência do Anticristo esteja se espalhando até nesta ilha.

Me mantenho discreto como o senhor aconselhou e só fazendo o meu dever e meu treinamento, mas é difícil. Se pudermos salvar só uma pessoa, não é o que devemos fazer? Tem famílias americanas e crianças aqui e inocentes. Não é o meu dever como Mensageiro salvar os outros antes que seja tarde demais?
  Seu fiel J

De: **levandoacruz@aol.com**
Para: **mensageiro778@moxy.com**
Data: 26/04/2012

Verdadeiro Mensageiro,
  É nosso dever e nosso Fardo sermos cercados pelos que se recusam a enxergar a verdade. Tenha cuidado para que eles não penetrem no seu coração com mentiras e carisma, causando Dúvida. A Dúvida é o demônio contra o qual você deve estar de guarda. É por isso que estou falando para você se manter discreto. Entendo o que você quer dizer sobre os inocentes e eu também luto contra isso, mas chegará o tempo em que travaremos a batalha final e os que aceitaram a Verdade no coração serão salvos.
  Como me regozijei ao saber do seu sonho! É outro SINAL! Como nossa profeta Pamela May Donald, você recebeu uma prova naquela floresta quando viu os que serão tomados e Salvos. Pamela May Donald está lhe mostrando o verdadeiro caminho. Está mostrando a você que, como o veneno expelido pelos falsos profetas Flexível Sandy e Dr. Theodore Lund, as palavras são vazias e só os ATOS importam na hora de ser testado.
  Você está sendo testado, Jake. Está sendo testado pelo Senhor Deus para ver se vai sair do caminho. VOCÊ, e só VOCÊ, é nossa voz e nosso coração nessa nação pagã. Sei que é solitário, mas você receberá sua recompensa. Os sinais estão aumentando, Jake. Os sinais estão AUMENTANDO. Meus Mensageiros estão crescendo à medida que mais e mais escolhidos vêm se juntar a mim. Mas você, você que está sozinho numa terra de Pagãos, é o mais corajoso de todos nós.
  Aquele que semeia pouco também colherá pouco, e aquele que semeia com fartura também colherá fartamente.
  Lembre-se de que os Ouvidos e os Olhos do Anticristo de muitas cabeças estão vigiando todos os nossos Mensageiros, portanto esteja vigilante.

De: **mensageiro778@moxy.com**
Para: **levandoacruz@aol.com**
Data: 07/05/2012

Caro senhor,

É bondade sua me escrever com tanta frequencia [sic], já que sei que o senhor deve estar muito ocupado agora que seus verdadeiros Mensageiros estão se juntando ao senhor pesoalmente [sic] além de em espírito. Gostaria de todo o CORAÇÃO poder estar com eles mas sei que isso não faz parte do plano de Deus para mim!!!!

Suas palavras me trazem Conforto Verdadeiro mas o que o senhor quer dizer é claro não se preocupe, senhor, estou tendo cuidado e sempre deleto como o senhor disse que eu devo fazer.

Teve outro protesto contra a base americana em Urima ontem. Senti uma vontade forte de ir falar com os pagãos e dizer que eles devem aceitar Jesus antes que seja tarde demais. Em Lucas diz que devemos amar nossos inimigos, fazer o bem a eles, e emprestar a eles sem esperar nada em troca, mas eu sabia que pelo Bem Maior não deveria fazer isso.

Seu fiel J

De: **mensageiro778@moxy.com**
Para: **levandoacruz@aol.com**
Data: 20/05/2012

Caro senhor,

Venho verificando meus e-mails todo dia e repassei na cabeça tudo que falei para o caso de ter ofendido o senhor já que não recebo nenhum e-mail seu há um tempo e aí vi as notícias sobre a morte do marido de Pamela May Donald.

Diz que ele cometeu o pecado do suicídio. É verdade?

Sei que o senhor deve estar muito ocupado com o Luto, mas tente me escrever mesmo que seja só uma linha já que suas palavras me dão forças. Tentei achar o seu site mas não consigo mais entrar nele o que me deixa preocupado pensando que o senhor e os outros Crentes Verdadeiros foram dominados pelos que trabalham para o Anticristo.

Senhor, preciso da sua Ajuda. Estão acontecendo enchentes nas Filipinas, que só podem ser outro sinal de que o mal está dominando o mundo. Alguns caras dizem que minha unidade vai ser mandada para ajudar nos esforços de resgate. Ainda posso ser sua Voz, seu Coração e seus Ouvidos e Olhos se sair daqui?

Estou me sentindo muito sozinho.

J

De: **mensageiro778@moxy.com**
Para: **levandoacruz@aol.com**
Data: 21/05/2012

Senhor? O senhor está aí? Minha unidade parte em 3 dias o que devo fazer?

De: **levandoacruz@aol.com**
Para: **mensageiro778@moxy.com**
Data: 21/05/2012

Verdadeiro Mensageiro,

Você não está sozinho. Deve ter fé que, mesmo no meu Silêncio, estou do seu lado. Estamos sendo perseguidos e espezinhados pelos Falsos Profetas e seus Lacaios, mas não vamos nos dobrar.

Mandei para você uma cópia do meu último post no blog, explicando as ações de Jim Donald.

Jim Donald, como sua Amada Esposa, sacrificou-se para nos dizer a Verdade Real, a Verdade que suspeitei desde o início quando Pamela May Donald pagou o preço definitivo para mandar pessoalmente sua profecia.

Você é um dos escolhidos. Você é especial. Estamos diante de uma Guerra Santa e o tempo está se esgotando. É hora de os Soldados de Deus se apresentarem. Você está preparado para ser um Soldado de Deus?

Precisamos conversar, mas não onde os olhos e ouvidos do Anticristo e seus Lacaios podem escutar. Diga a que horas posso ligar para você sem sermos incomodados.

De: **mensageiro778@moxy.com**
Para: **levandoacruz@aol.com**
Data: 27/05/2012

Caro senhor,

Lamento ir contra seus desejos mas isso para mim é uma agonia! Fico pensando na minha família e especialmente na minha irmã que não foi salva e no que vai acontecer com eles se não virem a Verdade antes que seja tarde demais.

Recebi seu donativo. Fiz contato com um grupo que acho que pode me ajudar a sair mas não tenho certeza.

Estou na enfermaria como o senhor disse que deveria fazer por isso não posso escrever muito. Minha unidade partiu. Podemos conversar de novo? Preciso ouvir sua voz porque estou tendo Dúvidas.

J

De: **levandoacruz@aol.com**
Para: **mensageiro778@moxy.com**
Data: 27/05/2012

NÃO me contate de novo. Eu entro em contato com você.

Ainda que o site do pastor Len, Profeta Pamela, não esteja mais no ar, o seguinte texto pode ser encontrado na internet, tendo sido postado em 19 de maio de 2012.

Meu coração foi realmente aquecido pelas mensagens que venho recebendo depois do martírio do nosso irmão Jim Donald.

Sim, Leais Mensageiros, Jim Donald foi um mártir. Um mártir que deu a vida por todos nós, como sua querida esposa Pamela. Insisto para que não deem crédito às palavras do Dr. Lund de que, ao tirar a própria vida, Jim estava cometendo um pecado. Ele é um mártir que morreu para que conhecêssemos a verdade. Um profeta que se sacrificou para nos trazer a Boa-Nova de que Deus, em Sua Glória, optou por abrir o quinto selo.

Como se lê em Apocalipse 6:9...

Quando ele abriu o quinto selo, vi debaixo do altar as almas daqueles que haviam sido mortos por causa da palavra de Deus e do testemunho que deram.

Leais Mensageiros, Jim, como Pamela, foi um mártir de suas crenças. Eu estava presente quando ele foi salvo, depois de lamentar a morte de sua amada esposa, e no momento de sua morte Deus optou por lhe mandar uma visão.

Opto por colocar suas últimas palavras aqui, para que todos vocês vejam:

Por que eles foram salvos e ela não? Ela era uma boa pessoa e boa esposa e não quero fazer mas [sic] isso eles não estão certos na cabeça eles são maus. Eles provocaram a morte de milhares e vão provocar a morte de mais ainda A NÃO SER QUE SEJAM IMPEDIDOS.

O que Jim queria dizer, assim como Pamela, está claro. O tempo está acabando para todos nós e devemos fazer o possível para trazer o máximo de pessoas para o rebanho pamelista assim que pudermos. Existe um chamado mais importante do que salvar o maior número de pessoas possível antes que o sexto selo seja aberto?

Pamela May Donald foi o conduto de Deus. Foi o canal através do qual Sua mensagem foi transmitida. O Dr. Lund e aqueles outros charlatães tentaram deturpar a mensagem dela e Jim provou isso. O Dr. Lund não acredita que o quinto selo já tenha sido aberto, mas ele está errado.

"O garoto, avise a eles", falou-me Pamela.

Eles clamavam em alta voz: "Até quando, ó Soberano santo e verdadeiro, esperarás para julgar os habitantes da terra e vingar o nosso sangue?"

Lorne Neilson concordou, ainda que com relutância, em ser entrevistado em julho de 2012. (Este relato é uma versão resumida de nossa conversa.)

Vou dizer de cara: nunca confiei no Len Vorhees. Desde o dia em que ele chegou ao condado de Sannah. Ele sabia falar, certo, mas para mim o sujeito tinha muito confeito e pouco recheio.

Mas Reba logo gostou dele e acho que isso poupava a gente de ir de carro todo domingo até a igreja no condado de Denham. Nenhum de nós soube o que pensar quando ele começou a dizer que aquelas crianças eram os quatro cavaleiros. Reba era leal àquela igreja e eu não iria pressioná-la. Para mim, estava claro que o Len usava as últimas palavras de uma morta com objetivos pessoais, como um meio de se juntar àqueles pregadores importantes de Houston. Então ele foi e meteu o Jim Donald na história. Jim podia ser venenoso feito um bando de cobras, mas a morte de Pam foi um golpe duro. Parou de ir trabalhar, não falava com os colegas. Len deveria tê-lo deixado em paz, deixado que ele bebesse até morrer, se era isso que ele queria.

Sabe quem eu culpo por ter dado tudo errado? Não o Jim, nem os repórteres que espalharam a coisa nos jornais e na TV. Culpo o Dr. Lund e aquele escritor, Flexível Sandy. Eles encorajaram o Len desde o início. Ninguém pode alegar que eles não são culpados, não importando a linguagem escorregadia que usem para negar.

Uma semana depois do enterro do Jim, Billy, o primo de Stephenie, teve que entregar umas madeiras no rancho do Len e pediu para eu o acompanhar. Disse que não queria ir lá sozinho e que o empregado dele estava de cama com o tal vírus do vômito que assolava o país. Reba pediu para eu levar um pouco dos pêssegos em conserva dela. "Para as crianças de lá."

Fazia um tempo que eu não ia ao rancho do Len, devia ter sido perto do Natal, por aí. Tinha visto todo aquele pessoal novo, claro, andando pela cidade em picapes e utilitários com as laterais amassadas, e em parte eu estava curioso para ver o que acontecia por lá. Billy comentou que se sentia desconfortável perto deles. A maioria era do estado, mas outros tinham vindo até de Nova Orleans.

Chegamos ao portão e vimos que havia dois homens ali parados. Um era o tal do Monty, de quem Reba não gostava. Eles fizeram o carro parar, perguntaram o que a gente queria, como se fossem sentinelas. Billy respondeu e eles se afastaram, deixaram a gente passar, mas ficaram olhando cheios de suspeita.

Não havia tantos trailers e barracas como eu esperava, mas eram muitos. Crianças corriam por toda parte, mulheres transitavam em grupos. Enquanto seguíamos, pude sentir que nos olhavam. Eu disse ao Billy que Grayson Thatcher, que cuidava do lugar antes da chegada do Len, teria um ataque cardíaco se visse o que acontecera com seu rancho.

Assim que a gente parou, o pastor Len veio da sede do rancho com um sorriso enorme na cara e dois sujeitos saíram do celeiro e começaram a descarregar a madeira.

Eu o cumprimentei com o máximo de educação, entreguei os pêssegos que Reba tinha mandado.

– Agradeça-lhe por mim, Lorne – pediu. – Ela é uma boa mulher. Diga que ficarei muito feliz em vê-la aqui no domingo. Foi uma pena fechar a igreja na cidade, mas Deus me mostrou que meu caminho é aqui.

Claro que eu não tinha intenção de falar isso à Reba.

Então escutei tiros no pasto de trás. E pareciam armas automáticas.

– O que você está fazendo lá, Len? A temporada de caça acabou.

– A gente precisa se manter a postos, Len. O trabalho de Deus não é feito só com orações.

Todo mundo tem o direito, dado por Deus, de se proteger. Eu ensinei minhas meninas a atirar, assim como eu e Reba as encorajamos a estar preparadas se acontecer alguma daquelas explosões solares que estão prevendo. Mas aquilo era totalmente distinto – como se eles se preparassem para algum tipo de batalha. Quanto mais eu olhava ao redor, pior era a sensação. Era óbvio que eles estavam fortificando o local: havia rolos de arame farpado empilhados perto do antigo celeiro e Billy falou que eles provavelmente iriam usar aquela madeira para fazer algum tipo de cerca.

Billy e eu saímos de lá o mais depressa possível.

– Acha que a gente devia contar ao xerife Beaumont o que eles estão fazendo aqui? – perguntou Billy.

Dava para ver que ia dar algum problema, dava para sentir o cheiro como se fosse um bicho morto na estrada havia dois dias.

Por isso a gente foi falar com o Manny Beaumont. Indagamos se ele sabia o que se passava naquele rancho. Manny respondeu que, se os pamelistas não violassem nenhuma lei, ele não poderia fazer nada. Mais tarde foram feitas muitas perguntas. Por que o FBI não estava monitorando os e-mails dele, coisas assim, como fazem com aqueles fanáticos muçulmanos? Acho que eles não imaginavam que um pastor de cidade pequena poderia estender as mãos até o mundo lá fora e causar a encrenca que causou. Ou talvez eles tenham se preocupado com a hipótese de acontecer alguma grande tragédia se tentassem fechar o negócio dele.

Antes de sair da ilha de Okinawa, o soldado de primeira classe Jake Wallace mandou o seguinte e-mail para seus pais em Virgínia em 11 de junho de 2012. O texto foi liberado para a imprensa depois de seu corpo ser formalmente identificado.

Mãe, pai,

Estou fazendo isso por vocês e pela Cassie.

Alguém tem que ser o Soldado de Deus na Luta pelas Almas e eu me apresentei para cumprir o dever. Os sinais estão ficando mais claros. Aquela enchente nas Filipinas, a guerra que vai acontecer na Coreia do Norte. O quarto Cavaleiro que encontraram na África.

Preciso trabalhar depressa porque o tempo está se esgotando.

Estou escrevendo isso para implorar que vocês sejam Salvos e recebam Jesus no coração antes que seja tarde demais.

Pai, sei que você não acredita e estou implorando como seu filho para olhar as evidências, por favor. Deus não mentiria para nós. Você costumava me dizer que o 11 de Setembro foi uma conspiração do governo e ficava irritado quando nenhum de nós acreditava. Por favor, pai. Leve mamãe e Cassie à igreja e aceite o Senhor em seu coração. O TEMPO ESTÁ SE ESGOTANDO.

Verei vocês no céu quando Jesus nos pegar no colo.

Seu filho,

Jake

Monty Sullivan, o único pamelista que concordou em falar comigo, está atualmente encarcerado na seção de Custódia Protetora da Enfermaria Norte na ilha Rikers, onde espera julgamento. Falamos por telefone.

EM: *Quando você ouviu falar pela primeira vez no pastor Len Vorhees e na sua teoria sobre os cavaleiros?*

MS: Acho que foi logo no início. Na época eu era motorista de caminhão, entregava frangos do condado de Shelby para todo o estado. Eu tinha começado a zapear no rádio procurando uma estação de rock. Eu não curtia aqueles programas religiosos. Cara, eu nem gostava muito de country. Quando estava entrando no condado de Sannah, dei com o programa do pastor Len. Alguma coisa na voz dele chamou a minha atenção.

EM: *Você pode ser mais específico?*

MS: Ele parecia acreditar de verdade no que dizia. Muitos pastores e pregadores que a gente escuta no rádio e na TV, dá para sacar que eles estão atrás é do dinheiro suado dos pobres. Na época eu não curtia muito religião, me afastei disso quando era novo por causa da minha mãe. Ela era uma crente de verdade, mandava o dízimo todo mês para um daqueles pregadores das superigrejas lá em Houston, mesmo se a gente não tinha dinheiro em casa. Dava para ver que o pastor Len era diferente, nenhuma vez ele pediu que as pessoas mandassem nenhum dinheiro. E o que ele dizia atraiu minha atenção de cara. Claro, a Quinta-Feira Negra estava em todo o noticiário e um monte de pregadores, principalmente os evangélicos, afirmava que era outro sinal de que todos íamos para o Armagedom. Falaram a mesma coisa após o 11 de Setembro, isso não era novo. Mas o ponto de vista do pastor Len acertou o alvo. O que ele disse sobre as últimas palavras de Pamela May Donald... A prova era forte demais. Todas aquelas cores nos aviões combinando com as cores dos cavalos que João viu na Revelação do Apocalipse, o fato de aquelas crianças terem saído sem ferimentos... Quando terminei minha viagem alguns dias depois, entrei direto na internet, encontrei o site do pastor

Len, Profeta Pamela. Ele havia posto todas as evidências bem ali, preto no branco. Eu li tudo, peguei a Bíblia da minha mãe, que era a única coisa dela que ainda tinha. Vendera o resto, apesar de ela não ter deixado muita coisa. Acho que você pode falar que eu era muito louco naquela época. Não curtia drogas nem nada pesado, mas gostava de uma bebida, gastei todo o dinheiro nisso.

Depois que ouvi o programa do pastor Len e li aquele site, acho que não dormi durante três dias. Podia sentir alguma coisa crescendo dentro de mim. Claro, mais tarde o pastor Len me disse que era o Espírito Santo.

Mandei um e-mail para ele, comentando que estava muito impressionado com o que ele falava. Não achei que haveria muita chance de receber uma resposta. Mas imagina só, ele mandou uma mensagem em menos de uma hora! E era uma mensagem pessoal, não uma daquelas automáticas que muita gente usa. Eu a sei de cor. Devo ter lido um milhão de vezes: "Monty, agradeço muito seu contato. Sua fé e sua honestidade provam que estou no caminho certo, no caminho para salvar mais pessoas boas como você."

Esperei até meu dia de folga, depois dirigi a noite toda, direto até o condado de Sannah e à igreja do pastor Len. Esperei na fila para ser salvo. Devia ter umas cinquenta pessoas naquele dia e a atmosfera era festiva de verdade. Todos nós sabíamos que estávamos fazendo a coisa certa. Ao me apresentar ao pastor Len enquanto ele andava ao longo da fila, agradecendo por termos ido até ali, nunca pensei que ele ia lembrar quem eu era, mas ele me reconheceu no ato: "Você é o cara que me escreveu de Kendrick!"

Pelo modo tão claro como ele explicava as coisas, percebi que eu estivera cego durante anos. Minha mãe ficou de coração partido porque eu dei as costas para a igreja quando era mais novo e eu queria que ela tivesse vivido o bastante para ver que eu voltei para o rebanho de Jesus. Como eu podia não ver que estávamos nos encaminhando para o Fim dos Dias? Como o Senhor não poderia estar se preparando para nos trazer sua justiça depois do que acontecera no mundo? Quanto mais eu olhava, mais minha cabeça rodava. Você sabe que as crianças nos Estados Unidos são obrigadas, *obrigadas* a ler o Alcorão nas escolas? Mas não a Bíblia, não, senhora. O Design Inteligente é banido, mas não o livro dos infiéis? E tem os gays, os assassinos de bebês e os liberais conspirando para transformar os Estados Unidos num país sem Deus. O Dr. Theodore Lund estava certo com relação a isso, apesar de mais tarde ter virado as costas para a verdade do pastor Len. Vimos que o Dr. Lund só queria para ele mesmo toda a glória que vinha da mensagem de Pamela. Ele não estava dedicado a salvar almas; não como o pastor Len.

EM: *Quando você decidiu se mudar para o condado de Sannah?*

MS: Depois que me converti, voltei para casa e escrevi para o pastor Len todo dia, durante algumas semanas. Senti um chamado para me mudar mais para perto da igreja dele, aproximadamente no início de março, e me tornei um de seus mensageiros. Não foi uma decisão difícil: o Senhor estava me empurrando para aquela direção. Quando o pastor Len me convidou para me mudar para o rancho, não pensei duas vezes. Larguei o emprego, vendi o caminhão e fui de carona até o condado de Sannah. Ele precisava de mim como sua mão direita.

EM: *Você tem um histórico de violência?*

MS: Na verdade não, dona. Só uma ou outra briga no pátio da escola, umas duas brigas quando bebia. Não estou dizendo que eu era tranquilo, mas nunca fui um indivíduo violento. Nunca tive problema com a lei.

EM: *De onde veio a arma que você usou para atirar em Bobby Small?*

MS: Aquela arma específica pertencia ao Jim Donald. Não foi a que ele usou para se matar, mas foi uma que ele entregou para nós guardarmos. Mas eu sabia atirar. Meu pai me ensinou a usar uma arma antes de me abandonar com minha mãe, quando eu tinha 12 anos.

EM: *Você conhecia Jim Donald?*

MS: Não conhecia bem, dona. Me encontrei com ele uma ou duas vezes. O pastor Len disse que ele tinha dificuldade para aceitar a morte da mulher. O pastor Len fazia o possível para ajudá-lo, mas dava para ver que o Jim estava muito mal com aquilo. Ele era um verdadeiro mártir, como Pamela. Ele viu a verdade sobre a destruição que os cavaleiros trouxeram ao mundo e viu que eles haviam assassinado aqueles inocentes nos aviões.

EM: *O pastor Len instruiu você a viajar a Nova York para matar Bobby Small?*

MS: Eu fiz o que qualquer um que se importa em salvar almas teria feito. Estava agindo como soldado de Deus, fazendo o que podia para erradicar a ameaça e dar mais tempo para as pessoas serem salvas antes do arrebatamento. Se pudermos parar com os sinais, interromper o trabalho dos cavaleiros, teremos mais tempo para espalhar a mensagem de Jesus e trazer mais pessoas para o rebanho. Agora que encontraram aquele quarto cavaleiro, agora que está caindo fogo e enxofre sobre a terra com todos esses desastres naturais – as enchentes nas Filipinas e na Europa e os alertas de tsunami na Ásia –, não temos muito tempo.

EM: *Mas se você acredita que os quatro cavaleiros são mensageiros de Deus, por que não ficou preocupado com a hipótese de ser castigado por Deus ao tentar assassinar Bobby Small?*

MS: Espera um minuto aí, dona. Ninguém está falando de assassinato. Quando o Anticristo vier, quando o sexto selo for quebrado, não vai ter volta. Não há garantia de que a pessoa vai ter uma segunda chance durante a Tribulação. Eu estou do lado de Deus; Ele sabe que o pastor Len e os pamelistas estão trabalhando duro para trazer mais pessoas para o rebanho dele. E aquelas crianças não eram naturais. Todo mundo podia ver isso. Depois de um tempo, elas começaram a usar seu poder e a alardear isso. Elas podem ter começado como mensageiras de Deus, mas acredito firmemente no que Jim contou à gente: que no fim elas se tornaram instrumentos do Anticristo.

EM: *O pastor Len Vorhees instruiu você a atirar em Bobby?*

MS: Não posso responder a isso, dona.

EM: *Muitas pessoas acreditam que você agiu sob influência do pastor Len Vorhees e que ele deveria ser tão responsabilizado quanto você.*

MS: Jesus foi castigado por espalhar a verdade de Deus. Não importa o que elas digam. Logo vou estar nos braços de Jesus. Eles podem me trancar, podem me colocar na cadeira elétrica, para mim dá no mesmo. E talvez tudo isso faça parte do plano de Jesus. Estou trancado aqui com pecadores e esta é a minha chance de salvar o maior número possível deles.

PARTE NOVE

SOBREVIVENTES

MAIO – JUNHO

Nas semanas após Ryu ter aparecido no fórum do 2-channel, a especulação a respeito de sua princesa ser mesmo a prima de Hiro Yanagida se tornou febril. Ryu acabou retornando ao fórum usando seu avatar, Homem Orz.

NOME: HOMEM ORZ – DATA DE POSTAGEM: 01/05/2012 – 21:22:22.30
Oi, pessoal. Não sei se um de vcs q tava no tópico q eu iniciei há um tempo tá on. Tô espantado pelo modo como vcs acolheram minha história. Só queria agradecer de novo.

NOME: ANONIMO23
Orz! Maneiro vc voltar. E aí???? Deu certo???? Conseguiu sua princesa?

NOME: HOMEM ORZ
Resposta simples: Sim. A gente tá junto.

(Segue-se uma centena de variações de "q??" e "vc é Fodão/ Sinistro/O Cara", etc. Ryu passa a explicar que pichou um ORZ do lado de fora da casa de Chiyoko para chamar a atenção dela, para alegria do pessoal do fórum)

NOME: ANONIMO557
Orz, preciso saber: a princesa é a prima do Garoto Androide?

NOME: HOMEM ORZ
Eu tava esperando vcs perguntarem isso... Andei seguindo uns tópicos. Não posso confirmar, por motivos óbvios.

NOME: ANONIMO890
Orz, vc já viu o Garoto Androide?

NOME: HOMEM ORZ
Veja resposta acima. _|7O

NOME: ANONIMO330
A princesa é mesmo gata, cara?

NOME: HOMEM ORZ
Como responder a isso e ser honesto...
   Qdo eu vi ela pela primeira vez... Ela não era a pessoa q eu pensei q era. Mas de algum modo isso não importou.

NOME: ANONIMO765
Então ela é a garota gorda q tava na cerimônia memorial e não a q se parece c/ Hazuki? Q brochante, cara.

NOME: ANONIMO111
Bem-vindo de volta, Orz. Ignore o 765.

NOME: ANONIMO762
Cara, vamos pra parte boa. Já comeu????

NOME: ANONIMO111
Não seja grosseiro. Deixa o Homem Orz falar.

NOME: HOMEM ORZ
Vou ser meloso, mas, pessoal, ficar c/ ela mudou minha vida.
Mesmo sendo uma princesa, a gente tem mais coisas em comum do q eu achava possível. Ela tb teve problemas no passado, como eu. A gente tem o mesmo ponto de vista c/ relação a tudo: sociedade, música, jogos, até política. É, às vezes a gente tem conversas pesadas!
   Até comecei a contar pra ela coisas q não tinha contado pra ninguém.
   Ela me ajudou a arranjar emprego numa loja da Lawsons, por isso agora tô ganhando um pouco de grana (não mta, mas basta pra não passar fome). Isso vai parecer piegas... mas às vezes tenho um sonho em q a gente tá casado e morando junto num apartamento e nunca precisamos sair.

NOME: ANONIMO200
Ai. Vc tá me deixando c/ ciúme, Orz.

NOME: ANONIMO201
Parece amorrr.

NOME: ANONIMO7889
Qual é, Homem Orz, fala sobre o Hiro. Já encontrou o Surrabot dele?

NOME: ANONIMO1211
O q ele acha do Culto de Hiro?

NOME: HOMEM ORZ
Pessoal, sem ofensa, mas este é um grupo de discussão público e não posso falar disso em detalhes. A princesa vai pirar se alguma coisa q eu disser sair nas revistas.

NOME: ANONIMO111
Vc pode confiar na gente, Orz, mas entendo sua posição.

NOME: HOMEM ORZ
Só digamos q é tranquilizador estar perto de uma certa pessoa. É diferente de todo mundo q já conheci.
   Só vou dizer isso.

NOME: ANONIMO764
Com q frequência vc vê a princesa?

NOME: HOMEM ORZ
Quase toda noite. Os pais dela são meio rígidos e não aprovam q ela namore alguém como eu, por isso a gente precisa disfarçar.
   Tem um parquinho na frente da casa dela e eu espero lá. Tem um prédio de apartamentos ao lado e às vezes eu me sinto vigiado, mas dá pra aguentar.

NOME: ANONIMO665
Orz fuma outro cigarro, esperando q sua princesa venha encontrar ele. Orz sabe q tá nos trinques. Talvez esta seja a noite. Alguns vizinhos olham pelas janelas, mas ele sabe q não vão incomodar ele. Orz flexiona os músculos e todos desaparecem.

NOME: ANONIMO9883
A princesa de gelo sai correndo pela porta, usando só um vestido curto e transparente...

NOME: ANONIMO210
A princesa cai nos braços dele e não se importa c/ quem esteja olhando...

(Há uma digressão na conversa, com descrições explícitas de natureza sexual)

NOME: HOMEM ORZ
envergonhado
Imagina se ela lê isso?

NOME: ANONIMO45
Cara, diz q vc fez aquilo c/ ela de verdade.

NOME: HOMEM ORZ
Preciso ir. Ela tá esperando.

NOME: ANONIMO887
Orz, não deixa a gente de fora. A gente tava c/ vc o tempo todo. Um nerd ganhando uma princesa? C/ q frequência isso acontece fora do *galge*?

NOME: ANONIMO2008
É, Orz, vc tem uma dívida c/ a gente, diz como foi.

NOME: HOMEM ORZ
Eu sei. Saber q vcs dão apoio faz toda a diferença, mesmo vcs sendo uns tarados.
  É bom saber q a gente não tá sozinho.

Falei pelo Skype com o artista gráfico Neil Mellancamp, morador de Greenpoint, Nova York, em junho de 2012.

Depois que todos aqueles malucos começaram a aparecer, ninguém do bairro disse explicitamente que queria que Lillian e Bobby se mudassem para outro lugar, mas dava para ver que a maioria de nós pensava assim.

Moro a alguns quarteirões do prédio de Lillian, do outro lado do parque McCarren, e o bairro virou um circo quase no mesmo dia em que descobriram onde Bobby morava. A área inteira estava um caos. Primeiro havia os repórteres e os caras que queriam qualquer declaração para seus blogs, tweets e tal: "Como é morar tão perto da criança-milagre?" etc. etc. Eu sempre mandei que fossem se foder, apesar de haver um monte de gente na vizinhança que via isso como uma chance para seus quinze minutos de fama. Babacas. Aí veio o pessoal dos OVNIs. Eram totalmente bizarros, mas dava para ver que a maioria era inofensiva. Ficavam do lado de fora do prédio do Bobby gritando merdas como "Quero ir com você, Bobby!", mas os policiais os enxotavam. Não eram tão insistentes quanto os pirados religiosos, que vinham em bandos. Apareceu uma porrada daqueles escrotos quando saiu a notícia sobre o marido de Lillian, um contingente inteiro que queria ser curado pelo Bobby – parecia que tinham alugado um ônibus e vindo especialmente da Carolina dos Malucos. Dava para ouvir as figuras gritando "Bobby! Bobby! Tenho câncer, me toque e me cure", mesmo depois de anoitecer. Esses não eram nem de longe tão ruins quanto os maldosos, que ficavam em volta do parque assediando as pessoas. "Deus odeia as bichas", gritavam, mas o que isso tinha a ver com um garoto de 6 anos? Havia outros que pareciam ter saído de uma tirinha, com "O Fim está chegando" e "VOCÊ já se converteu?" escrito nas camisetas e nas placas. Parecia que não dava para sair do apartamento sem trombar num deles. Você conhece o bairro, não é? É uma mistura, como boa parte do Brooklyn, tem o pessoal da arte, *hipsters*, chassídicos, um monte de gente da República Dominicana, mas os doidos eram evidentes a quilômetros de distância.

Não me entenda mal. Apesar de boa parte disso ter se desgastado bem depressa, eu sentia pena da Lillian. A maioria de nós sentia. Minha namorada denunciou alguns dos mais malignos, que faziam discursos de ódio, mas o que os policiais poderiam fazer? Aqueles malucos não se importavam se fossem presos. Queriam ser mártires.

Naquela manhã eu estava indo trabalhar e, por algum motivo, decidi pegar o trem, e não o ônibus, o que significava que tinha de atravessar o parque e passar pelo prédio de Lillian. De manhã cedo, um monte de caras que minha namorada chama de "turma dos papais *hipsters*" faz jogging no parque empurrando carrinhos de bebês, mas o cara que eu vi nos bancos perto do centro esportivo definitivamente não era um "papai que fica em casa" e abre restaurantes temporários em suas horas de folga ou sei lá o quê. O cara só estava sentado ali, mas dava para ver que havia alguma coisa estranha nele, não só pelo modo como se vestia – fazia calor e ele usava casacão preto comprido no estilo do Exército, gorro de lã preto. Assenti para ele enquanto passava, mas ele me encarou. Tentei desconsiderar aquilo, mas, ao chegar à Lorimer, tive a sensação de que deveria dar um tempo, ver o que ele estava fazendo na vizinhança. Ele podia ser só um sem-teto, porém alguma coisa me dizia para me certificar. Olhei em volta procurando os policiais que às vezes estacionavam na frente do prédio da Lillian, mas não os vi. Não sou uma pessoa espiritualizada nem nada, mas uma voz dentro de mim disse: Neil, compre um café, dê uma olhada nesse cara e depois vá para o trabalho. E foi isso que eu fiz. Comprei um café americano grande puro na Orgasmic Organic e comecei a voltar para o parque.

Quando voltei à rua de Lillian, vi o sujeito esquisito vir na minha direção, andando bem devagar. A sensação voltou e eu soube que havia alguma coisa muito errada nele. A rua não estava vazia, tinha um monte de gente indo para o trabalho, mas eu foquei nele e apressei o passo. A porta do prédio de Lillian se abriu e uma mulher velha com cabelo tingido de ruivo e um garoto com boné saíram para a calçada. Eu soube de cara que eram eles. Quem tinha bolado aquele disfarce não era criativo.

– Cuidado! – gritei.

A parte seguinte aconteceu rápido, mas também como em câmera lenta, se é que isso faz sentido. O cara esquisito pegou uma arma – não conheço armas, por isso não poderia dizer qual era – e começou a atravessar a rua, ignorando o trânsito. Não pensei duas vezes. Corri direto para ele, tirei a tampa do copo de café e joguei o líquido no sacana. Bem na cara. Ele ainda conseguiu dar um tiro, mas passou longe, acertou um Chevrolet parado na rua.

Todo mundo estava gritando, berrando.

– Abaixem-se, abaixem-se, porra!

A próxima coisa que eu vi foi um cara que veio sei lá de onde – mais tarde descobri que era um policial à paisana que tinha acabado de sair do serviço – e gritou para o sujeito "largar a porra da arma". O maluco obedeceu, mas nesse ponto dava para ver que ele não era ameaça. Estava balbuciando e esfregando os olhos e o rosto. Aquele café estava quente e a pele dele ficou totalmente vermelha. O lunático caiu de joelhos no meio da rua e o policial chutou a arma dele para longe e começou a falar pelo rádio.

Corri até Lillian e Bobby. O rosto de Lillian estava branco e eu tive medo de ela sofrer um ataque cardíaco ou algo assim. Mas o Bobby, não sei se era o choque ou o quê, mas ele começou a rir. Lillian agarrou a mão dele e puxou-o para dentro. Pareceu que em segundos a rua ficou cheia de viaturas. O maluco foi erguido e levado para longe. Espero que o escroto apodreça no inferno.

Mais tarde aquele policial me ligou, disse que eu era um herói. Falaram na prefeitura que eu iria receber uma medalha por bravura. Mas eu fiz o que qualquer um faria, não é?

Depois disso, não vi Lillian e Bobby no bairro. Eles foram para o tal esconderijo, certo? Foi o que disse a velha que morava no prédio deles. Lillian me mandou um e-mail muito maneiro, afirmando que nunca iria esquecer o que eu fiz naquele dia. Meus olhos se encheram de lágrimas quando li. A próxima vez que vi os dois foi no noticiário.

Este é o último e-mail que recebi de Lillian Small, datado de 29 de maio.

Estamos fazendo o máximo que podemos, Elspeth. Ainda estou abalada – quem não estaria, depois de uma coisa daquelas? –, mas tento ser forte pelo Reuben e pelo Bobby. Bobby está bem; acho que ele não percebeu de verdade o que aconteceu.

Acho que disse tudo que você queria saber. No seu livro você poderia falar, por favor, que não sabemos por que o Reuben começou a falar de novo, mas que não tem nada a ver com o Bobby. Pensei em negar isso, depois que aqueles homens malignos começaram a afirmar que era outro sinal, mas Betsy e Bobby sabem a verdade. Não quero que ele leia esse livro e as matérias de jornais quando tiver idade para isso e veja que sua Bubbe é mentirosa. Acredito no fundo do coração que o Reuben fez um último esforço para chutar o Al para fora da consciência e passar um tempo com o neto. Foi a força do amor dele que tornou isso possível.

Estão insistindo para que a gente se mude para um esconderijo. Não há muita opção, se eu quiser manter Bobby em segurança. Falam em colocar o Reuben numa instituição em outro estado, mas não vou admitir isso.

Não. Nós somos uma família e vamos ficar juntos, não importa o que aconteça.

Transcrição da última gravação de Paul Craddock, maio/junho de 2012.

14 de maio, 5h30

Não consigo me livrar do cheiro. Aquele cheiro de peixe. O que o Stephen deixa quando aparece. Tentei tudo; até esfreguei as paredes com desinfetante. A água sanitária fez meus olhos arderem, mas eu não conseguia parar.

Como sempre, Jess não notou. Ficou sentada na sala assistindo a *The X Factor* enquanto seu tio maluco andava pela casa com um balde de desinfetante de banheiro. Estava pouco se lixando, como diria o Geoff. Convidei a Sra. EB; esperava que ela talvez tivesse alguma sabedoria anciã para se livrar de odores que não saíam (menti e falei que tinha queimado as iscas de peixe que fiz para Jess). Mas ela replicou que não sentia cheiro de nada, a não ser a ardência da água sanitária. Ela me levou ao quintal para fumar um cigarro, deu um tapinha na minha mão de novo e sugeriu que talvez eu estivesse me esforçando demais, especialmente com toda a pressão da mídia. Me aconselhou a chorar mais, pôr o sofrimento para fora em vez de reprimi-lo. Falou durante um bom tempo sobre como ficou arrasada após a morte do marido, há dez anos. Achava que não poderia ir em frente, mas que Deus a ajudara a achar um caminho.

Olá, Deus, sou eu, Paul. Por que não está ouvindo, porra?

É como se eu estivesse partido ao meio. O Paul Racional e o Paul Enlouquecendo. Não é como aconteceu da outra vez. Aquilo foi só um episódio depressivo. Mais de uma vez peguei o telefone para entrar em contato com o Dr. K ou o Darren, para implorar que tirassem a Jess de mim. Mas aí a voz da Shelly vinha à minha cabeça: "Elas só precisam de amor e você tem muito amor para dar, Paul."

Não posso decepcioná-los.

Será que é a Síndrome de Capgras? Será?

Eu até... Meu Deus. Até inventei uma desculpa para levar a Jess à casa da Sra. EB para eu ver como o cachorro da minha vizinha reagiria. Nos filmes, os animais sempre sentem se há algo errado com uma pessoa. Se ela está possuída ou algo assim. Mas o cachorro não fez nada. Só ficou ali deitado. Preciso viver um dia de cada vez.

Preciso.

Mas a pressão de agir de modo normal quando, na verdade, estou gritando por dentro... Meu Deus. O canal Discovery quer que eu dê algum tipo de entrevista sobre como me senti ao saber do acidente. Não posso. Recusei na mesma hora. E me esqueci completamente de uma seção de fotos para o *The Sunday Times* que o Gerry marcou há semanas. Quando os fotógrafos apareceram, bati a porta na cara deles.

Gerry está arrancando os cabelos e não engole mais o meu papo de "estou de luto". Diz que seus editores vão me processar, Mandi. Podem processar. Fodam-se, o que me importa? Tudo está desmoronando.

E os comprimidos não funcionam.

(soluços)

Ela disse "Olá, tio Paul". Como ela sabia que o gravador estava no quarto, porra?

21 de maio, 14h30

Enquanto Jess estava na escola, fiz mais pesquisas na internet. Revirei o Google buscando coisas sobre os pamelistas, os seguidores da teoria dos alinígenas e até os que acreditam que as crianças estão possuídas por demônios (existem muitos desses).

Porque as crianças... as outras crianças... Bobby Small e Hiro não-sei-das-quantas... Eles não são normais, são? Deu para ver que Lillian estava escondendo alguma coisa quando liguei para ela e agora sei o que era. Não existe cura para o mal de Alzheimer. Todo mundo sabe disso. Não. Tem alguma coisa acontecendo com o Bobby. E o outro, falando através de um android. Que porra é essa?

Não consegui encontrar muita coisa sobre Kenneth Oduah, fora o que eu esperava: uma porrada de sites religiosos histéricos (A prova final de que precisávamos!), vários artigos satíricos e algumas bobagens de que ele estava sendo mantido num esconderijo em Lagos "para sua própria segurança".

E se eles forem os cavaleiros? Eu sei, eu sei. Mel, em especial, iria pirar se me ouvisse falando assim. Mas escute só. O Paul Racional nem pensaria nisso, mas acho que precisamos manter a mente aberta. Com certeza há alguma coisa errada com Jess. E merdas estranhas estão acontecendo com os outros dois. Ou três. Quem sabe que outra merda o outro vai aprontar?

Alienígenas, cavaleiros ou demônios... Nossa!

(começa a soluçar)

Será que devo ligar de novo para Lillian? Não sei mesmo.

28 de maio, 22h30

Sei que eu deveria sentir pena do Bobby por ter sido atacado daquele jeito, mas só sinto pena da Lillian.

Está em todos os noticiários, claro. Todas as drogas dos canais. Nos velhos tempos, eu tentaria impedir Jess de assistir. Faria com que ela ficasse longe disso, mas por que eu me importaria? Isso não parece afetá-la de modo nenhum.

O canal de notícias exibiu fotos dos acidentes e imagens gigantes ampliadas dos Três. Encontrei Jess sentada a centímetros da tela, com os pôneis espalhados em volta, assistindo a uma linha do tempo dos acontecimentos e aos comentaristas que a discutiam *ad nauseam*.

Obriguei-me a chegar perto dela.

— Você quer falar sobre isso, Jess?

— Falar sobre o quê, tio Paul?

— Por que aquele menino está no noticiário. Por que sua foto está no noticiário.

— Não, obrigada.

Fiquei por ali mais alguns segundos, depois corri para fumar um cigarro do lado de fora.

Darren diz que é provável que a polícia fique de olho na casa, para o caso de algum maluco religioso decidir atravessar o Atlântico e atacar Jess.

Esta noite, depois que ela for para a cama, vou tentar mais uma vez fazer o Stephen falar comigo. "Como pôde deixar essa coisa entrar aqui?" Ele tem de estar falando da Jess, não é?

Eu deveria ter feito isso há séculos.

Vou ficar acordado a noite toda, beber café suficiente para derrubar um cavalo e, quando o Stephen chegar, vou *obrigá-lo* a falar comigo.

30 de maio, 4h

Devo ter apagado. Porque, quando acordei, ele estava ali. Todas as luzes estavam acesas, mas era como se ele estivesse no escuro. Sentado na sombra. Não dava para ver seu rosto.

Ele mudou de posição e o cheiro foi tão forte que quase sufoquei.

– O que você quer? Por favor, diga – implorei. – Por favor!

Estendi a mão para agarrá-lo, mas não havia nada ali.

Entrei correndo no quarto de Jess, sacudi-a, encostei uma foto de Polly na cara dela.

– Essa é a sua irmã! Por que você não se importa, porra?

Ela se virou, espreguiçou-se e sorriu para mim.

– Tio Paul, preciso dormir. Tenho escola de manhã.

Jesus, será que ela é a racional?

Deus me ajude.

1º de junho, 18h30

Dois policiais vieram me ver hoje, apareceram de manhã, antes mesmo de eu me vestir. Na verdade não são da polícia, mas do Departamento Especial. O Paul Racional, meu eu de antes de toda esta merda fodida acontecer, dava gritinhos empolgados por dentro. Eles se chamavam Calvin e Mason. Calvin e Mason! Como o título de um seriado de policiais durões. Calvin é negro, fala com sotaque de escola chique e tem ombros de jogador de rúgbi. Fazia totalmente o tipo do Paul Racional. Mason é mais velho, uma raposa grisalha.

Fiz chá para eles, pedi desculpas pelo cheiro de desinfetante (depois da reação da Sra. EB, aprendi a não mencionar o fedor de peixe podre). Eles queriam saber se eu havia recebido algum telefonema ameaçador, como os da época em que Jess chegara em casa. Eu respondi que não. Contei a verdade. Que o único incômodo atual era causado pela imprensa.

Jess estava se comportando às mil maravilhas, claro. Sorrindo, gargalhando e agindo como uma pequena celebridade charmosa. Os dois podiam ser gostosos, mas não levei muito em conta as capacidades de detecção de Mason e Calvin. Eles caíram direitinho, claro. Engoliram a isca. Mason teve até o desplante de perguntar se poderia tirar uma foto com ela, para mostrar à filha.

Disseram que ficariam de olho na casa, e pediram para eu ligar se me preocupasse com alguma coisa. Quase falei: "Vocês poderiam mandar um aviso ao meu irmão, mandar ele me deixar em paz, porra?" Meu irmão morto! E A COISA também, claro. Imagine como isso seria recebido.

Preciso parar de chamar Jess de "a coisa". Não está certo; isso só alimenta o monstro.

Quando eles saíram, tentei ligar para Lillian de novo. Ninguém atendeu.

2 de junho, 4h

(soluços)

Ok.

Acordei. Senti aquele peso familiar na cama. Mas não era o Stephen. Era Jess, apesar de ela não ter peso suficiente para afundar o colchão, não é?

– Você gosta dos seus sonhos? – perguntou. – Eu dei os sonhos a você, tio Paul. Para que você possa ver o Stephen quando quiser.

– O que você é? – Era a primeira vez que eu indagava isso.

– Sou Jess. Quem você acha que eu sou? Você é um bobinho, tio Paul.

– Saia! Saia, saia, saia. – Minha garganta ainda está ardendo.

Ela riu e foi embora. Tranquei a porta.

Estou ficando sem opções. Vão tirar Jess de mim se descobrirem o que penso. Em alguns dias, acho que isso seria bom. Mas e se a verdadeira Jess ainda estiver lá dentro, tentando sair, tentando receber ajuda? E se ela precisar de mim?

É hora de agir. Explorar minhas alternativas. Manter a mente aberta. Pesquisar mais. Examinar todas as hipóteses.

Não tenho escolha.

Gerhard Friedmann, um "exorcista secular" que trabalha em toda a Europa, concordou em falar comigo via Skype no fim de junho depois que fiz uma doação à organização dele.

Antes de começar a responder às suas perguntas, gostaria de deixar uma coisa clara: não gosto de usar a palavra "exorcismo". Tem conotações demais. Não, eu faço "cura interior e libertação do espírito". Esse é o serviço que ofereço. Também quero esclarecer que não cobro nada, meramente peço uma doação ou a quantia que o cliente queira dar. Também não sou afiliado a nenhuma igreja ou instituição religiosa; faço meu trabalho de modo um pouco diferente. E os negócios andam muito bem no momento: é raro eu não viajar de primeira classe. Mais ou menos na época em que fui contatado pelo Sr. Craddock, estava fazendo três libertações de espírito e limpezas por dia, por toda a Europa e o Reino Unido.

Pergunto a Gerhard como Paul Craddock entrou em contato com ele.

Existem várias maneiras de os possíveis clientes entrarem em contato comigo. O Sr. Craddock falou comigo através de uma das minhas contas no Facebook. Tenho várias. Também estou no Twitter, claro, e tenho um site. Como a situação dele não me permitia ir à sua casa, concordamos em nos encontrarmos num local que às vezes uso para a libertação de espíritos.
(Ele se recusa a revelar qual é o local)

Pergunto se ele sabia quem era Paul Craddock antes de eles se encontrarem.

Sim. O Sr. Craddock foi muito sincero com relação a isso, mas eu garanti que nosso relacionamento seria confidencial – como um acordo entre médico e paciente. Eu conhecia as teorias sobre Jessica Craddock e as outras crianças, mas não deixei isso influenciar meu diagnóstico. Só estou falando com você agora porque a notícia de que o Sr. Craddock contatou meus serviços foi vazada pelos advogados de defesa dele.

Digo a ele que estive em seu site, onde ele declara haver um espírito que se manifesta pela homossexualidade. Pergunto se ele sabia que Paul Craddock era gay.

Sim, sabia. Mas também sabia que no caso dele essa não era a raiz do problema.

Ele se preocupava com a hipótese de sua sobrinha estar tomada por energia ruim, possuída, por assim dizer. Quando nos encontramos, ele estava agitado, mas não demais. Ficava repetindo que havia me contatado para "descartar essa opção" e pediu que eu investigasse a possibilidade. O Sr. Craddock falou que estava tendo sonhos extremamente perturbadores, em que seu irmão morto vinha até ele, e que tinha dificuldades para se relacionar com a sobrinha. Essas duas coisas são sintomas de possessão por espírito e/ou doença induzida por exposição exagerada a energia negativa.

Pergunto se ele sabia dos problemas mentais de Paul Craddock.

Sim. Ele foi muito direto com relação a isso. Sempre tenho o cuidado de não confundir com possessão, por exemplo, um episódio esquizofrênico, mas logo soube que não era com isso que eu estava lidando. Sou extremamente intuitivo nesse sentido.

Pergunto como ele em geral faz a libertação do espírito.

A primeira coisa que faço é acalmar a pessoa, fazer com que ela se sinta confortável. Depois unto a testa dela com óleo. Qualquer óleo serve, mas prefiro azeite extravirgem, já que parece dar melhores resultados.

Em seguida, preciso decifrar se estou lidando com envenenamento por energia ruim ou possessão por entidade. Se for possessão, o passo seguinte é descobrir que tipo de entidade se ligou ao cliente e chamá-la pelo nome. As entidades são fenômenos perturbadores e poderosos que vieram de um plano diferente para a terra. Elas se ligam a uma pessoa que já esteja enfraquecida, talvez por causa de abusos ou porque foram envenenadas pela energia ruim de alguém e isso permitiu que suas defesas enfraquecessem. Existem muitos tipos de entidades; aquelas em que me especializei são as que encontraram portas para o nosso reino através de locais onde há muita negatividade.

Também faço limpeza de objetos, já que eles também podem abrigar energia negativa. Por isso sempre encorajo as pessoas a ter cuidado ao lidarem com antiguidades e artefatos de museus.

Pergunto por quê, se acreditava que Jessica estava possuída, Paul Craddock não pediu que ela também fosse limpa.

Isso não era possível, por causa da situação atual dele. Paul disse que estava sob vigilância por parte da imprensa, que o seguia e seguia Jess por toda parte.

Mas quando ele entrou em mais detalhes sobre os sintomas, que incluíam ser assolado pelo sentimento de que Jess não era a Jess verdadeira, mas uma imitação, tive certeza de que uma entidade estava causando o problema e que ela havia se ligado a Paul, não à sobrinha. O sofrimento e a angústia depois que a família morreu no acidente de avião devem ter enfraquecido suas defesas o suficiente para ele se tornar um grande candidato à possessão. Paul também expressou a preocupação de que Jess poderia ser uma criatura alienígena, mas lhe garanti que os extraterrestres não existem e que provavelmente ele estava lidando com um surto de energia ruim.

Assim que me sintonizei nele, descobri que Paul de fato sofria de uma séria doença causada por uma superintoxicação de energia ruim. Garanti que, quando tivéssemos feito o ritual de limpeza – que envolve a unção com óleo e a transferência da energia negativa através do toque –, ele não teria mais aqueles sonhos nem acreditaria que a sobrinha fora trocada.

Depois alertei que, apesar de ele ter sido limpo, ainda estava comprometido e ainda haveria restos de energia ruim dentro dele que talvez pudessem atrair uma entidade. Encorajei-o a evitar situações de estresse a todo custo.

Ele me agradeceu e, ao sair, falou: "Agora só pode haver uma explicação."

Pergunto se ele sabia o que Paul Craddock queria dizer com isso.

Na hora, não.

PARTE DEZ

FIM DO JOGO

Joe DeLesseps, um representante de vendas que viaja regularmente através de Maryland, Pensilvânia e Virgínia, concordou em falar comigo pelo Skype no fim de junho.

Eu atuo nos três estados, vendendo quase tudo que você possa imaginar no ramo de ferramentas; ainda há pessoas que preferem lidar com um ser humano do que com um computador. Fico fora das vias expressas quando posso. Prefiro as estradas secundárias. Como o meu neto Piper diria, é assim que eu rodo. Com o passar dos anos, abri várias rotas, tenho meus locais prediletos para parar, tomar um café e comer uma torta; alguns eu visito há anos, apesar de um número cada vez maior de lojas familiares terem sido atingidas pela recessão. Também não gosto desses motéis de grandes cadeias, prefiro os administrados por famílias. Você pode não ter TV a cabo e boa comida, mas a companhia e o café são sempre melhores, com preços aceitáveis.

Naquele dia eu estava atrasado. O atacadista que eu tinha visitado em Baltimore gostava de falar e eu havia perdido a noção do tempo. Quase decidi pegar a interestadual, mas há um pequeno restaurante de beira de estrada logo antes da Mile Creek Road – uma das minhas rotas prediletas que leva até perto da floresta Green Ridge –, onde o café é bom e as panquecas, melhores ainda, por isso decidi fazer o caminho mais longo. Minha mulher, Tammy, vive pegando no meu pé para ter cuidado com o colesterol, mas era só ela não ficar sabendo, assim não se magoaria.

Cheguei por volta das cinco, meia hora antes do horário de fechar. Parei perto de um utilitário novinho com vidro fumê. Assim que entrei, pensei que devia pertencer ao pequeno grupo que tomava café num reservado perto da janela. À primeira vista, achei que era uma família comum: um casal com o filho, numa viagem com vovó e vovô. Mas quando olhei mais de perto, vi que eles não pareciam combinar. Não havia aquele companheirismo tranquilo que se vê na maioria das famílias ou em gente saindo de férias; o casal mais novo, especialmente, parecia tenso. Quase dava para ver os vincos na camisa do homem mais jovem, como se ele tivesse acabado de tirá-la da bagagem.

Eu sabia que Suze, a cozinheira, queria ir para casa, por isso pedi minhas panquecas bem depressa e coloquei creme extra no café para poder engolir mais rápido.

– Po Po quer ir ao banheiro – disse o menino, apontando para o vovô.

Mas o velho não falara nada. Dava para ver que havia alguma coisa errada com ele. Tinha uma expressão vazia nos olhos, como meu pai perto do fim.

A mulher mais velha ajudou o velho a arrastar os pés até o banheiro. Cumprimentei-a quando ela passou pela minha mesa e recebi um sorriso cansado. Dava para ver que o cabelo ruivo era tingido, tinha 2 centímetros de raízes grisalhas. Tammy diria: aí vai uma mulher que não tem tempo de se cuidar há um bom tempo. Eu podia sentir olhares fixos em mim; o cara mais novo estava me analisando. Assenti, comentei algo tipo "uma chuva cairia bem", mas ele não respondeu.

Saíram alguns minutos antes de mim, mas ainda ajudavam o idoso a entrar no utilitário na hora em que fui embora.

– Para onde vocês vão? – perguntei, tentando ser amistoso.

O homem me olhou torto e respondeu:

– Pensilvânia.

Estava na cara que era uma mentira deslavada.

– Ahã. Bom, se cuidem.

A mulher mais velha, ruiva, me deu um sorriso hesitante.

– Anda, mamãe – chamou a mais nova, e a senhora pulou como se tivesse acabado de ser beliscada.

O menino acenou para mim e eu pisquei para ele. Era um garoto bonitinho.

Eles partiram depressa, pegando a direção errada se iam mesmo para a Pensilvânia. Aquele utilitário devia ter GPS e dava para ver que o cara mais novo sabia o que estava fazendo. Acho que pensei: não é da minha conta.

Não vi a coisa acontecer. Fiz a curva, vi o brilho dos faróis. O carro estava capotado do lado errado da pista.

Parei, peguei meu kit de primeiros socorros no banco de trás. Quem viaja como eu acaba deparando com um monte de acidentes e fazia anos que eu tinha um kit no automóvel. Até fiz um curso há alguns anos.

Eles bateram num cervo. Acho que o cara novo deve ter puxado o volante com força demais e capotou o carro. Deu para ver na hora que os dois da frente – o motorista e a moça de olhar duro – tinham morrido, e deve ter sido rápido. Não dava para ver que partes eram de cervo e que partes eram humanas.

O velho no banco traseiro também morrera. Não vi nenhum sangue, mas os olhos dele estavam abertos. Ele parecia em paz.

A mulher ruiva era outra coisa. Não havia muito sangue nela, mas suas pernas ficaram presas e o olhar estava atordoado.

– Bobby – sussurrou ela.

Eu sabia que ela se referia ao garoto.

– Vou procurá-lo, senhora.

A princípio não consegui encontrá-lo. Achei que tivesse sido jogado pelo vidro de trás. Encontrei o corpo a 200 metros do veículo. Estava numa galeria de escoamento de água, deitado de rosto para cima, como se olhasse o céu. A gente sabe quando a alma se foi. Há um vazio. Parecia não haver nem um fiapo de alma nele.

Eu não conseguiria tirar a mulher dali – para isso, precisava de um alicate pneumático – e estava preocupado com a possibilidade de algum dano na coluna. Ela parou de chorar e eu segurei sua mão enquanto ela ia perdendo a consciência. Ouvi o som do motor estalando e esperei a polícia.

Só descobri quem eles eram no dia seguinte. Tammy não acreditou que eu não tinha deduzido antes; o rosto daquele menino vivia estampado nas revistas que ela sempre compra.

Não parecia certo. Quais são as chances de o pobre garoto ter estado em dois acidentes fatais? Eu planejava continuar trabalhando até que Tammy me obrigasse a me aposentar, mas talvez essa coisa toda seja um sinal de que é hora de parar. Um sinal de que já chega.

Pensei muito se deveria ou não incluir o relatório da autópsia de Bobby Small neste livro. Decidi colocar um resumo depois que vários sites de conspiração insistiram que a morte dele foi forjada. Segundo a patologista Alison Blackburn, perita-chefe do Estado de Maryland, não foi encontrada qualquer anomalia no meticuloso exame interno. Bobby foi identificado formalmente por Mona Gladwell, que se recusou a falar comigo de novo.

(Os leitores sensíveis talvez queiram pular esta parte. Porém, o relatório completo pode ser encontrado no site Patologicamente Famosos)

DEPARTAMENTO DE MEDICINA LEGAL
ESTADO DE MARYLAND

Falecido: Bobby Reuben Small
Idade: 6 anos
Sexo: Masculino

Número da autópsia: SM 2012-001346
Data: 11/06/2012
Hora: 9h30

Exame e análise resumida realizados por: **Alison Blackburn, MD, Perita-Chefe**
Exame inicial: **Gary Lee Swartz, MD, Subchefe de Perícia**
Exame osteológico: **Pauline May Swanson, ph.D., ABFA**
Exame toxicológico: **Michael Greenberg, ph.D., DABFT**

RESULTADOS ANATÔMICOS

Menino com abrasões superficiais na testa, no nariz e no queixo. Deslocamento completo entre C6,C7 e C7,T1. Secção do disco intervertebral e do ligamento anterior C6,C7. Processo espinal C6 fraturado. Rasgo parcial dos filamentos de raiz posterior e múltiplos pontos de sangramento.

CAUSA DA MORTE

Rompimento traumático do cordão cervical.

TIPO DE MORTE

Morte acidental consistente com ejeção de um veículo motorizado.

RESUMO CIRCUNSTANCIAL

Bobby Small, 6 anos, sexo masculino, foi o único sobrevivente de um acidente de avião há seis meses, em que sua mãe morreu. Sofrera pequenos ferimentos, dos quais se recuperou por completo. Estava sendo perseguido por um grupo religioso e foi tomada a decisão de levá-lo para um local seguro com os avós. Os três eram transportados num Chevrolet Suburban utilitário por dois agentes do FBI. Bobby estava sentado entre os avós no banco de trás do veículo, preso por um cinto de segurança de dois pontos. Aproximadamente às 17h, eles pararam no restaurante Duke's Roadside, em Maryland. O grupo foi observado lá pelo Sr. Joseph DeLesseps, um representante de vendas. Eles atraíram seu interesse porque o Sr. DeLesseps achou que formavam um grupo estranho. Os adultos tomaram café e Bobby bebeu milkshake de morango e comeu um prato de batatas fritas. O grupo saiu por volta das 17h30, seguidos pouco depois pelo Sr. DeLesseps, que viu o Suburban partir em alta velocidade. Mais ou menos às 17h50, o Sr. DeLesseps fez uma curva num trecho da estrada que passava por uma floresta e viu o Suburban acidentado no acostamento. Encontrou o carro batido numa árvore grande com um cervo morto atravessado no para-brisa. No veículo, havia duas pessoas mortas no banco da frente e um homem idoso morto no banco de trás. Havia também uma mulher idosa muito ferida no banco de trás. Ao não avistar o menino, o Sr. DeLesseps procurou-o ali por perto. Encontrou o corpo do garoto numa pequena galeria de escoamento a 200 metros do utilitário. Não havia sinal de vida. Ele ligou imediatamente para o 911.

DOCUMENTOS E PROVAS EXAMINADOS

1. Relatório do centro de exames de veículos referente ao Chevrolet Suburban. Provas de danos no capô e no para-brisa consistentes com o impacto de um cervo. Amassado da traseira do veículo consistente com o impacto com um tronco de árvore. Vidro traseiro despedaçado e cinto de segurança traseiro de dois pontos danificado. Nenhuma evidência de qualquer dano anterior ao acidente ou defeitos no veículo.

2. Relatório da equipe de exame feito pela autoridade rodoviária. Marcas de pneus indicam a probabilidade de frenagem súbita após impacto com cervo em velocidade de moderada a alta, resultando em capotagem para fora da estrada e impacto lateral-traseiro com árvore. Os cintos de segurança dos adultos permaneceram no lugar, mas o cinto central do banco traseiro, de dois pontos, estava aberto e parcialmente danificado, resultando na ejeção da criança através do vidro traseiro despedaçado.

IDENTIFICAÇÃO

Em 11/06/2012, às 9h45, foi realizado um exame post mortem completo no corpo de Bobby Small, identificado pelo Departamento de Medicina Legal do condado de Norfolk. David Michaels estava presente como assistente de autópsia.

ROUPAS E OBJETOS DE VALOR

Bobby Small usava um boné vermelho-vivo (recuperado no local), jeans, uma camiseta vermelha do filme *Uma noite no museu*, um agasalho cinza-claro com capuz e um par de tênis Converse vermelhos.

EXAME EXTERNO

O corpo é de um jovem do sexo masculino bem nutrido com idade declarada de 6 anos.

Comprimento do corpo 1,14 metro / Peso 21 quilos
Cabelo louro-claro, comprimento médio e ligeiramente encaracolado. Nenhum nevo ou tatuagem. Pequena cicatriz na testa. Abrasões superficiais na testa, no nariz e no queixo. Pupilas iguais e regulares. Íris azul-claras. Dentes de leite saudáveis com a ausência dos dois incisivos frontais superiores.

Apesar de Paul Craddock ter tentado destruir o disco rígido de seu computador, vários documentos e e-mails foram recuperados, inclusive os seguintes, que foram vazados para a imprensa.
  (Os erros foram deixados para ilustrar seu estado mental)

Lista de merdas estranhas que Jess disse

(8 de junho)

(Mais sobre a nova obsessão com o tédio) Tio Paul, você fica entediado por ser você? Eu fico entediada por ser eu. (Volta a assistir seu programa predileto, a porra do *The Only Way is Essex*.) Essas pessoas estão entediadas por serem elas mesmas. (Pergunto a ela que m. isso quer dizer) Estar entediado é como ser um copo que não pode ser enchido (zen da porra, onde ela ouviu isso?????? Com certeza não no Big Brother das Celebridades).

(10 de junho)

Entrego o jantar ela diz: tio Paul, o Stephen cheira tão mal quanto essas iscas de peixe? (Eu grito, ela gargalha) Saio ela liga num canal de notícias. Ouço ela rindo de outra coisa. Quase vomito quando vejo que é uma matéria dizendo que Bobby Small morreu num acidente de carro. Pergunto o que tem de engraçado ela diz: ele não tá morto, só tá bancando o bobinho. Que nem mamãe, papai e polly.

(Estou na cozinha, pensando de novo nos comprimidos isto é em quantos teriam de ser para ter certeza) Ela entra sem que eu veja. Chega perto demais do meu rosto. Diz: eu sou especial, Paul? Na escola dizem que sou. É tão fácil...

(14 de junho)

A coisa me encontra chorando. Quer brincar de meu querido pônei comigo? Você pode ser a princesa luna de novo e stephen pode ser a princesa celestia (gargalha).

1) POSESSÃO PRÓ: ela semnptre parece saber o que estou pensando, sabe coisas que não saberia tipo sobre orientassão sexual, sabe sdobre os sonhos com o stephen ddiz que foi ela que mandou eles

2) POSESSÃO CONTRA: NÃO É RACIONAL EU SEI ISSO QUE ESTOU PENSANDO e ela não tem ataques nem nada como a lista da inetrnet nem fala com vozes estranhas e aquele babaca do gerhard disse que era improvável se bem que eu nõo confio na opinião dele

3) TEORIA DOS CAVALEIROS PRÓ: cores dos aviões, sinais montes de que de jeito nemjhun eles poderiam ter sobrevivido, outras crianças também agindo estranho tem o avo caduco do Bobby falando e Hiro falando pela porra de um robô e como tanta gente pode estar errada porque tantas acreditam que é verdade e agra que acharam a quarta criança se bemque tudo pode ser mais papo furado

4) TEORIA DOS CAVALEIROS CONTRA: babaquice maluca, até o arcebispo de canturbury e aquele imame importante dizem que é pura babaquice e eles também acreditam em fadas do céu e se tem um cavaleiro dentro dela ondde tá a jess de verdade e por que ela parce ela mesma. Os sinais que colocaram no site poderiam ter acontecdo de qualquer modo e o negócio da febre aftosa acabou agora de qualquer forma e aniomais mordem gente o tempo todo de qualquer forma que nem enchentes etc etc

5) SÍNDROME DE CAPGRAS PRÓ: meu histórico de doença mental se bem que isso tinha a ver com estresse e seria legal já que é um problema médico que explicariia por que eu acho qe ela não é a jess mesdsmo ela parecendo a jess e as vezes fala como ela. Eu gostaria que fosse isso

6) SÍNDROME DE CAPGRAS CONTRA: nunca tive isso antes, nenhum ferimento na cabeça (a não ser que eu estivesse bêbado e não percebesse) é muito muito muito rara pra caralho

7) ALIENS PRÓ: o mesmo que a possessão e explicaria por que as vezes ela parece que está me vigiando como se eu fosse um experimento

8) ALIENS CONTRA: porque não é racionla se ben que a eveidência pode ser convincente e essa é a única que eu ainda Não descartei mas é preciso pesqisar maiss certo paul

De: **Abra os Olhos**
Para: **atorpc99@gmail.com**
Data: 14 de junho de 2012
Assunto: **RE: Conselho em segredo**

Paul, obrigado pelo e-mail, fico feliz em ajudar no que puder.

Como eu disse quando nos falamos por telefone, o modo mais comum pelo qual eles agem é implantando um MICROCHIP dentro da pessoa. Acredito que no momento dos acidentes as crianças foram postas em estase, por isso não se machucaram. Depois elas receberam os implantes. Através de manipulação do tipo "voz para o crânio", os Outros (ALIENS) podem controlar e influenciar os escolhidos. Isso é um novo tipo de tecnologia que está a ANOS-LUZ de distância do que podemos fazer em nossa dimensão.

Você diz que verificou todas as opções e provou que NÃO é um caso de possessão demoníaca. Congratulo-o por ser tão meticuloso.

Não fico nem um pouco surpreso ao saber que Jess está mostrando sinais perturbadores ou que se afastou do comportamento característico – isso era algo previsível. Lembre-se, uma mudança de PERSONALIDADE NÃO é na verdade sintoma de síndrome pós-traumática. Como você diz, veja o que está acontecendo com o garoto do Japão (falando através de um mecanismo, de um ROBÔ) e o garoto dos Estados Unidos, que sem dúvida estava fazendo experimentos com o funcionamento cognativo [sic] do avô. É muito improvável que ele esteja morto. Esse é um ardil do governo, já que ele está de conluio com os OUTROS. Eles recebem imunidade das experiências e fizeram um acordo com os aliens para que tenham carta branca para se alimentar de nossas energias.

Sua pergunta sobre a teoria pamelista é muito interessante. Acredito que haja MUITAS similaridades com a verdade. É muito próximo do que NÓS acreditamos. Eles estão errados, porém estão MAIS CERTOS DO QUE IMAGINAM.

E o que você está sentindo não deve ser confundido com a síndrome de Capgras. Essa é uma anomolia [sic] psicológica.

Como proceder? Eu seria cauteloso perto de Jess, é improvável que ela faça alguma coisa para prejudicar você. Os sonhos e visões que você está tendo são provavelmente interferência do chip. Eu o aconselharia a vigiá-la atentamente e a ter cuidado com o que diz a ela. Avise se houver mais alguma coisa em que eu possa ajudar.

Tudo de bom,
Si

Noriko Inada (nome falso) reside no quarto andar do prédio diante da casa de Chiyoko Kamamoto. Este relato foi elaborado por Daniel Mimura, jornalista do *Tokyo Herald* que a entrevistou dois dias depois do assassinato de Hiro Yanagida.
(Tradução de Eric Kushan)

Geralmente acordo muito cedo, por volta das cinco, e enquanto espero o dia chegar, olho o relógio ao lado da cama. É por isso que sei a hora exata do primeiro tiro. Apesar de o meu prédio estar situado a apenas 200 metros da movimentada via expressa Hatsudai, é bem isolado do barulho, mas aquele som penetrou no meu quarto. Um estalo abafado, que fez eu me encolher, depois outro, e mais dois. Eu nunca tinha ouvido um tiro antes, a não ser na televisão, por isso não soube o que pensar. Seriam fogos de artifício? E eu não podia ter certeza de onde aquilo vinha.

Demorei vários minutos para subir na minha cadeira de rodas, mas aos poucos fui até a janela, onde passo a maior parte do dia. Não saio muito. O edifício tem elevador, mas é difícil passar pela porta sem ajuda e minha irmã só tem tempo de me visitar uma vez por semana, quando me traz as compras. Eu vivi aqui por muitos anos com meu marido e, após a morte dele, decidi ficar. Meu lar é aqui.

Ainda não estava claro, o sol lutava para subir no céu, mas, por causa das luzes dos postes, pude ver que a porta da frente da família Kamamoto estava aberta. Era cedo demais para Kamamoto-san ir para o trabalho; ele saía todo dia às seis horas, por isso fiquei um pouco preocupada. Ninguém mais no bairro havia acordado. Quando fui interrogada pela polícia mais tarde naquele dia, eles disseram que meus vizinhos que ouviram os tiros acharam que fora um escapamento de carro.

Abri a janela para deixar um pouco de ar entrar e esperei para ver se o som se repetia ou se alguém iria sair da casa. Então vi duas figuras se dirigindo para a casa, vindo da direção da estação Hatsudai. Quando passaram embaixo da minha janela, reconheci a garota – era Chiyoko Kamamoto – e deu para ver, pelo cabelo comprido, que o rapaz que a acompanhava era o que eu tinha visto no parquinho muitas vezes antes. Também já o flagrara pichando uma mensagem na calçada, mas ele limpou aquilo depois, por isso não reclamei. Aqueles dois eram muito diferentes. Chiyoko andava empertigada como se fosse dona das ruas; ele se encolhia como se tentasse parecer menor do que era. Eu vira Chiyoko saindo da casa muitas vezes à noite para se encontrar com ele, mas era a primeira vez que a observava retornando. Os dois estavam falando baixinho, por isso não ouvi detalhes da conversa. Chiyoko riu e cutucou o garoto com o cotovelo e ele se curvou para beijá-la. Ela o empurrou de brincadeira e se virou para entrar em casa.

Ela hesitou ao ver a porta aberta e se virou para dizer alguma coisa ao companheiro. Entrou e, após trinta segundos, ouvi um grito. Não era simplesmente um grito, mas um uivo. A angústia naquele som era terrível.

O garoto, que ainda esperava do lado de fora, se sacudiu como se tivesse levado um tapa, depois entrou correndo na casa.

Vários vizinhos começaram a sair de suas casas, perturbados pelos gritos, que pareciam não parar nunca.

Chiyoko apareceu cambaleando com o menino no colo. A princípio, achei que ele estava coberto de tinta preta, mas quando ela chegou à luz embaixo da minha janela, aquilo ficou vermelho. O menininho, Hiro, estava frouxo nos braços dela e... e... não pude ver o rosto dele. Era só sangue e osso onde o rosto deveria estar. O menino alto tentou ajudá-la, os vizinhos também, mas ela gritou para deixá-los em paz. Ela gritava com o Hiro para ele acordar, para parar de fingir.

Ele era um garotinho ótimo. Sempre que saía do apartamento, olhava para mim e acenava. No começo, minha irmã não acreditou que a criança-milagre morava na casa do outro lado da rua. O Japão inteiro gostava daquele menino. Às vezes fotógrafos esperavam na rua. Uma vez um deles bateu à porta e perguntou se poderia filmar a casa ali do meu apartamento, mas recusei.

No máximo três minutos depois, ouvi a ambulância chegando. Foram necessários três paramédicos para tirar o corpo de Hiro de Chiyoko; ela lutou, bateu neles e os mordeu. Os policiais tentaram arrastá-la para uma das viaturas, mas ela conseguiu se soltar e, antes que impedissem, correu para longe, ainda encharcada em sangue. O rapaz cabeludo foi atrás dela.

A multidão de curiosos e repórteres cresceu à medida que a notícia se espalhou. Houve um silêncio quando os corpos foram removidos da casa, dentro das mortalhas de plástico preto. Foi aí que eu me afastei da janela.

Naquela noite não dormi. Pensei que nunca iria dormir de novo.

O grupo de discussão do 2-channel fervilhou minutos depois de o assassinato de Hiro ser divulgado.

NOME: ANONIMO111 – DATA DE POSTAGEM: 22/06/2012 – 11:19:29.15
Porra! Vcs ouviram falar do Hiro?

NOME: ANONIMO356
Não dá pra acreditar.
   O Garoto Androide tá morto. A porra de um sacana fuzileiro americano invadiu a casa. Atirou nos pais da princesa e no Hiro.

NOME: ANONIMO23
Vcs viram o negócio no Reddit? O fuzileiro era um daqueles malucos religiosos. Tipo o cara q tentou atirar no garoto dos EUA.

NOME: ANONIMO885
Orz esteve lá. Orz e a princesa acharam o corpo. Tô chorando por dentro pelo Orz. Vcs viram as fotos dele? Tava lutando para chegar até a Princesa enqto os policiais tentavam manter ele longe.
   Eu tava torcendo por ele.

NOME: ANONIMO987
Todo mundo tava, cara. Fiquei feliz pq eles se livraram no fim. Vai fundo, Orz!

NOME: ANONIMO899
A princesa não é tão gostosa qto eu achei q era. Orz parece um *otaku* típico, como eu imaginei.

NOME: ANONIMO23
Q coisa fria. Vai se foder, 899.

NOME: ANONIMO555
Pra onde vcs acham q Orz e a princesa foram? A polícia deve querer falar c/ eles.

NOME: ANONIMO6543
Vcs acham q o Orz tá legal?

NOME: ANONIMO23
Não seja idiota, 6543! Claro q ele não tá legal!!!!

(Seguiu-se muita especulação sobre o que isso poderia significar para o futuro de Orz e da princesa. Então, três horas depois, Ryu apareceu no grupo)

NOME: HOMEM ORZ – DATA DE POSTAGEM: 22/06/2012 – 14:10:19.25
Oi, pessoal.

NOME: ANONIMO111
Orz??? É vc mesmo?

NOME: HOMEM ORZ
Sou eu.

NOME: ANONIMO23
Orz, vc tá bem? E a princesa? Onde vc tá?

NOME: HOMEM ORZ
Não tenho mto tempo. A princesa tá me esperando.
 Mostrei as msgs de vcs pra ela e ela disse q agora não importa q vcs saibam quem a gente é de verdade. Diz q vcs nunca devem esquecer o q eles fizeram.

 Ela tá abalada.
 Eu tô abalado.
 Mas queria dizer obrigado por dar todo aquele apoio pra gente.

 Não vai ser fácil...
 Queria q vcs soubessem q não vão ter mais notícias minhas.
 Vamos ficar juntos pra sempre, indo pra algum lugar onde não possam mais fazer mal pra gente.

Gostaria de conhecer todos vcs. Não teria tido coragem de sair do quarto sem o encorajamento de vcs.

Adeus.

Seu amigo, Ryu (Homem Orz)

NOME: ANONIMO23
Orz??????

NOME: ANONIMO288
Orz!!!! Volta, cara.

NOME: ANONIMO90
Ele foi embora.

NOME: ANONIMO111
Pessoal, isso não é legal. Pareceu um bilhete de suicídio.

NOME: ANONIMO23
O Orz nunca faria uma coisa dessas... faria?

NOME: ANONIMO57890
Se vcs pensarem bem, se o Orz e a princesa não tivessem saído juntos naquela noite, o fuzileiro teria atirado nela tb.

NOME: ANONIMO896
Orz salvou a vida dela.

NOME: ANONIMO235
É. E se o 111 tá certo, eles vão se matar juntos. Um pacto de suicídio.

NOME: ANONIMO7689
Não há prova de q é isso q eles vão fazer.

NOME: ANONIMO111
Aqueles escrotos americanos. Tavam por trás disso. Mataram o Hiro e destruíram a felicidade do Orz. Não podem ficar numa boa depois disso.

NOME: ANONIMO23
Concordo. Orz é um dos nossos. Eles precisam pagar.

NOME: ANONIMO111
Pessoal, pela primeira vez na vida, é hora da gente fazer uma coisa importante.

Melanie Moran concordou em falar comigo pelo Skype pouco depois do enterro de Jessica Craddock em meados de julho.

Eu me culpo. Geoff diz que não devo, mas em alguns dias não consigo evitar. Ele vive dizendo: "Você já tem preocupações demais, querida. O que poderia ter feito, afinal?"

Olhando para trás agora, com o benefício de já saber do acontecido, não posso deixar de sentir que deveria ter visto o que viria a seguir. Paul vinha agindo de modo estranho havia um tempo, tanto que até o Kelvin e outros tinham percebido. Ele faltara às últimas três reuniões do 277 Unido e não pedira para eu ou Geoff pegar Jess na escola nem cuidar dela durante umas duas semanas antes de a coisa acontecer. Para ser honesta, eu e Geoff ficamos aliviados por ter uma folguinha. Tínhamos preocupações demais, nossos próprios netos para cuidar, especialmente depois que o Gavin começou a sair cedo para as provas da polícia. E Paul tinha a tendência de ocupar o espaço, tornar-se o centro das atenções. Ele podia ser bem carente, obcecado consigo mesmo. Mas, ainda assim, eu deveria ter feito mais. Deveria ter me esforçado mais para ver como ele estava.

Ouvi aquele assistente social dele sendo entrevistado no rádio, tentando se explicar. Ele disse que não era de espantar que todo mundo tivesse sido enganado, Paul era ator, ganhava a vida representando personagens. Mas isso é só uma desculpa. O fato é que o cara não estava fazendo o serviço. Deram uma mancada. Aquele psicólogo também. Como o Geoff costuma falar, Paul não era um ator *tão* bom, era?

Quando nós começamos com o 277 Unido, alguns outros – não eram muitos, veja bem – sentiam que, como o Paul era o único de nós que tinha um parente que havia sobrevivido ao acidente, deveria ficar de lado, deixar os outros falarem. Eu e Geoff não concordávamos com isso. Paul perdera o irmão, não é? E a sobrinha e a cunhada. Na primeira vez que Paul levou Jess para um encontro, foi difícil para a maioria deles olhar para ela; como você se comporta diante de uma criança-milagre? Porque ela era isso, um milagre, só que não como aqueles malucos dizem. Você deveria ouvir o padre Jeremy falar sobre eles: "Colocando o cristianismo em descrédito".

Nós tomamos conta da Jess várias vezes enquanto o Paul saía para fazer o que precisava. Era uma menininha adorável, inteligente de verdade. Fiquei aliviada quando Paul decidiu mandá-la para a escola. Levá-la de volta a uma vida normal. A escola que ela frequentava parecia um bom lugar, dava apoio, eles fizeram aquela linda cerimônia memorial para a Polly, não foi? Acho que, de certo modo, era mais difícil para o Paul do que para nós. Ele tinha um membro da família ainda vivo, mas, afinal de contas, era uma lembrança constante de que os outros haviam morrido, não é?

Dá para ver que estou adiando entrar na próxima parte. As únicas pessoas a quem contei em detalhes foram Geoff e o padre Jeremy. É o que minha Danielle chamaria de uma completa foda mental. Ela era bem desbocada. Puxou a mim.

Não se incomode comigo; as lágrimas estão sempre perto da superfície. Sei que as pessoas pensam que sou forte, uma vaca velha e durona, e sou... mas a coisa bate fundo. Todo esse sofrimento, todas essas mortes. É tudo desnecessário. Jess não precisava morrer e Danielle não precisava morrer.

Naquele dia eu tinha desligado o celular. Só por algumas horas. O aniversário de Danielle estava chegando e eu me sentia para baixo. Decidi cuidar de mim e tomar um longo banho de banheira. Quando voltei a ligar o telefone, vi que tinha um recado do Paul. Primeiro ele pediu desculpas por ter se afastado, disse que tivera muito em que pensar e fazer nos últimos dias. A voz dele estava chapada. Sem vida. Em retrospecto, acho que eu deveria ter sentido alguma premonição. Ele perguntou se eu podia ir à sua casa bater um papo.

Tentei ligar de volta, mas caiu direto na caixa postal. A última coisa que eu sentia vontade era de ir à casa do Paul, mas me sentia culpada porque não telefonara para saber por que ele tinha parado de ir às reuniões do 277. Geoff estava na casa do Gavin cuidando das crianças, por isso fui sozinha.

Quando cheguei, toquei a campainha e não houve resposta. Tentei de novo, então percebi que a porta da frente estava ligeiramente aberta. Eu soube que alguma coisa estava errada, mas ainda assim entrei.

Encontrei-a na cozinha. Estava caída, esparramada, de rosto para cima, perto da geladeira. Havia vermelho em toda parte. Espirrado nas paredes, na geladeira e nos outros aparelhos. A princípio eu não queria acreditar que era sangue. Mas o cheiro... Eles não dizem isso nos seriados, nos seriados policiais. Como o sangue fede. Eu logo soube que ela tinha morrido. Estava quente lá fora e algumas moscas grandes e azuis zumbiam em volta dela, se arrastando no rosto e tal. Os lugares onde... ah, meu Deus... os lugares onde ele a cortara... talhos fundos, em alguns pontos chegando ao osso. Uma poça de sangue se espalhava embaixo dela. Os olhos estavam abertos, também cheios de sangue.

Vomitei. Na hora. Por toda a frente da roupa. Comecei a rezar e minhas pernas pareciam pesadas como blocos de cimento. Pensei que um lunático tinha invadido a casa e atacado a menina. Peguei o telefone e liguei para a emergência. Ainda não acredito que consegui que eles me entendessem.

Tinha acabado de desligar quando ouvi uma pancada no andar de cima. Não fui eu que fiz meu corpo se mexer. Sei que isso não faz sentido. Era como se estivesse sendo empurrada para a frente. Eu achava que o assassino de Jess ainda poderia estar na casa.

Subi a escada como um robô, dei uma topada com o dedão no degrau de cima mas nem senti.

Ele estava deitado na cama, branco feito um lençol. Garrafas de bebida vazias espalhadas por todo o carpete.

A princípio, pensei que estivesse morto. Então, ele gemeu, me fazendo pular, e eu vi o pacote de comprimidos para dormir apertado na mão dele; a garrafa de uísque vazia ao lado.

Ele havia deixado uma mensagem na mesinha de cabeceira, escrita em letras grandes e raivosas. Nunca vou poder tirar aquelas palavras da cabeça: "Eu precisei fazer isso. É o ÚNICO MODO. Precisava arrancar o chip dela, para que ela ficasse LIVRE".

Não desmaiei, mas o tempo que demorou até a polícia chegar é um vazio. Aquela vizinha, a esnobe, me levou direto para dentro da casa dela. Dava para ver que ela também estava fora de si de tanto choque. Naquele dia ela foi gentil comigo. Fez uma xícara de chá, me ajudou a me limpar, ligou para o Geoff por mim.

Dizem que Jess deve ter demorado um tempo enorme sangrando naquele chão. A coisa fica passando na minha cabeça o tempo todo. Se eu tivesse visitado o Paul antes... Se, se, se...

E agora... não é raiva que sinto do Paul e, sim, pena. O padre Jeremy afirma que o perdão é o único caminho para seguir em frente. Mas não consigo deixar de pensar que seria melhor se ele tivesse morrido. Trancado daquele jeito, num lugar daqueles, que tipo de futuro ele vai encarar?

Matéria escrita pelo jornalista Daniel Mimura, publicado no *Tokyo Herald On-line* em 7 de julho de 2012.

Turistas ocidentais são alvo do Movimento Orz

Ontem à tarde, um ônibus de turismo apinhado de turistas americanos foi bombardeado por tinta vermelha e ovos quando entrava no estacionamento do templo Meiji em Shibuya. Os criminosos fugiram antes da chegada da polícia, mas foram ouvidos gritos de "Isso é pelo Orz". Ninguém se feriu no ataque, se bem que vários turistas idosos ficaram bastante abalados, segundo os informes.

Há também relatos não confirmados de vários estudantes americanos que foram agredidos numa loja de produtos eletrônicos ontem à tarde em Akihabara e outra agressão verbal não confirmada contra um turista inglês no parque Inokashira.

Acredita-se que esses incidentes foram perpetrados pelo Movimento Orz, um grupo que protesta contra o assassinato de Hiro Yanagida, responsável por pichar várias lojas e instituições ocidentais. Em 24 de junho, dois dias após a morte do menino, os funcionários da limpeza chegaram à Igreja da União de Tóquio, em Ometsando, perto da famosa loja Louis Vuitton, e descobriram uma pintura representando uma bolsa encharcada de sangue, feita perto da entrada. Naquela noite, uma pintura a estêncil de um homem vomitando apareceu nas paredes das duas lojas Wendy's de Tóquio e de um McDonald's em Shinjuku, provocando ao mesmo tempo nojo e gargalhadas. Uma semana depois, um homem mascarado apareceu em câmeras de vigilância depredando a placa do lado de fora da embaixada americana.

O símbolo ORZ é deixado em todos os locais e trata-se de um emoticon, ou *emoji*, que lembra uma figura batendo a cabeça no chão. Significa depressão ou desespero e foi popularizado em fóruns de discussão como o 2-channel.

Até agora a polícia fracassou em conter o comportamento cada vez mais radical. Como há pichações iguais surgindo em cidades de todo o Japão – até mesmo na distante Osaka –, parece que o movimento já se espalha rapidamente.

Um porta-voz da Organização Nacional do Turismo enfatizou que o Japão não é um país conhecido por "protestos violentos" e que não deve ser julgado pelos atos de uma "minoria equivocada".

Agora o Movimento Orz atraiu uma apoiadora enfática e de alto nível. Aikao Uri, chefe do crescente e controvertido Culto de Hiro, fez a seguinte declaração: "O assassinato imperdoável de Hiro e o fato de que o governo dos Estados Unidos não está preocupado em levar os culpados à justiça é um claro sinal de que precisamos cortar os laços imediatamente. O Japão não é uma criança que precise ser vigiada pela babá americana. Aplaudo o que o Movimento Orz está fazendo. É uma pena que nosso governo tenha medo de seguir seu exemplo."

Ao contrário de muitos nacionalistas linha-dura, ela pediu que fossem reforçados os laços com a Coreia e a República Popular da China, chegando ao ponto de insistir que sejam feitas reparações pelos crimes de guerra do Japão na Segunda Guerra Mundial contra essas nações. Ela está à frente da campanha para que o histórico Tratado de Cooperação e Segurança Mútuas entre os Estados Unidos e o Japão seja derrubado e para que as tropas americanas baseadas na ilha de Okinawa sejam retiradas. Ela é casada com o político Masamara Uri, que muitos consideram o futuro primeiro-ministro.

POSFÁCIO DA PRIMEIRA EDIÇÃO

Matéria publicada no *Tokyo Herald* em 28 de julho de 2012.

Restos do "Homem Orz" encontrados em Jukei

Todo ano, voluntários da polícia municipal de Yamanashi e dos guardas Fujisan fazem uma varredura meticulosa na famosa floresta Aokigahara, procurando os corpos dos que optaram por encerrar a própria vida nesse "mar de árvores". Este ano, mais de quarenta corpos foram descobertos, inclusive os restos de um homem que a polícia suspeita ser Ryu Takami (22), que alcançou notoriedade depois que sua história de coração partido atraiu a atenção do grupo de discussões 2-channel. Takami, que usava o avatar Homem Orz, estaria num relacionamento com Chiyoko Kamamoto (18), prima de Hiro Yanagida, sobrevivente do voo 678 da Sun Air. Chiyoko e Ryu desapareceram em 22 de junho de 2012, o mesmo dia em que Hiro e os pais de Chiyoko foram mortos a tiros por Jake Wallace, um soldado raso americano baseado em Camp Courtney na ilha de Okinawa. O soldado Wallace matou-se no local. Sapatos, celular e carteira pertencentes a Chiyoko foram encontrados perto do corpo decomposto. Chiyoko também teria acabado com a própria vida na floresta, apesar de seu corpo ainda não ter sido descoberto.

Numa estranha reviravolta do destino, os restos foram descobertos por Yomijuri Miyajima (68), o rastreador de suicidas voluntário que resgatou Hiro no local do acidente em 12 de janeiro de 2012. Miyajima, que ficou arrasado ao saber da morte prematura de Hiro, encontrou o corpo parcialmente decomposto durante uma busca na área perto da caverna de gelo.

O desaparecimento de Takami provocou os protestos contra os Estados Unidos, que continuam e se tornam cada vez mais violentos, iniciados pelo Movimento Orz e o Culto de Hiro, e as autoridades estão preocupadas com a hipótese de a descoberta de seus restos mortais inflamarem uma situação já volátil.

O jornalista Vuyo Molefe compareceu à entrevista coletiva convocada pelo braço sul-africano da Liga Racionalista em 30 de julho de 2012 em Joanesburgo. Siga-o no perfil do Twitter @VMaverdadedoi.

@VMaverdadedoi
Credenciais verificadas na entrada do centro de convenções de joburg. Pela 3ª vez #ficafrionaosomosterroristas

@VMaverdadedoi
Muita especulação rolando. Boatos de que Veronica Oduah vai dar as caras

@VMaverdadedoi
@melanichampa Não sei. Tô aqui há uma hora. Se vier traga café e rosquinhas pfavor sisi

@VMaverdadedoi
FINALMENTE. Aparece Kelly Engels, a porta-voz da Liga Racionalista da AS. Fala da próxima eleição nos EUA

@VMaverdadedoi
KE: preocupada c/ o crescente apoio int. à direita religiosa – pode ter implicações globais

@VMaverdadedoi
Boatos se confirmaram: Veronica Oduah está aqui! Parece ter mais de 57. Precisa de ajuda pra chegar ao tablado.

@VMaverdadedoi
VO mto nervosa. Voz trêmula. Diz q veio abrir o jogo. A sala ofega. Só pode significar uma coisa

@VMaverdadedoi
VO: "ele não é meu sobrinho. Estão mantendo-o num esconderijo longe de mim há semanas. Eu disse isso quando o vi pela 1ª vez."

@VMaverdadedoi
VO: "Ofereceram dinheiro para ficar quieta mas eu não quis." Mas diz que o primo do pai de K pegou a grana

@VMaverdadedoi
Jorn. da BBC: "quem ofereceu dinheiro?" VO: "Os americanos. Não sei os nomes."

@VMaverdadedoi
Burburinho geral. Kelly Engels: "também temos prova de delator do lab de Joburg dizendo que o DNA mitocondrial de Ken não bate."

@VMaverdadedoi
Delator tb foi subornado pra ficar quieto. gvno da AS e direita religiosa de conluio #surpresasurpresacorrupcaodenovo

@VMaverdadedoi
E outra convidada-surpresa! Jorn. da Zimbo perto de mim diz que isso é melhor que o julgamento de corrupção do ministro Mzobe.

@VMaverdadedoi
Convidada é do cabo oriental – Lucy Inkatha. Diz que "Kenneth" é o neto dela, Mandla

@VMaverdadedoi
LI: "Mandla fugiu de casa para achar pai na cidade do cabo. Tem 8 anos e sérias dificuldades de aprendizado."

@VMaverdadedoi
Kelly Engels: "estamos todos trabalhando pra levar Mandla pra casa o quanto antes."

@VMaverdadedoi
Veronica Oduah: "É difícil, mas tenho de aceitar que Kenneth está morto." Alguns repórteres estão ficando irritados.

@VMaverdadedoi
KE: "Agora que a verdade está aí, as pessoas verão como os políticos são interesseiros."

@VMaverdadedoi
KE: "Gostaria de agradecer a todos que tiveram coragem de se apresentar e falar a verdade."

@VMaverdadedoi
RT **@kellytankgrl** FINALMENTE alguma sanidade nessa confusão #naodeixemosbabacasvencerem

@VMaverdadedoi
RT **@brodiemermaid** O pessoal de RP da dir. relig. vai precisar de outro milagre pra sair dessa #naodeixemosbabacasvencerem

@VMaverdadedoi
Tumulto geral. Esperando reação do pessoal do fim dos tempos. Será que isso pode influenciar a vitória deles? #naodeixemosbabacasvencerem

POSFÁCIO DA
EDIÇÃO ESPECIAL DE ANIVERSÁRIO

Nota do editor

Quando o agente de Elspeth Martins me mandou uma proposta para *Da queda à conspiração* (*DQAC*) no início de 2012, fiquei imediatamente intrigado. Tinha lido e admirado *Detonadores*, o primeiro livro de Elspeth, e sabia que, se alguém poderia trazer uma nova perspectiva para os acontecimentos ligados à Quinta--Feira Negra, seria Elspeth. À medida que o livro tomava forma, ficou claro que tínhamos algo especial nas mãos. Decidimos apressar a produção, optando por publicá-lo no início de outubro, antes da eleição de 2012.

Em uma semana, o livro teve mais duas tiragens. Até hoje, apesar da recessão mundial e de um declínio enorme na venda geral dos livros, mais de 15 milhões de exemplares em papel e em formato digital foram comercializados. E ninguém – muito menos a própria Elspeth – poderia ter previsto o furor que a obra provocaria.

Então por que uma edição comemorativa? Por que republicar o livro que a Liga Racionalista chamou de "inflamatório e perigoso" nestes tempos profundamente perturbados?

Fora o motivo mais óbvio – o significado cultural e histórico, pois, sem dúvida, influenciou a eleição presidencial americana de 2012 –, nós obtivemos os direitos sobre o material novo e empolgante que forma o apêndice desta edição. Muitos leitores devem saber que, exatamente dois anos após a Quinta-Feira Negra, Elspeth Martins desapareceu. Os fatos são os seguintes: Elspeth viajou ao Japão e deixou seu hotel em Roppongi, Tóquio, na manhã de 12 de janeiro de 2014. Só podemos especular o que aconteceu em seguida, já que as tentativas posteriores de rastrear seus últimos passos foram prejudicadas pela tensão cada vez maior na área. Parece que seus cartões de crédito e o celular não foram usados depois dessa data, ainda que um livro publicado de forma independente, *Histórias não contadas da Quinta-Feira Negra e outras*, de "E. Martins", tenha aparecido na Amazon em outubro de 2014. Existem muitas teorias sobre se o autor é mesmo Elspeth ou um impostor ansioso para faturar com a fama do *DQAC*.

Para esta edição de aniversário, recebemos permissão da ex-companheira de Elspeth, Samantha Himmelman, para publicar sua últimas correspondências conhecidas, transcritas abaixo.

Elspeth, se está lendo isto, por favor entre em contato.

Jared Arthur
Diretor editorial
Jameson & White
Nova York
(janeiro de 2015)

DE: **Elspeth Martins <elliemartini@dqac.com>**
PARA: **Samantha Himmelman <samh56@ajbrooksideagency.com>**
Data: 12 de janeiro de 2014 7:14
ASSUNTO: **Por favor leia**

Sam,

    Sei que você pediu para não contatá-la de novo, mas parece adequado mandar isto para você no segundo aniversário da Quinta-Feira Negra, em especial porque amanhã vou à floresta Aokigahara. Daniel – meu contato em Tóquio – está tentando desesperadamente me dissuadir, mas, como já cheguei até aqui, é melhor ir até o fim. Não quero parecer melodramática, mas as pessoas têm o hábito de ir àquela floresta e não voltar, não é? Não se preocupe, isto não é um bilhete de suicídio. Não sei bem o que é. Creio que eu mereça uma chance de consertar as coisas e alguém precisa saber por que estou aqui.

    Sem dúvida você acha que sou louca por viajar ao Japão neste momento, com o fantasma da aliança triasiática no horizonte, mas a situação aqui não é tão ruim quanto você pode ter ouvido dizer. Não sofri nenhuma hostilidade do pessoal da alfândega nem das pessoas no saguão de chegada do aeroporto; no máximo elas se mostraram indiferentes. Meu hotel no "Setor dos Ocidentais", que antes era um Hyatt cinco estrelas – gigantesco saguão de mármore, escadaria chique – degringolou seriamente. Segundo um dinamarquês com quem falei na fila da imigração, os hotéis destinados aos ocidentais estão sendo administrados por imigrantes brasileiros com vistos limitados e salário mínimo – isto é, zero iniciativa para se importar com as normas-padrão. Só um elevador funciona, várias lâmpadas dos corredores estão apagadas (fiquei assustada de verdade quando me dirigia para o quarto) e não creio que, há meses, alguém se incomode em passar aspirador no carpete. Meu quarto tem um ranço de fumaça de cigarro, além de bolor preto nos ladrilhos do banheiro. Pelo lado bom, o vaso sanitário – estilo ficção científica, com assento aquecido – é uma maravilha. Obrigada, engenharia japonesa.

    De qualquer modo, não estou escrevendo para reclamar do quarto de hotel. Quero que veja o anexo. Não posso obrigá-la a ler; provavelmente você vai olhar qual é o assunto e deletar. Sei que você não vai acreditar em mim, mas apesar de todo o material cortado e colado e das transcrições (hábitos antigos

são difíceis de eliminar), juro que não planejo usar o conteúdo em outro livro – pelo menos não agora. Estou farta de tudo isso.
  beijos

Carta para Sam

11 de janeiro, 18h. Roppongi Hills, Tóquio

Sam, tenho muita coisa a lhe contar, não sei por onde começo. Mas, já que não vou conseguir dormir esta noite, acho que vou falar desde o princípio e ver até onde chego antes de não aguentar mais.

Olha, sei que você acha que eu fugi para Londres no ano passado a fim de escapar dos ataques que vinha sofrendo depois que o livro foi publicado, e em parte foi isso, claro. Os racionalistas e pessoas que odeiam tudo o que veem pela frente ainda mandam e-mails me acusando de ser a única responsável por colocar um dominionista na Casa Branca, e sem dúvida você ainda acha que estou recebendo tudo o que mereço. Não se preocupe, não vou tentar me defender nem repetir pela milésima vez minha justificativa de que não havia nada em *Da queda à conspiração* (ou, como você insistia em chamá-lo, *Da merda ao conservadorismo*) que não fosse de domínio público. Só para que você saiba, ainda sinto culpa por não ter mostrado o manuscrito final a você; o fato de ter sido jogado em produção assim que assinei o contrato das últimas entrevistas com Kendra Vorhees e Geoffrey e Mel Moran não serve como desculpa.

Por acaso, em agosto houve uma nova torrente de resenhas na Amazon avaliando o livro com apenas uma estrela. Você deveria olhá-las; sei como você as adora. Esta a seguir atraiu meu olhar, talvez porque tenha uma contenção incomum e seja gramaticalmente correta:

Resenha de leitor

44 de 65 pessoas acharam esta resenha útil

1.0 de 5 estrelas Quem Elspeth Martins acha que é???,
22 de agosto de 2013
Por zizekstears (Londres, Reino Unido) – Ver todas as minhas resenhas

Resenha de: Da queda à conspiração (Edição Kindle)

Eu tinha ouvido falar da controvérsia que essa suposta não ficção provocou no ano passado, mas presumi que fosse exagero. Aparentemente, a Direita Religiosa citou partes dele na campanha durante as prévias para a eleição como "prova" de que Os Três não eram apenas crianças normais que sofriam de síndrome pós-traumática.

Não fico surpreso ao ver que a Liga Racionalista pegou tão pesado com a autora. A Sra. Martins estruturou e editou cada entrevista ou citação de um modo deliberadamente manipulador e sensacionalista (como assim, olhos sangrando?????? e aquele negócio medonho e piegas sobre o velho com demência). Ela não mostra respeito pelas famílias das crianças nem pelos passageiros que morreram tragicamente na Quinta-Feira Negra.

Na minha humilde opinião, a Sra. Martins não passa de uma incapaz aspirante a historiadora. Ela deveria ter vergonha de publicar esse lixo. Não vou comprar mais nenhuma obra dela.

Essa doeu.

Mas as críticas ruins ao livro não foram o único motivo para eu partir. Tomei a decisão de dar o fora dos Estados Unidos no dia do Massacre do Condado de Sannah, dois dias depois de você me dar o pé na bunda e me dizer para nunca mais procurá-la de novo. Vi pela primeira vez aquelas fotos aéreas do rancho – os corpos espalhados por toda parte, escurecidos pelas moscas, o sangue na poeira – no anonimato de um hotel que pareceu um bom lugar para me enfiar e lamber minhas feridas. Eu vinha tomando as minigarrafas do frigobar e zapeando nos canais quando a notícia apareceu. Eu estava bêbada, a princípio não entendi direito o que via na CNN. Vomitei ao ler a legenda na base da tela: "Suicídio em massa no condado de Sannah: 33 mortos, incluindo 5 crianças".

Fiquei imóvel durante várias horas, assistindo aos repórteres brigando para se posicionar do lado de fora do portão do rancho, tagarelando variações da frase "Liberto sob fiança enquanto esperava o julgamento por incitação à violência, o pastor Len Vorhees e seus seguidores viraram contra si mesmos a enorme quantidade de armas guardadas..." Você viu a entrevista com Reba, a falsa amiga de Pamela May Donald? Como você sabe, nunca me encontrei pessoalmente com ela e, devido à sua voz, eu sempre a havia visualizado como uma mulher gorda com permanente no cabelo (senti uma desconexão estranha ao perceber que ela era magricela e tinha uma trança grisalha serpenteando sobre o ombro). Fora um pesadelo entrevistá-la – sempre saindo pela tangente para falar dos "islamofascistas" e suas atividades de preparação para o caos –, mas senti pena dela. Como a maioria do ex-Círculo Interno do pastor Len, ela era de opinião que o pastor e seus pamelistas achavam que, ao seguir os passos de Jim Donald, iriam se tornar mártires: "Rezo pela alma deles todo dia." Dava para ver nos olhos de Reba que ela seria assombrada por aquelas mortes pelo resto da vida.

Não é engraçado admitir, mas, deixando de lado a empatia por Reba, não demorei muito a pensar nas consequências que o Massacre do Condado de Sannah teria em mim, pessoalmente. Eu sabia que o suicídio em massa dos pamelistas resultaria em outra onda de comentários e cartas de repórteres sensacionalistas implorando que eu os colocasse em contato com Kendra Vorhees. Aquilo nunca teria fim. Acho que a gota d'água foi o discurso de Reynard à nação, com as feições de astro do cinema no nível máximo de compaixão: "O suicídio é pecado, mas devemos rezar pelos que caíram. Usemos isso como sinal de que devemos trabalhar juntos, passar juntos pelo luto, lutar juntos por uma América moral."

Não havia mais nada que me mantivesse nos Estados Unidos. Reynard, Lund, o pessoal do Fim dos Tempos e os empresários escrotos que os apoiavam podiam ficar com tudo. Sam, você me culpa? Nosso relacionamento foi despedaçado, nossos amigos ficaram putos comigo (em primeiro lugar, por publicar o *DQAC*, depois por chafurdar na autopiedade ao ser atacada) e minha carreira desmoronou. Pensei nos verões que passei com papai em Londres. Decidi que a Inglaterra era o local perfeito.

Mas, Sam, você precisa acreditar – eu me convencera de que o sonho erótico do Reynard, de uma nação governada pela lei bíblica, era só isso: um sonho. Claro, eu sabia que a campanha Torne a América Moral, de Reynard e Lund, uniria as facções fundamentalistas separadas, mas juro que subestimei a rapidez com que o movimento iria se espalhar (acho que isso foi em parte devido ao terremoto na província de Gansu: outro SINAL da ira de Deus). Se eu soubesse que a instigação do medo por parte de Reynard infeccionaria os estados republicanos, além dos que não têm predominância política, e como a coisa ficaria feia, não teria ido embora sem você.

Chega de desculpas.

Bom.

Troquei meu quarto de hotel no Lower East Side por um apartamento em Notting Hill. O bairro me lembrava Brooklyn Heights: uma mistura de profissionais liberais com cabelo brilhante, *hipsters* ricos e um ou outro mendigo apodrecendo no meio do lixo. Mas não tinha pensado no que *faria* em Londres. Escrever uma continuação do *DQAC* estava fora de questão, claro. Ainda não acredito que sou a mesma mulher que foi tão bajulada para escrever *Histórias não contadas sobre a Quinta-Feira Negra*: entrevistas com as famílias das vítimas dos acidentes (a esposa do comandante Seto e Kelvin do 277 Unido, por exemplo); perfis dos refugiados do Malaui que ainda procuram os parentes desaparecidos em Khayelitsha; a nova onda de falsos "Kenneths" que surgiram depois da revelação sobre Mandla Inkatha.

Nas primeiras semanas fiquei de molho, sobrevivendo com uma dieta de vodca Stoli e comida tailandesa. Quase não falava com ninguém, a não ser com a caixa da loja de bebidas e o cara das entregas do To Thai For. Esforcei-me ao máximo para virar uma *hikikomori* como Ryu. E sempre que me aventurava do lado de fora tentava disfarçar o sotaque. Os ingleses ainda estavam incrédulos por Reynard ter vencido a eleição após o escândalo de Kenneth Oduah e a última coisa que eu queria era ser arrastada para discussões políticas sobre o "fracasso da democracia". Os ingleses deviam pensar que tínhamos aprendido a lição depois do mandato do Blake. Acho que todos pensávamos assim.

Tentei evitar os noticiários, mas vi umas imagens dos protestos contra a lei antibíblica em Austin no mindSpark. Meu Deus, aquilo me apavorou. Dezenas de prisões. Gás lacrimogêneo. Força policial pesada. Eu sabia, por fuxicá-la no Twitter (não sinto orgulho disso, ok?), que você tinha ido para o Texas com as Irmãs Unidas Contra o Conservadorismo para juntar-se ao contingente da Liga Racionalista e não dormi por dois dias. No fim, liguei para Kayla; precisava saber se você estava em segurança. Ela chegou a contar?

Bom, vou poupar você de mais detalhes do meu isolamento autoinfligido em Londres e ir direto ao que você chamaria de "partes suculentas".

Algumas semanas depois dos tumultos em Austin, eu estava a caminho do supermercado e tive o olhar atraído pela manchete do *The Daily Mail*: "Planos para memorial em casa de assassinato". Segundo a matéria, um vereador pressionava para que a casa de Stephen e Shelly Craddock – o lugar onde Paul havia matado Jess a facadas – fosse transformado em outro memorial da Quinta-Feira Negra. Quando fui para a Inglaterra me encontrar com os editores de lá e entrevistar Marilyn Adams, tinha evitado visitar o local. Não queria aquela imagem na cabeça. Mas um dia após a reportagem ser publicada, me peguei esperando, numa plataforma gelada, um trem atrasado que ia para Chislehurst. Disse a mim mesma que era a última chance de ver a casa antes que ela recebesse o tratamento do National Trust. Mas não era só isso. Lembra que Mel Moran falou que não conseguiu se impedir de subir ao quarto de Paul no andar de cima, mesmo sabendo que era má ideia? Era como eu me sentia – como se *tivesse* que ir. (Parece uma coisa piegas e artificial, tipo Paulo Coelho, mas é a verdade.)

A casa ficava numa rua cheia de minimansões impecáveis, as janelas tinham sido pregadas com tábuas, as paredes estavam sujas de tinta vermelho-sangue e pichações ("cuidado o DIABO mora aqui"). A entrada de veículos estava coberta de mato e tinha uma placa de "à venda" meio inclinada, como se de luto, perto da garagem. O mais perturbador de tudo era o pequeno templo de brinquedos de pelúcia mofados empilhados junto à porta da frente. Vi vários do *Meu querido pônei*, alguns ainda na embalagem, caídos nos degraus.

Eu estava pensando em pular o portão trancado do jardim para olhar o quintal dos fundos quando escutei um grito:

– Ei!

Virei-me e vi uma mulher atarracada, com cabelo grisalho alinhado, vindo na minha direção pela entrada de carros, arrastando um cachorro pequeno e idoso pela coleira.

– Isso é invasão, minha jovem! Esta é uma propriedade particular.

Reconheci-a imediatamente pelas fotos tiradas no enterro de Jess. Ela não tinha mudado nem um pouco.

– Sra. Ellington-Burn?

Ela hesitou, depois empertigou os ombros. Apesar da postura militar, havia algo melancólico nela. Um general que fora para a reserva antes do tempo.

– Quem é você? Outra jornalista? Vocês não conseguem ficar longe?

– Não sou jornalista. Pelo menos não mais.

– Você é americana.

– Sou.

Fui até ela e o cachorrinho desmoronou aos meus pés. Cocei suas orelhas e ele me encarou com uma olhar enevoado de catarata. Lembrava a Snookie, tanto na aparência quanto no cheiro, o que me fez pensar em Kendra Vorhees. Na última vez que tivera notícias dela, logo depois do Massacre do Condado de Sannah, ela dissera que tinha trocado de nome e estava planejando se mudar para o Colorado e entrar para uma comunidade vegana.

Os olhos da Sra. Ellington-Burn se estreitaram.

– Espere aí... Eu conheço você?

Amaldiçoei a foto gigante que o pessoal do marketing havia posto na contra-capa do *DQAC*.

– Acho que não.

– Conheço, sim. Você escreveu aquele livro. Aquele livro medonho. O que você quer aqui?

– Só tinha curiosidade de ver a casa.

– Curiosidade mórbida, hein? Você deveria ter vergonha.

Não pude me impedir de perguntar:

– A senhora ainda vê o Paul?

– E se eu vejo? Em que isso lhe interessa? Vá embora antes que eu chame a polícia.

Um ano antes eu teria esperado até ela voltar para casa e xeretaria mais um pouco, mas dessa vez saí de lá.

Uma semana depois, o celular tocou, o que foi uma espécie de efeméride – as únicas pessoas que tinham meu número novo eram minha futura ex-agente Madeleine e gente do telemarketing. Fiquei completamente sem chão quando o cara do outro lado se apresentou como Paul Craddock (mais tarde descobri que a nova secretária de Madeleine ficara impressionada com o sotaque inglês dele e dera meu telefone). Ele falou que a Sra. EB havia mencionado que eu estava em Londres e me disse, em tom casual, que, numa atitude bastante controversa, um dos seus psiquiatras o encorajara a ler o *DQAC* para ajudá-lo a "entender o que ele tinha feito". E, Sam, aquele homem – que, não esqueçamos, matara a sobrinha a facadas – parecia completamente são: coerente e até espirituoso. Contou as novidades sobre Mel e Geoff Moran (que tinham se mudado para Portugal para ficar mais perto do local de descanso da filha Danielle) e Mandi Solomon, que escreveria seu livro e havia entrado para uma seita dissidente do Fim dos Tempos nas Cotswolds.

Ele pediu que eu requisitasse autorização para uma visita, para que "pudéssemos bater um papinho cara a cara".

Concordei em visitá-lo. Claro que concordei. Eu podia estar no meio de um período de autopiedade e depressão, podia ter me mudado para Londres para ficar longe dos efeitos colaterais da porcaria do livro, mas como poderia deixar passar aquela oportunidade? Preciso explicar por que aproveitei a chance, Sam? Você me conhece muito bem.

Naquela noite, escutei de novo as gravações dele (admito que fiquei assustada e precisei deixar a luz do quarto acesa). Repassei várias vezes Jess dizendo "olá, tio Paul", tentando detectar algo além de diversão no seu tom de voz. Não consegui. Segundo o Google Imagens, a Kent House – a instituição psiquiátrica de segurança máxima onde Paul estava encarcerado – era um monólito sombrio de pedra cinza. Não pude deixar de pensar que os asilos de loucos – certo, sei que este não é o termo politicamente correto – deveriam ser proibidos de parecer tão estereotipados e dickensianos.

Precisei assinar um documento garantindo que não publicaria os detalhes do meu encontro com Paul e minha autorização policial e a ordem de visita chegaram no último dia de outubro, o Halloween. Por coincidência, o mesmo dia em que o Reddit divulgou pela primeira vez o boato de que Reynard planejava anular a Primeira Emenda. Eu ainda evitava os canais de notícias, mas não podia evitar as manchetes dos jornais. Lembro de ter pensado: como isso pode estar se desenrolando tão depressa? Mas ainda assim não consegui acreditar que Reynard garantiria o congresso e a maioria de dois terços necessária. Presumi que só teríamos de passar pelo mandato dele, enfrentar as dificuldades depois da próxima eleição. Idiotice, eu sei. Àquela altura, a Igreja Católica e os mórmons haviam apoiado a campanha Torne a América Moral – até um retardado podia ver para onde a coisa ia.

Decidi pegar um táxi em vez de jogar roleta-russa com o serviço de trens e cheguei bem a tempo do encontro com Paul. A Kent House era tão amedrontadora na vida real quanto no Google Imagens. Um acréscimo recente – uma construção horrorosa de tijolos e vidro grudada no exterior do prédio – de algum modo fazia o lugar inteiro parecer mais intimidante. Depois de ser revistada e escaneada por dois funcionários incongruentemente animados, fui escoltada até a tal construção por um enfermeiro jovial com pele tão cinzenta quanto o cabelo. Eu imaginara encontrar Paul numa cela nua, com barras nas portas, dois carcereiros sérios e vários psiquiatras observando cada movimento nosso. Em vez disso, passei por uma porta de vidro e entrei numa grande sala arejada, mobiliada com cadeiras de cor berrante. O enfermeiro informou que não haveria outros visitantes: aparentemente, o serviço de ônibus para a instituição fora cancelado naquela tarde. Isso não era incomum. O Reino Unido não estava imune à recessão causada pelas trapalhadas do Reynard no Oriente Médio. Mas devo dizer que houve uma admirável falta de reclamações quando o racionamento de eletricidade e combustível foi proposto; talvez o fim do mundo seja Prozac para os ingleses.

[Sam, não pude gravar nossa conversa, pois tive de deixar meu iPhone com a segurança. Escrevo tudo isto de cabeça. Sei que você não se importa com esse tipo de detalhes, mas eu, sim.]

A porta do lado oposto ao meu se abriu com um estalo e entrou um homem com obesidade mórbida vestindo uma camiseta do tamanho de uma barraca e carregando uma sacola de plástico. O enfermeiro gritou:

– Tudo bem, Paul? Sua visita está aqui.

Achei que tinha havido uma confusão.

– Esse é o Paul? Paul Craddock?

– Olá, Srta. Martins – disse o homem, e reconheci a voz das gravações. – É um prazer conhecê-la.

Logo antes de sair, eu havia olhado no YouTube trechos de atuações de Paul e procurei em vão qualquer sinal de suas belas feições nas papadas e nas bochechas moles. Só os olhos eram os mesmos.

– Por favor, me chame de Elspeth.

– Elspeth, então.

Nós nos cumprimentamos. A palma da mão dele deixou a minha úmida e eu resisti à ânsia de enxugá-la na calça.

O enfermeiro deu um tapinha no ombro de Paul e indicou com a cabeça um cubículo com frente de vidro, a poucos metros da nossa mesa.

– Vou estar ali, Paul.

– Tudo bem, Duncan. – A cadeira de Paul rangeu quando ele se sentou. – Ah! Antes que eu esqueça. – Ele remexeu na sacola e pegou um exemplar do *DQAC* e uma caneta hidrocor vermelha. – Pode autografar?

Sam, aquilo estava passando do bizarro para o surreal.

– Ahn... claro. O que você quer que eu escreva?

– Ao Paul. Eu não poderia ter feito isso sem você. – Retraí-me e ele gargalhou. – Não ligue para mim. Escreva o que quiser.

Escrevi "Tudo de bom, Elspeth" e empurrei o livro de volta por cima da mesa.

– Por favor, desculpe minha aparência – falou ele. – Estou virando um pudim. Não há muita coisa para fazer aqui além de comer. Está chocada porque me permiti ficar assim?

Murmurei algo sugerindo que quilos a mais não eram o fim do mundo. Meus nervos estavam à flor da pele. Paul certamente não parecia um lunático desvairado nem agia como um – não tenho muita certeza do que eu esperava, talvez algum tipo de louco com camisa de força e olhos revirando –, mas, se ele de repente perdesse as estribeiras, pulasse por cima da mesa e tentasse me esganar, só havia um enfermeiro fraco para impedir.

Paul leu minha mente:

– Está surpresa com a falta de supervisão? Cortes no pessoal. Mas não se preocupe, o Duncan é faixa-preta em caratê. Não é, Duncan? – Paul acenou para o enfermeiro, que deu um risinho e balançou a cabeça. – O que está fazendo em Londres, Elspeth? Sua agente contou que você se mudou para cá. Deixou os Estados Unidos por causa do clima político infeliz?

Respondi que esse era um dos motivos.

– Não posso dizer que a culpo. Se aquele babaca que está na Casa Branca conseguir o que quer, logo todos vocês vão estar vivendo como no livro do Levítico. Os gays e as crianças bagunceiras serão mortos a pedradas e quem tiver acne ou ficar menstruado será repelido. Maravilha. Quase me deixa agradecido por estar aqui.

– Por que você quis me ver, Paul?

– Como eu disse ao telefone, ouvi falar que você estava aqui na Inglaterra. Achei que seria legal nos conhecermos. O Dr. Atkinson concordou que talvez fosse bom eu conhecer uma das minhas biógrafas. – Ele arrotou protegendo a boca com a mão. – Foi ele que me deu seu livro para ler. E é uma maravilha ver uma cara nova por aqui. A Sra. EB vem uma vez por mês, mas às vezes ela pode ser um pouco excessiva. Não que eu careça de pedidos de visita. – Ele olhou para o enfermeiro na cabine. – Às vezes recebo até cinquenta por semana, a maioria de malucos das conspirações, claro, mas tive um bom número de pedidos de casamento. Não tantos quanto o Jurgen, mas quase.

– Jurgen?

– Ah! Você deve ter ouvido falar do Jurgen Williams. Ele também está aqui. Assassinou cinco crianças, mas, olhando, você nunca imaginaria. Na verdade, ele é muito sem graça. – Eu não tinha ideia de como reagir a isso. – Elspeth, quando você colocou minha história no livro... Você ouviu as gravações originais ou só leu as transcrições?

– As duas coisas.

– E...?

– Elas me apavoraram.

– A psicose não é algo bonito. Você deve ter um monte de perguntas para mim. Pode perguntar qualquer coisa.

– Por favor, avise se eu passar do ponto... mas o que aconteceu nos últimos dias antes da morte de Jess? Ela falou alguma coisa que fez você... que fez você...

– Matá-la a facadas? Pode dizer. Esses são os fatos. Mas não. Não falou. O que eu fiz foi imperdoável. Ela foi posta aos meus cuidados e eu a matei.

– Nas suas gravações... você garantiu que ela o provocava.

– Ilusões paranoicas. – Ele franziu a testa. – Tudo estava na minha cabeça. Não havia nada de estranho com Jess. Foi tudo coisa da minha cabeça. O Dr. Atkinson deixou isso bem claro. – Ele olhou de novo para o enfermeiro. – Tive um colapso psicótico provocado pelo abuso do álcool e pelo estresse. Ponto final. Pode colocar isso no seu próximo livro. Posso pedir um favor, Elspeth?

– Claro.

Ele remexeu de novo na sacola de plástico, dessa vez tirando um caderno fino, que me entregou.

– Andei escrevendo um pouco. Não é grande coisa... um pouco de poesia. Poderia ler e dizer o que acha? Talvez seus editores se interessem.

Decidi não mencionar que eu não tinha mais um editor, apesar de suspeitar de que eles adorariam publicar poemas escritos por um famoso infanticida. Apenas falei que seria um prazer e apertei sua mão de novo.

– Não deixe de ler tudo.

– Vou ler.

Observei-o se afastar bamboleando e o enfermeiro de pele cinzenta me acompanhou de volta para a entrada de segurança. Comecei a ler o livro na corrida de táxi para casa. As três primeiras páginas estavam cheias de poemas curtos e apavorantes com títulos como: "Sonhos de Cavendish" (Ler uma fala/Pela vigésima vez/Me faz refletir:/Somos todos atores) e "Prisão da carne" (Eu como para esquecer/Mas isso faz minha alma suar/Penso... será que um dia/Chegarei a dizer não?).

As outras páginas estavam em branco, mas no lado interno da contracapa havia as palavras:

Jess queria que eu fizesse aquilo. Ela ME OBRIGOU a fazer. Antes de ir, ela disse que eles estiveram aqui antes e algumas vezes ela decide não morrer. Falou que às vezes eles dão às pessoas o que elas querem, outras, não. Pergunte aos outros, ELES SABEM.

Sam, o que você faria com isso? Sei que você teria contatado imediatamente o psiquiatra de Paul e avisado que ele ainda sofria de algum tipo de colapso psicótico.

Seria a coisa certa a fazer.

Mas eu não sou você.

Depois que o *DQAC* foi publicado, achei que eu fosse a única pessoa no mundo que não via algo sobrenatural (por falta de uma palavra melhor) nos Três. Perdi a conta dos malucos que imploraram para eu elogiar seus livros autopublicados sobre como Os Três ainda estavam vivos e vivendo com uma mulher maori na Nova Zelândia/passando por experiências numa base militar secreta na Cidade do Cabo/curtindo com alienígenas na Base Dulce da Força Aérea no Novo México (tenho provas, srta. martins!!!! Essa é a única explicação para o mundo estar indo para o inferno!!!!!). E há os incontáveis sites conspiratórios que usam citações ou trechos do *DQAC* para "provar" suas teorias de que Os Três estavam possuídos por aliens ou eram viajantes do tempo multidimensionais. Os seguintes trechos são alguns em que eles tendem a se fixar:

BOBBY: "Um dia *eu* vou trazer eles [os dinossauros] de volta à vida."

JESS: "A coisa não funciona desse jeito. A porra de um guarda-roupa... Como se isso fosse possível, tio Paul."

"Foi um erro. Às vezes a gente erra."

CHIYOKO: "Ele [Hiro] diz que se lembra de ter sido içado pro helicóptero do resgate. Falou que foi divertido. 'Que nem voar.' E que tava ansioso pra fazer isso de novo."

Até existem vários sites dedicados a discutir as implicações da obsessão de Jess por *O leão, a feiticeira e o guarda-roupa*.

Mas o resto de nós precisa admitir que há uma explicação racional para tudo isso: as crianças sobreviveram aos acidentes porque tiveram sorte; a versão de Paul Craddock sobre os acontecimentos relativos ao comportamento de Jess eram apenas as tagarelices de um lunático; Reuben Small pode facilmente ter tido uma remissão; Hiro estava apenas imitando a obsessão de seu pai pelos androides. A mudança de comportamento das crianças poderia ser resultado do trauma que sofreram. E não esqueçamos as horas de material que eu optei por *não* incluir no livro – as longas reclamações de Paul Craddock porque não estava transando, as minúcias da vida cotidiana de Lillian Small –, em que absolutamente nada acontecia. Aquele resenhista na Amazon acertou na mosca ao me acusar de manipuladora e sensacionalista.

Mas... *mas...* "*Ela disse que eles estiveram aqui antes e algumas vezes ela decide não morrer. Falou que às vezes eles dão às pessoas o que elas querem, às vezes, não.*"

Eu tinha várias opções. Poderia visitar Paul de novo, perguntar por que ele havia optado por me passar essa informação; poderia ignorar aquilo como sendo maluquice de um doente mental; poderia jogar a racionalidade pela janela e tentar entender o que as palavras significavam. Experimentei a primeira opção, mas me informaram que Paul não estava interessado em ter mais contato comigo (sem dúvida porque se preocupava com a hipótese de eu revelar ao seu psiquiatra o que ele me dera). A segunda opção era tentadora, porém o mais provável é que Paul tivesse me entregado aquilo por um motivo: *Pergunte aos outros, ELES SABEM*. Imaginei que não faria mal dar uma olhada nisso – o que mais eu tinha para fazer com meu tempo além de apagar e-mails agressivos e andar por Notting Hill em meio a uma névoa de vodca?

Por isso, deixei a razão de lado e decidi bancar a advogada do diabo. Digamos que Paul estivesse repetindo algo que Jess lhe dissera logo antes de ele matá-la... O que isso significava? Os loucos da conspiração teriam um trilhão de teorias sobre *eles estiveram aqui antes e algumas vezes ela decide não morrer*, mas eu não iria contatar nenhum deles. E que tal *às vezes eles dão às pessoas o que elas querem, às vezes, não*? Afinal de contas, Os Três *tinham* dado às pessoas – ou pelo menos ao pessoal do Fim dos Tempos – o que eles queriam: "prova" aparente de que o fim do mundo estava chegando. E Jess deu a Paul o que ele achava que desejava (fama); Hiro deu a Chiyoko um motivo para viver; Bobby... Bobby trouxe de volta o marido de Lillian.

Decidi que era hora de quebrar uma promessa.

Sam, sei que você costumava ficar louca quando eu escondia coisas de você (como todo o primeiro esboço do *DQAC*, por exemplo), mas eu dei a Lillian

Small minha palavra de que não revelaria que ela sobreviveu ao acidente de carro que matou Reuben e Bobby. De todas as histórias das pessoas que eu havia entrevistado para o livro, a dela era a que mais me afetava – e eu me sentia tocada porque ela confiou em mim o suficiente para me contatar enquanto estava no hospital. O FBI se oferecera para colocá-la num lugar seguro e depois disso decidimos que seria melhor cortar o contato: ela não precisava relembrar o que havia perdido.

Duvidei que o FBI fosse simplesmente me dar o número dela, por isso decidi tentar com Betsy, a vizinha.

O telefone foi atendido com um "*Ja?*".

– Estou procurando a Sra. Katz.

– Ela não mora mais aqui, não.

Não consegui identificar o sotaque; devia ser do Leste Europeu.

– A senhora tem um endereço para onde mandar correspondência? É muito importante.

– Espere um instante aí.

Ouvi o som do aparelho sendo largado e pancadas de contrabaixo ao fundo. Depois ela retornou:

– Tenho um número.

Procurei o código de área no Google: Toronto, Canadá. De algum modo eu não conseguia imaginar Betsy no Canadá.

[Sam, o que se segue é uma transcrição do telefonema – é, eu sei, por que eu o teria gravado e transcrito se não estava planejando usá-lo num livro ou numa matéria? Por favor, confie em mim: juro que você não verá *A verdade de Elspeth Martins sobre Os Três* à venda na livraria mais próxima nem tão cedo.]

EU: Oi... É a Betsy? Betsy Katz?

BETSY: Quem é?

EU: Elspeth Martins. Entrevistei você para o meu livro.

[*pausa longa*]

BETSY: Ah! A escritora! Elspeth! Você está bem?

EU: Estou bem. E você?

BETSY: Se eu reclamar, quem vai ouvir? O que você acha do que está acontecendo em Nova York? Aqueles tumultos que aparecem nos noticiários e a escassez de combustível... Você está em segurança? Está conseguindo se aquecer? Tem comida suficiente?

EU: Estou bem, obrigada. Eu estive pensando... Você sabe como posso falar com Lillian?

[*pausa mais longa*]

BETSY: Você não ficou sabendo? Bom, é claro, como iria saber? Lamento dizer, mas Lillian faleceu. Há um mês. Enquanto dormia. Um bom modo de partir. Ela não sofreu.

EU: [*depois de vários segundos de silêncio, enquanto lutava para não perder o controle – Sam, eu fiquei totalmente arrasada*] Sinto muito.

BETSY: Ela era uma mulher muito boa, sabe que ela me convidou para ficar com ela? Quando aconteceu o primeiro blecaute em Nova York. Do nada, ela me ligou e falou: "Betsy, você não pode morar aí sozinha, venha para o Canadá." Canadá! Eu! Sinto saudades dela, não vou mentir. Mas há uma boa comunidade aqui, um bom rabino que cuida de mim. Lily disse que gostava de como você a fez parecer no seu livro – mais inteligente do que ela era. Mas o que a Mona falou... Que veneno! Para Lily, foi difícil ler. E o que você acha do que está acontecendo em Israel? Aquele *schmuck* na Casa Branca, o que ele acha que está fazendo? Ele quer todos os muçulmanos caindo em cima das nossas cabeças?

EU: Betsy... antes de falecer, Lillian mencionou alguma coisa... é... especial sobre o Bobby?

BETSY: Sobre o Bobby? O que ela diria? Só que a vida dela tinha sido uma tragédia. Todo mundo que ela amava fora levado embora. Deus pode ser cruel.

Desliguei. Chorei durante duas horas seguidas. Pela primeira vez não eram lágrimas de autocomiseração.
Mas digamos que eu tivesse falado com Lillian... O que ela teria dito, afinal? Que o Bobby que voltou para casa depois do acidente não era o seu neto?

Quando a entrevistei, tantos meses atrás, sempre que ela falava sobre ele era possível escutar o amor em sua voz.

Pergunte aos outros, ELES SABEM.

Então quem mais havia? Eu sabia que Mona, a melhor amiga de Lori Small, estava fora de cogitação (após o furor provocado pelo *DQAC*, ela negou até mesmo que tivesse falado comigo), mas existia outra pessoa que se encontrara com Bobby e não saíra incólume.

Ace Kelso.

Sam, posso visualizar seu rosto enquanto lê isto: uma mistura de exasperação e fúria. Você estava certa ao dizer que eu deveria ter colocado a reputação dele em primeiro lugar. Você estava certa ao me acusar de não lutar o suficiente para fazer com que a admissão dele de que vira sangue nos olhos de Bobby Small fosse tirada das edições posteriores – outro prego no caixão do nosso relacionamento. E, sim, eu deveria ter destruído a gravação, alegando que aquilo fora dito extraoficialmente. Por que, porra, não escutei você?

Eu o encontrara pela última vez naquela sala sem alma no escritório dos advogados da editora, quando afirmaram que ele não tinha base para abrir um processo. Sua expressão era de abatimento, os olhos estavam injetados e a barba não era feita havia dias. Os jeans puídos pendiam frouxos nos joelhos; a jaqueta de couro velha fedia a suor rançoso. O Ace que eu entrevistara para o livro e vira na TV tinha rosto quadrado, olhos azuis: um verdadeiro Capitão América, como Paul Craddock o descreveu certa vez.

Eu não fazia ideia se Ace falaria comigo, mas o que eu tinha a perder? Tentei contato pelo Skype, sem esperança de resposta. Quando ele atendeu, sua voz estava meio rouca, como se ele tivesse acabado de acordar.

ACE: Oi?

EU: Ace... Oi. É a Eslpeth Martins. Ahn... como você está?

[*pausa de vários segundos*]

ACE: Ainda estou de licença estendida por doença. Um eufemismo para suspensão permanente. Que diabo você quer, Elspeth?

EU: Achei que você deveria saber... Fui visitar Paul Craddock.

ACE: E...?

EU: No encontro, ele frisou que o que fez com Jess foi resultado de um surto psicótico. Mas quando eu estava saindo, ele me deu um caderno. Olha, isso vai parecer maluco, mas no caderno ele dizia – dentre outras coisas – que Jess lhe falou que ela e os outros "tinham estado aqui antes" e que "algumas vezes ela decide não morrer".

[*outra pausa longa*]

ACE: Por que você está me contando isso?

EU: Eu pensei... Não sei. Acho... O que você falou sobre o Bobby... Como eu disse, é loucura até mesmo pensar nisso, mas Paul escreveu "pergunte aos outros" e eu...

ACE: Sabe de uma coisa, Elspeth? Sei que você recebeu muitas críticas pelo que incluiu naquele livro, mas para mim você levou as pancadas pelos motivos errados. Você publicou todo aquele material inflamatório sobre a mudança nas personalidades das crianças, jogou a bomba e depois foi embora. Não levou a coisa mais longe; presumiu que tudo tinha uma explicação racional e, ingenuamente, achou que todo mundo que lesse também veria desse modo.

EU: Minha intenção não era...

ACE: Sei quais eram suas intenções. E agora você está farejando para ver se de fato *havia* alguma coisa com aquelas crianças, certo?

EU: Só estou dando uma olhada.

ACE: [*suspiro*] É o seguinte: vou mandar uma coisa por e-mail para você.

EU: O quê?

ACE: Leia primeiro, depois nos falamos.

[O e-mail chegou imediatamente e eu cliquei num anexo intitulado: SA678ORG

À primeira vista, achei que era uma cópia exata da transcrição da gravação de voz da cabine do avião da Sun Air que eu havia incluído no *DQAC*, exceto por este diálogo que ocorreu um segundo antes de o avião ter problemas:

Comandante: [palavrão] Viu isso?

Copiloto: Ei! Foi um relâmpago?

Comandante: Negativo. Nunca vi um clarão assim. Não tem nada no TCAS, pergunte ao controle de tráfego se há outra aeronave aqui com a gente...]

EU: Que porra é essa?

ACE: Você precisa entender, nós não queríamos alimentar o pânico. As pessoas precisavam saber que as causas dos acidentes eram explicáveis. Os aviões que estavam em terra precisavam voar de novo.

EU: A ANST falsificou a transcrição da Sun Air? Quer dizer que vocês acreditaram de verdade que estavam lidando com um contato alienígena?

ACE: O que quero dizer é que deparamos com fatos que não podíamos explicar. Sem contar o desastre da Sun Air, o único que tinha uma causa definida era o da Dalu Air.

EU: Que diabo você está falando? E o desastre da Maiden Air?

ACE: Tínhamos impacto de várias aves, mas sem os restos dos bichos. Claro, isso poderia ser explicável se os motores fossem consumidos pelo fogo, mas não foram. Como dois motores a jato seriam implodidos por pássaros sem que restasse nenhum traço de material? E veja o acidente da Go!Go! Airlines. Não tínhamos a que nos agarrar, mas uma coisa é certa: é bastante incomum pilotos entrarem numa tempestade daquela magnitude hoje em dia. E me responda o seguinte: como aquelas três crianças sobreviveram, caralho?

EU: E Zainab Farra, a menina que sobreviveu ao acidente na Etiópia? Os Três foram como ela, tiveram sorte...

ACE: Papo furado. Você sabe disso.

EU: Essa transcrição... Por que você me mandou? Você quer mesmo que eu publique?

ACE: [*riso amargo*] A situação atual não pode piorar. Reynard vai me dar uma medalha, prova de que Os Três não eram apenas crianças normais. Faça o que quiser. A ANST e a JTSB vão negar de qualquer modo.

EU: Então você está me dizendo que acha que há alguma coisa... não sei... que não é deste mundo, com relação aos Três? Você é um investigador, um cientista.

ACE: Só sei o que eu vi quando fui ver o Bobby. Não foi alucinação, Elspeth. E aquele fotógrafo, o que acabou virando jantar dos répteis, também viu alguma coisa. [*outro suspiro*] Olha, você só está fazendo o seu trabalho. Eu não deveria ter reagido mal por você ter publicado o que eu falei sobre o Bobby. Talvez eu tenha dito que aquilo era extraoficial, talvez não. Mas era a verdade. O fato é que é preciso ser cego para não ver que havia algo errado com aquelas crianças.

EU: E o que você sugere fazer agora?

ACE: Você é que sabe, Elspeth. Mas, faça o que fizer, sugiro que seja rápido. O pessoal do Fim dos Tempos está totalmente decidido a fazer cumprir suas próprias profecias. Como, diabos, se pode negociar com um presidente convencido de que o fim do mundo está chegando e que o único modo de salvar as pessoas da condenação eterna é transformar os Estados Unidos numa teocracia? Simples: não é possível.

Claro que eu tive dificuldade de acreditar que a ANST mexeria na gravação, mesmo se estivesse preocupada com a hipótese de as pessoas entrarem em pânico por causa dos desastres. Será que a transcrição poderia ser a vingança de Ace pelos problemas causados com a história do olho sangrando? Se eu levasse uma coisa assim a público, a Liga Racionalista teria outro motivo para cair de pau em cima de mim.

Mas você sabe para onde isto está se encaminhando, não é? Eu tinha o bilhete do Paul, a transcrição (talvez falsa) do Ace e a afirmação dele de que vira mesmo sangue nos olhos de Bobby.

Podia ser tudo besteira – provavelmente era. Mas ainda faltava uma criança.

Passei os dias seguintes pesquisando Chiyoko e Hiro. A maioria dos links levava a novos materiais sobre a trágica história de amor de Ryu e Chiyoko, dentre eles um artigo recente sobre uma série de suicídios idênticos, mas, para minha surpresa, havia pouca coisa sobre Hiro. Contatei Eric Kushan, o cara que traduzira os trechos em japonês para o *DQAC*, para ver se ele poderia me dar alguma pista, mas ele tinha saído do Japão alguns meses antes, depois que o Tratado de Cooperação Mútua entre os Estados Unidos e o Japão fora cancelado, e tudo o que ele pôde sugerir foi que eu investigasse o Culto de Hiro.

Pensei que o culto poderia ter se transformado em algo parecido com os fiéis do Reverendo Moon ou o Aum Shinrikyo, mas em vez de se tornar um culto nacionalista barra-pesada, se reduzira a pouco mais do que uma moda bizarra de celebridades. Agora que seu marido havia ganhado a eleição, Aikao Uri parecia ter abandonado as teorias alienígenas e o Surrabot, concentrando as energias numa campanha pela aliança triasiática. O Movimento Orz se tornara totalmente underground.

Você se lembra de Daniel Mimura? É um dos jornalistas do *Tokyo Herald* que me deu permissão para usar algumas matérias dele no *DQAC*. Foi um dos poucos colaboradores (além de Lola – a amante do pastor Len – e o documentarista Malcolm Adelstein) que me mandou um bilhete de apoio depois que a merda foi jogada no ventilador. Ele pareceu deliciado com o meu contato e nós conversamos por um tempo sobre como o povo japonês estava se virando com o fantasma de uma possível aliança com a China e a Coreia.

Transcrevi o resto da nossa conversa:

EU: Você acha que Chiyoko e Ryu morreram mesmo em Aokigahara?

DANIEL: Ryu morreu com certeza, eles fizeram uma autópsia, o que é bastante incomum para Tóquio, pois elas não são feitas automaticamente em todas as mortes suspeitas. O corpo de Chiyoko nunca foi encontrado, portanto quem sabe?

EU: Você acha que ela pode estar viva?

DANIEL: Pode ser. Você ouviu os boatos sobre Hiro? Eles andam circulando há um tempo.

EU: Aquela bobagem de "Os Três ainda estão vivos"?

DANIEL: É. Quer que eu fale disso?

EU: Claro.

DANIEL: Isso é maluquice de conspiração, mas... Olha, para começar, os policiais fecharam a cena do crime depressa demais. Os paramédicos e peritos foram instruídos a não falar com a imprensa. Nem os caras da agência policial conseguiram tirar grande coisa deles, a não ser a declaração oficial.

EU: Certo... mas por que iriam forjar a morte dele?

DANIEL: Os Novos Nacionalistas poderiam ter planejado isso, talvez. Quero dizer, que modo melhor de colocar o público contra os Estados Unidos? Imagine, se você tivesse inclinação para isso, poderia dizer que eles armaram a coisa toda, montaram a cena, mataram os Kamamotos e aquele soldado, fizeram parecer que o Hiro estava morto.

EU: Não faz sentido. O soldado Jake Wallace era um pamelista, tinha motivo para matar Hiro. Como conseguiriam envolvê-lo numa trama assim?

DANIEL: Ei, não atire no mensageiro. Só estou contando os boatos. Diabos, não sei, talvez eles tenham sabido o que ele iria fazer, tenham armado para ele, hackeado os e-mails dele, como aqueles outros caras fizeram.

EU: Mas as testemunhas disseram que viram Chiyoko carregando o corpo do Hiro.

DANIEL: É. Mas você viu aqueles Surrabots que Kenji Yanagida faz? São sinistros. A não ser que você esteja muito perto, parecem bastante convincentes.

EU: Espera aí... isso não significaria que a Chiyoko fazia parte da trama?

DANIEL: É.

EU: Então digamos que o que você está falando aconteceu... Chiyoko deixou que os pais fossem assassinados... Por quê?

DANIEL: Quem sabe? Dinheiro? Para que ela e Hiro pudessem ir para algum país desconhecido e viver no luxo? E o pobre e velho Ryu foi apanhado no meio da coisa e acabou sendo mais uma baixa.

EU: Você tem alguma ideia de quantas vezes ouvi esse tipo de teoria?

DANIEL: Claro. Como eu falei, é tudo papo furado.

EU: Você já investigou isso?

DANIEL: Andei remexendo um pouco, nada importante. Você sabe como é isso. Se havia alguma coisa, alguém já teria deixado vazar.

EU: Kenji Yanagida não identificou o corpo de Hiro?

DANIEL: E daí?

EU: Se alguém sabe da verdade, é ele. Ele falaria comigo?

DANIEL: [*riso*] De jeito nenhum. É tudo papo furado, Ellie. O garoto está morto.

EU: Kenji Yanagida ainda está em Osaka?

DANIEL: A última coisa que ouvi foi que ele saiu da universidade depois de ser perseguido pelo Culto de Hiro. Eles estavam desesperados para que ele se tornasse um dos seus representantes de alto nível. Parece que se mudou para Tóquio, trocou de nome.

EU: Você poderia encontrá-lo para mim?

DANIEL: Você faz ideia de quantas pessoas tentaram falar com Kenji Yanagida e não conseguiram?

EU: Mas eu tenho uma coisa que elas não têm.

DANIEL: O quê?

Não contei ao Daniel sobre a transcrição enviada pelo Ace. Talvez fosse o meu trunfo para falar com Kenji Yanagida. Talvez não.

Sei o que você está pensando: que não contei isso ao Daniel porque era uma informação exclusiva e que eu queria usá-la com objetivos próprios – talvez colocar em outro livro. Mas, volto a repetir, para mim tudo isso acabou, Sam, juro.

Nas semanas seguintes, não fiz nada. O mundo estava prendendo o fôlego depois que aquele grupo de renegados do Fim dos Tempos tentou pôr fogo na mesquita Al-Aqsa no monte do Templo, em outro esforço para acelerar a corrida para o arrebatamento. Nem eu seria idiota a ponto de ir para a Ásia durante o que poderia ser o início da Terceira Guerra Mundial.

E as notícias que recebíamos dos Estados Unidos eram deprimentes da mesma forma. Por mais que não quisesse saber dos acontecimentos, eu via os relatos da escalada de ataques contra adolescentes gays; o fechamento em massa das clínicas de reprodução humana; os blecautes na internet; os líderes da aliança LGBT e da Liga Racionalista sendo presos por causa das supostas leis de segurança do Estado. Havia protestos antiamericanos também na Inglaterra. O Reino Unido estava cortando as ligações com o regime de Reynard, e a MigrationWatch fazia campanha para interromper a maré de imigrantes dos Estados Unidos. E não quero que você pense que eu não me preocupava com você. Eu só pensava nisso, no período de Natal e Ano-Novo (não vou reclamar por ter passado o Dia de Ação de Graças sozinha no meu apartamento gelado ingerindo comida chinesa encomendada). Pensei em você quando aquelas celebridades inglesas se juntaram aos figurões americanos na campanha "Salve a nossa Declaração de Direitos"; isso teria posto para fora seu lado cínico. Nem todos os vídeos do YouTube nem todas as músicas de superbandas no iTunes mudariam as convicções de pessoas que acreditavam honestamente que, apagando a "imoralidade", salvariam os outros de queimar no inferno por toda a eternidade.

Mas eu não podia deixar para lá.

Lembrando o que Ace dissera sobre não demorar muito, liguei para Daniel no início de dezembro e falei que precisava de ajuda para chegar a Tóquio. Ele achou que eu estava maluca, claro. Seu contrato acabara de ser cancelado; ele contou que isso vinha acontecendo com ocidentais por todo o Japão – "é o modo de eles afirmarem que não somos mais bem-vindos". Mesmo com meu passaporte inglês, graças aos novos regulamentos eu precisaria de um visto novo, um motivo válido para viajar e um cidadão japonês disposto a ser meu patrocinador e representante. Ele garantiu, com relutância, que pediria ajuda a um amigo.

Procurei Pascal de la Croix, o velho amigo de Kenji, e implorei que ele pedisse para Kenji me receber. Contei-lhe a verdade: que tinha novas informações sobre o acidente da Sun Air que Kenji precisava saber. Disse que estava indo a Tóquio só para vê-lo. Pascal se mostrou resistente, claro, mas enfim concordou em mandar um e-mail a Kenji por mim, desde que, caso eu conseguisse vê-lo, não publicasse nada sobre nosso encontro.

Acho que olhei a caixa de mensagens umas cinquenta vezes por dia à espera de uma resposta, filtrando a correspondência de e-mails de ódio e de spams.

Ela chegou no mesmo dia que consegui o visto. Um endereço, nada mais.

Sam, vou ser honesta. Antes de ir embora, lancei um longo e duro olhar em mim mesma. Que diabo eu estava fazendo? Ir atrás disso não me tornava tão louca quanto os pirados do Fim dos Tempos e das teorias da conspiração? E digamos que minha busca maluca a Kenji Yanagida me levasse ao Hiro. Digamos que ainda estivesse vivo e eu conseguisse falar com ele. E Hiro me contasse que Os Três estavam possuídos pelos cavaleiros do Apocalipse ou eram alienígenas psicóticos? Será que eu tinha o dever de "deixar a verdade ser conhecida"? E se tivesse, isso faria alguma diferença? Veja o que aconteceu com o escândalo do Kenneth Oduah. Houve provas sólidas de que os resultados do teste de DNA foram forjados, mas ainda assim milhões de pessoas engoliram a besteirada do Dr. Lund, de que "é a vontade de Deus que o quarto cavaleiro jamais seja encontrado".

O voo foi um pesadelo. Senti o pânico de Pamela May Donald antes mesmo de decolarmos. Ficava imaginando como ela havia se sentido nos minutos antes de o avião cair. Até me peguei compondo um *isho* na cabeça, só para garantir. (Pode deixar, não vou constrangê-la com ele.) Não ajudou em nada o fato de que, meia hora após a decolagem, noventa por cento dos outros passageiros – todos ocidentais, na maioria ingleses e escandinavos – já estavam bêbados. O cara ao meu lado, um tipo de especialista em informática que ia para Tóquio ajudar a desmontar o ramo da IBM em Roppongi, me avisou o que esperar quando chegássemos.

– Veja bem, não é que eles sejam abertamente hostis nem nada, mas é melhor ficar na "seção dos ocidentais", em Roppongi. Não é ruim, tem muitos bares. – Ele engoliu seu Jack Daniels duplo e bafejou bourbon em cima de mim. – E quem quer ficar com os japas, afinal? Eu posso mostrar o lugar, se você quiser.

Recusei e, felizmente, ele apagou logo depois.

Ao pousarmos em Narita, fomos levados para uma área de espera especial onde nossos passaportes e vistos foram examinados com precisão forense. Então, fomos arrebanhados para táxis. A princípio, não pude ver nenhum sinal de que o Japão, como o resto do mundo, estivesse se encaminhando para o colapso econômico. Só quando atravessamos a ponte para o coração da cidade percebi que os anúncios característicos, os letreiros e até a Tokyo Tower estavam iluminados apenas pela metade.

Daniel se encontrou comigo no hotel no dia seguinte e anotou meticulosamente um passo a passo para que eu chegasse ao endereço de Kenji em Kanda. Como fica na parte antiga da cidade e fora das Áreas Aprovadas para Ocidentais, ele sugeriu que eu escondesse o cabelo, usasse óculos e cobrisse o rosto com uma máscara cirúrgica contra a gripe. Pareceu meio exagerado, mas mesmo garantindo que duvidava que eu me encrencasse, disse que era melhor não atrair muita atenção.

Sam, estou exausta e tenho um dia longo pela frente. Está clareando agora, mas preciso relatar uma última situação. Não tive tempo para transcrever a conversa com Kenji Yanagida – só o vi ontem –, por isso vou contá-la aqui de cabeça.

Sem as orientações detalhadas do Daniel, eu me perderia em segundos. Kanda era um labirinto de ruas entrecruzadas cheias de restaurantes pequeninos, livrarias minúsculas e cafés enfumaçados repletos de trabalhadores de terno preto. Um lugar confuso depois da arquitetura ocidental e comparativamente sem alma de Roppongi. Segui as direções até um beco estreito apinhado de gente encasacada, os rostos escondidos atrás de cachecóis ou máscaras contra a gripe. Parei diante de uma porta entre uma miniloja que vendia cestos plásticos com peixe seco e outra que mostrava várias pinturas emolduradas de mãos de crianças. Comparei a placa em kanji do lado de fora com o que Daniel havia escrito para mim. Com o coração na boca, apertei o interfone.

– *Hai?* – soou uma voz masculina ríspida.

– Kenji Yanagida?

– Sim?

– Meu nome é Elspeth Martins. Pascal de la Croix me pôs em contato com o senhor.

Depois de um instante, a porta se abriu com um estalo.

Entrei num corredor cheirando a mofo e, sem outra opção, desci uma escada curta. Ela terminava numa porta entreaberta. Empurrei-a e entrei numa oficina grande e atulhada. Um pequeno grupo de pessoas estava no centro da sala. Então meu cérebro deu um nó (Sam, não tenho outro modo de descrever) e percebi que não eram pessoas, mas Surrabots.

Contei seis, três mulheres, dois homens e (horrivelmente) uma criança, encostados em suportes, com a luz halógena refletindo na pele macilenta e nos olhos brilhantes demais. Havia vários outros sentados em cadeiras de plástico e poltronas puídas, num canto escuro – um tinha até as pernas cruzadas numa pose obscenamente humana.

Kenji saiu de trás de uma bancada coberta de fios, telas de computador e equipamento de solda. Parecia uma década mais velho e 20 quilos mais magro do que nos vídeos do YouTube: a pele ao redor dos olhos estava enrugada e os malares altos pareciam proeminentes como os de uma caveira.

Ele foi direto ao ponto, sem nem me cumprimentar:

– Que informação você tem para mim?

Contei sobre a confissão de Ace e entreguei uma cópia da transcrição. Ele a examinou sem qualquer mudança de expressão, depois dobrou-a e enfiou no bolso.

– Por que trouxe isso para mim?

– Achei que o senhor tinha o direito de saber a verdade. Sua esposa e seu filho estavam naquele avião.

– Obrigado.

Kenji me encarou durante vários segundos e tive a impressão de que ele podia enxergar através de mim.

Fiz um gesto indicando os Surrabots.

– O que o senhor está fazendo aqui? Esses aí são do Culto de Hiro?

Ele fez uma careta.

– Não. Estou criando réplicas. Na maioria coreanas. Réplicas dos entes queridos que eles perderam.

Seu olhar recaiu em uma pilha de máscaras de cera na bancada. Máscaras mortuárias.

– Como o que o senhor fez do Hiro? – Ele se contraiu (quem poderia culpá-lo? Não foi sensível da minha parte). – Yanagida-san... o seu filho, Hiro... quando ele morreu, foi o senhor que o identificou?

Preparei-me para uma saraivada de ofensas. Em vez disso, ele respondeu:

– Fui.

– Lamento perguntar isso... é que existem boatos de que ele não... de que talvez ele...

– Meu filho morreu. Eu vi o corpo. É isso que você queria saber?

– E Chiyoko?

– É por isso que você veio? Para me perguntar sobre Hiro e Chiyoko?

– Sim. Mas a transcrição... é a verdade. O senhor tem minha palavra.

– O que você quer saber sobre Chiyoko?

Decidi contar a verdade; suspeitei que ele perceberia qualquer papo furado.

– Estou seguindo uma série de pistas sobre Os Três. Elas me levaram ao senhor.

– Não posso ajudar. Por favor, vá embora.

– Yanagida-san, eu vim de muito longe...
– Por que não pode deixar isso quieto?
Podia ver o sofrimento nos olhos dele. Eu o pressionara demais e, para ser sincera, estava enojada comigo mesma. Virei-me para sair, mas avistei um Surrabot num canto escuro, meio escondido atrás da réplica de um homem corpulento. Ela estava sentada numa área separada, uma figura serena usando quimono branco. Era a única que parecia respirar.
– Yanagida-san... essa é a cópia de sua esposa? Hiromi?
Uma longa pausa.
– É.
– Ela era linda.
– É.
– Yanagida-san, ela... ela deixou alguma mensagem? Um *isho*, como alguns dos outros passageiros?
Eu não conseguia me conter; precisava saber.
– Jukei. Ela está lá.
Por um segundo, pensei que ele estava falando da esposa. Depois a ficha caiu.
– Ela? Quer dizer, Chiyoko?
– *Hai*.
– Na floresta? Em Aokigahara?
Ele mal balançou a cabeça para assentir.
– Em que lugar da floresta?
– Não sei.
Eu não queria abusar da sorte.
– Obrigada, Yanagida-san.
Comecei a voltar para a escada, mas ele me chamou:
– Espere.
Virei-me para encará-lo. Sua expressão permanecia tão ilegível quanto a do Surrabot ao lado dele.
– Hiromi. Na mensagem, ela disse: "Hiro se foi."
Então é isso. É tudo que tenho. Não faço ideia do motivo para Kenji me contar o conteúdo do *isho* de sua esposa. Talvez ele estivesse mesmo grato pela transcrição; talvez, como Ace, ele ache que não há sentido em guardar mais segredo.
Talvez estivesse mentindo.
É melhor mandar isto agora. O wi-fi aqui é uma merda e preciso ir ao saguão para usar. A floresta vai estar fria; está começando a nevar.

Sam, sei que as chances de você ler este texto são pequenas, mas, só para que você saiba, decidi voltar para casa depois disso. Para Nova York, se o governador não cumprir a promessa de fazer um plebiscito sobre a secessão. Quero estar aí. Não vou mais fugir. Espero que você esteja aí, Sam.

Eu te amo,
Ellie.

COMO TERMINA

O disfarce de Elspeth, óculos escuros e máscara contra gripe agora ligeiramente encharcada, é tão eficaz no subúrbio quanto era na cidade: até agora nenhum passageiro lhe lançou ao menos um segundo olhar. Mas quando ela desce em Otsuki – uma estação de aparência precária que parece presa na década de 1950 –, um homem uniformizado rosna alguma coisa. Ela sente um pânico momentâneo, depois percebe que ele só está pedindo o bilhete. Idiota. Ela balança a cabeça, entrega-o e ele sinaliza na direção de uma locomotiva antiga que espera numa plataforma adjacente. Um apito soa e ela embarca depressa, aliviada porque o vagão está vazio. Deixa-se afundar no banco e tenta relaxar. Conforme o trem sacoleja, estremece e enfim encontra o ritmo, ela olha pelas janelas sujas para os campos salpicados de neve, as casas com telhados inclinados e uma série de pequenos lotes vazios, exceto por uma plantação de repolhos apodrecidos pelo gelo. O ar frio penetra pelas frestas nas laterais do trem; um sopro fraco de neve bate nas janelas. Ela lembra que são catorze paradas até Kawaguchiko, o fim da linha.

Concentra-se no *clac-clac* das rodas; tenta não pensar muito no lugar para onde está indo. Na terceira parada, entra no vagão um homem com o rosto tão amarrotado quanto as roupas e ela se enrijece quando ele escolhe o banco à sua frente. Elspeth reza para ele não tentar conversar. O homem grunhe, enfia a mão numa sacola grande de compras e tira um pacote do que parecem *makimonos* gigantes. Enfia um na boca, depois oferece o saco. Decidindo que seria grosseria recusar, ela murmura "*arigato*" e pega um. Em vez de arroz e alga, morde algum tipo de doce leve e quebradiço que tem gosto de adoçante. Demora-se comendo, para o caso de ele oferecer outro, pois já está nauseada, então baixa a cabeça como se estivesse cochilando. Só é fingimento em parte: está exausta após uma noite insone.

Quando volta a levantar os olhos, fica pasma ao ver uma montanha-russa gigante tomando a vista da janela, a estrutura enferrujada áspera com dentes de gelo. Deve fazer parte de um dos defuntos balneários do monte Fuji, dos quais Daniel falou; um dinossauro incongruente preso no meio de lugar nenhum.

Última parada.

Dando um sorriso enorme que a faz sentir culpa por ter fingido dormir, o velho parte. Ela se demora, depois o segue atravessando os trilhos até a estação deserta, uma estrutura de madeira forrada de pinho brilhante que pareceria mais natural numa estação de esqui nos Alpes. Uma música de realejo toca em algum lugar, suficientemente alta para acompanhá-la quando ela sai no pátio externo da estação. A cabine de turismo à direita tem uma aura de mausoléu, mas ela vê um táxi parado perto de um ponto de ônibus, com fumaça saindo do cano de descarga.

Ela pega o pedaço de papel em que Daniel (com relutância) escreveu qual era o destino, dobra-o em volta de uma nota de 10 mil ienes e se aproxima do carro. Entrega-o ao motorista, que não demonstra qualquer emoção ao olhá-lo. Ele assente, enfia o dinheiro no paletó e olha direto em frente. O interior do automóvel fede a fumaça de cigarro e desesperança. Quantas pessoas esse homem levou à floresta, sabendo que talvez não fossem retornar? O taxista liga o motor antes mesmo que ela consiga prender o cinto de segurança e segue pelo povoado deserto. A maioria das lojas tem as vitrines cobertas por tábuas; as bombas do posto de gasolina têm cadeados. Passam por um único veículo, um ônibus escolar vazio.

Em minutos estão rodeando um grande lago vítreo e Elspeth precisa se agarrar à maçaneta da porta enquanto o motorista joga o carro nas curvas fechadas da estrada. Obviamente, ele está tão ansioso quanto ela para chegar ao fim da corrida. Ela vê o esqueleto capenga de um grande templo diante de uma floresta de marcos de sepultura abandonados, além de uma fileira de caiaques apodrecendo e os restos queimados de várias cabanas de férias espiando corajosamente através da neve. O monte Fuji ergue-se ao fundo, com névoa encobrindo o topo.

Deixam o lago para trás e o motorista entra numa via expressa deserta antes de virar bruscamente e acelerar por uma estrada mais estreita com calombos de neve, escorregadia devido ao gelo. A floresta se esgueira ao redor. Ela sabe que tem de ser a Aokigahara: reconhece as raízes bulbosas que ficam acima da base vulcânica do piso da floresta. Passam por vários carros amortalhados em neve, abandonados junto à estrada. Num deles, Elspeth tem quase certeza de discernir uma figura encurvada atrás do volante.

O motorista entra num estacionamento e para perto de um prédio baixo e fechado, entregue às moscas. Aponta para uma placa de madeira atravessando um caminho que leva para a floresta.

Também ali há vários calombos em forma de veículos.

Como, diabos, ela vai voltar para a estação? Há um ponto de ônibus do outro lado da estrada, mas como saber se os ônibus estão rodando ali?

O taxista bate no volante, impaciente.

Elspeth não tem escolha a não ser tentar se comunicar com ele.

– Ah... o senhor sabe onde posso encontrar Chiyoko Kamamoto? Ela mora por aqui.

Ele balança a cabeça. Aponta de novo para a floresta.

E agora? Que porra ela achava que ia encontrar? Chiyoko esperando-a numa limusine? Deveria ter ouvido Daniel. Isso era um erro. Mas agora está aqui – de que adiantaria voltar a Tóquio sem explorar todas as opções? Sabe que existem povoados por ali. Terá que chegar a algum deles se os ônibus não estiverem rodando. Murmura *"arigato"*, mas o motorista não responde. Ele acelera para longe no segundo em que ela fecha a porta.

Elspeth fica parada por vários segundos. Os espíritos famintos que espreitam na floresta não deveriam estar tentando atraí-la para as árvores? Afinal de contas, pensa, eles procuram os vulneráveis e sofridos, não é? E se ela não estiver vulnerável e sofrida?

Ridículo.

Tentando não fixar muito a atenção nos veículos abandonados, atravessa vários trechos de neve funda e vai para os montinhos cobertos de neve arrumados em círculo diante da construção. Leu que na área existem vários memoriais às vítimas do acidente aéreo. Espana os cristais de gelo de cima de um deles, revelando um marco de madeira. Atrás, parcialmente escondida atrás de outro monte de neve, vê a forma de uma cruz em estilo ocidental. Elspeth espana a neve, com o gelo derretido começando a penetrar nas luvas, e lê as palavras: "Pamela May Donald. Jamais Esqueceremos". Imagina se o comandante Seto tem um marco ali; ouvira dizer que, apesar das provas, alguns parentes dos passageiros (vem à sua mente o termo *izoku*, que Eric Kushan insistiu em usar para os parentes dos passageiros mortos) ainda o culpavam pelo que aconteceu. Talvez essa fosse de fato uma história que valesse a pena investigar. *Histórias não contadas da Quinta-Feira Negra*. Sam estava certa: ela era *muito* cheia de merda.

Uma voz atrás a faz dar um pulo. Elspeth gira, vê uma figura encurvada usando casaco vermelho brilhante vindo de trás da construção, na direção dela. O homem rosna alguma coisa.

Não há sentido em se esconder. Ela tira os óculos escuros, a luz fazendo-a piscar.

Ele hesita.

– O que está fazendo aqui?

Seu inglês tem um leve sotaque californiano.

– Vim ver o memorial. – Ela se pega mentindo, não sabe direito por quê.

– Por quê?

– Estava curiosa.

– Não recebemos mais ocidentais aqui.

– Tenho certeza. Ah... o seu inglês é muito bom.

Ele sorri de repente e com ferocidade. Seus dentes são mal encaixados e há um espaço entre eles e as gengivas. Ele os suga de volta para a boca.

– Aprendi há muitos anos. Pelo rádio.

– O senhor é o zelador?

Ele franze a testa.

– Não entendo.

Ela indica a construção dilapidada.

– O senhor mora aqui? Cuida do lugar?

– Ah! – Outro sorriso que mostra os dentes. – É, eu moro aqui.

Ela se pergunta se ele poderia ser Yomijuri Miyajima, o rastreador de suicídios que salvou Bobby e encontrou os restos de Ryu. Mas seria sorte demais, não seria?

– Eu entro na floresta para pegar as coisas que as pessoas deixam para trás. Posso vender.

Elspeth treme violentamente enquanto o frio corta suas bochechas, fazendo os olhos lacrimejarem. Bate com os pés. Isso não ajuda.

– Tem muita gente vindo aqui? – Ela indica os carros.

– Tem. Você quer entrar?

– Na floresta?

– É um caminho longo até o lugar onde o avião caiu. Mas posso levá-la até lá. Você tem dinheiro?

– Quanto?

– Cinco mil.

Ela enfia a mão no bolso, entrega uma nota. Ela quer mesmo fazer isso? Acha que sim. Mas não é por isso que está aqui. O que *deveria* estar fazendo é perguntar se ele sabe do paradeiro de Chiyoko, mas... Chegou até aqui, por que não entrar na floresta?

O homem se vira e vai em direção à trilha e Elspeth se esforça para alcançá-lo. As pernas do sujeito são arqueadas e ele é pelo menos três décadas mais velho do que ela, mas parece ter o vigor de alguém de 20 anos.

Ele solta uma corrente que atravessa o caminho e contorna uma placa de madeira com algo escrito desbotado e descascando. As árvores fazem chover flores de neve sobre ela, os flocos atingindo seu pescoço, onde o cachecol escorregou. Ela pode ouvir a própria respiração rouca nos ouvidos. O velho atravessa a via principal, indo para as profundezas da floresta. Elspeth hesita. Ninguém, a não ser Daniel, sabe que ela está aqui (Sam talvez nem lesse o e-mail que ela mandou esta manhã) e ele vai partir do Japão em alguns dias. Se ela arranjar encrenca, está ferrada. Pega o celular. Não há sinal. Claro. Tenta prestar atenção ao ambiente, procurando marcos que a ajudem a voltar ao estacionamento, mas em minutos as árvores a engolem inteira. Fica surpresa por não ter a premonição que esperava. Na verdade é um lugar lindo. Existem bolsões de terra marrom onde a copa da floresta bloqueia o céu e há algo charmoso nas raízes nodosas das árvores. Samuel Hockemeier – o fuzileiro que esteve no local alguns dias depois do acidente – disse que elas eram fantasmagóricas e intimidantes.

Conforme ela prossegue pela neve, seguindo os passos do velho, não consegue se esquecer de que foi ali que tudo começou. Uma sequência de acontecimentos provocada não por três crianças que sobreviveram a acidentes aéreos e, sim, pela mensagem aparentemente inócua de uma dona de casa texana agonizante.

O homem para de repente, em seguida vira para a direita. Elspeth espera, sem saber o que fazer. Ele não vai longe. Ela avança com cautela, parando ao ver um lampejo de azul-escuro na neve. Há uma figura em posição fetal ao pé de uma árvore. Os restos de uma corda sobem até os galhos acima do corpo, com a ponta esgarçada rígida de cristais de gelo.

O velho se agacha ao lado e começa a revirar os bolsos do agasalho azul-escuro. A cabeça do cadáver está abaixada, não dá para ver se é um homem ou uma mulher. A mochila ao lado se acha meio aberta, revelando um celular e o que parece uma espécie de diário. As mãos do morto estão azuis e enroladas, as unhas, brancas. O bolinho doce do velho do trem lhe provoca enjoo.

Elspeth examina o corpo com uma espécie de fascínio mórbido; seu cérebro não parece processar o que ela vê. Sem aviso, um jorro de bile quente vem à sua boca e ela se vira, segurando um tronco de árvore enquanto sente ânsias de vômito, mas não põe nada para fora. Puxa o ar para os pulmões, enxuga os olhos.

– Está vendo? – diz o homem em tom casual. – Este homem morreu há dois dias, acho. Na semana passada encontrei cinco. Dois casais. Encontramos muitos que optam por morrer juntos.

Elspeth percebe que está tremendo.

– O que o senhor vai fazer com o cadáver?

Ele dá de ombros.

– Eles só virão recolher quando o tempo ficar mais quente.

– E a família dele? Talvez o esteja procurando.

– É possível.

Ele põe o celular no bolso e se empertiga. Depois vira e continua a andar. Elspeth já viu tudo que queria. Como pode ter achado aquele lugar bonito?

– Espera – grita para ele. – Estou procurando alguém. Uma moça que mora aqui. Chiyoko Kamamoto. – O homem para, mas não vira. – O senhor sabe onde ela mora?

– Sei.

– Pode me levar até ela? Eu pago.

– Quanto?

– Quanto seria?

Ele deixou os ombros caírem.

– Venha.

Elspeth recua para deixá-lo passar, depois o acompanha até ao estacionamento. Ela não volta a olhar para o corpo.

Correndo para alcançá-lo, Elspeth escorrega num trecho de gelo liso, conseguindo se equilibrar no último instante.

O homem abre uma porta dupla na lateral da construção, desaparece dentro e, segundos mais tarde, Elspeth ouve um motor tentando pegar.

Um carro dá marcha a ré, com o motor chacoalhando, asmático.

– Entre – fala pela janela.

Está claro que ela o ofendeu de algum modo: porque não quis ir ao local do acidente ou porque mencionou Chiyoko?

Elspeth entra antes que ele mude de ideia. O homem sai do estacionamento e vai para a estrada, tão despreocupado com a neve e o gelo quanto o taxista. Parece se manter nos limites da floresta e, quando fazem uma curva, ela vislumbra os tetos cobertos de neve de várias casas de madeira.

O velho diminui a velocidade do carro e eles passam lentamente por uma série de residências de um andar, de aparência frágil. Ela nota uma máquina de vendas enferrujada, um velocípede meio escondido na neve ao lado do acostamento, uma pilha de madeira cheia de gelo encostada na lateral de uma casa. Quando chegam aos arredores do povoado, ele vira de novo para a borda da floresta. A estrada ali está escondida sob neve intocada, sem nenhuma pegada humana ou animal.

– Alguém mora aqui?

O homem a ignora, acelera e o carro sobe desajeitadamente uma ladeira pouco inclinada e para a 100 metros de uma pequena estrutura de tábuas descascadas. Não fosse a varanda meio bamba e as janelas fechadas, pareceria um barracão.

– Este é o lugar que você quer.

– Chiyoko mora aqui?

O velho suga os dentes, olha direto em frente. Elspeth tira uma luva encharcada e revira o bolso para pegar o dinheiro.

– *Arigato* – agradece, entregando-o. – Se eu precisar de uma carona de volta, posso...

– Vá.

– Eu ofendi o senhor?

– Você não me ofendeu. Não gosto deste lugar.

Um homem que rouba cadáveres falando isso. Ele pega o dinheiro e ela desce, trêmula. Elspeth vê o carro dar marcha a ré, soltando uma nuvem preta de fumaça, e resiste à ânsia de gritar "espera!". O gemido do motor logo some, até depressa demais, como se a atmosfera absorvesse todos os sons, cobiçosa. De algum modo a floresta era mais hospitaleira. E ela está com aquele arrepio na nuca, como se olhos a espiassem.

Sobe na varanda de madeira diante da casa, notando com alívio que o piso está cheio de guimbas de cigarro. Sinal de vida. Bate à porta. Sua respiração cria vapor e, pela primeira vez em anos, ela se pega desejando um cigarro. Bate de novo. Decide que, se ninguém atender, vai dar o fora.

Mas um segundo depois a porta é aberta por uma mulher gorda vestindo um *yukata* rosa e sujo. Elspeth tenta se lembrar das fotos que viu de Chiyoko. Recorda-se de uma adolescente rechonchuda de olhar duro, expressão desafiadora. Pensa que os olhos podem ser os mesmos.

– Você é Chiyoko? Chiyoko Kamamoto?

O rosto largo da mulher se abre num sorriso e ela faz uma pequena reverência.

– Entre, por favor.

Seu inglês é impecável e, como o do velho, tem um traço de sotaque americano.

Elspeth entra numa saleta estreita – o ar frígido não é menos implacável – e tira as botas encharcadas, contraindo-se quando o frio morde suas coxas. Põe as botas numa prateleira junto a um par de sapatos altos vermelho-sangue e vários chinelos sujos.

Chiyoko (se é Chiyoko mesmo; Elspeth não tem certeza) leva-a por uma porta que dá num interior igualmente gélido, muito menor do que parecia por fora. Um corredor curto divide duas áreas meio escondidas atrás de divisórias; na extremidade mais distante, Elspeth divisa o que parece uma cozinha pequena.

Acompanha Chiyoko, passando pela divisória à esquerda, e adentra uma sala quadrada, mal iluminada, com o piso coberto de tatames. No meio há uma mesa baixa e manchada de molho, com fios de macarrão seco parecendo minhocas, além de várias almofadas cinzentas desbotadas ao redor.

– Acomode-se. – Chiyoko indica uma almofada. – Vou lhe trazer um pouco de chá.

Elspeth obedece, os joelhos estalando ao se abaixar. Ali dentro é só um pouquinho mais quente e o ar tem um leve cheiro de peixe.

Ouve um murmúrio de vozes, seguido por um risinho. Um riso de criança?

A mulher retorna trazendo uma bandeja com um bule de chá e duas xícaras redondas. Coloca-a sobre a mesa, depois se ajoelha com mais graça do que seu corpanzil permitiria. Serve o chá, entrega uma xícara a Elspeth.

– Você é mesmo Chiyoko, não é?

Um riso afetado.

– Sou.

– Você e Ryu... O que aconteceu? Eles encontraram seus sapatos na floresta.

– Você sabe por que devemos tirar os sapatos antes de morrer?

– Não.

– Para não levar rastros de lama para a outra vida. Por isso existem tantos fantasmas sem pés.

Um risinho.

Elspeth toma um gole do chá. Está frio, o gosto é amargo. Obriga-se a tomar outro, quase engasgando.

– Por que você se mudou para cá?

– Gosto daqui. Recebo visitas. Alguns vêm antes de entrar na floresta para morrer. Amantes que acham que estão sendo nobres e nunca serão esquecidos. Como se alguém se importasse! Sempre me perguntam se devem fazer isso. E sabe o que eu digo? – Chiyoko dá um olhar maroto de soslaio. – Digo para fazer. A maioria me traz uma oferenda: comida, às vezes lenha. Como se eu fosse um templo! Escreveram livros sobre mim, canções. Há até a porra de uma série de mangás. Já viu?

– Já.

Ela assente, faz uma careta.

– Ah, sim, você mencionou no seu livro.

– Você sabe quem eu sou?

– Sei.

Elspeth dá um pulo quando um berro agudo soa atrás da porta de tela.

– O que foi isso?

Chiyoko suspira.

– É o Hiro. Está quase na hora de dar comida para ele.

– *O quê?*

– O filho de Ryu. Nós só fizemos uma vez. – Outro risinho. – Não foi muito bom. Ele era virgem.

Elspeth espera que Chiyoko se levante e vá até a criança, mas ela parece não ter intenção de fazer isso.

– Ryu sabia que ia ser pai?

– Não.

– O corpo que acharam na floresta era mesmo dele?

– Era. Pobre Ryu. Um *otaku* sem causa. Eu o ajudei a ter o que queria. Quer que eu conte como foi? É uma boa história. Você pode colocar num livro.

– Quero.

– Ele disse que me seguiria a qualquer lugar. E quando eu falei que queria morrer, ele garantiu que também me acompanharia até a outra vida. Antes de me conhecer, ele havia participado de um grupo de suicidas on-line, sabia?

– Não.

– Ninguém sabia. Foi logo antes de começarmos a conversar. Ele não conseguiu ir até o fim. Precisava de um empurrãozinho.

– E imagino que você fez isso.

Ela deu de ombros.

– Não foi muito difícil.

– E você? Também tentou, não foi?

Chiyoko ri e levanta as mangas do quimono. Não há cicatrizes nos pulsos nem nos antebraços.

– Não. São apenas histórias. Você já se sentiu assim? Com vontade de morrer?

– Já.

– Todo mundo já sentiu isso. No fim, é o medo que impede as pessoas. O medo do desconhecido. Do que podemos encontrar no outro mundo. Mas não há motivo para sentir medo. A coisa só continua e continua.

– O quê?

– A vida. A morte. Hiro e eu passamos muitas horas conversando sobre isso.

– Quer dizer, o seu filho?

Chiyoko gargalha com desprezo.

– Não seja ridícula. Ele é só um bebê. Estou falando do outro Hiro, claro.

– Hiro Yanagida?

– É. Você gostaria de falar com ele?

– *Hiro* está aqui? Como Hiro pode estar aqui? Ele foi morto por aquele fuzileiro. A tiros.

– Foi? – Chiyoko se levanta com facilidade. – Venha. Você deve ter muitas perguntas para ele.

Elspeth se levanta, os músculos da coxa doendo por causa da posição ajoelhada. Sua visão oscila, ela sente cólica e, por um momento horrível, imagina se Chiyoko a drogou. A mulher definitivamente não bate bem e, se o que está dizendo sobre Ryu e os suicidas que a visitam é verdade, ela é perigosa. Elspeth não consegue tirar da cabeça a reação do velho àquele lugar. Sua boca se enche de saliva e ela belisca o braço esquerdo, recusando-se a se entregar. A sensação passa. Ela está tonta de exaustão. Desgastada.

Acompanha Chiyoko até a outra sala separada por divisórias, do lado oposto do corredor.

– Venha – chama Chiyoko, abrindo a tela o suficiente para Elspeth passar.

Está escuro ali dentro; os postigos de madeira estão fechados. Elspeth força a vista e, à medida que os olhos se acostumam, pode ver um berço no lado esquerdo do quarto e um futon cheio de travesseiros sob as janelas. O odor de peixe é mais forte ali. Ela estremece, lembrando-se do delírio de Paul Craddock com o irmão morto. Chiyoko tira um menininho do berço e ele envolve seu pescoço com os braços.

– Achei que você tivesse dito que o Hiro está aqui.

– E está.

Apoiando o menininho no quadril, Chiyoko abre um postigo, deixando entrar uma faixa de luz.

Elspeth estava errada: os travesseiros no futon não são travesseiros e, sim, uma figura encostada à parede com as pernas estendidas.

– Vou deixar vocês a sós – diz Chiyoko.

Elspeth fica em silêncio. O Surrabot de Hiro Yanagida pisca, um pouquinho lento demais para ser convincentemente humano. A pele está furada em alguns lugares; as roupas, esgarçadas.

– Olá. – A voz infantil faz Elspeth pular. – Olá.

– É você, Hiro? – pergunta Elspeth.

A insanidade da situação enfim a atinge. Está no Japão. Falando com um robô. Está falando com a porra de um robô.

– Sou eu.

– Posso... posso falar com você?

– Você está falando comigo.

Elspeth chega mais perto. Existem pequenos respingos marrons na pele opaca do rosto – sangue seco?

– O que você é?

O androide boceja.

– Eu sou eu.

Elspeth está com o mesmo tipo de entorpecimento que sentiu na oficina de Kenji Yanagida. Sua mente fica vazia. Não tem ideia do que perguntar primeiro.

– Como você sobreviveu ao acidente?

– Nós escolhemos isso. Mas às vezes erramos.

– E Jessica? E Bobby? Onde eles estão? Morreram mesmo?

– Ficaram entediados. Em geral ficam. Sabiam como tudo iria acabar.

– E como acaba?

O Surrabot pisca de novo para ela. Depois de vários segundos, Elspeth indaga:

– Existe... existe uma quarta criança?

– Não.

– E o acidente do quarto avião?

A cabeça do garoto se vira ligeiramente de lado.

– Sabíamos que aquele seria o dia para fazer aquilo.

– O quê?

– Chegar.

– E... por que crianças?

– Nem sempre somos crianças.

– O que isso quer dizer?

A cabeça da coisa estremece e boceja de novo. Elspeth tem a impressão de que aquilo quer dizer "adivinhe, vaca". Então, o robô faz um som que poderia ser um riso, o queixo se abrindo além da conta. Há algo familiar no modo como ele está articulando as palavras. Elspeth sabe como aquilo funciona. Viu as imagens da câmera capturando os movimentos faciais de Kenji Yanagida. Mas não existe indício de nenhum computador na sala. E... isso não exigiria algum tipo de sinal? Não tem sinal ali, certo? Ela verifica o celular de novo, só para garantir. Mas Chiyoko poderia estar operando o androide a partir de outro cômodo, não?

– Chiyoko? É você? É, não é?

O peito do Surrabot sobe e desce, depois fica imóvel.

Elspeth sai correndo do quarto, os pés escorregando nos tatames. Abre a porta perto da cozinha vazia, revelando um banheiro minúsculo, a banheira pequena cheia de fraldas de pano imundas. Recua e puxa de volta a divisória do único outro cômodo. O filho de Chiyoko olha para ela, deitado no chão, brincando com um bichinho de pelúcia sujo, e ri.

Ela abre a porta da frente e vê Chiyoko parada na varanda, a fumaça de cigarro subindo ao redor de sua cabeça. Será que ela poderia ter ido até ali enquanto Elspeth vasculhava a casa? Não tem certeza. Calça as botas e se junta a ela.

– Era você, Chiyoko? Falando através do androide?

Chiyoko apaga o cigarro na balaustrada e acende outro.

– Você achou que era eu?

– Sim. Não. Não sei.

O ar frio não ajuda a clarear sua cabeça e Elspeth está farta de tantas charadas.

– Certo... Se não era você, o que eles eram... são? Quero dizer, Os Três?

– Você viu o que o Hiro é.

– Só vi a porra de um androide.

Chiyoko dá de ombros.

– Todas as coisas têm alma.

– Então ele é isso? Uma alma?

– De certa forma.

Meu Deus.

– Você poderia, por favor, me dar uma resposta direta?

Outro sorriso enfurecedor.

– Faça uma pergunta direta.

– Certo... O Hiro, o Hiro de verdade, contou a você por que Os Três, independentemente de que porra eles fossem, vieram e tomaram os corpos das crianças?

– Por que eles precisariam de motivo? Por que nós caçamos quando já temos o suficiente para comer? Por que matamos uns aos outros por ninharias? O que faz você pensar que eles precisavam de um motivo além de apenas ver *o que poderia acontecer*?

– Hiro deu a entender que eles já estiveram aqui antes. Também ouvi isso do tio de Jessica Craddock.

– Todas as religiões têm profecias sobre o fim do mundo.

– E daí? O que isso tem a ver com Os Três terem estado aqui antes?

Chiyoko faz um som que é algo entre um suspiro e uma fungada.

– Para uma jornalista, você é muito ruim em pensar nas coisas em detalhe. E se eles vieram aqui antes para plantar a semente?

Elspeth leva um susto.

– De jeito nenhum. Você está tentando dizer que eles vieram aqui há milhares de anos e puseram isso tudo em movimento, só para retornar anos depois e ver se a tal *semente* que plantaram provoca a merda do fim do mundo? Isso é insano.

– Claro que é.

Elspeth está tão cansada que os ossos doem.

– E agora?

Chiyoko boceja; faltam vários de seus dentes de trás. Ela limpa a boca com a manga da vestimenta.

– Faça o seu trabalho. Você é jornalista. Encontrou o que estava procurando. Volte e conte o que viu. Escreva uma matéria.

– Você acha mesmo que alguém vai acreditar se eu disser que falei com uma droga de androide que abriga a... alma ou sei lá o quê de um dos Três?

– As pessoas vão acreditar no que quiserem.

– E se elas acreditarem... vão pensar... vão dizer...

– Vão dizer que Hiro é um deus.

– E ele é?

Chiyoko volta a dar de ombros.

– *Shikata ga nai.* O que isso importa?

Ela apaga o cigarro na balaustrada e entra em casa.

Elspeth fica imóvel durante vários minutos e, sem outra opção, fecha o zíper do casaco e começa a andar.

COMO COMEÇA

Pamela May Donald está deitada de lado, olhando o menino que se move rapidamente com os outros no meio das árvores.

– Socorro – clama, a voz áspera.

Procura o telefone. Ele está em algum lugar na pochete, tem certeza. *Anda, anda, anda.* Seus dedos roçam nele, quase conseguiu pegar... *está tão perto, você consegue...* mas é difícil... Há alguma coisa errada com seus dedos. Eles não funcionam, estão entorpecidos, mortos, não pertencem mais a ela.

– Snookie – sussurra ela, ou talvez só pense que está dizendo isso em voz alta. De qualquer modo, é a única palavra em sua mente enquanto ela morre.

O menino vai até ela, andando nas pontas dos pés em volta das raízes e dos destroços. Olha o corpo de Pamela. Ela morreu. Apagou antes que pudesse gravar a mensagem. Ele fica desapontado, mas isso já aconteceu antes e ele começava a ficar entediado com esse jogo, de qualquer modo. Todos estavam. Não importa. Mesmo sem a mensagem, tudo acaba do mesmo modo.

Ele se agacha, põe os braços em volta dos joelhos e treme. Pode ouvir o som distante dos helicópteros de resgate se aproximando. Sempre gosta de ser içado para o helicóptero. Isso vai ser divertido, independentemente do resto.

AGRADECIMENTOS

Tenho um apreço enorme pelo extraordinário agente Oli Munson, que deu uma olhada na sinopse, disse "vai fundo" e mudou minha vida.

O livro seria muito mais fraco sem a notável orientação de minha editora super-heroína Anne Perry, que se dispôs a se arriscar junto comigo, tornou-me uma escritora mais poderosa e me ensinou diversos recursos – tudo isso sem perder o senso de humor. Também devo muitos agradecimentos a Oliver Johnson, Jason Bartholomew e à equipe fantástica da Hodder; a Reagan Arthur e sua excelente equipe na Little, Brown; e a Conrad Williams e todo o pessoal da Blake Friedmann.

As seguintes pessoas gentilmente compartilharam conhecimentos, experiências pessoais, encararam minhas intermináveis perguntas ou abriram suas casas para mim: o capitão Chris Zurinskas, Eri Uri, Atsuko Takahashi, Hiroshi Hayakawa, Atsushi Hayakawa, Akira Yamaguchi, David France Mundo, Paige e Ahnika da House of Collections, Darrell Zimmerman da Cape Medical Response, Eric Begala e Wongani Bandah. Obrigada a todos vocês por serem tão pacientes e generosos. A responsabilidade por erros e "licenças" geográficas e factuais é minha e somente minha.

O soberbo trabalho acadêmico de Christopher Hood, *Dealing with Disaster in Japan: Responses to the Flight JL 123 Crash*, foi uma fonte valiosíssima e me apresentou às palavras *isho* e *izoku*. Também estou em dívida para com os autores dos seguintes livros de não ficção, blogs, artigos e romances que ajudaram a lançar luz sobre as questões que optei por abordar nesta obra: *Welcome to Our Doomsday*, de Nicholas Guyatt; *God's Own Country*, de Stephen Bates; *Shutting out the Sun*, de Michael Zielenziger; *The Otaku Handbook*, de Patrick W. Galbraith; *Quantum: A Guide for the Perplexed*, de Jim Al-Khalili; *Train Man*, de Nakano Hitori; *Estamos vivendo os últimos dias?*, de Tim LaHaye e Jerry B. Jenkins; *Understanding End Times Prophecy*, de Paul Benware; *Below Luck Level*, de Barbara Erasmus; *Alzheimer's From the Inside Out*, de Richard Taylor; sherizeee.blogspot.com; dannychoo.com; tofugu.com; "Apocalypse Now", de Nancy

Gibbs (publicado na *Time Magazine* em 2002). Muito obrigada aos artistas anônimos do asciiart.en.utf8art.com por inspirar os *emoji* de Ryu.

As seguintes pessoas generosas leram o manuscrito e me deram sugestões inteligentes e sinceras: Alan e Carol Walters, Andrew Solomon, Bronwyn Harris, Nick Wood, Michael Grant, Sam Wilson, Kerry Gordon, Tiah Beautement, Joe Vaz, Vienne Venter, Nechama Brodie, Si e Sally Partridge, Eric Begala, Thembani Ndzandza, Siseko Sodela, Walter Ntsele, Lwando Sibinge e Thando Makubalo extirparam a maior parte das minhas idiotices nos trechos sobre a África do Sul. Jared Shurin, Alex Smith, Karina Brink, o incrível fotógrafo Pagan Wicks e Nomes me ajudaram a permanecer sã. Vocês todos são fantásticos.

Lauren Beukes, Alan Kelly (obrigada pelas partes maliciosas!), Nigel Walters, Louis Greenberg e minha colega Paige Nick me ajudaram de forma excepcional com suas opiniões. Devo demais a vocês, pessoal. Como sempre, minha amiga e editora Helen Moffett me salvou diversas vezes (que sua vida seja para sempre rica em produtos artesanais assados).

E os últimos, mas de modo algum os menos importantes, são meu marido Charlie e minha filha Savannah, que colaboraram com horas de discussões, neuroses e soluções, além de me trazer café às três da madrugada. Eu não poderia ter escrito nem uma palavra sem vocês – obrigada por me apoiarem sempre.

CONHEÇA OUTROS TÍTULOS DA EDITORA ARQUEIRO

Lua vermelha
Benjamin Percy

Como toda adolescente, Claire Forrester se acha meio deslocada. Quando agentes do governo invadem sua casa e matam seus pais, ela percebe o quanto é diferente. Claire pode se transformar em uma criatura semelhante a um lobo. Ela é uma licana.

Patrick Gamble entra em um avião e, horas depois, desembarca como o único sobrevivente de um ataque terrorista promovido pelos licanos. Da noite para o dia, ele vira um herói nacional: o Menino-Milagre.

O governador Chase Williams jura que, se for eleito presidente, protegerá o país da ameaça que aterroriza a população. Em meio ao acirramento dos conflitos entre humanos e licanos, seu discurso intensifica a discriminação. No entanto, ele vai se tornar exatamente aquilo que prometeu destruir.

Cada um a seu modo, os três estão envolvidos em uma guerra que tem sido controlada com leis, violência e drogas. Mas uma rebelião está prestes a estourar, provocando mortes e destruição e entrelaçando seus destinos para sempre.

Com a chegada da noite da lua vermelha, o mundo se tornará irreconhecível. A batalha pela sobrevivência da humanidade irá começar.

A passagem
Justin Cronin

Primeiro, o imprevisível: a quebra de segurança em uma instalação secreta do governo norte-americano põe à solta um grupo de condenados à morte usados em um experimento militar. Infectados com um vírus modificado em laboratório que lhes dá incrível força, extraordinária capacidade de regeneração e hipersensibilidade à luz, tiveram os últimos vestígios de humanidade substituídos por um comportamento animalesco e uma insaciável sede de sangue.

Depois, o inimaginável: ao escurecer, o caos e a carnificina se instalam, e o nascer do dia seguinte revela um país – talvez um planeta – que nunca mais será o mesmo. A cada noite a população humana se reduz e cresce o número de pessoas contaminadas pelo vírus assustador. Tudo o que resta aos poucos sobreviventes é uma longa luta em uma paisagem marcada pelo medo da escuridão, da morte e de algo ainda pior.

Enquanto a humanidade se torna presa do predador criado por ela mesma, o agente Brad Wolgast, do FBI, tenta proteger Amy, uma órfã de 6 anos e a única criança usada no malfadado experimento que deu início ao apocalipse. Mas, para Amy, esse é apenas o começo de uma longa jornada – através de décadas e milhares de quilômetros – até o lugar e o tempo em que deverá pôr fim ao que jamais deveria ter começado.

A passagem é um suspense implacável, uma alegoria da luta humana diante de uma catástrofe sem precedentes. Da destruição da sociedade que conhecemos aos esforços de reconstruí-la na nova ordem que se instaura, do confronto entre o bem e o mal ao questionamento interno de cada personagem, pessoas comuns são levadas a feitos extraordinários, enfrentando seus maiores medos em um mundo que recende a morte.

Os Doze
Justin Cronin

Em *A passagem*, doze prisioneiros sentenciados à morte foram usados em um experimento militar que buscava criar o soldado invencível. Mas a experiência deu terrivelmente errado. Um vírus inoculado nas cobaias acabou com qualquer resquício de sua humanidade e elas fugiram, matando ou infectando qualquer um que cruzasse seu caminho. Os infectados se tornavam virais obedientes a seu criador, mais um de seus Muitos.

No caos que se formou, a única chance de sobrevivência para a espécie humana eram fortificações altamente protegidas. Assim se formou a Primeira Colônia, um reduto a salvo dos virais, mas isolado do resto do mundo.

Noventa e dois anos depois, uma andarilha surgiu às portas da Colônia. Era Amy Harper Bellafonte, a Garota de Lugar Nenhum, aquela que iria liderar um grupo de colonos e eliminar a cobaia número 1, Gilles Babcock, libertando seus Muitos.

Agora, cinco anos após ter cruzado as Terras Escuras em busca de respostas e salvação, seu grupo está separado. Cada um seguiu seu caminho, mas seus destinos logo voltarão a se cruzar, num embate definitivo contra uma ameaça mortal. Fanning, o Zero, aquele que deu origem ao apocalipse, tem planos para refazer o grupo dos Doze e conta com um aliado poderoso, disposto a qualquer coisa em nome da própria imortalidade.

Segundo livro da trilogia *A passagem*, *Os Doze* nos faz questionar a mente humana, os avanços científicos e a busca do poder que leva a uma certeza sombria de nossa capacidade para o mal. Mas, acima de tudo, ele reforça nossa esperança em uma humanidade que se adapta, sobrevive e não se rende.

Eu sei o que você está pensando
John Verdon

Eu sei o que você está pensando propõe um enigma que parece insolúvel. Um homem recebe pelo correio uma carta provocadora que termina da seguinte forma: "Se alguém lhe dissesse para pensar em um número, sei em que número você pensaria. Não acredita? Vou provar. Pense em qualquer número de um a mil. Agora veja como conheço seus segredos."

O destinatário, Mark Mellery, pensa no número 658 e, ao abrir um envelope que acompanha a mensagem, descobre que o autor da carta previu corretamente o número que ele acabara de escolher de modo aleatório. Como isso seria possível?

Desesperado com os bilhetes ameaçadores que se seguem à carta, Mark, um guru da autoajuda, procura um velho colega de faculdade, o brilhante detetive David Gurney, recentemente aposentado do Departamento de Polícia de Nova York.

Aos 47 anos, 25 deles dedicados a desvendar terríveis casos de homicídio, David acaba de se mudar com a esposa, Madeleine, para uma fazenda no interior do estado e tenta se adaptar a um novo estilo de vida. Mas sua mente, extremamente lógica, é fisgada pelo quebra-cabeça apresentado por Mark.

O "superdetetive", apelido que ganhou da imprensa no auge da carreira, percebe que encontrou um vilão à sua altura quando as estranhas ameaças terminam em morte. Tudo leva a crer que o assassino, além de ser clarividente, cometeu um crime impossível, deixando pistas sem sentido e desaparecendo no meio do nada.

Consumido pelo desafio de encontrar uma resposta lógica para o caso, David aceita trabalhar como consultor na investigação, colocando em risco seu já debilitado casamento e até mesmo sua vida.

Considerado uma revelação, John Verdon criou em seu livro de estreia um personagem denso, cerebral, capaz de resolver crimes dignos de Hercule Poirot e Sherlock Holmes. Aclamado pelo público e pela crítica, *Eu sei o que você está pensando* foi vendido para 24 países.

A estrada da noite
Joe Hill

Uma lenda do rock pesado, o cinquentão Judas Coyne coleciona objetos macabros: um livro de receitas para canibais, uma confissão de uma bruxa de de 300 anos atrás, um laço usado num enforcamento, uma fita com cenas reais de assassinato. Por isso, quando fica sabendo de um estranho leilão na internet, ele não pensa duas vezes antes de fazer uma oferta.

"Vou 'vender' o fantasma do meu padrasto pelo lance mais alto..."

Por 1.000 dólares, o roqueiro se torna o feliz proprietário do paletó de um morto, supostamente assombrado pelo espírito do antigo dono. Sempre às voltas com seus próprios fantasmas – o pai violento, as mulheres que usou e descartou, os colegas de banda que traiu –, Jude não tem medo de encarar mais um.

Mas tudo muda quando o paletó finalmente é entregue na sua casa, numa caixa preta em forma de coração. Desta vez, não se trata de uma curiosidade inofensiva nem de um fantasma imaginário. Sua presença é real e ameaçadora.

O espírito parece estar em todos os lugares, à espreita, balançando na mão cadavérica uma lâmina reluzente – verdadeira sentença de morte. O roqueiro logo descobre que o fantasma não entrou na sua vida por acaso e só sairá dela depois de se vingar. O morto é Craddock McDermott, o padrasto de uma fã que cometeu suicídio depois de ser abandonada por Jude.

Numa corrida desesperada para salvar sua vida, Jude faz as malas e cai na estrada com sua jovem namorada gótica. Durante a perseguição implacável do fantasma, o astro do rock é obrigado a enfrentar seu passado em busca de uma saída para o futuro. As verdadeiras motivações de vivos e mortos vão se revelando pouco a pouco em *A estrada da noite* – e nada é exatamente o que parece.

Ancorando o sobrenatural na realidade psicológica de personagens complexos e verossímeis, Joe Hill consegue um feito raro: em seu romance de estréia, já é considerado um novo mestre do suspense e do terror.

CONHEÇA OUTROS TÍTULOS DA EDITORA ARQUEIRO

Queda de gigantes e *Inverno do mundo*, de Ken Follett

Não conte a ninguém, *Desaparecido para sempre*, *Confie em mim*, *Cilada* e *Fique comigo*, de Harlan Coben

A cabana e *A travessia*, de William P. Young

A farsa, *A vingança* e *A traição*, de Christopher Reich

Água para elefantes, de Sara Gruen

Inferno, *O símbolo perdido*, *O Código Da Vinci*, *Anjos e demônios*, *Ponto de impacto* e *Fortaleza digital*, de Dan Brown

Uma longa jornada, *O melhor de mim*, *O guardião*, *Uma curva na estrada*, *O casamento* e *À primeira vista*, de Nicholas Sparks

Julieta, de Anne Fortier

O guardião de memórias, de Kim Edwards

O guia do mochileiro das galáxias; *O restaurante no fim do universo*; *A vida, o universo e tudo mais*; *Até mais, e obrigado pelos peixes!* e *Praticamente inofensiva*, de Douglas Adams

O nome do vento e *O temor do sábio*, de Patrick Rothfuss

A passagem e *Os Doze*, de Justin Cronin

A revolta de Atlas, de Ayn Rand

A conspiração franciscana, de John Sack

INFORMAÇÕES SOBRE A ARQUEIRO

Para saber mais sobre os títulos e autores
da EDITORA ARQUEIRO,
visite o site www.editoraarqueiro.com.br
e curta as nossas redes sociais.
Além de informações sobre os próximos lançamentos,
você terá acesso a conteúdos exclusivos e poderá participar
de promoções e sorteios.

- www.editoraarqueiro.com.br
- facebook.com/editora.arqueiro
- twitter.com/editoraarqueiro
- instagram.com/editoraarqueiro
- skoob.com.br/editoraarqueiro

Se quiser receber informações por e-mail,
basta se cadastrar diretamente no nosso site
ou enviar uma mensagem para
atendimento@editoraarqueiro.com.br

Editora Arqueiro
Rua Funchal, 538 – conjuntos 52 e 54 – Vila Olímpia
04551-060 – São Paulo – SP
Tel.: (11) 3868-4492 – Fax: (11) 3862-5818
E-mail: atendimento@editoraarqueiro.com.br